RUSSELL BLAKE

EL REY

Vollstrecker ohne Gnade

Übersetzt von Andrea Albrecht und Terry Laster

amazon crossing

Die Originalausgabe erschien 2011 unter dem Titel
»King of Swords« bei Reprobatio Ltd.

Deutsche Erstveröffentlichung bei AmazonCrossing,
Luxemburg, April 2014

Umschlaggestaltung: bürosüd° München, www.buerosued.de.
Printed in Germany
by Amazon Distribution GmbH, Leipzig

Lektorat und Satz: Dr. Rainer Schöttle Verlagsservice

ISBN 978-1-477822494

www.amazon.com/crossing

EINFÜHRUNG

Mexikanische Pazifikküste, vor drei Jahren

Bewaffnete Männer bildeten im Umkreis des mondänen Domizils am abgeschiedenen Küstenstreifen nördlich von Punta Mita, siebenunddreißig Kilometer nördlich von Puerto Vallarta, eine Linie. Das atemberaubende einstöckige Beispiel moderner mexikanischer Architektur lag dort mit Blick auf eine Bucht, in der die schwere Brandung des Pazifischen Ozeans über dem flachen, küstennahen Riff knapp hundert Meter vom Strand entfernt abflachte. Acht Meter hohe Betonwände umgaben das Anwesen, um die Bewohner vor neugierigen Augen und potenziellen Eindringlingen zu schützen. Nicht, dass es dafür Anzeichen gegeben hätte. Das Grundstück und der Küstenstreifen in rund 400 Metern in jeder Richtung gehörten dem geheimnisvollen Eigentümer des Hauses – Julio Guzman Salazar, Boss des Jalisco-Kartells und der achtreichste Mann in Mexiko, dessen Name turnusmäßig ganz weit oben auf der Fahndungsliste der Regierung auftauchte.

Ricardo Legorreta hatte dieses Gebäude entworfen, das mit rund zwölftausend Quadratmetern Wohnfläche aufwarten konnte. Im Haupthaus befanden sich neun Zimmer, die Quartiere des Dienstpersonals lagen neben der großen klimatisierten Garage, in der zwölf Fahrzeuge Platz fanden. Ein großes Kino mit einem schwimmend verlegten Fußboden und eigene Solar- und Windenergie-Erzeugungssysteme sowie ein elfköpfiges Team von fest angestellten Bediensteten rundeten die Ausstattung ab. Ein Schwimmbad mit olympischen Ausmaßen verfügte über eine brüstungslose Längskante mit indigoblauen, verspiegelten Glasfliesen, die den Eindruck erweckten, als ob sich das Wasser direkt ins tiefblaue Meer ergießen würde.

Die Terrassenoberfläche des mit weißem Cantera-Marmor ausgelegten Poolbereichs nahm einen blassen, kosmischen Schimmer an, als die letzten Sonnenstrahlen unter dem verwaschenen Horizont versanken und der Dunkelheit einer kalten Novembernacht Platz machten. Die bewaffneten Männer rings um das Haus waren abgehärtet und arbeiteten effizient, strahlten eine Aura der Bedrohung aus. Sie durchstreiften das Gelände und waren wachsam gegenüber jeder Gefahr. Das Sicherheitskommando, das Salazar überall, wohin er ging, begleitete, bestand aus achtzehn erfahrenen Söldnern, die im Umgang mit dem Sturmgewehr bewandert waren. Sie hielten es mit unbekümmerter Lässigkeit.

Außerhalb der Mauern sorgten Bewegungsmelder für ein Frühwarnsystem mittels Infrarotstrahlen. Sie durchzogen das Terrain zwischen Strand und Haus netzartig. Somit war sichergestellt, dass nichts die aufwendige Verteidigung unbemerkt durchdringen konnte. Salazar konnte sich das Beste an Sicherheitsausstattung leisten, das für Geld zu haben war. Seine Privatarmee umfasste nicht nur Mexikaner, Nicaraguaner und Kolumbianer, sondern auch zwei Südafrikaner und einen Kroaten. Alle hatten bereits aktive Kampferfahrung, entweder ziviler Art im derzeit vorherrschenden Drogenkrieg bei gewalttätigen Auseinandersetzungen zwischen rivalisierenden Kartellen oder sie hatten sie bei bürgerkriegsähnlichen bewaffneten Konflikten auf dem Balkan oder in Afrika erworben.

Präzise um 19 Uhr bahnten sich die grellen Halogen-Scheinwerfer hochpreisiger Fahrzeuge ihren Weg auf der langen Strecke über die Küstenautobahn, die Puerto Vallarta mit Mazatlan verband. Sie durchquerten die riesigen Tore des stattlichen Domizils. Jedes Fahrzeug durfte seine Passagiere nach einer Personenkontrolle der Wachen, die für Salazars Sicherheit verantwortlich waren, im Innenhof absetzen. Dann inspizierten sie die SUVs gründlich innen und außen.

Innerhalb der nächsten Stunde luden sieben Humvee Militärjeeps und Cadillac Escalades ihre Fracht auf dem Gelände ab. Danach fuhren sie zum Parken in einen hell ausgeleuchteten Bereich, der zu diesem Zweck ausgewiesen war. Zwei bewaffnete Männer bewachten das flache Terrain mit entsicherten Waffen.

Der Drogenkrieg, der auf dem mexikanischen Festland zum fortwährenden Alltag gehörte, brachte für jeden, der im Drogengeschäft war, die Aussicht auf einen frühzeitigen Tod mit sich. Daher befanden sich die Männer des Sicherheitsteams in einem ständigen Zustand der Alarmbereitschaft. Ihre Wachsamkeit hatte sich in den letzten zehn Jahren viele Male ausgezahlt, wenn rivalisierende Banden versucht hatten, sich Salazars Würgegriff, in den er den Drogenhandel über den Jalisco-Korridor genommen hatte, zu entziehen. Er war aus dieser Serie immer brutaler ausufernder Verbrechen siegreich hervorgegangen. Der letzte Zwischenfall war völlig eskaliert; neunzehn Menschen waren über einen Zeitraum von drei Monaten in Culiacán enthauptet oder exekutionsartig erschossen worden. Das Sinaloa-Kartell war eines der mächtigsten der Welt, und für einige Zeit gab es sogar Expansionsbemühungen, indem es seine tödlichen Tentakeln nach Jalisco ausstreckte. Dies war der Nachbarstaat im Süden und Salazars Heimatrevier. Das Sinaloa-Kartell kontrollierte einen Großteil des in Mexiko angebauten Marihuanas und war zum größten Kokain- und Heroinproduzenten der Welt geworden. Es schmuggelte über siebzig Prozent der kolumbianischen Drogen in die USA. Salazars Kartell war erheblich kleiner, aber die Brutalität seiner Taktik machte ihn zu einem schwierigen Gegner. Nach zehn Jahren erfolgloser Versuche, ihn hinzurichten, herrschte jetzt ein instabiler Waffenstillstand.

Die üppig bepflanzten Bereiche des Geländes waren aufwendig ausgestattet. Die dem Strand zugewandte Terrasse an der Poolseite wurde vom Flackern der Bambusfackeln umrundet – die für das große Ereignis brannten, das sich gerade anbahnte. Eine achtzehnköpfige Mariachi-Band in festlicher Landestracht hatte sich bei dem massiv gebauten Palapa, das die Bar draußen am Pool schützte, versammelt. Dieses landesübliche Palmdach hatte eine Größe, die man normalerweise nur in Hotels findet. Die Musiker gaben ihre traditionelle Musik für die Gäste zum Besten, die fast ausschließlich aus Kindern und deren Müttern bestanden. Es war der siebte Geburtstag von Salazars Sohn; die Party galt als wichtiges gesellschaftliches Ereignis. Daher waren die Gäste aus Anlass von Julio Juniors großem Tag von weither angereist, einige kamen sogar aus Mexico City. Die Feierlichkeiten zeigten den Nimbus der Privilegierten und Reichen – der Junge hatte ein Pony als Geschenk erhalten und dazu noch jedes erdenkliche Videospiel und alle technologischen Wunder, die sich ein junger Mann nur wünschen konnte.

Clowns und Akrobaten führten ihre Späßchen und Kapriolen rund um die Party auf – erstaunliche Kunststücke mit Geschicklichkeit und akrobatischer Beweglichkeit inmitten langer Flammenstöße, die eine Feuerschluckertruppe ausstieß. Die Melodien des Gitarrenspiels und der schmetternden Hörner und Violinen waren von jugendlichem Lachen durchsetzt. Die Damen umgaben den Kinderbereich und hielten Piña Coladas und Daiquiris in den reichlich mit Edelsteinen geschmückten Händen. Alle Gäste kannten einander – Salazars gesellschaftlicher Kreis war klein, aber exklusiv.

Am Rande standen Salazar und eine Handvoll seiner engsten männlichen Freunde und Geschäftspartner neben einer knapp fünfzehn Meter durchmessenden Feuerstelle. Sie rauchten kubanische Zigarren und tranken Fünfhundert-Dollar-Tequila aus Cognac-Schwenkern, während sie im Plauderton ihre Geschäfte besprachen. Gelegentlich warfen sie ein wachsames Auge auf ihre Ehefrauen und Nachkommen. Salazar hob sich wegen seiner Größe und seiner markanten Gesichtsbehaarung ein wenig aus der Gruppe ab – er war nur ein Meter sechzig groß und trug eine Schifferkrause, einen Bartstil, den einst Abraham Lincoln getragen hatte. Auch sein Vater hatte diesen Bartstil bevorzugt; er kam bei einem Autounfall ums Leben, als Salazar neun Jahre alt war.

Zwei Tänzerinnen in traditionellem Folkloregewand näherten sich der eigens errichteten Bühne mit einem Tänzer im klassischen mexikanischen Vaquero-Outfit, der eine Reihe von Tricks mit einem Lasso vorführte. Zur Freude der versammelten Kinder tanzte er mit dem herumwirbelnden Seil. Als er fertig war, blieb das Trio auf der Bühne. Ein Scheinwerfer erfasste sie. Aus einem zu diesem Zweck errichteten Zelt neben dem Pool tauchte ein Mann im schwarzen Anzug auf, der temperamentvoll einen großen Sombrero schwang. Er verbeugte sich vor dem Halbkreis der begeisterten Kinder, bevor er ihn schließlich dem Geburtstagskind auf den Kopf setzte.

Das Publikum lachte und klatschte vor Überraschung – dies war einer der beliebtesten Sänger Mexikos, der seit zwei Jahrzehnten populär war, also lange bevor Salazars Sohn geboren wurde. Er schwenkte um und zog mit einer eingeübten Lässigkeit auf die Bühne, auf der er eine seiner bekanntesten Balladen vortrug, die seit Jahren bei Jung und Alt gleichermaßen beliebt war. Die Erwachsenen sangen und klatschten, ebenso die Kinder, die von den theatralischen Auftritten und der Pracht der Ereignisse fasziniert waren.

Ein kleines Motorflugzeug mäanderte die Küste auf einer Höhe von dreitausend Metern entlang. Seine Scheinwerfer waren verdunkelt, sein Radar abgeschaltet, und es herrschte Funkstille. Der Pilot hob zwei Finger hoch und sah dann auf seine Digitaluhr. Er signalisierte dem Mann im Heck mit einer knappen Geste, dass es Zeit war. Der Passagier, der von Kopf bis Fuß in Schwarz gekleidet war und sein Gesicht mit einer Strickmaske verhüllte, nickte und griff nach dem Hebel der seitlichen Schiebetür, legte ihn um und stieß die Tür auf. Explosionsartig entwich die warme Luft, riss an seiner Kleidung und brannte in seinen Augen. Er holte eine Nachtsicht-Schutzbrille hervor, rückte sie zurecht und warf sich in die dunkle, rauschende Leere. Der Wind erfasste ihn, als er durch den Nachthimmel wirbelte. Das Brummen des Flugzeugmotors war nicht mehr zu hören, denn es wurde vom Heulen des Windes übertönt. Er zählte bis zwanzig, dann zog er den Hebel seines speziell konfigurierten Fallschirmgeschirrs. Der Fallschirm ging mit dem typischen Geräusch auf. Dadurch kam der Mann jäh zum Stillstand und hing nun an den gespannten Gurten des Schirms, der seinen Fall bremste.

Ein schwarzer, rechteckiger Gleitschirm bauschte sich über ihm auf, den er mit zwei Griffen auf den schimmernden Küstenstreifen zusteuern ließ. Irgendwo da unten war die Party in vollem Gange. Er blickte auf die Leuchtzeiger seiner übergroßen Panerai-Uhr in Militärschwarz und lächelte unter der Wollmaske. Bisher lief alles nach Plan. Wenige Minuten später konnte er das Flachdach des Haupthauses ausmachen, auf dem drei bewaffnete Wachen das Geschehen am Pool verfolgten und den Strand nach eventuellen Bedrohungen absuchten. Er befand sich jetzt knapp fünfhundert Meter über dem Gelände. Auch aus dieser Höhe konnte er Musik und Gesang vernehmen, und die aufgeregten Freudenschreie der Kinder waren deutlich herauszuhören, wie sie einander um die Partytische zur lebhaften Melodie der Band jagten. Er hatte richtig vermutet: Die Lautstärke übertönte jeden Hinweis auf seinen flatternden Fallschirm. Die Sicherheitsleute auf dem Dach waren so vertieft in die Show – es war unwahrscheinlich, dass sie nach oben blickten.

Er verband den rechten Steuerseilgriff mit einem Karabiner am Geschirr. Dadurch wurde die Steuerung zwar erschwert, aber es war wichtig, in diesem Stadium eine Hand frei zu haben. Er tastete nach dem Gurt auf seiner Brust, um dort das kompakte Sturmgewehr abzunehmen. Das MTAR-21 war eine kleine, bösartig aussehende Waffe mit Schall- und Mündungsfeuerdämpfer. Die Waffe war mit einem einen Meter langen Nylonseil am Geschirr befestigt, um einem unbeabsichtigten Verlust bei seinem nächtlichen Sinkflug vorzubeugen. Er tastete herum, bis er den vertrauten Schaft und den Abzugshebel spürte. Dann entsicherte er die Waffe.

Er befand sich jetzt sechzig Meter über dem Dach am Ende des Hauses – die drei Wachen waren immer noch auf der Strandseite des Daches, beobachteten das Partygeschehen und behielten den Brandungssaum im Auge.

Als er zwanzig Meter oberhalb der Männer flog, spie seine Waffe drei kurze Feuerstöße aus. Es erwischte die drei Wachen unversehens und beendete ihr Leben, bevor sie überhaupt auch nur in irgendeiner Weise überrascht reagieren konnten. Seine Füße fanden auf der abgedichteten Betonoberfläche neben ihm Halt, er wickelte sofort den Schirm ein, beschwerte ihn mit einer der Waffen der Wächter, damit er nicht wegfliegen konnte, und wand sich aus den Gurten.

Etwa fünfundzwanzig Meter entfernt, am äußersten Ende des Daches, beobachtete ein kleiner Schwarm Möwen mit einem schwarzen Vogel – ein Rabe oder eine Krähe – in ihrer Mitte den Neuankömmling, der vom Himmel gefallen war. Ein Geräusch von unten erschreckte sie, und die Möwen zerstreuten sich in den Abendhimmel. Der schwarze Vogel blieb zunächst, als ob er unentschieden wäre. Dann stürzte er sich ebenfalls mit einem Kreischen in die Nacht hinein.

Der Auftragskiller machte sich katzengleich auf den Weg. An der Hausecke, die dem Strand am nächsten lag, entpackte er sorgfältig den Inhalt seines Rucksacks. Er entnahm zwei Ersatzmagazine mit je zweiunddreißig Schuss für die Waffe, ein schwarzes Nylonseil mit einem Enterhaken, drei Granaten und vier Rauchgranaten, ein Glasfaserzielfernrohr, das an eine schwarze Alu-Teleskopstange montiert war, ein stark modifiziertes Scharfschützengewehr mit einem faltbaren Schaft, einen Schalldämpfer, ein zum Gewehr passendes Magazin mit zehn Schuss sowie eine wasserdichte Kamera. Er schob eines der Ersatzmagazine zusammen mit der Kamera in eine Seitentasche seiner Hose. Dann widmete er seine Aufmerksamkeit dem Scharfschützengewehr.

Während er das Gewehr inspiziert und sich von seiner Funktionsfähigkeit überzeugt hatte, machte er mehrere tiefe Atemzüge, um sich selbst darauf vorzubereiten, was nun kommen sollte. Er brachte vorsichtig den Schalldämpfer auf dem Lauf an und entfaltete den Kohlefaserschaft, dann schob er das Magazin ein und löste leise den mit maschineller Präzision gefertigten Bolzen, wodurch die nächste Patrone in die Kammer geladen wurde. Jetzt war er bereit. Er schob das Nachtsichtgerät an der Kopfhalterung aus dem Weg und spähte durch das ausziehbare Glasfaserzielfernrohr unten auf die Festlichkeiten. Er hatte die Gruppe der männlichen Gäste schnell ausfindig gemacht und konnte bestätigten, dass Salazar unter ihnen war. Zufrieden, dass sich seine Beute innerhalb seiner

Tötungszone befand, schaute er sich in der weiteren Umgebung der Terrasse um. Er bemerkte drei Sicherheitsleute, die unauffällig im Schatten des Fußes der mobilen Beleuchtungsmasten standen, deren Scheinwerfer die Party mit Licht versorgten.

Er richtete seine Aufmerksamkeit wieder auf Salazar und berechnete den Abstand und die Stärke der leichten Brise – nicht, dass es bei einem Schuss auf rund sechzig Meter einen großen Unterschied gemacht hätte, es war die Macht der Gewohnheit.

Eines der Funkgeräte der gefallenen Wachen knisterte, als eine befehlsgewohnte Stimme zu hören war und einen Statusbericht forderte. Er griff hinüber und stellte das Gerät leiser, dann konzentrierte er sich wieder auf die Feier. Diesmal spähte er mit dem Zielfernrohr des Gewehrs über den Rand des Daches.

Salazar gestikulierte vor dem berühmten Sänger wie ein Dirigent und sang lauthals mit. Ganz offensichtlich war er auf dem besten Weg zu einem veritablen Rausch. Dann flog seine Schädeldecke weg und bespritzte alle Umstehenden mit blutigen Fragmenten aus Knochen und Hirnmasse. Er sackte lautlos zusammen, und seine Gliedmaßen knickten ein. Er war bereits tot, bevor sein grauenhaft zugerichteter Kopf auf dem Boden aufschlug. Es verging einige Sekunden, bis die schockierte Gruppe registrierte, was passiert war. Die Band spielte weiter, ihr war noch nicht bewusst, dass die Party gerade ein abruptes Ende gefunden hatte.

Der am weitesten entfernte Wachmann taumelte rückwärts und ließ im Sterben seine Waffe fallen. Dann fing die Menge an zu schreien. Die anderen beiden Wachleute drehten sich mit der Waffe im Anschlag herum, um den Angreifer zu finden. Ein Geschoss riss der zweiten Wache die Kehle heraus, als es durch ihr Genick hindurch heraustrat, und der dritte Wachmann brach mit blutüberströmter Brust zusammen, als er sich zu seinem gefallenen Kollegen umdrehte. Chaos machte sich breit. Die Frauen rannten schreiend mit ihren angsterfüllten Kindern im Schlepptau auf das Haus zu. Die Band ging wortlos, aber hastig hinter der Poolbar aus Beton in Deckung. Ihre Instrumente fielen polternd gegen den Terrassenbelag, als sie die Flucht ergriffen.

Ein großer Flutlichtstrahler an der Peripherie explodierte in einem Funkenregen, worauf die anderen drei schnell folgten, und schließlich zerplatzte der Bühnenscheinwerfer. Nun gab es nur noch das Licht der Fackeln und einige indirekte Wandbeleuchtungen am Haus.

Salazars Freunde waren zu ihren Familienmitgliedern gerannt und trieben sie vor sich her in die Sicherheit des Hausinneren. Die weitläufige Poolterrasse war leer bis auf die Band und die zitternden Unterhaltungskünstler.

Der ungebetene Gast auf dem Dach warf das Gewehr auf die Brust einer toten Wache und schleuderte methodisch Granaten über die Vorderseite des Hausdaches. Er achtete dabei nicht darauf, wo sie landeten. Anhand der Reaktionen auf ihre Detonationen erhielt er genügend Hinweise, wo der Rest der Wachen stationiert war. Er rannte zurück zur Strandseite des Daches, zog die Sicherungsstifte aus den Rauchgranaten und warf sie auf die rechte Seite der Poolterrasse, sodass durch die Brise der Bereich in einem dichten Nebel versank.

Er war mit dem Ergebnis zufrieden und verkeilte die Stahlhaken an der Dachkante aus Beton. Er warf das Seil nach unten auf den Boden und prüfte kurz den Gang, der entlang der Wand verlief, um sicher zu sein, dass sich keine bewaffneten Angreifer in unmittelbarer Nähe befanden. Er schwang seine Beine über den Rand, ließ sich am Seil nach unten gleiten und landete geduckt auf einer Steinplatte.

In den Pflanzen am Rande der Veranda knackten die Funkgeräte der toten Wachen mit hastigen Befehlen, während er sich durch den Rauch auf die Feuerstelle zu bewegte, wo Salazars Leiche mit dem Gesicht nach unten in einer Blutlache auf dem weißen Naturstein lag.

Er griff nach der Schulter und drehte den Körper auf den Rücken, dann fischte er eine Tarotkarte aus seiner Hose. Sie war seine Unterschrift. Sorgfältig arrangierte er das Bild eines gekrönten Hauptes mit einem Schwert auf dem zerschundenen Gesicht des Kartellbosses. Er schoss zwei Bilder mit der kleinen Kamera, dann bückte er sich und steckte die Karte in Salazars offen stehenden Mund. So konnte er sicher sein, dass sie im Verlauf der nun folgenden Aktivitäten nicht wegfliegen konnte. Beim Blick durch die noch immer wehenden Rauchwolken, die das Haus weitgehend verdeckten, zog er den Bügel seiner letzten Rauchgranate und warf sie in den Sand. Ein undurchdringlicher Dunst hüllte den Strand ein.

Eine Kugelsalve riss nur ein paar Meter entfernt von ihm Steinstücke aus der Terrasse. Er wirbelte geduckt herum und feuerte ein paar kurze Stöße aus seinem schallgedämpften Sturmgewehr in Richtung der aufbellenden männlichen Stimmen. Eine weitere Kugel prallte an der Feuerstelle ab und signalisierte, dass es Zeit war, sich zu entfernen. Die überlebenden Wachen, die sich vor dem Haus befanden, schlossen auf, und sogar er war nicht gewillt, sich auf ein Feuergefecht ohne ausreichende Deckung einzulassen.

Er klinkte die letzte Granate vom Rucksackträger aus, zog den Stift und katapultierte sie etwa zehn Meter in Richtung Haus. Dann klinkte er die MTAR-21 ebenfalls aus, leerte das Magazin in Richtung der nahenden Wachen und warf es beiseite, wobei er die Schmerzensschreie aus ihrer Richtung befriedigt zur Kenntnis nahm. Er riss sich die Nachtsichtgläser vom Kopf und schleuderte sie so weit fort, wie er konnte, bevor er sich umwandte, um zum Strand zu laufen.

Die Erschütterung der Granate sorgte für eine weitere Verzögerung bei seinen Verfolgern – die Splitter der Explosion würden jede Jagd lange genug verhindern, um ihm dreißig Sekunden Vorsprung zu verschaffen. Das war alles, was er brauchte. Er spurtete über den schimmernden Sand auf das Ufer zu, tauchte ohne zu zögern in die sanfte Brandung ein und schwamm kraftvoll der Mündung der Bucht entgegen.

Ein Lichtstrahl strich vom Strand aus über das Wasser. Er spürte, wie die Kugeln die Wellen um ihn herum zerrissen, als er das Meer weiter durchpflügte und sich immer weiter von der Küste wegbewegte. Er zählte leise für sich, schwamm untergetaucht zwanzig Sekunden am Stück, tauchte auf, um vor dem erneuten Eintauchen in die Sicherheit der Tiefe Luft zu schnappen.

Als er an der teilweise unter Wasser stehenden Landzunge an der Buchtmündung vorbei war, bog er zur rechten Seite ab. In wenigen

Augenblicken erreichte er eine von Schlick bedeckte Felsformation rund hundert Meter von den wütenden Schützen entfernt. Er tastete im Dunkeln herum, bis er das glatte Fiberglas des schwarzen Jet-Skis fand, den er am Abend zuvor dort deponiert hatte. Schnell riss er den Tarnstoff vom schlanken Rumpf und befreite ihn von den mit Seepocken bedeckten Steinen.

Durch die einsetzende Flut stieg das Wasser bis zu dem Punkt, an dem das kleine Wasserfahrzeug leicht auf den Wellen dahinglitt. Innerhalb von Sekunden war der Motor gestartet, und der Attentäter raste davon ins offene Meer. Der Jet-Ski sprang mühelos über die Brandung, die unmittelbar über dem Riff heftig schäumte.

Einige Salven aus entferntem Gewehrfeuer ratterten über das Wasser, aber er befand sich bereits außerhalb der Schussweite – die Schießerei klang eher wie das Klagelied einer vereitelten Sicherheitsvorkehrung.

Er genoss den Adrenalinkick, als er mit achtzig Kilometern pro Stunde über die Dünung flog. Er griff sich unter das Kinn, zog sich die nasse Wollmaske vom Gesicht und warf sie über Bord in den Pazifik. Sein Kurs ging in Richtung Süden, wo an einem einsamen Strandabschnitt ein Fahrzeug auf seine nächtliche Ankunft wartete.

Schon heute Abend würde die Aktion Stoff für eine Legende sein, das wusste er. In einer Branche, in der Geld wie Heu vorhanden war, hatte er gerade das Unmögliche in einer spektakulären und extravaganten Weise zustande gebracht.

Nach dieser Nummer wäre er in der Lage, Summen in jeder beliebigen Höhe zu verlangen, und es gab bereits eine internationale Warteliste interessierter Klienten. Er hatte die Karte zur Besiegelung der Übereinkunft und natürlich auch, um seinen Ruf weiter aufzubauen, in Salazars Rachen hinterlassen. Er begann damit vor Jahren, als er eine Anregung aus einem Zeitungsartikel bekommen hatte. Er las über den amerikanischen Krieg im Nahen Osten, in dem die einzelnen Todesschwadronen jeder Zielperson Spielkarten zuwiesen, wenn sie auf der Jagd waren. Ihm gefiel die Idee, aber er entwickelte sie mit einer einzigartigen Ausschmückung einen Schritt weiter. Als er seine Karriere als Auftragskiller begann, hatte er Wert darauf gelegt, eine Tarotkarte mit einer Abbildung des Königs der Schwerter darauf zu hinterlassen – mit einer Bedeutung, die nur ihm bekannt war. Und so bekam er seinen Spitznamen, der jetzt die Furcht in die Herzen derer pflanzte, auf die er es abgesehen hatte.

König der Schwerter. El Rey de Espadas. Oder, wie ihn die Medien einfach genannt hatten: El Rey.

Es klang vielleicht ein wenig melodramatisch, aber niemand lachte darüber, jetzt, da er ein Vermächtnis aus spektakulären Morden geschaffen hatte. Sie waren der Stoff, aus dem Schlagzeilen gemacht wurden. Seit der Heldentaten von Ilich Ramírez Sánchez, bekannt als Carlos, der Schakal, hatte ein Auftragskiller nicht mehr solch einen Bekanntheitsgrad erworben. Er hatte die Verträge sorgfältig ausgewählt, neben dem eingenommenen Geld legte er Wert auf einen maximalen Werbeeffekt. Er hatte sich schnell den Ruf als Phantom oder unsichtbarer Mann erworben – ein mit ihm arrangierter Vertrag war zum Zeitpunkt, als der Deal ausgehandelt wurde, gleichbedeutend mit einer Kugel im Kopf der Zielperson.

El Rey war ein Star, eine Legende, und sogar seine Klienten näherten sich ihm mit einer gewissen Beklommenheit, wenn sie seine Dienste benötigten. Und das waren in der Regel Männer, die ganze Gemeinden abschlachteten, um ihren Standpunkt ein für alle Mal zu untermauern. El Rey begegneten sie jedoch mit Respekt.

Den hatte er sich auf die harte Tour verdient, indem er Auflagen, die als unmöglich zu erfüllen galten, akzeptierte und dann lieferte. In seinen Kreisen gewann man Respekt mit der Schneide eines Messers oder dem Lauf einer Pistole. Die Währung hieß Blut. Und nun konnte er seinen Preis diktieren. Die heutige Logistik hatte ihn knapp hunderttausend Dollar gekostet – der Wert des Vertrags war zweieinhalb Millionen. Nicht übel für die Arbeit eines einzigen Abends.

Aber nach dieser Aktion würde sein Tarif bei vier Millionen beginnen und sich von dort aus je nach Schwierigkeitsgrad schnell erhöhen.

Links von ihm funkelten die Lichter der ausgedehnten Küste Punta Mitas in der bewölkten Nacht. Er wusste, dass einige der Häuser entlang dieses Strandabschnitts weit über fünf Millionen

Dollar kosteten. Reiche Gringos und erfolgreiche Drogenhändler waren die Einzigen, die sich so etwas leisten konnten. Mit ein wenig Glück würde er bald Teil der Elite sein, die dieses Gebiet ihr Zuhause nennen konnte. Aber er müsste noch ein paar weitere Aufträge erledigen, bevor er seinen teuflischen Beruf an den Nagel hängen und sich zur Ruhe setzen konnte. Er hatte es durchaus nicht eilig, in Rente zu gehen.

El Rey liebte den Adrenalinkick beim Töten. Je mehr Planung erforderlich war, je größer die Herausforderung und je höher das Niveau des Auftrags ausfiel, desto besser.

Er blickte nach unten auf den schwach beleuchteten Kompass, den er am Lenker montiert hatte, und nahm geringfügige Kursanpassungen vor. Er war ein wenig nachdenklich über die Richtung geworden, die sein Leben genommen hatte, während er durch das tiefschwarze Wasser glitt und mühelos in die warme tropische Nacht entkam.

PROLOG

Puebla, Mexiko, vor zwei Jahren

Der zentrale Platz im Zentrum von Puebla war typisch für größere mexikanische Städte; er war sowohl kulturelle Drehscheibe für die Allgemeinheit als auch ein Treffpunkt. Touristen aus allen Teilen des Landes reisten an, um den Platz neben dem Dom zu besichtigen. Diese Gegend galt als eine der schönsten der Region.

Ein ständiger Strom von Autos fuhr in der Innenstadt umher, obwohl der Verkehr am frühen Nachmittag mäßig war. Eine leichte Brise rauschte durch die Bäume, die den Picknick-Touristen Schutz vor starkem Sonnenlicht boten. Sie ließen sich ermattet auf dem frisch gemähten Rasen nieder, während ein leichter Duft von köstlichen Dingen aus den nahe gelegenen Restaurants wie ein gastronomischer Sirenengesang zu ihnen herüberzog.

Rosa saß mit ihrer Tochter Cassandra in einem der gemütlichen Cafés. Die beiden aßen frisches Fruchtsorbet. Es war Sommer, also war die Schule geschlossen, und sie besuchten Rosas Eltern für eine Woche – eine erfrischende Auszeit vom Gedränge der Menschenmassen in Mexico City, das zu den größten Städten der Welt gehörte – dem Ort, den sie widerwillig ihr Zuhause nannte.

Es herrschten hohe Temperaturen, aber es war nicht drückend heiß und es gab hier nicht diese belastende Luftverschmutzung wie in Mexico City, wo der Smog wie eine Decke über dem Tal lag, in dem sie wohnten. Einige der Luftqualitätsprobleme hatten ihre Ursache in der geografischen Lage, andere wiederum traten auf, weil es bis heute keine Abgasregelung für Pkws gab. Die Hügel rund um die Hauptstadt von Mexiko verhinderten, dass die gesundheitsschädlichen Giftstoffe in den warmen Luftschichten abgebaut wurden. Es war einer der unbarmherzigen Tricks der Natur, dass so viele Menschen in einem Gebiet lebten, in dem das Atmen der Luft das Äquivalent zum Rauchen einer Packung Zigaretten am Tag darstellte.

Sie wünschte sich, dass sie hätte umziehen können, vielleicht nach Guadalajara, wo das Wetter meist schön war und die grüne Region rund um den Lake Chapala wenig mehr als eine Stunde entfernt lag. Der Job ihres Ehemanns erlaubte dies jedoch nicht. Sie hasste es, dass sie dazu verdammt waren, in dem kleinen Vier-Zimmer-Reihenhaus in Toluca zu leben. Es lag in der Nähe des Flughafens in einer Nachbarschaft, die ständig von irgendwelchen kriminellen Straftaten heimgesucht wurde. Aber das Leben war nicht immer fair oder einfach, und sie machten das Beste daraus.

Rosa hatte eine anständige Karriere als Versicherungsvertreterin mit ihrer eigenen kleinen Agentur vorzuweisen. Mit ihrem Einkommen und dem ihres Ehemanns kamen sie erwartungsgemäß gut zurecht. Manchmal wurde sie jedoch von einem Gefühl der Melancholie befallen, zumal sie mitansehen musste, dass ihre acht Jahre alte Tochter in nicht gerade idealen Bedingungen aufwuchs. Cassandra war eine Art Wunder. Rosas Arzt hatte sie in dem Glauben gelassen, dass sie niemals in der Lage sein würde, ein Baby auszutragen, da sie an diversen chronischen Immunschwächen litt. Aber ein starker Glaube an Gott und sachkundige Betreuung im Krankenhaus führten dazu, dass eine kräftig schreiende Cassandra das Licht der Welt erblickte. Seitdem war sie Rosas ganzer Stolz und ihre größte Freude.

Rosa sah ihre Tochter an. Sie strich ihr die Haare aus den Augen und wischte mit einer Ecke ihrer Serviette einen Erdbeerfleck von den geschürzten kleinen Mädchenlippen. Cassandra – Cass – warf Rosa einen verlegenen Blick zu und rieb hastig mit ihrem Unterarm über ihr Gesicht. Rosa lächelte über diese Geste. »So geht es natürlich auch«, dachte sie.

Ein Streifenpolizist tippte an seine Mütze, als er an dem Paar vorbeischlenderte. Sie erwiderte sein Lächeln aus Höflichkeit. Sie konnte durchaus als eindrucksvolles Beispiel für klassische mexikanische Schönheit gelten. Dafür sorgten ihre blitzenden Augen, deren Farbe an Espresso erinnerte, und die schwarzen Haare, die wie Seide im Kontrast zum milchkaffeebraunen Teint ihrer Haut schimmerte. Sie war an die bewundernde Aufmerksamkeit von Männern gewöhnt, obwohl sie ihr Herz und ihre Seele längst ihrem Ehemann, der Liebe ihres Lebens, versprochen hatte.

Cass hatte Rosas ansprechendes Aussehen geerbt. Überraschend war jedoch, dass sie dunkelblondes Haar hatte – ein Beweis für die teilweise deutsche Abstammung ihres Vaters, die mehrere Generationen zurücklag. Schon jetzt, kaum eine Jugendliche, war sie ein wunderschönes Kind, und Rosa wusste, dass sie dazu bestimmt war, Herzen zu brechen, wenn sie heranreifte. Allgemein war man der Meinung, dass sie Model werden könnte, sobald sie das Teenageralter erreicht hatte. Einige von Rosas Freunden hatten etwas in der Art bereits geäußert.

Sie sahen zu, wie die Autos vorbeifuhren und die Kinder auf dem Platz spielten. Mutter und Tochter fühlten sich entspannt und glücklich, denn sie befanden sich an einem Ort, der sicher und relativ unberührt war. Sie hatten gerade ihr Mittagessen in einem kleinen Restaurant unterhalb eines der alten Hotels gegenüber der Kirche verzehrt. Sie genossen das beste Huhn – zubereitet mit Mole Poblano –, das Rosa seit Jahren gekostet hatte. Die Mole-Soße war eher eine Kunst als ein Rezept, und jede Region hatte eine eigene Version dieses Gerichts. In Puebla war die Soße fast schwarz, so dick wie flüssiger Teer, und duftete nach dunkler Schokolade, Gewürznelken und um die dreißig weitere Gewürze und Zutaten. Dieses wahrlich gehaltvolle Gericht konnte nur von wenigen Restaurants – wie diesem, in dem sie gerade gegessen hatten – übertroffen werden. Puebla war das kulinarische Mekka in Mexiko und Mole Poblano dessen charakteristische Spezialität.

Cass hatte sich damit beschäftigt, den Tauben Namen zu geben. Diese Vögel marschierten und stolzierten über die Straße auf den

Platz. Einer davon, der ihre Aufmerksamkeit erregt hatte, war ein besonders krasses Beispiel für männliches Imponiergehabe. Sie hatte Rosa erklärt, sein Name sei El Guero – Der Blasse. Der Vogel war fast blendend weiß. Seine Präsenz war bemerkenswert, jeder Schritt ging mit der taubenüblichen Verbeugung einher, er plusterte seinen Brustkorb auf und breitete seine Flügel und Schwanzfedern als Versinnbildlichung einer glanzvollen Paarung aus. Die kleineren grauen Weibchen waren von seinen Bewegungen ebenso nachhaltig beeindruckt wie Cass. Hin und her lief er mit wippendem Oberkörper, gurrte laut bei seinen Paradeschritten wie der Vogelkönig des Puebla-Parks, der über seine bewundernden Untertanen zu Gericht saß.

Mutter und Tochter waren nun mit ihrem vergnüglichen Zweitfrühstück fertig, verließen die Umgebung des Platzes und machten sich auf den Weg zu ihrem Wagen – einem Peugeot, der nie richtig lief seit dem Tag, an dem sie ihn als Neuwagen mit der enormen finanziellen Belastung von zwanzig Prozent Jahreszins gekauft hatten. Rosa hasste das kleine blaue Biest und zählte die Tage, bis es abbezahlt war. Dann konnte sie ihn verkaufen und etwas Zuverlässigeres anschaffen.

Zwei Blocks vom Platz entfernt parkte ein elfenbeinfarbener Ford Expedition am Straßenrand neben ihnen ein. Zwei Männer, die ihnen in einigen Metern Entfernung gefolgt waren, packten das Paar und zwangen es, durch die hintere Tür einzusteigen. Rosa schrie, Cassandra natürlich auch. Sie trat um sich und wollte ihren Angreifer in den Arm beißen. Einer der Männer brach Rosa mit einem Faustschlag das Nasenbein in dem Bemühen, das Geschrei zu stoppen, bis er sie in das Fahrzeug bugsieren konnte. Auf diesem Bürgersteig gab es wenig Fußgängerverkehr, aber die wenigen Menschen, die den Zwischenfall beobachteten, blieben wie erstarrt stehen.

Entführungen waren ein unglücklicher, aber auch fester Bestandteil des Lebens in einigen größeren mexikanischen Städten. Und mit den bewaffneten Banden, die sich darauf spezialisiert hatten, war nicht zu spaßen. Schießereien waren nicht ungewöhnlich, denn die, die sich diesem Gewerbe verschrieben hatten, reagierten in der Regel gewalttätig und verzweifelt. Sie hatten nicht viel zu verlieren.

Der Mann, der Rosa geschlagen hatte, fesselte sie auf dem Rücksitz, während der andere Mann die wild strampelnde, kreischende Cassandra hochhob und neben ihre Mutter stopfte. Ein Entführer setzte sich zu den beiden auf den Rücksitz, der andere stieg vorne ein und schwang sich auf den Beifahrersitz. Der Geländewagen schoss brüllend und mit quietschenden Reifen aus der Straße, wobei er eine Abgaswolke hinterließ. Er besaß kein Nummernschild – das war kein besonders seltener Umstand, denn es gab viele, die die Zulassungsgebühren nicht zahlen wollten. Daher gab es keine unmittelbaren Erkennungszeichen außer der Beschreibung: ein großer weißer Ford SUV.

Der Mann auf dem Rücksitz verschloss Cassandras Mund mit Klebeband, dann lehnte er sich hinüber und tat das Gleiche mit Rosa. Der Entführer auf dem Beifahrersitz richtete eine Pistole auf Rosas Kopf, was sie schnell davon überzeugte, dass weitere Gegenwehr ein fataler Fehler sein könnte. Cassandra schluchzte in das Band. Sie war erfüllt von Angst vor dem, was da gerade geschah und was wahrscheinlich noch kommen würde.

Fünfundzwanzig Minuten, nachdem sie am helllichten Tag von der Straße weg entführt worden waren, zerrten ihre Angreifer Rosa und Cassandra eine Treppe hinunter in einen Keller mit einer dreckigen Matratze und einer kaputten Abwasserleitung in einer Ecke. Der Gestank war übermächtig, und sobald ihnen das Klebeband vom Mund gerissen wurde, erbrach sich Cassandra und beschmutzte sich selbst. Die vier Männer, die die steinerne Treppe ein paar Minuten später hinabstiegen, waren wütend. Der größte von ihnen schlug sie gegen die hintere Wand und gab zornentbrannt Anweisungen an einen seiner Untergebenen, der schnell mit einem Schlauch aus dem Garten unmittelbar vor dem Kellereingang zurückkehrte.

Rosa versuchte, ihr Kind zu schützen, aber der große Mann nahm sie bei den Haaren und schlug ihr in den Magen. Sie bekam keine Luft mehr, und lähmende Schmerzen stellten sich ein. Sie stürzte hilflos zu Boden, und zwei der Männer traten sie abwechselnd mit den Spitzen ihrer Cowboystiefel. Nach ein paar Tritten umfing sie eine gnädige Bewusstlosigkeit. Trotzdem prasselten die

Tritte der Männer weiterhin auf sie ein, bis sie genug davon hatten und dem jungen Mädchen ihre Aufmerksamkeit zuwandten.

Ein Strom von kaltem Wasser fuhr Cassandra ins Gesicht. Die Männer lachten, als sie vor Angst und Wut über den Schock aufschrie. Auch der Anblick ihrer regungslosen Mutter auf dem dreckigen, feuchten Kellerboden versetzte sie in Panik. Nachdem das Erbrochene weggespült war, näherte sich der große Mann der hingekauerten Gestalt, die dort durchnässt und entsetzt zitterte. Er riss ihr das Kleid herunter, der dünne Stoff gab nach, als wäre er aus Papier. Er hob sie wie eine Stoffpuppe hoch und warf sie auf die fleckige Matratze.

Wie gelähmt schrie sie in panischer Angst, als die Männer sie in Vorfreude auf eine nachmittägliche Abwechslung umrundeten. Der große Mann fummelte an seinem Gürtel herum, und die anderen grinsten erwartungsvoll, als Cassandras grässliche Schreie von den kalten Wänden ihrer persönlichen Hölle widerhallten.

Zwei Tage später kam ein Paket im Büro von Rosas Ehemann an. Sein Name war mit schwarzem Filzstift auf dem Etikett angegeben, die Absenderadresse in Puebla, die von Rosas Eltern, war sorgfältig darauf angebracht. Ein Kurier vor Ort brachte das Paket, und die Dame am Empfang bestätigte die Entgegennahme mit ihrer Unterschrift. Dann wurde der Botenjunge angewiesen, es ins Büro zu bringen. Dort bereitete sich Rosas Ehemann gerade mit seinen unmittelbaren Untergebenen auf eine Personalversammlung vor.

Niemand, der an diesem Tag dort gearbeitet hatte, würde diese Schreie jemals vergessen. Es waren Schreie des Schreckens und der Trauer, die von seinem Büro ausgingen, als er die Lieferung auspackte. In dem Karton befanden sich, in Plastik eingewickelt und umgeben von zerknüllten Zeitungen, Cassandras und Rosas Köpfe. Sie waren am dritten Halswirbel fein säuberlich abgetrennt und die Augen mit ein paar groben Nadelstichen verschlossen worden. Beiden hatte man das Brandzeichen eines Skorpions auf die Stirn gebrannt, und der Schwanz eines Skorpions ragte jeweils aus ihren Mündern, in dem die räuberischen Gliederfüßler als Visitenkarte hinterlassen worden waren.

Durango, Mexiko, vor vier Monaten

Das Publikum brach in einen donnernden Applaus aus, als Hector De La Silva bei der Rallye ans Podium trat. Er war schon lange einer der bekanntesten Gouverneure der mexikanischen Geschichte, seine Amtszeit war vorüber, ohne dass er sich zur Wiederwahl stellte – seine Bestrebungen Richtung Präsidentschaft als möglicher Nachfolger für Mexikos höchstes Amt waren ganz offensichtlich. Er hatte bereits eine aufwendige und farbenfrohe Kampagne lanciert, denn mexikanische Wahlen ähnelten eher einem Schauspiel mit feuriger Rhetorik, mit vehementen und vernichtenden lebhaften Anklagen in Kombination mit vollmundigen und inspirierenden Wahlversprechen. Niemand glaubte wirklich, was die Kandidaten sagten – die Geschichte hatte gezeigt, dass es keine Rolle spielte, wer an die Macht kam, die Wahlversprechen waren vergessen, sobald die Abstimmung abgeschlossen war. Das Verfahren an sich wurde hinsichtlich seiner Publikumswirksamkeit und des Gefühls für das Theatralische gefeiert.

Hector, oder »El Gallo«, der Hahn, wie er genannt wurde, war in seinem Element. Er war ein vollendeter Künstler mit der Erfahrung aus jahrzehntelangen politischen Ämtern und wusste, wie man vor einer Menge wie ein Virtuose auftritt.

Er war berühmt dafür, seine Stirn auf das Podium zu schlagen, wenn seine Rede ihren Höhepunkt erreichte, um damit seine Opferbereitschaft im Namen seines Wahlkreises zu unterstreichen. Seine Headbang-Nummer war jetzt ebenso beliebt und wurde einfach erwartet, vergleichbar mit dem Sprung auf den Gegner vom obersten Seil aus bei mexikanischen Wrestling-Wettkämpfen: Lucha Libre, bei dem maskierte Ringer – oder sogenannte Wrestler, die eigentlich eher Turner sind – erstaunliche Kunststücke der körperlichen Geschicklichkeit vorführten, während sie vorgaben, einander zu bekämpfen. Da glaubte auch niemand, dass das echt war, und doch war es sehr beliebt: Gemessen am Unterhaltungswert kam es gleich nach Fußball.

Die versammelte Zuschauermenge bebte vor Erwartung und wartete darauf, dass El Gallo, gekleidet in ein alltägliches Viehzüchterhemd und Cowboyhut, auf die Bühne trat. Er war ein Mann des Volkes, ein Mitglied der Massen, das versicherte er ihnen, auch wenn seine Vierhundert-Dollar-Stiefel aus Straußenleder in der Sonne glänzten. Es spielte keine Rolle, dass seine Brüder zu den reichsten Grundbesitzern in der Region gehörten oder dass sein Vater im sozialen Wohnungsbau ein Begriff gewesen war. »Vergessen Sie all das«, schien seine Haltung zu fordern. Hier stand ein bescheidener, einfacher Mann, der widerwillig die erhebliche Belastung auf sich nehmen würde. Er würde die Nation wieder auf den Pfad der Rechtschaffenheit zurückbringen, da sie irgendwo vom Weg abgekommen war. Daran waren sicherlich nicht die Aktivitäten seiner Partei schuld, die auch den derzeitigen Präsidenten stellte. Nein, das Land war in eine tödliche Gefahr geraten, in eine fundamentale Moralkrise, und das wiederum lag an der Popularität und an der Macht der Drogenkartelle, die immer wieder für alle sichtbar aufbrandete.

Er räusperte sich und fing an zu sprechen. Sein tiefer Bariton verlief in großen Bögen, das war ein Kunstgriff, um die Aufmerksamkeit des Publikums aufrechtzuerhalten. Er klang wohl moduliert, mit Leidenschaft und Intensität in jeder Silbe, ohne in irgendeiner Weise schrill zu wirken. Dies war ein echter Mann, ein Visionär, eine Führungspersönlichkeit, die endlich, nach Jahrhunderten der Unterdrückung, in der Lage war, den Mexikanern das zu geben, was ihr Vermächtnis ihnen verheißen hatte.

»Schauen Sie nur auf den Wohlstand, dessen sich Mexiko in den letzten Jahren erfreuen konnte. Unter unserer Parteiführung wurde eine neue, aufstrebende Mittelschicht geschaffen und die Armut wurde in vielen seiner am weitesten verbreiteten Formen ausgerottet. Unsere Wirtschaft ist die elftgrößte in der Welt, stark und robust wie die Mexikaner, die trotz Widrigkeiten triumphieren und eine bessere Zukunft für unsere Kinder errichten!«, verkündete El Gallo, während er bei jedem Argument zur Betonung mit seinem Hut in die Luft stach.

Das Publikum brach in gut choreografierten spontanen Beifall aus, natürlich unter der Führung der anwesenden Parteiagitatoren, die den Jubel an den entsprechenden Stellen anheizten. Die

Fernsehkameras wanderten über die dicht gedrängte Menge in Festtagsstimmung – man konnte diese Begeisterungsstürme kaum ansehen, ohne davon berührt zu werden.

»Ich liebe meine Kinder, und ich habe sie gelehrt, Gott und Mexiko zu lieben. Ich glaube, dass ich ihnen den Unterschied zwischen Richtig und Falsch, zwischen Gut und Böse, zwischen einem Weg der Verheißungen und einem, der ins Fegefeuer führt, vermittelt habe. Kinder sind die Zukunft eines Landes, und so müssen wir alles in unserer Macht Stehende unternehmen, um eine sichere Umgebung zu schaffen, in der sie sich bewähren können. Sie sollten sich keine Sorgen über Drogenkartelle machen müssen, die auf unseren Straßen herumschießen oder ihr Gift in unsere Schulen bringen. Wir können diesem Terrorismus nicht nachgeben. Nicht nur, weil es das Richtige ist. Nicht, weil es einfach zu bewerkstelligen wäre. Aber wir müssen es für die Kinder tun. Wir müssen für die Kinder das tun, was erforderlich ist – für die Kinder, die Mexikos freigiebige Ernte der Talente und der Hoffnung sind!«

Eine kauernde Gestalt richtete das Stativ des Hochgeschwindigkeitsgewehrs aus. Genau in dem Augenblick, als die Rede in vollem Gange war und die Menge der versammelten Bürger wieder Beifall spendete. Die eigentlichen Worte waren für diese Gestalt nicht zu hören, weil sie hinter den Lautsprechern im Turm der Kirche fünfhundert Meter entfernt von der optimistisch gestimmten Menschenmenge positioniert war. Sie war für die rund um die Rallye eingesetzten Sicherheitskräfte unsichtbar, das Gewehr ruhte in einer der kleinen rechteckigen Öffnungen der Turmspitze.

Der Schütze sah die roten Luftballons, die die Bühne umrahmten. Sie boten ihm Hinweise auf die Stärke und die Richtung des Windes. Er hatte Glück. Die späten Frühlingsböen traten nirgends in Erscheinung. Es würde ein einfacher Schuss werden.

Er wurde von den Fehlzündungen eines Autos auf der Straße unten aufgeschreckt. Mehrere Sicherheitsleute in Begleitung von sechs Soldaten liefen in die Richtung des lauten Knalls. Sie sahen, wie ein alter Heulaster, voll beladen mit Heuballen, vorbeirumpelte. An der nächsten Kreuzung gab es eine weitere Fehlzündung des Motors; die Gruppe der bewaffneten Männer tauschte erleichterte Blicke aus und lachte vergnügt darüber, dass sich ihre Verteidigung von El Gallo gegen einen schlecht eingestellten V8 richtete. Die Wachen gingen wieder auf ihren Posten, während der große Mann weiterhin seine wortreiche Vision einer neuen Zukunft ausmalte.

Eine Krähe landete auf der Balustrade des Turms und fixierte den Mann mit ihren glänzenden Knopfaugen. Aus einem Grund, den er nicht genau einordnen konnte, überkam ihn ein Kälteschauer, die Härchen auf seinen Armen standen aufrecht. Er glaubte nicht an Omen oder Symbole, aber irgendwas aus seiner Schulzeit tauchte auf darüber, dass Krähen von Wahrsagern für Unglücksboten gehalten wurden. Ein Bild aus seiner Vergangenheit nagte an ihm und versuchte, an die Oberfläche zu gelangen, aber er schüttelte es ab – er durfte keine Zeit damit verlieren, dass er sich durch einen Vogel erschrecken ließ. Der Mann grinste über seine eigene Fantasie – sich durch eine Krähe aus der Fassung bringen zu lassen. In Ordnung, das war ein Unglückstag, aber nicht für ihn.

Die Krähe bewegte noch mehrmals ihren Kopf auf und ab, dann pickte sie gegen den Stein, auf dem sie stand, bevor sie ihr Vorhaben aufgab und wegflog.

Er griff in seine Hosentasche, holte ein Paar Ohrstöpsel aus verdichtetem Schaum hervor und legte sie zusammen mit einer Digitaluhr vor sich hin. Er hatte dreißig Sekunden, um sich zu vergewissern, dass alles am richtigen Platz lag. Er drückte die Ohrstöpsel zusammen und steckte sich einen in jedes Ohr. Er lenkte seine Aufmerksamkeit wieder auf den blumig schwärmenden Mann auf der Bühne. Der Redner schien den Höhepunkt zu erreichen, und der Schütze konnte nicht umhin, erneut zu lächeln. Das hier konnte ja noch lustig werden. Er konnte es kaum erwarten, die Zeitungen von morgen zu lesen.

El Gallo baute die Intensität seiner Rede weiter auf, indem er gegen die Kartelle als Verkörperung des Satans wetterte, der in Menschengestalt auf dem Planeten herumkroch. Die Worte waren kraftvoll, und die Emotionen stiegen in dem Maße, wie die Lautstärke seiner Stimme anschwoll.

»Dieser Abschaum ist ein Geschwür am Körper des Staates, allesamt sind sie schädliche Chaoshändler, deren einzige Waren Gift und Leiden sind. Sie befriedigen die Nachfrage der reichen Gringos, die ihre Drogen kaufen, selbst wenn ihr eigenes Land unter der Maßlosigkeit der eigenen Ausschweifungen zusammenbricht. Mexiko verkam durch sie zur Hure, und ihre Kinder machten sie zu ihren Sklaven. Wir leiden, damit Zuhälter und reiche Prominente dieses Teufelszeug während ihrer Orgien schnupfen können. Ich möchte eine Nachricht an diese Verräter senden, die am Busen der falschen Göttin im amerikanischen Norden saugen. Ich möchte ein Telegramm schicken. Die Botschaft ist, wir werden uns nicht mehr länger als ihre Esel oder Schoßhündchen behandeln lassen. Sie werden nicht mehr unser Blut verwenden, um ihre Kriegsmaschinerie zu schmieren. Wir sind Mexikaner und wir haben es satt, der Schuttabladeplatz für ihre Probleme zu sein, zu dem sie kommen, um unsere Töchter zu Prostituierten und unsere Söhne zu kriechenden Bauern zu machen. Ihre Zeit ist vorbei, und wir werden nun die Schätze, die uns als Geburtsrecht zustehen, wieder zurückfordern! Wir sind stark und stolz. Und vor allem sind wir Mexikaner. Wir sind eine Familie – und wir werden frei sein!«

Die Glocken der Kirche begannen zu läuten und verkündeten die Ankunft der Mittagsstunde. El Gallo, jetzt in Rage, schlug seinen Kopf nach vorne auf das Podium, um sein mittlerweile berühmtes Markenzeichen vorzuführen. Das Publikum quittierte das mit einem temperamentvollen und herzhaften Applaus.

Als er jedoch auf den Boden sank und das Blut sich über den Rücken seines maßgeschneiderten weißen Seiden-Cowboyhemds ausbreitete, begannen die Schreie.

Der junge Novize bewegte sich mit müheloser Zielstrebigkeit zu den Kirchentüren, als das Läuten der Glocken Gottes Gnade und Präsenz im Alltag lautstark verkündete. Eine alte Frau bekreuzigte sich, als er vorbeiging, und auf ihrem verwitterten Gesicht leuchtete kurzzeitig ein hingebungsvolles Lächeln auf. Er dreht sich um, als er die Tür erreichte, und fiel auf die Knie. Seine Soutane wischte über den Boden, als er sich vor dem Anblick eines unglücklichen Erlösers bekreuzigte. Er wurde gekreuzigt, damit die Menschheit gerettet werden konnte. Er war von der Statue sehr bewegt, die die Wand oberhalb des Altars dominierte. Die Sonne schien durch die aufwendigen Buntglasfenster über der Tür und badete den Innenraum in einem schillernden bunten Glanz. Das fast leere Gotteshaus strahlte eine Ruhe aus, die in der grausamen Welt gleich außerhalb der Türen nicht zu finden war.

Er verließ das Gebetshaus mit der Bibel in der Hand und berührte seinen Rosenkranz. Ein frommer Mann überquerte die Straße auf einer Mission, die Welt zu retten.

Zwanzig Minuten später schlichen sich die Leibwächter und Soldaten mit der Waffe im Anschlag die Treppe hinauf zur Turmspitze. Sie lauschten angestrengt, wollten jedem Hinweis auf eine Bedrohung nachgehen. Die riesigen Glocken waren verstummt, und das einzige Geräusch neben dem Geheul der Sirenen vom Platz hinter dem breiten Boulevard war das Gurren verliebter Tauben, die in den Sparren des Turmdaches Zuflucht suchten.

Der Teamleiter hob eine Hand zur Warnung, als er das Gewehr, immer noch auf dem Stativ montiert, sichtete, daneben lag eine einzelne ausgeworfene Patronenhülse. Er kroch widerwillig zentimeterweise dorthin. Das Blut wich ihm aus dem Gesicht, als er sah, welches Objekt die Votivkerze dort barg.

Der strenge Gesichtsausdruck der hochstilisierten Ausgabe der königlichen Hoheit schien über die Eindringlinge zu spotten, während das geschwungene Schwert allen miteinander die königliche Erhabenheit des sitzenden Mannes verkündete.

Er näherte sich der Karte wie in Trance, dann griff er nach unten, barg das zerknitterte Rechteck und hielt es so, dass seine Männer es sehen konnten.

Der König der Schwerter hatte wieder zugeschlagen.

KAPITEL EINS

Mexico City, 18. April, 6.15 Uhr

Die Betonwände des Fabrikgebäudes am Rande der Stadt waren in einem schrillen Orange gestrichen, die Stahlrolltore dazu im krassen Gegensatz marineblau hochglanzlackiert. Der große Parkplatz war leer bis auf drei Cadillac Escalades – ein ungewöhnlicher Anblick in dieser Gegend, auf deren Schotterstraßen eher zwanzig Jahre alte Dodge-Geländewagen fuhren. Die umliegenden Gebäude waren aus schmutzig grauen, ungestrichenen Pressbetonblöcken erbaut, bei denen die verrosteten Armiereisen aus dem Dach herausragten. Die Bauherren hatten sich mit dem Zurechtschneiden des Stahls aus den Stützpfeilern nicht lange aufgehalten. Graffiti bedeckte fast jeden Bereich, und der faule Gestank von Abfall und Dreck durchzog den heruntergekommenen Außenposten.

Die Konturen der Skyline von Mexico City flimmerten in der Ferne, wo sich Wolkenkratzer aggressiv in den Himmel reckten, oder eher in die bräunlich verfärbte, verschmutzte Luftschicht, die das ganze Jahr über dem Tal hing. Ein Hahn krähte sein Willkommen, als sich die ersten Sonnenstrahlen der Morgendämmerung zeigten. Zwei schnüffelnde Hunde trotteten von Gebäude zu Gebäude, an ihren ausgemergelten Körpern war gut zu erkennen, wie wenig Beute hier zu holen war. In der Nähe strömte eine Barackensiedlung mit Dächern aus rauer Teerpappe, Plastikplanen oder Wellblech einen sauren Gestank aus, während hier und da aus den jämmerlichen Bauten von morgendlichen Holzfeuern Rauch in die Luft stieg, wenn sie geschürt wurden, um die Nahrung für den Tag zuzubereiten.

Ein kleiner Spiegel am Ende einer Stange ragte um die Ecke eines der benachbarten Gebäude. Der Bundespolizist, der diese Konstruktion verwendete, konnte so den orangefarbenen Bau im Auge behalten, ohne seinen Kopf aus der Deckung zu nehmen. Da nichts zu sehen war, machte er eine Reihe von kurzen Handbewegungen zu den dreißig schwer bewaffneten Männern der Kommandotruppe hinter ihm. Dies war das bewaffnete Einsatzteam, das aus den Mitgliedern der Bundespolizei mit der meisten Kampferfahrung bestand. Sie waren spezialisiert auf Sturmangriffe im Stadtgebiet, in der Regel mit Unterstützung von Armee oder Marineeinheiten. Die Polizisten waren alle Marineinfanteristen, kurz Marines, und alle hatten sich bereits in zahlreichen bewaffneten Gefechten gegen paramilitärische Einheiten der Drogenkartelle, der Geißel Mexikos, bewährt.

Die Männer näherten sich ihrem orangefarbenen Zielobjekt, wobei sie sich geduckt vorwärtsbewegten, um so wenig Angriffsfläche wie möglich zu bieten. Das Funkgerät des Befehlshabers knackte, und die Bestätigung kam herein, dass eine andere Gruppe eines ähnlich ausgestatteten Polizeitrupps die Rückseite des Gebäudes und dessen Flanken gesichert hatte. Er warf einen prüfenden Blick auf seine Uhr, dann drückte er den Knopf, der die Stoppuhrfunktion startete, bevor er mit weiteren Handzeichen signalisierte, dass sie im Begriff waren, hineinzugehen und anzugreifen.

Drei der Polizisten führten einen schweren Stahl-Rammbock mit sich, der die Haustür in Sekundenschnelle aufbrechen konnte. An den Fenstern gingen je zwei Beamte in Stellung und machten sich bereit, durch sie hindurch das Feuer zu eröffnen und jeden zu töten, der versuchte, nach draußen zu fliehen. Der Befehlshaber ballte eine Hand zur Faust, und das Stahlprojektil rammte die schwere Tür in das Gebäude. Sie wurde aus den Angeln gehoben. Acht der Männer stürmten hinein, weitere waren bereit zu folgen.

Das unverwechselbare Stakkato der Kalaschnikows hallte in der großen Lagerhalle wieder, die umgehend von den sonorer klingenden Feuerstößen der von der Polizei bevorzugten M16 beantwortet wurden.

Obwohl die Federales, die Bundespolizisten, sich in der überwältigenden Mehrheit befanden, setzten ihre Gegner im Inneren des Gebäudes das Feuergefecht fort, bis sie ihre Munition aufgebraucht hatten. Als die Schießerei schließlich abebbte, warf der überlebende Drogendealer seine Pistole fort und hob die Arme über den Kopf. Die leer geschossene Maschinenpistole hatte er schon zuvor fallen gelassen.

Die endgültige Zählung ergab, dass vier Zivilisten und fünf Polizisten tot und drei weitere Polizisten verwundet waren – trotz ihrer schussfesten Kleidung und der Vorsichtsmaßnahmen. Der Leiter des Teams ging zu dem Schützen, der sich ergeben hatte, und schlug ihm mit dem Gewehrkolben ins Gesicht, dann holte er vom Dienstgürtel ein Paar geschwärzte Stahl-Handschellen hervor. Er befahl dem blutenden Mann, sich mit dem Gesicht nach unten auf den Bauch zu legen, und legte ihm die Handschellen an. Zwei weitere Beamte stellten ihn wieder auf die Füße und schleppten ihn vorbei an den Leichen seines Gefolges nach draußen zum wartenden Polizeiwagen.

Ein großer, sportlich proportionierter Mann in den frühen Vierzigern und der typischen blauen Uniform der mexikanischen Bundespolizei fuhr sich mit einer Hand durch sein dichtes, leicht ergrautes Haar und stieß einen aufgebrachten Seufzer aus. Captain Romero Cruz umkreiste das Objekt seiner Aufmerksamkeit. Es handelte sich um einen Mann, der vor ihm an einen Metallstuhl gefesselt saß, welcher in der Mitte des Raumes mit dem Boden verschraubt war. Eine nackte Hundert-Watt-Glühlampe hing von der Decke, zwar karg, aber ausreichend als Beleuchtung für die Verhörzelle. Der Gefangene war ein hochrangiges Mitglied des Templerorden-Kartells – enge Verbündete des Sinaloa-Kartells. Dieser Mann, Jorge Rodriguez Santiago, war angeblich ein Vertrauter der Sinaloaner, was ihn für Captain Cruz doppelt wertvoll machte. Santiago war der einzige Überlebende dieses blutigen Feuergefechts am Morgen gewesen; eine überraschende Verhaftung, denn normalerweise verkroch er sich in Michoacan, von wo aus er seine brutale Bande mit eiserner Faust regierte.

Santiago starrte Captain Cruz an, blinzelte den Schweiß und das Blut fort, das aus seinem Haaransatz in die Augen rann. Seine Erscheinung vermittelte ein Bild, das von geradezu dämonischem Hass geprägt war. Hinzu kam eine Arroganz, die aus der Gewissheit geboren war, dass kein Gefängnis in Mexiko in der Lage wäre, ihn lange festzuhalten. Kartellbosse entkamen tendenziell mit erstaunlicher Häufigkeit, zweifellos wegen der Fülle an Geld, die zur Verfügung stand, um das System zu schmieren.

Dies war nicht das erste Mal, dass Santiago unter spektakulären Umständen verhaftet wurde. Daher war es für ihn nur eine lästige Unterbrechung seiner lukrativen kriminellen Karriere. Das letzte Mal war sein Fall nicht einmal vor Gericht gegangen; der Richter entschied auf wundersame Weise, dass die Staatsanwaltschaft die Anklage nicht angemessen formuliert hatte. Das war für die Federales ein schwerer Schlag gewesen. Der Richter indessen hatte damit eine seiner letzten Entscheidungen gefällt. Er begab sich in den Ruhestand und lebte nun auf einem Hügel in Costa Rica, wo er seine Tage mit einem neunzehnjährigen Seelenverwandten verbrachte, der nicht nur eine Nase für Stimulanzien hatte, sondern auch eine gewisse Affinität zu wesentlich älteren Männern.

Santiago begann Gift und Galle darüber zu spucken, was mit jedem aus der Einsatzgruppe passieren würde, der an seiner Verhaftung beteiligt war. Cruz trat mit überraschender Geschwindigkeit heran und verpasste ihm eine Rückhand, einen beiläufigen Klaps, eher eine Beleidigung als eine Zurechtweisung.

»Das werden Sie bereuen, Sie Hurensohn«, fauchte Santiago.

Da der Klaps die Botschaft nicht vermittelt hatte, schlug Cruz ihn aufs Kinn, denn er selbst würde das Reden übernehmen. Santiago sollte ausschließlich auf seine Fragen antworten und nur sprechen, wenn er dazu aufgefordert wurde.

Cruz blies auf seine geröteten Knöchel, die Haut war von den groben Bartstoppeln des Gefangenen leicht abgeschürft. Er machte dem anderen Mann im Zimmer, seinem Lieutenant Fernando

Briones, das Zeichen, ihm den Schlagstock, der auf einem Tisch in einer Ecke des Raumes lag, zu bringen. Briones, mit der Figur eines kompakten Pitbulls und einer Hautfarbe wie Cognac, gehorchte.

Santiago spuckte einen blutigen Klumpen auf den Boden, dann grinste er den Captain an. Dabei zeigte er einen Mund voller Goldzähne, allerdings gab es nun eine auffällige Lücke, da ein Schneidezahn fehlte.

»Sie haben einen Schlag wie eine Tunte, Sie Schwuchtel«, spottete Santiago.

Cruz schlug mit der hölzernen Keule gegen die Schläfe des Gefangenen. Aus dessen Ohr begann Blut zu fließen, als es vom Schlag anschwoll. Santiago erschien kurzzeitig benommen und fand diesmal keine Gelegenheit für eine beleidigende Erwiderung.

Das war schon viel besser.

Captain Cruz warf Lieutenant Briones einen Blick zu und machte die Geste des Rauchens mit zwei Fingern. Briones fummelte an der Hemdtasche seiner Uniform herum und fischte eine Schachtel Zigaretten hervor. Er bot Cruz eine an.

Dieser nahm sie, und Briones zündete ihm die Kippe mit einem Einweggasfeuerzeug an. Er inhalierte den Rauch mit sichtlicher Zufriedenheit und blies dann eine Qualmwolke in Santiagos tränende Augen.

»Die sind gut. Was sind das für welche? Kubanische?«, fragte Cruz.

»Argentinische«, erklärte Briones und hielt das Päckchen so, dass Cruz es sehen konnte. »Parisienne. Das ist reiner schwarzer Tabak, ohne diese Zusätze, die all die amerikanischen Marken haben. Die sind angeblich viel gesünder. Sie schmecken mir besser, also wer weiß …«

»Stell dir vor, Zigaretten, die gut für dich sind. Was werden sie sich als Nächstes ausdenken?« Cruz seufzte leicht irritiert und näherte sich dann Santiago. »Also, du Kackvogel, du magst also Zigaretten? Steckst du dir gerne eine ins Maul, wenn du nicht gerade einen Mulipimmel lutschst?« Er zog einige Male, um sicherzustellen, dass die Zigarettenspitze glühend rot war, dann hielt er die Glut gegen Santiagos Hals. Der widerlich süßliche Geruch von sengendem Fleisch, der sich sogleich im Raum ausbreitete, war ein zu vernachlässigender Begleiteffekt des Schmerzensschreis und der blinden Wut, die aus dem selbst ernannten Kriegsherrn ausbrach. So kamen sie der Sache schon näher.

»Weißt du, du Scheißhaufen, du bist gar nicht so hart. Du bist ein großer Mann, wenn du dich hinter der Meute deiner bewaffneten Freunde versteckst. Aber alleine bist du nichts. Hör dir doch zu, jetzt heulst du wie ein Baby. Ich wette, du würdest mir den Schwanz lutschen, wenn du dafür ein Stück Eis kriegtest, um die Verbrennung zu kühlen, habe ich recht?«, fragte Cruz im Plauderton.

Santiago kämpfte gegen die Fesseln an, die seine Handgelenke festhielten. Die Haut riss dabei auf, und Blut tropfte tiefrot von den schwarzen Handschellen hinab.

»So, also jetzt dämmert es dir allmählich.« Cruz umrundete Santiago, während er sprach. »Ich kann mit dir machen, was ich will. Alles. Hier hast du keine Macht. Ich bin dein Jüngstes Gericht – ich bin Gott und der Teufel in einer Person, und du wirst mir sagen, was ich wissen will. Ich hoffe wirklich, du hältst durch und es dauert eine Weile, du Arschficker. Ich werde jedes kleine bisschen Schmerz genießen, das ich deinem wertlosen Kadaver zufügen kann.« Cruz hielt inne und blies lässig ein paar Rauchringe in die Luft. »Zwei Männer starben heute Morgen. Sie waren meine Freunde. Ich bin sicher, dass sie erhebliche Schmerzen hatten, bevor sie starben. Ich sehe dies also als Rache in ihrem Namen an. Sagen wir mal so: Noch bevor das erledigt ist, wirst du mich anflehen, dich zu töten. Du wirst in Tränen zerfließen und mir Dinge sagen, nach denen ich nicht einmal gefragt habe, nur um mich zu stoppen. Und ich werde jede Minute davon genießen. Ich werde sogar neue und kreative Wege finden, dir so große Schmerzen zu verursachen, dass du deine Mutter mit einem Kruzifix abstechen würdest, damit es aufhört. Ein Teil von mir hofft wirklich, dass du mich die ganze harte Tour durchziehen lässt.«

Santiago starrte Cruz mit spürbarem Zorn an. »Ich möchte meinen Anwalt sprechen«, zischte er.

Cruz schlug ihm mit dem Stock unbekümmert auf die andere Seite des Kopfes. Man hörte das stumpfe Plopp des Schlagstocks gegen seinen Schädel. Dann schlug er ihm als Zugabe ein paar Mal auf die Oberarme.

»Ich bin dein Anwalt. Und ich sage: ›Fall abgeschlossen, du verlierst.‹ Jetzt werde ich ein paar Fragen stellen, und du wirst sie beantworten, oder du wirst dir wünschen, dass du nie geboren wurdest. Du kannst es gerne versuchen. Was sagen sie noch in diesem Clint-Eastwood-Film? Also, ist heute dein Glückstag?«

»Ich sage überhaupt nichts.«

Cruz nahm den letzten Zug von seiner Zigarette und drückte sie dann an Santiagos Hals aus. Damit erzeugte er ein weiteres markerschütterndes Aufheulen.

»Nun, das glaube ich tatsächlich weniger. Ich denke, du wirst reden. Darauf würde ich sogar wetten. Also, das hier ist meine erste, einfache Frage: Wo versteckt sich Carlos Aranas gerade?«, fragte Cruz.

Aranas war »El Lobo«, der Wolf, der absolute Boss des Sinaloa-Kartells. Er stand im Mittelpunkt von Cruz' Ermittlungen in der neuesten Serie grausiger Morde, die im Zusammenhang mit Drogen in Mexico City geschehen waren. Cruz war eine spezielle Art von Bulle, das mexikanische Äquivalent der oberen Ränge der Homeland Security in den Vereinigten Staaten, und er hatte praktisch unbegrenzte Handlungsfreiheit, die ihm vom Präsidenten höchstpersönlich erteilt worden war. Er war befugt zu tun, was auch immer erforderlich war, um die Kartelle, durch deren Gewalt das Land terrorisiert wurde, unter Kontrolle zu bringen. Cruz leitete eine autonome Einsatztruppe, die sich innerhalb der Befehlsstrukturen hinaufgearbeitet hatte, bis hin zu den Bossen der verschiedenen Kartelle – dem Tempelorden-Kartell, dem Tijuana-Kartell, dem Golf-Kartell und vielen anderen sowie dem mächtigsten und gefährlichsten – dem Sinaloa-Kartell.

Cruz hatte sich seinen Posten durch Härte, außerordentliche Intelligenz, Unerbittlichkeit und Unbestechlichkeit erarbeitet. Eine Kombination, die überall auf der Welt selten, aber in Mexiko praktisch noch nie da gewesen war. Die Zerschlagung der Kartelle war für Cruz kein Beruf, sondern eher eine spirituelle Angelegenheit, nach der er sein Leben völlig ausgerichtet hatte.

Und der größte Fisch in dem gewiss trüben Teich war Aranas, dessen Bestialität legendär war; eine Tatsache, die Cruz aus erster Hand erfahren hatte.

»Komm schon, Santiago. Wo hat El Lobo seine Zahnbürste deponiert?«, fragte Cruz erneut.

»Du musst bescheuert sein, wenn du denkst, ich würde mit dir reden. El Lobo verpfeifen? Du bist verrückt«, sagte Santiago.

»Stimmt, das bin ich. Und wenn du mir nicht verrätst, was ich wissen will, wirst du gleich herausfinden, wie gefährlich ein verrückter Mann sein kann, vor allem dann, wenn er deine Eier in der Hand hat. So wie ich. Also rede«, betonte Cruz.

»Fick dich!«

Cruz seufzte wieder und nickte Lieutenant Briones zu, der in einem Rucksack herumkramte und eine etwa fünfzig Zentimeter lange Röhre mit einem Paar Elektroden an einem Ende und einem Griff an dem anderen zutage förderte. Ein Kabel lief von dem fies aussehenden Instrument zu einer Metallbox mit einer Wählscheibe, die Briones pflichtbewusst an der Wand befestigt und angeschlossen hatte. Cruz hielt den Stab hoch und kontrollierte die Elektroden mit einem grimmigen Lächeln.

»Weißt du, was das hier ist? Wir haben es von einigen Guatemalteken, die einen Entführungs- und Folterring betrieben hatten. Dies ist ein Picana, ein elektrischer Stabschocker – oder, wie du es gleich erleben wirst, dein schlimmster Albtraum im wirklichen Leben. Er liefert Stromschläge mit hoher Spannung, jedoch mit Schwachstrom. Und da du wahrscheinlich in der Schule nicht aufgepasst hast: Das heißt, es ist unerträglich schmerzhaft, aber er hinterlässt keine Spuren, sodass er stundenlang verwendet werden kann. Ich hatte schon davon gehört, aber bisher noch nie einen benutzt.« Cruz schwenkte den Stabschocker wie einen Degen. »Ich habe ihn mir für den Fall aufbewahrt, dass ich mal einen der Köpfe des Sinaloa-Kartells in die Finger kriegen sollte, aber weißt du was? Ich werde heute eine Ausnahme machen, denn ich bin gut gelaunt, und du wirst der Erste sein, bei dem ich ihn anwende. Nun stellt sich die Frage: Beginnen wir mit den Genitalien oder vielleicht mit einem weniger empfindlichen Bereich zum Warmwerden? Ich möchte deinen jämmerlichen kleinen Schwanz nicht sehen, wenn ich nicht unbedingt muss … Also, ich denke mal, wir beginnen am Hals und arbeiten uns nach unten vor«, erklärte Cruz sachlich.

Santiagos Augen weiteten sich vor Entsetzen.

»Oh, könnte es vielleicht sein, dass du schon damit vertraut bist? Warum bin ich da nicht überrascht? Ich wette, du hast dir nie vorstellen können, dass jemand das Ding mal bei dir benutzen würde. Was nun, hm, harter Kerl? Heute ist wohl ein Tag voller Überraschungen, nicht wahr?«

Cruz ging zum Tisch, nahm eine Flasche und kehrte zu Santiago zurück. Er goss ein wenig Wasser oberhalb der Blasenbildung durch die Zigarettenverbrennungen auf den Hals des Gefangenen. Santiago schüttelte den Kopf, versuchte vergeblich, dem dünnen Wasserstrahl auszuweichen, und riss dabei noch mehr Haut von seinen Handgelenken.

»Das Wasser erhöht die Leitfähigkeit, um eine maximale Wirkung zu erzielen. Also, noch einmal, denn sonst wird das hier nämlich hässlicher, als du dir vorstellen kannst. Wo ist El Lobo?«

»Der fickt gerade deine Mutter in den Arsch.«

Cruz sah seinen Lieutenant an und stieß einen trockenen Lacher aus, der sich jedoch gar nicht vergnüglich anhörte. »Wir haben hier einen Komiker. Das ist ja äußerst lustig. Merken Sie sich das für einen Moment.« Er blickte zu Briones. »Geben Sie mir etwa die Hälfte der maximalen Spannung als Auftakt, und dann schauen wir mal, wie der lustige Mann reagiert«, wies Cruz ihn an. »Und bringen Sie mir mal den Lappen her und helfen Sie mir, ihn in seinen Mund zu stopfen. Wir wollen ja nicht, dass unser geschätzter Gast sich seine Zunge abbeißt und uns die Party vermasselt.«

Briones warf den Lappen zu Cruz und näherte sich Santiago von hinten. Er klemmte Santiagos Kopf auf beiden Seiten mit seinen Händen fest ein, drückte dann mit seinen Daumen an einen Druckpunkt direkt unter dem Ohr, was den Gefangenen zwang, den Kiefer zu öffnen. Cruz schob den Lappen hinein und zog hastig seine Hand weg, damit Santiago ihn nicht beißen konnte. Er trat zurück und betrachtete sein Werk mit der Zufriedenheit eines Profis.

Briones baute sich vor dem Regler auf und wartete auf ein Signal. Cruz nickte.

Der Lieutenant beugte sich über die Box und stellte den Wahlschalter auf halbe Höhe der Skala. Der Stab strahlte ein schwaches Summen aus.

»Vielleicht möchten Sie sich Ihre Ohren zuhalten, Lieutenant. Ich habe das Gefühl, dass unser Junge hier in einer Sekunde schreien wird wie eine kleine Hure«, sagte Cruz. Er hielt die Spitze der Stange an Santiagos Hals.

Die Reaktion kam sofort. Santiagos ganzer Körper versteifte sich, seine Augen traten hervor, sein Gesicht bekam die Farbe von Roter Bete, und seine Schreie wurden vom Lappen erstickt. Cruz beobachtete Santiago reglos dabei, wie er geschunden wurde und sich zehn Sekunden lang aufbäumte, dann schaltete er den Picana ab.

Cruz machte eine Geste mit dem Gerät, und Briones zog den Lappen aus dem Mund des Drogenbosses, der gierig nach Luft schnappte, als ob er gerade ertränkt worden wäre.

»Gib mir etwas, Santiago. Ich kann das hier den ganzen Tag machen. Ja, tatsächlich, weißt du was? Ich wette, ich könnte sogar Eintritt von den Familien der Polizisten verlangen, die du heute Morgen getötet hast, und verdiene noch ein wenig Extrageld damit, sie auch mal ranzulassen, wenn ich müde bin. Denke immer daran, ich bin durch den Präsidenten befugt, alles zu tun, was nötig ist, um die Informationen zu bekommen. Es gibt also keinen Weg für dich hier heraus.«

»Du … du bist so was von am Arsch«, zischte Santiago durch seine geschwollenen Lippen. »Du weißt es nur noch nicht. Und dein Präsident? Er ist ein toter Mann.«

Cruz zuckte die Achseln und Briones stopfte den Lappen wieder in Santiagos Mund. Dann drehte er den Knopf erneut. Cruz hielt den Kontaktstab an Santiagos Hals, dieses Mal für zwanzig Sekunden.

Briones unterbrach den Strom und entfernte den Lappen.

»Oh, sieh nur, welche Schande! Der große tapfere Drogenboss pisst sich in die Hose wie ein kleines Schulmädchen. Hey, Pissnelke, haben wir denn auch richtig Spaß?«, höhnte Cruz.

»Deine Göre hat sich eingepisst, bevor ich's ihr besorgt habe«, knurrte Santiago und spuckte ihn mit Blut an.

»Was hast du gerade gesagt?« Cruz' Augen verengten sich zu Schlitzen.

»Du hast richtig gehört. Sie war ziemlich gut für eine Fünfjährige, oder wie alt auch immer sie war. Ich denke, sie hat es irgendwie gemocht, als ich sie an meine Jungs weitergereicht habe. Schade, dass sie ihren Kopf verlor. Ich hätte sie ausbilden können. Sie hatte wirklich eine …«

Cruz ließ den Picana fallen und bearbeitete Santiagos Gesicht mit den Fäusten. Briones packte seine Arme von hinten und schleppte ihn weg, aber nicht, bevor er schon erheblichen Schaden angerichtet hatte.

Santiago blutete nun ohne Unterlass aus Platzwunden an seinen Wangen und der erneut gebrochenen Nase. Ein blutunterlaufenes Auge war geschwollen und zur Hälfte geschlossen. Cruz stand da, keuchte seine Wut heraus, bis Briones befand, er hätte sich wieder ausreichend unter Kontrolle, um ihn loslassen zu können.

Santiago hob seinen Kopf.

»Sagt dem Präsidenten, dass ich es in der Hand habe, ob er getötet wird«, stieß er hervor.

»Was redest du? Du bist nichts. Eine Küchenschabe. Du hast nichts und wirst im Gefängnis verrotten, bis du stirbst. Du? Umbringen? Den Präsidenten? Du bist ein verpisster Scheißhaufen, nichts weiter«, knurrte Cruz, der seine Wut kaum unterdrücken konnte.

»Wenn El Rey ihn und seinen amerikanischen Kumpel ausknipst, wirst du dich erinnern. Ich werde es mir im Fernsehen anschauen. Das wird ein Tag, an den sich die Menschen ein Leben lang erinnern werden.«

»Glaubst du wirklich, dass diese mickrigen Lügen dir Verhandlungsvorteile bringen? Da irrst du dich. Das ist gequirlte Scheiße. Und es wird nicht funktionieren.«

»Denk dran, dass du das gesagt hast, wenn dein arschleckender Präsident tot neben dem Gringo-Hund liegt. Dann denk dran, wie clever du bist.« Santiago fixierte Cruz mit seinem unbeschädigten

Auge. »Und dann denke auch daran, wie mich deine Kleine auf Händen und Knien anbettelte, es ihr zu besorgen, genau wie deine stinkende Hurenfrau es gemacht hat, und ich …«

Cruz drehte das Kontrollfeld auf Maximum, machte zwei Schritte in Richtung Santiago und rammte ihm die Spitze in seinen durchnässten Schritt.

Santiago zuckte krampfhaft und schrie so grauenerregend, dass Briones vorübergehend regelrecht an seinem Platz eingefroren war. Während Santiago weiterzuckte, stieg Rauch von der Stelle auf, an der die Stabspitze mit den nassen Hosen in Kontakt war. Briones sprang vor, um den Strom abzuschalten, und Santiago sank bewusstlos in sich zusammen.

Cruz spuckte auf Santiago, dann gab er den Picana an Briones zurück, der seinen Blick abwandte.

»Lassen Sie uns eine Stunde Pause einlegen und dieses Produkt einer Stuhlinkontinenz in seinem Dreck schmoren. Vielleicht wird er gesprächiger, nachdem er spüren musste, wozu ich fähig bin«, sagte Cruz, überprüfte seine Uhr und glättete seine Uniform, bevor er sich in Richtung Tür bewegte. »Ich will Sie um fünf wieder hier sehen. Schnappen Sie sich etwas zu essen. Das könnte eine lange Nacht werden.«

Briones Augen blieben auf den Boden geheftet, und er reagierte nicht.

»Hey! Lieutenant! Dies hier sind die Bösen. Sie haben heute Morgen einen Haufen Polizisten getötet, und dieser hier behauptet, er habe meine Frau und meine Tochter vergewaltigt und getötet. Das ist ein Tier. Nichts weiter als ein Tier«, rief Cruz.

Briones hob langsam seinen Kopf, und ihre Blicke trafen sich. »Er lügt wahrscheinlich wegen Ihrer Tochter, Sir. Die Geschichte ist bekannt. Er benutzt sie als Köder, um von Ihnen eine Reaktion zu bekommen.«

»Das hat ja dann funktioniert, hm? Ich wette, er überlegt es sich zweimal, das wieder zu tun. Holen Sie sich etwas zu essen. Wir müssen an ihm dranbleiben, bis er zusammenbricht. Und er wird zusammenbrechen. Da können Sie Gift drauf nehmen«, versicherte ihm Cruz.

»Ja, Sir!«

Cruz klopfte in einem charakteristischen Rhythmus zweimal an die Tür. Sie schwang auf, nachdem sie von außen entriegelt worden war. Zwei bullige Polizisten standen draußen zur Bewachung des Zimmers. Diese Männer waren Cruz treu ergeben – Männer, denen er sein Leben anvertraute.

Einer von ihnen gab Cruz seine Dienstwaffe zurück. Er steckte sie ins Halfter. Cruz gab die Anweisung, dass während seiner Abwesenheit niemand in die Zelle dürfe. Dann marschierte er den feuchten gelben Gang entlang, vorbei an zwei weiteren bewaffneten Bundespolizisten, zu den verkratzten Doppeltüren des Lastenaufzugs. Er schlug auf den Knopf und wartete. Briones trat neben ihn.

»Ich bedauere, dass ich mich offensichtlich vergessen habe, Lieutenant. Aber nur vorübergehend. Es war ein langer Tag, und ich denke, auch ich bin erschlagen vom Angriff heute Morgen.« Cruz hieb erneut ungeduldig auf die Schaltfläche. »Sie haben recht. Ich gab dem Arschloch genau, was er wollte – eine Reaktion. Lernen Sie daraus. Halten Sie immer Ihre Gefühle aus dem Job heraus«, riet Cruz dem jüngeren Mann leise.

»Ich glaube, ich hätte ihn erschossen«, räumte Briones ein.

»Darum sind Waffen im Verhörraum nicht gestattet.« Cruz wandte den Kopf und studierte das Profil des Lieutenant. »Sind Sie sicher, dass Sie bereit dafür sind? Ich kann eine Vertretung arrangieren, wenn Sie sich dem lieber nicht aussetzen wollen. Ich würde Sie deswegen nicht weniger schätzen. – Das ist ein schwieriger Auftrag, und dieser Teil ist nicht jedermanns Sache.«

»Nein, Sir. Ich war auch mit einigen der Männer, die heute getötet wurden, befreundet. Ich würde mir das Gleiche wünschen, wenn einer dieser Drecksäcke mich getötet hätte. Es ist das Mindeste, was ich tun kann … Ihnen dabei zu helfen.«

»Guter Mann! Wir sehen uns in einer Stunde wieder. Ich gehe in mein Büro, um mit dem Bericht anzufangen.«

»Glauben Sie … Sir, das ist keine Respektlosigkeit, aber … glauben Sie, da ist etwas Wahres dran, was er über unseren Präsidenten und den US-Präsidenten sagte?«, wagte Briones zu fragen. »Er ist ziemlich anmaßend für einen Mann in seiner Lage.«

»Darum möchte ich es aufschreiben. Ich weiß nicht, was Sie jetzt denken, aber diese Bastarde haben das Land in ein Schlachtfeld verwandelt, wo immer sie auftauchten. Ich würde ihnen also nicht über den Weg trauen. Ich will das, was er sagte, genau dokumentieren, solange es noch frisch in meinem Kopf ist. Wir können in diese Richtung später ermitteln. Und, ja, ich nehme es ernst. Ich stimme zu, er schien sich ziemlich sicher zu sein, und das ist besorgniserregend.«

»Und er erwähnte El Rey«, unterstrich Briones.

»Ich weiß. Da könnte er aber auch genauso gut vom Schwarzen Mann gesprochen haben. Es kann also etwas oder auch gar nichts bedeuten. Aber so oder so, ich werde es schriftlich niederlegen und es, sobald wir mit ihm fertig sind, dem Haufen Dinge hinzufügen, die wir noch erledigen müssen«, resümierte Cruz.

Der Aufzug kam schließlich, und die beiden Männer stiegen ein. Sie fuhren zwei Etagen nach oben ins Erdgeschoss. Beide verharrten in Schweigen, jeder in seinen eigenen Gedanken versunken. Briones stieg aus und begab sich direkt in den Sicherheitsbereich, über den man nach draußen gelangte, während Cruz bis zum fünften Stock weiterfuhr, in dem sein Einsatzteam die gesamte Etage belegte.

Seine Gedanken huschten zurück zu dem Tag vor zwei Jahren, als er das Paket geöffnet hatte und sehen musste, wie sein Leben in Scherben zerfiel. Seine Familie, alle, die er geliebt hatte, brutal abgeschlachtet, nur um ihm eine Nachricht zukommen zu lassen. Er kaute auf den Lippen und zwang die Bilder und Emotionen zurück in die hässliche Schublade, in der er sie verborgen hielt, und verschloss damit die Tür zu diesem Gedankengang. Er würde Vergeltung üben und die Bastarde den höchsten Preis für ihre Verbrechen bezahlen lassen. Er würde dies jedoch niemals vollbringen, wenn er sich dem Selbstmitleid hingab. Das hatte er bereits mehr als genug getan, als er sich nach dem Mord für zwei Monate beurlauben ließ. Die meiste Zeit davon verbrachte er betrunken in Los Barriles auf der Halbinsel Baja – einem Gebiet, das von den Drogenkämpfen unberührt blieb, die auf dem Festland weit verbreitet waren. Der südliche Teil Bajas war keine gute Gegend für den Drogenhandel, weil es dort nur eine Straße in den Norden gab, auf der sich alle hundert Kilometer ein militärischer Kontrollpunkt befand, sodass es für den Drogenschmuggel die denkbar härteste Strecke darstellte. Der Norden Bajas, an der Grenze, war die meiste Zeit Kampfgebiet – das Tijuana-Kartell lag im Krieg gegen das Sinaloa-Kartell, wobei allein im letzten Jahr Hunderte gestorben waren.

Er hatte sich in Tequilaflaschen verkrochen und blieb für sechs Wochen in deren Dunstkreis. Erst nach und nach wandelte sich seine übermächtige Angst und Verzweiflung in eine zielgerichtete Absicht. Er würde seine Arbeit wieder aufnehmen und diejenigen, die seinen Traum vom Glück zerstört hatten, für ihre Untat bezahlen lassen. Er würde Rosa und Cass rächen und dabei gnadenlos vorgehen.

El Rey? Scheiß auf El Rey. Er, Cruz, wäre das blutige Schwert des Zorns, das auf seine Feinde herabkommen und sie wie ein Krebsgeschwür aus dem Leben herausschneiden würde. Und um das zu tun, brauchte er kein Tarotkarten-Voodoo. Sie würden dafür bezahlen. Und er war das Instrument ihrer Zerstörung.

Romero Cruz hatte sich weitaus mehr dem Prinzip der verbrannten Erde verschrieben. Sein Stil war eher die Jagd und Vernichtung seiner Feinde und nicht der Stil irgend so eines märchenhaften Auftragskillers im Ninjakostüm. Cruz hatte nichts mehr zu verlieren. Er war bereits innerlich tot, das machte ihn ungemein gefährlich. Der Mann, der sich vor nichts fürchtete, war der schlimmste Feind, den sie haben konnten. Cruz war zu dem geworden. Dies war der Zorn der Gerechten, und er würde sie erbarmungslos verfolgen und sie die Zeche mit ihrem Herzblut begleichen lassen.

Das war jeden Tag sein Mantra.

Das war der Grund, warum er morgens überhaupt noch aufwachte.

Denn er war der Racheengel.

KAPITEL ZWEI

General Alejandro Ortega studierte die Gestalt des Mannes, der ihm gegenübersaß. Er fragte sich, was er sagen musste, um ihn glücklich zu machen. Denn das Letzte, was er wollte, war, dass der Anwalt, der das Sinaloa-Kartell vertrat, mit ihm unzufrieden war. Das war die Fahrkarte in ein anonymes Grab, auch für Offiziere der Armee in seinem hohen Rang.

Ortega hatte nicht die Absicht, die Geduld des Mannes auf die Probe zu stellen. Carlos Zapata war einer der reichsten Anwälte im Land, und sein Besuch konnte nichts Gutes bedeuten.

»Mir war nicht bewusst, dass Santiago geschnappt wurde. Das muss eine Operation sein, die exklusiv von der Bundespolizei durchgeführt wurde. Ich kann Ihnen versichern, dass die Armee nicht informiert worden war. Wäre es so gewesen, nun, dann wäre er kaum festgenommen worden«, erklärte Ortega höflich und in formellen Worten.

»Jorge Santiago ist ein zuverlässiger Verbündeter meiner Klienten«, stellte Zapata klar. »Seine Inhaftierung ist ein Affront gegen ihre Autorität und stellt ihre Fähigkeit in Frage, diejenigen zu schützen, die sich auf sie verlassen. Ich will Sie nicht damit langweilen, wie diffizil sich das Gleichgewicht des Vertrauens bei Geschäften gestaltet, die mit einem Händedruck besiegelt werden. Es bestehen gewisse Verpflichtungen, und Freunde geben auf Freunde acht. Also, meine Frage lautet: Wie konnte so etwas passieren, und wie können Sie es in Ordnung bringen?«

»Ich kann Ihnen versichern, dass ich umgehend in dem Moment, als Sie mich telefonisch von dem Problem in Kenntnis setzten, begann, Erkundigungen einzuholen. Derzeit ist die Angelegenheit noch nicht öffentlich. Keiner der Fernsehsender und keine Zeitung hat etwas darüber berichtet«, erläuterte Ortega und glättete nervös seinen grauen Schnurrbart.

»Wir müssen wissen, wo er festgehalten wird, damit ich jemanden beauftragen kann, die entsprechenden Anträge bei Gericht einzureichen, um ihm sofortige Beratung zukommen zu lassen. Ich weiß, wie das zu bewerkstelligen ist. Wir können es uns nicht leisten, dass er für zwei Wochen in irgendeinem Hinterzimmer zum ›Verhör‹ verschwindet.«

»Natürlich. Sie erfahren es als Erster, sobald ich etwas herausfinde. Dies ist auch für mich zutiefst beunruhigend«, versicherte ihm Ortega.

Zapata beugte sich nach vorne. »Meine Klienten fragen sich zwangsläufig, welchen Gegenwert sie für ihr Geld erhalten, wenn Freunde ohne Vorwarnung von Regierungskräften angegriffen werden können. Und ich muss Sie nicht eigens daran erinnern, dass es in jedermanns Interesse liegt, dass prekäre Machtstrukturen nicht durch das Fehlen eines starken Führers aus dem Gleichgewicht gebracht werden. Das führt zu Instabilität – jüngere Herausforderer werden sich gegenseitig die Machtposition streitig machen, was unweigerlich zu unerwünschten Resultaten führt.«

»Ich verstehe. Bitte übermitteln Sie Ihren Klienten, dass dies ein unglückliches und unvorhergesehenes Ergebnis einer Aktion von Kräften war, die außerhalb meiner Zuständigkeit liegen. Und obwohl ich in keiner Weise am heutigen Vorfall beteiligt war, werde ich dennoch gewissenhaft dafür sorgen, dass alles nur Erdenkliche unternommen wird«, versprach Ortega.

»Finden Sie zunächst heraus, wo er festgehalten wird. Dann können Sie zurücktreten und aus der Schusslinie gehen.« Zapata erhob sich von seinem Stuhl und fixierte Ortega mit einem kalten Blick. »Seien Sie froh, dass Sie die Klienten nicht persönlich über die schlechte Nachricht informieren müssen. Sie nehmen diese Art von Rückschlägen nicht auf die leichte Schulter.«

»Nein, ich kann mir gut vorstellen, dass sie das nicht tun. Ich werde Sie anrufen, sobald ich etwas weiß.«

»Tun Sie das.«

Cruz wartete geduldig in der Halle. Er unterhielt sich mit den zwei Wachen, als Briones aus dem Aufzug kam und in seine Richtung eilte.

»Tut mir leid, Sir. Ich habe auf dem Weg zurück von meinem Haus im Stau gesteckt. Es gab einen Unfall …«, meldete Briones.

»Schon vergessen. Das ist jedem schon mal passiert. Wir sollten zu unserem Drecksack zurückkehren und sehen, was wir aus ihm herausschütteln können. Sind Sie okay? Startbereit?«, fragte Cruz.

»Vollkommen. Packen wir's an.«

Die Wache entriegelte die Tür und Cruz und Briones betraten die Zelle. Santiago saß immer noch bewusstlos zusammengesunken in seinem Stuhl. Cruz ging zu ihm hinüber und riss seinen Kopf an den Haaren hoch. Er suchte nach Anzeichen dafür, dass er simulierte. Er konnte nichts davon entdecken. Daher fühlte er seinen Puls, der schwach und unregelmäßig war.

»Wir brauchen hier unten sofort einen Sanitäter«, erklärte Cruz Briones, eilte zur Tür und alarmierte die Wachen. Einer von ihnen nuschelte den Hilferuf in sein Funkgerät. Briones kam zurück, um Cruz mit Santiago zu helfen.

Sie nahmen ihm die Fesseln ab und legten ihn auf den Boden. Cruz ging zum Picana und warf Briones einen strengen Blick zu. Der Lieutenant nahm hastig die Schnur und den Stab, stopfte beides wieder in den Rucksack und trug ihn aus der Zelle. Die beiden Wachen standen teilnahmslos da. Cruz wusste, dass er auf sie zählen konnte; sie hatten weder etwas gesehen noch gehört. Loyalität stellte unter Polizisten eine wertvolle Währung dar, und sie verschaffte Rückendeckung durch die Kollegen, falls jemand mal zu weit gegangen war. Irgendwann könnte auch mal der eigene Arsch dran sein, daher war es immer besser, diskret zu sein.

Nach ein paar Minuten hörte Cruz das unverwechselbare Geräusch einer Krankentrage auf Rädern, wie sie in den Korridor zum Verhörraum rollte. Zwei Sanitäter checkten rasch Santiagos

Vitalfunktionen, dann warfen sie ihn wie einen Sack Zement auf die Trage. Cruz befahl den beiden Beamten, Santiago ins Krankenhaus zu begleiten und ihn zu bewachen, egal, in welchem Raum er sich aufhalten sollte. Falls ein operativer Eingriff erforderlich war, sollten sie Posten vor dem Operationssaal beziehen. Er wollte absolut keine Gelegenheit bieten, dass Santiago entkommen konnte oder von seinem Mob aus der Gefangenschaft befreit würde.

Cruz nahm den Aufzug bis zu seinem Büro, begleitet von Briones. Sie hatten ihre Geschichten für die unvermeidliche Untersuchung aufeinander abgestimmt für den Fall, dass Santiago sterben sollte. Es wäre natürlich eine reine Formalität angesichts der Tatsache, dass der Gefangene sich am Morgen eine Schießerei mit einer Gruppe Polizisten geliefert hatte, aber es war immer besser, sich im Voraus darauf vorzubereiten. Beide Männer waren bereits lange genug in der Abteilung, um zu wissen, wie der Hase lief, und so kamen sie überein, dass es am besten wäre, den Picana oder die Schläge während der Befragung nicht zu erwähnen. Die Verletzungen konnten dem Angriff und der Schießerei zugeschrieben werden. Niemand wollte so genau auf die Rechte eines gewalttätigen, psychopathischen Drogendealers pochen. Solange sie bei der gleichen Aussage blieben, würde es keine Probleme geben.

Cruz zeigte dem Lieutenant die Zusammenfassung des Verhörs, für den unwahrscheinlichen Fall, dass er einige wichtige Details weggelassen oder aus seiner Erinnerung anders geschildert hatte. Briones las es langsam und legte es zwischen ihnen auf den Tisch, als er fertig war.

»Das Einzige, was wir überhaupt von ihm bekommen haben, war die Behauptung, er sei an der Ermordung Ihrer Familie beteiligt gewesen, was nicht überprüfbar ist. Dann hat er auch behauptet, an einem Plan, den mexikanischen sowie den amerikanischen Präsidenten zu ermorden, beteiligt zu sein. Auch das ist nicht überprüfbar. Was bedeutet das nun konkret für uns?«, fragte Briones.

»Ich glaube, angesichts der Umstände des Verhörs und wann und wie er damit herausplatzte, müssen wir annehmen, dass an der Aussage möglicherweise etwas Wahres dran sein könnte. Santiago ist nicht schlau genug, um bei extremen Schmerzen so eine Geschichte zu erfinden. Das kommt in dem Bericht überhaupt nicht zum Ausdruck, aber die Art, wie er es sagte, es … Sie haben ihn gehört … es war so, als ob er damit prahlte. Als ob er wollte, dass ich weiß, was er veranlasst hatte. Wenn es dann also passierte, würde ich verstehen, welche Macht er ausübt«, schloss Cruz.

»Ich weiß. Ich hab das auch so verstanden. All dies macht mich nervös. Er schien fast … keine Ahnung, fast … selbstzufrieden. Und wenn er tatsächlich El Rey engagiert hat, haben wir ein echtes Problem.«

»Das ist die Untertreibung des Jahres. Die verdammten Medien machen El Reys Großtaten beliebter als Reality-TV. Es wird zu einem unkontrollierbaren Medienrummel führen, wenn nur eine Andeutung davon durchsickert. Wir müssen es so regeln, dass nur Sie und ich darüber etwas wissen, bis ich in der Lage bin, herumzuschnüffeln und positives Beweismaterial zu finden«, warnte Cruz den Lieutenant.

»Die Kartelle verfügen sicherlich über genügend Geld, um ihn zu beauftragen …«, sinnierte Briones.

»Ich weiß. Das ist es auch, was mir Angst macht. Wir haben alle die abgefahrenen Pläne gesehen, die diese Wahnsinnigen sich ausdenken können.« Cruz hielt inne und starrte aus dem Fenster. »Aber warum den Präsidenten töten? Er wird nur bis zum Ende des Jahres im Amt sein, wozu also die Sorge?«

»Eine Art Kampfansage? Um der Bevölkerung zu zeigen, wer wirklich das Land regiert?«

»Könnte sein. Aber ich glaube einfach nicht, dass Santiago ein Vermögen ausgibt, nur um etwas zu beweisen. Und der Schuss könnte nach hinten losgehen. Doch wer weiß, was diese Tiere sich ausmalen, wenn sie im Drogenrausch sind?«, meinte Cruz unwillig.

»Was, glauben Sie, kostet ein Auftrag wie dieser bei El Rey?«

»El Rey? Wahrscheinlich, ach, ich weiß nicht, fünf Millionen US-Dollar? Er ist mittlerweile der teuerste Killer der Welt. Ich sage Ihnen eins: Er weiß, wie man sich verkauft – jetzt, wo er eine Berühmtheit in der Presse ist, kann er ganz andere Bedingungen stellen. Diese Kartellbosse verhalten sich da wie jeder andere. Sie lesen auch die Zeitung, und Geld spielt für sie keine Rolle …« Cruz Stimme erstarb, er dachte über seine letzte Behauptung nach. Santiago konnte sich problemlos fünf Millionen leisten – ebenso problemlos wie fünfzig. Die Einnahmen an illegalem mexikanischen Kokain betrugen zu Großhandelspreisen schätzungsweise mehr als dreißig Milliarden Dollar pro Jahr. Das entsprach annähernd dem Staatshaushalt Nordkoreas. Geld war also sicherlich kein Problem.

»Wie gehen wir also von jetzt an vor?«, fragte Briones.

Cruz tauchte aus seinen Grübeleien auf. »Wir warten ab, was mit Santiago los ist. Und dann versuchen wir, alle Spuren zu verfolgen, und stöbern herum, ob jemand auf der Straße Gerüchte gehört hat. Ein Großmaul wie Santiago wäre niemals in der Lage, über so etwas Großes Stillschweigen zu bewahren, vor allem dann nicht, wenn er persönlich dahintersteckt.«

Das Schreibtischtelefon klingelte, und ein knappes Gespräch entwickelte sich, bis Cruz den Hörer auf die Gabel knallte.

»Sie haben ihn ins Krankenhaus Angeles in Pedregal gebracht.« Cruz ließ einen Seufzer ertönen. »Wir sollten lieber da rüberfahren und uns ansehen, wie schwer die Verletzungen sind. Wenn wir der Sache auf den Grund gehen wollen, fangen wir wohl am besten bei Santiago an.«

»Der Verkehr wird höllisch sein. Es wird Stunden dauern, um dorthin zu gelangen.«

»Niemand hat behauptet, dass Polizeiarbeit nur aus Glanznummern und Vergnügen besteht, junger Mann.« Cruz, der nur fünf Jahre älter als Briones war, nannte den Lieutenant oft »junger Mann«, als subtile Erinnerung an die Machtverhältnisse. »Ich hoffe, Sie haben nicht irgendwelche Pläne für heute Abend«, fügte er hinzu.

»Hat sich erledigt.«

Auch mit Blaulicht brauchten sie fünfzig Minuten, um ins Krankenhaus zu kommen. Die Dämmerung hatte bereits eingesetzt, als sie auf dem Parkplatz der Notaufnahme geparkt hatten. Die Staus in Mexico City waren vor allem während der Hauptverkehrszeit berüchtigt. Die Stadt während der Spitzenzeiten zu durchqueren, dauerte einen Zeitraum, der knapp bei »ewig« anzusiedeln war.

Die beiden näherten sich der Eingangshalle des makellosen Gebäudes mit Marmorfußboden und nahmen den Aufzug eine Etage nach unten in den OP-Bereich. Cruz hatte mit einem der zur Bewachung des Gefangenen entsandten Beamten gesprochen, und der berichtete, dass die Ärzte Santiago nach hastiger Untersuchung überstürzt operiert hatten. Der Beamte hatte um Unterstützung gebeten, und es gab jetzt acht schwer bewaffnete Mitglieder der taktischen Eingreifgruppe, die sich auf dem Flur der OP-Säle in einer Reihe postiert hatten. Cruz ging gezielt auf die Beamten zu, die die polierten Stahltüren bewachten.

»Was machen die da drin?«, verlangte er zu wissen.

»Eine Art Gehirnoperation«, antwortete der Beamte.

»Gehirn? Was ist damit los? Haben sie Ihnen nichts gesagt?«, fragte Cruz.

»Nein, sie sagten nur, dass es ein Problem mit seinen Pupillen gab, deshalb sei etwas mit seinem Gehirn verkehrt. Er habe das Bewusstsein noch nicht wiedererlangt. Das ist alles, was wir bis jetzt wissen.«

Cruz stiefelte über den Flur, während sein Verstand raste. Wenige Minuten später tauchte ein grün gekleideter Arzt mit Blutspritzern auf seinem Kittel aus der Chirurgie auf und entfernte seinen Mundschutz, um mit Cruz zu sprechen.

»Ich bin Dr. Consera. Ich vermute, Sie sind für das ganze Theater verantwortlich?«, fragte er Cruz.

»Captain Cruz. Ja, das ist mein Gefangener. Er erschoss heute Morgen vier meiner Männer und wurde nach heftiger Gegenwehr festgenommen«, teilte ihm Cruz für die Aktenaufzeichnung mit.

»Das erklärt die Prellungen und Blutergüsse …«

»Warum operieren Sie ihn? War er verletzt durch die Schläge, die er einstecken musste?«, fragte Cruz.

»Nicht wirklich. Wir haben ein MRT und ein CT gemacht. Dieser Mann hat ein abnormes Herz, ein Bereich ist vergrößert, das ist typisch für die Opfer eines chronischen Vorhofflimmerns.« Der

Arzt bog eine Hand mit der anderen, um die Muskeln zu entspannen. »Nein, was vermutlich im Verlauf der morgendlichen Ereignisse ausgelöst wurde, war ein Anfall von Vorhofflimmern, wodurch sich ein Blutgerinnsel in seinem Herz bildete und dann zu seinem Gehirn wanderte. Ihr Mann hatte einen Schlaganfall. Wir gingen durch sein Bein hinein und entfernten so viel wir konnten, sodass der Blutfluss zum betroffenen Bereich des Gehirns wiederhergestellt werden konnte. Aber welche dauerhaften Schäden zu erwarten sind, lässt sich derzeit nur raten. In solchen Fällen kann man das nicht vorhersagen«, erklärte Dr. Consera.

»Er liegt also im Koma?«

»Genau. Sein Gehirn war für mindestens eineinhalb Stunden, vielleicht mehr, von der Blutzufuhr abgeschlossen. Blut transportiert Sauerstoff. Das menschliche Gewebe benötigt Sauerstoff zum Leben. Wenn ihm das Blut so lange oder gar noch länger vorenthalten wurde, sieht es nicht gut für ihn aus.«

»Wie lautet dann die Prognose?«, fragte Cruz.

»Denkbar schlecht. Es wäre ein Wunder, wenn er jemals das Bewusstsein wiedererlangte. Aber am Ende können wir nur abwarten und beobachten. Normalerweise würde ich eine PET, eine Positronemissionstomografie seines Gehirns anfertigen lassen, um zu sehen, welches Maß an Aktivität der Bereich des vom Gerinnsel betroffenen Teils behält, aber das wäre momentan Zeitverschwendung. Vielleicht in ein paar Tagen … Im Moment ist er in Gottes Hand«, kam der Arzt zu seinem Schluss.

»Oder in der des Teufels. Der Mann ist ein Drogenboss, Herr Doktor, und schnupft wahrscheinlich kiloweise Kokain jede Woche.«

»Das würde das chronische Herzleiden natürlich sehr verschlimmern. Es würde eine Menge erklären.«

»Eine Sache verstehe ich nicht. Wie bildet sich das Gerinnsel – durch seinen Herzschlag, der schneller wird?«, fragte Cruz ernsthaft interessiert.

»Vorhofflimmern ist nicht unbedingt eine Tachykardie – ein Herzrasen. Es kann auch sein … Wenn das Herz einen Schlag aussetzt, manchmal viele Schläge, kann sich tendenziell das Blut in der Kammer des vergrößerten Herzens sammeln, statt es hindurchzupumpen. Ein wenig bleibt an der Herzklappe haften, und dann ein wenig mehr, und schon bald ist ein Blutgerinnsel in der Größe eines Radiergummis zum Gehirn unterwegs, und – zack – ist das Spiel aus. Sobald es sich dort festsetzt, beginnt mehr Blut dahinter und davor zu gerinnen, es ist also eine Abwärtsspirale von dort. Wir gingen durch die Oberschenkelarterie ins Gehirn und saugten so viel aus, wie wir bekamen, und pumpten Blutverdünner in ihn hinein, um die verbleibende Blutgerinnung aufzulösen, aber der Schaden, der nach so einer langen Zeit ohne Sauerstoff bereits entstanden ist … Na ja …« Der Arzt streckte die Hände mit einer Geste der Hilflosigkeit aus.

»Dann gibt es nichts, was dies verhindern konnte?«, fragte Cruz, um zu klären, wie der Schlaganfall vom Arzt gemeldet werden würde.

»Nicht wirklich. Ob er Medikamente einnehmen sollte und die nicht eingenommen hat … auch dies könnte die Probleme verursacht haben, als sich sein Blut im Lauf der Zeit verdickte. Natürlich kam der Schock als Beteiligter einer Schießerei und anschließender Verhaftung hinzu … äh … Meine offizielle Position lautet, dies war nur ein Unglücksfall. Es war das Ergebnis einer zugrunde liegenden Erkrankung, und, nein, es konnte nicht verhindert werden.« Der Arzt musterte Cruz freimütig. »Obwohl Sie möglicherweise davon absehen sollten, Zigaretten auf Gefangenen auszudrücken oder sie zu verprügeln«, sagte der Arzt ruhig mit einem Blick auf die Wachen, um sicherzugehen, dass sie ihn nicht gehört hatten.

»Vielen Dank für Ihre Hilfe und Ihre Erläuterungen. Was passiert jetzt mit ihm?«

»Wir werden ihn in ein Privatzimmer in der Intensivstation verlegen, dann müssen wir beobachten und abwarten. Das ist alles, was wir tun können.«

Cruz trat zu Briones, der leise mit einigen der anderen Beamten sprach.

»Er liegt im Koma. Vermutlich für immer. Aber ich will noch eine Wache für ihn, für den Fall, dass es eine Art göttliche

Intervention gibt und er zu sich kommt. Ich will nicht, dass das Arschloch während unserer Wache eine wundersame Flucht hinlegt, ist das klar?«, ordnete Cruz an.

»Klar und deutlich, Sir!« Briones ging ein wenig auf Abstand von seinen Gefährten, und sie gingen ein paar Meter im Flur auf und ab. »Weiß man, was es verursacht hat?«

»Er hatte ein schwaches Herz, und das schickte ein Blutgerinnsel in sein Gehirn. Es war ein Schlaganfall. Wir hätten nichts tun können, hat mir der Arzt erklärt«, sagte Cruz und hielt Briones Blick stand.

»Er scheint mir sehr jung, um ein schwaches Herz haben«, meinte Briones.

»Santiago ist zwei Jahre älter als ich. Aber dies war ein angeborener Zustand. Es ist nicht dasselbe wie ein Herzinfarkt oder eine Erkrankung der Herzkranzgefäße. Es ist eine Kombination aus Koksen wie ein Staubsauger und Gott weiß was noch sowie lausigem genetischen Material.«

»Also Sie – wir sind fein raus.«

»Ja. Aber ich will, dass er vierundzwanzig Stunden am Tag, sieben Tage die Woche bewacht wird. Sein Stellenwert ist zu hoch, und er hat neun Leben. Er soll nicht einfach rausspazieren, nur weil er es trotz aller Widrigkeiten wieder einmal schafft.«

»Ich werde einen Wachplan aufstellen. Wie stehen seine Chancen?«, fragte Briones.

»Ungefähr genauso wie dass Shakira auf mich wartet, wenn ich nach Hause komme.«

»Also dann würde ich lieber nicht darauf wetten«, schlussfolgerte Briones.

»Ich denke, wir sind auf der sicheren Seite, wenn wir vier Mann im Krankenhaus in jeweils Acht-Stunden-Schichten postieren. Ich möchte einen Mann vor seiner Tür, einen weiteren am Eingang der Intensivstation und dann noch zwei unten vor der Eingangshalle. Das Letzte, das uns fehlt, wäre ein Befreiungsversuch seiner Bande. Wir wissen zwar, dass sein Gehirn nur noch Brei ist, aber *sie* wissen es nicht. Da könnte einer ihrer oberschlauen Jungbullen es für eine gute Idee halten, mal eine kleine Krankenhausschießerei zu veranlassen. Diese Arschlöcher haben keine Angst und noch weniger Verstand, also kann alles passieren«, warnte ihn Cruz.

Die Edelstahl-Doppeltüren des Operationssaales öffneten sich, und zwei Krankenschwestern schoben Santiago, dessen regloser Arm mit einem Tropf verbunden war, den Flur hinunter. Cruz winkte ihnen, sie mögen anhalten.

Er kam näher. Santiagos Gesicht war voller Blutergüsse und ziemlich ramponiert. Es wirkte leichenblass.

Cruz beugte sich über seinen Kopf und flüsterte in sein blutverkrustetes Ohr: »Sieht wohl so aus, als ob du diesmal die Arschkarte gezogen hast, du Kackhaufen. Ich hoffe, du erwachst aus dem Koma und hast ein langes Leben mit quälenden Schmerzen. – Und nun, gute Besserung …« Er richtete sich auf, lächelte die Krankenschwestern an und gab die Trage zum Abtransport entlang der nach Desinfektionsmittel riechenden Korridore frei.

KAPITEL DREI

Cruz blieb noch eine weitere Stunde im Krankenhaus, um sich zu vergewissern, dass die Sicherheitsvorkehrungen angemessen waren und jeder sich über die Bedeutung ihres Gefangenen im Klaren war. Seine Mannschaft bestand aus Männern, die er selbst ausgewählt hatte, sodass er zuversichtlich war, dass sie ihn nicht im Stich ließen – und, was vielleicht noch wichtiger war, dass sie nicht mit der Presse reden würden. Dieses Problem musste immer berücksichtigt werden, wenn ein hochkarätiges Kartellmitglied verhaftet wurde. Das wäre jeder Zeitung eine Riesenschlagzeile wert, aber deren Veröffentlichung würde eine Menge Kopfschmerzen bereiten, auf die er lieber verzichten würde.

Als er schließlich davon überzeugt war, dass es nichts mehr zu tun gäbe, suchte er sein Fahrzeug auf und fuhr auf die Autobahn. Er war von den Ereignissen des Tages erschöpft und sehnte sich nach der Abgeschiedenheit und Bequemlichkeit seines Zuhauses. Davon trennten ihn noch mindestens siebzig Minuten Fahrzeit bis nach Toluca. Also fand er sich damit ab, sich in die träge Autokolonne einzufädeln, die Stoßstange an Stoßstange sogar noch abends um neun Uhr die Straßen verstopfte.

Sein Dodge Charger war das neueste Modell, aber nicht als Polizeifahrzeug gekennzeichnet. Das war einer der Vorteile, den er als Leiter des Rauschgiftdezernats für Mexico City und den Rest des Landes in Anspruch nehmen konnte. Diese Position war wichtig. Sie war ihm von seinem Vorgesetzten zuerkannt worden, nachdem sein Vorgänger in einer brutalen Mordserie ums Leben gekommen war. Das war etwa um die Zeit gewesen, als Mexiko unter der Schirmherrschaft des neu gewählten Präsidenten begonnen hatte, bei Drogenvergehen härter durchzugreifen. Mittlerweile war das fast sechs Jahre her, und Romero Cruz war während seiner Amtszeit spürbar gealtert – der offensichtliche Tribut, den er in den letzten zwei Jahren im Anschluss an den bestialischen Mord an seiner Frau und seiner Tochter entrichten musste.

Er rieb sich das müde Gesicht mit den Händen und folgte dabei unbewusst dem Verlauf einer Narbe von einer Messerverletzung, die von seinem Haaransatz auf der rechten Gesichtshälfte bis zum Kiefer verlief. Er fühlte sich älter als einundvierzig. Der Job beanspruchte ihn zwölf Stunden am Tag, sechs Tage die Woche. Seitdem er Rosa und Cassandra verloren hatte, war er zur Sieben-Tage-Tretmühle geworden. Nun, da es niemanden mehr gab, der zu Hause auf ihn wartete, verbrachte er die meiste Zeit im Büro oder im Feld im Kampf gegen Gegner, die über unendlich größere Ressourcen verfügten und die alle im Rahmen eines Regimes agierten, das von Korruption durchsetzt war.

Zeiten wie diese konnten leicht jemanden demoralisieren. Cruz gestattete sich jedoch nicht, sich mit Gedanken an Fehlschläge aufzuhalten. Der Job war das Einzige, was ihn vorwärtstrieb, das Einzige, was ihm noch blieb, statt sich seine Pistole in den Mund zu stecken und sein Elend zu beenden. Er ermöglichte es ihm, sich an die Hoffnung zu klammern, dass er die Männer finden würde, die für den Tod seiner Familie verantwortlich waren, dass er sie vor Gericht zerren oder ihnen eine Kugel zwischen die Augen verpassen könnte – wobei er Letzteres bevorzugte, denn in Mexiko gab es keine Todesstrafe, und die Gefängnisse waren dafür bekannt, Drogenbossen allen nur erdenklichen Luxus zu bieten. Es war nicht besonders ungewöhnlich für inhaftierte Drogenbarone, über persönliche Küchenchefs zu verfügen, Prostituierte am Laufen zu haben wie andere Warm- und Kaltwasser, alles an Alkohol und Drogen zu bekommen, was sie konsumieren konnten, außerdem Klimaanlage,

Luxusbetten, Satelliten-TV, Mobiltelefone, Leibwächter und sogar geliebte Haustiere zu haben. Und diese Liste ließ sich endlos fortsetzen.

Cruz verglich das mit seinem eigenen Zuhause – eine einfache zweigeschossige Vierzimmerwohnung mit zwei Bädern, Möbeln aus irgendeinem Einrichtungskaufhaus und einem kleinen Innenhof. Alle Fenster und Türen waren mit Riegeln gesichert. Es war überhaupt keine Frage, dass Kartellbosse ein unglaublich luxuriöses Leben führten, aber der Preis dafür war hoch – ihr Dasein war von unablässiger Gewalt geprägt. Neben Drogenhandel waren sie alle an Entführungen, Auftragsmorden, Erpressungen, Körperverletzungen, Vergewaltigungen, Prostitution, Sklaverei, Folter beteiligt … an jeder erdenklichen Verderbtheit, wobei sich einige jenseits aller Vorstellungskraft abspielten. Es war eine kurze, grausame Existenz, in der sie hell aufleuchteten, dann jedoch schnell verblassten. Nur wenige von ihnen schafften es bis in Cruz' Alter – man konnte ihre Zahl an einer Hand abzählen.

Er hieb auf die Bedienungselemente der Auto-Stereoanlage, und Juanes unverwechselbarer Latin-Rock-Sound dröhnte aus den Lautsprechern. Cruz machte sich nicht viel aus Musik, aber es ließ die Schleichfahrt nach Hause irgendwie kürzer erscheinen. Er klopfte mit seinen Fingern auf dem Lenkrad den Rhythmus, während er mitsummte, und ließ sich für einen Moment gedanklich an einen Ort versetzen, an dem Melodien nachklangen. An einen besseren Ort …

Die CD begann mit der erneuten Wiedergabe von vorne, als er von der Autobahn abfuhr und sich durch die verkehrsärmeren Straßen schlängelte, die zu seiner kleinen Wohnsiedlung führten. Im letzten Jahr hatte die Gemeindeverwaltung endlich ihr Versprechen eingelöst und ein elektrisches Sicherheitstor installiert, um unwillkommene Autos fernzuhalten. Sie hatten jetzt einen ergrauten Sicherheitsmann, der in einem kleinen Betonbunker neben dem Tor saß und den tragbaren Schwarz-Weiß-Bildschirm vor sich rund um die Uhr beobachtete. Sein Schichtkollege, der wie ein Doppelgänger aussah, erschien allabendlich um sieben, um ihn bis zum nächsten Morgen um sieben zu entlasten. Cruz winkte dem Nachtwächter mit zwei Fingern zu, der zwangsläufig auf sein Auto schaute, als ob er ihn noch nie gesehen hätte, dann dämmerte ihm, wen er vor sich hatte, und betätigte den Türöffner mit einem Gruß: ein betrunkener Wachposten, der nichts zu tun hatte.

Als Cruz sein Auto schwungvoll in den Carport fuhr, der für die Häuser in seinem Trakt die Garage ersetzte, registrierte er, dass ein paar Meter weiter wie üblich der Kleinlaster parkte, ein Ford Lobo, die mexikanische Version des F-150. Das Fahrzeug, oder wie auch immer man es nennen mochte, stand Tag und Nacht mit zwei uniformierten Polizisten im Schichtdienst vor seinem bescheidenen Haus. Dies war eine notwendige Maßnahme angesichts der Tatsache, dass jedes Kartell in Mexiko Cruz als seinen Todfeind betrachtete – es war kein Geheimnis, dass sogar höherrangige Polizeibeamte im Schlaf ermordet wurden.

Rosa und Cass hatte das nichts genutzt, denn sie waren mehr als hundert Kilometer entfernt gewesen.

Er schüttelte den Gedanken ab. Schuldzuweisungen würden sie weder zurückbringen, noch würden sie ihm den Schlaf bringen, den er momentan dringend benötigte. Cruz' Nächte waren nicht leicht durchzustehen; auch zwei Jahre nachdem er dieses Paket geöffnet hatte, spielte es keine Rolle, was ihm sein Arzt verordnete, er bekam selten mehr als vier Stunden zusammenhängenden Schlaf. Der Therapeut, den er gezwungenermaßen aufsuchen musste, hatte die Vorhersage gewagt, dass es Jahre dauern würde, bis er wieder ruhig schlafen und den Albtraum der letzten Momente seiner Familie bannen könnte, vor allem, wenn er seinen stressigen Beruf weiterhin ausübte.

Die Bundespolizei zu verlassen war für ihn keine Option. Dafür gab es eine Vielzahl von Gründen. Er wäre als Zivilperson innerhalb von Wochen ein toter Mann – als Rache für seine jahrelange Jagd auf die Kartelle und seine Bemühungen, ihnen ihr Leben so schwer zu machen, wie er nur konnte. Und seine Arbeit barg das Potenzial, den Tod von Cass und Rosa zu rächen.

Aber was am wichtigsten war: Romero Cruz hatte schon immer, seit er ein kleiner Junge war, Polizist werden wollen. Die Uniform und der Job waren Bestandteil seiner Persönlichkeit, ebenso wie seine braunen Augen oder die Nasenform. Bundespolizist war nicht nur sein Job – Cruz war es im Innersten seines Wesens.

Im Inneren des Hauses knipste er das Licht an, stieg die Treppe zu seinem Schlafzimmer hinauf und zog langsam seinen Trainingsanzug aus Baumwolle an. Er hängte seine Uniform neben die drei anderen, die genau die gleichen waren, und legte seine Pistole, Marke Heckler & Koch, auf den Nachttisch. Dann ging er wieder hinunter in die Küche, um etwas Essbares aufzustöbern.

Das Abendessen bestand wie immer aus einem Sandwich, seinem Grundnahrungsmittel unter der Woche, stets belegt mit Putenfleisch, Salami, Chorizo und Käse, dann in der Mikrowelle erwärmt, bis der Käse geschmolzen war. Eingenommen wurde die Mahlzeit an der Frühstücksbar oder auf seiner abgenutzten Couch vor dem Fernseher. Er genehmigte sich nicht mehr als zwei Bier pro Abend. Er genoss den vollen Geschmack des kalten Bohemia, seiner Lieblingsbiersorte, und zappte sich durch den seichten Mist der Fernsehprogramme. Man konnte das nicht unbedingt ein erstrebenswertes Dasein nennen, aber es füllte die Zeit zwischen dem Verlassen des Büros und dem Zurückkehren am nächsten Morgen. Er hatte zumindest kein Problem damit, so wie es war. Es war ihm bewusst, dass dies keine wirkliche Art zu leben war, aber da er auf sich allein gestellt war, war das alles, wozu er sich aufraffen konnte. Er nahm sich ein weiteres Bier, griff nach der Fernbedienung und drehte die Lautstärke hoch, um die Leere zu übertönen, die jetzt vom Haus ausging, in dem die Geister seiner toten Familie darauf warteten, ihn wieder zu besuchen.

General Ortega schwenkte seinen Tequila José Cuervo Reserva De La Familia in einem Cognacschwenker herum und genoss das Aroma des Destillats aus einer Mischung aus rauchiger Eiche und dem unverwechselbaren Duft der Agave. Er war gerade in Zapatas Büroräumen angekommen, etwas spät für einen geselligen Besuch, aber nicht ungewöhnlich. Die Anwesenheit des Generals bedeutete Positives; er hatte Fortschritte zu vermelden, die zu sensibel waren, um am Telefon besprochen werden zu können – Fortschritte der Art, die der Anwalt so schnell wie möglich zu hören wünschte.

»Carlos, ich bin froh, dass Sie mich so kurzfristig empfangen konnten«, eröffnete Ortega das Gespräch.

»Es ist mir stets ein Vergnügen«, erwiderte Zapata. »Sie ließen es dermaßen dringlich klingen, wie hätte meine Antwort da anders lauten sollen?«

»Ich habe eine schlechte Botschaft, aber auch einige gute Neuigkeiten, wie ich meine. Welche möchten Sie zuerst hören?«, fragte Ortega.

»Geben Sie mir die schlechten. Immer erst das Schlechte. Heben Sie sich das Beste für den Schluss auf.«

»Santiago ist schwer verletzt, und seine Mitarbeiter sind alle tot. Zumindest die Gruppe, mit der er sich heute traf«, berichtete Ortega.

»Wie schwer verletzt ist er?« Zapata versuchte bereits, den Einfluss zu berechnen, den Santiagos Abwesenheit auf den laufenden Betrieb des Kartells haben würde. Das Letzte, was sie brauchten, war noch ein weiterer blutiger Machtkampf unter den Verbündeten seiner Klienten.

»Es ist schwer zu beurteilen, aber meine Quellen sagen, er liegt im Koma«, erwiderte Ortega.

»Koma, hm? Das ist schlimm. Sehr schlimm.« Zapata schien darüber nachzudenken und winkte dann müde ab. »Aber nun – wie lautet die gute Nachricht?«

»Wir wissen, wo er festgehalten wird«, konnte Ortega vermelden.

»Nun, spucken Sie es aus. Wo ist er?«, forderte Zapata.

Ortega nippte an seinem Getränk und wählte seine Worte sehr sorgfältig aus. »Ich muss Ihnen sagen, dass es sehr schwierig war, dies herauszufinden. Es bereitete mir erhebliche Mühe, um jemanden zu finden, der zum Sprechen bereit war.« Er wollte sicherstellen, dass Zapata und seine Klienten verstanden, dass er für sie zusätzliche Gefälligkeiten erbracht hatte. Hoffentlich würde dies die Wut darüber besänftigen, bei dem morgendlichen Angriff überrumpelt worden zu sein. Er wollte die Vorstellung vermitteln, dass er unersetzlich war, damit sie weiterhin Wert auf seine Dienste legten. Ausreichend Wert, um ihn am Leben zu lassen.

»Ja, ja. Alles klar. Das war bestimmt schwer. Also, wo wird er festgehalten?« wiederholte Zapata.

»Hospital Angeles, im Zimmer elf der Intensivstation. Er wurde diesen Abend dorthin verlegt, und die Chancen stehen gut, dass er dort auf Dauer bleiben wird.«

»Ich kenne die Anlage. Was konnten Sie herausfinden?«

»Es gibt bewaffnete Federales überall vor Ort. Zwei auf dem gleichen Stock wie er und weitere außerhalb des Gebäudes. Meiner Meinung nach wäre man mit einer Rettungsaktion schlecht beraten, weil sie vollständig darauf vorbereitet sind. Sie erwarten es«, warnte ihn Ortega.

Zapata schwenkte in Gedanken versunken seinen Drink. Er verharrte so einige Minuten. Dann stand er auf und trank auf Ortegas Wohl. Das war das Zeichen, dass ihr Treffen beendet war.

Ortega trank seinen Tequila aus und stellte seinen Schwenker auf Zapatas Schreibtisch ab. »Ich hoffe, Ihre Klienten werden diese Information als wertvoll erachten.«

»Oh, ich glaube, das kann ich versprechen. Vielen Dank für Ihren Besuch. Ich bin sicher, dass sie ihre Dankbarkeit in unverwechselbarer Art und Weise ausdrücken werden«, sicherte Zapata ihm zu, als sie durch den Eingangsbereich seiner wohlhabend ausgestatteten Büroräume gingen. Der General ergriff seine Hand und schüttelte sie herzlich, bevor er hinaus auf die Straße trat. Dort wartete sein Chauffeur in einem Wagen, um ihn in die Wohnung seiner Mätresse zu bringen, und nach einer Weile würde er dann pflichtbewusst nach Hause zu seiner Frau zurückkehren.

Zapata tätigte einen Anruf zu einer der zehn Mobiltelefonnummern, die ihm zur Nutzung für diesen Monat überlassen wurden. Jedes Telefon wurde nur einmal verwendet und dann entsorgt. Obwohl alle Mobiltelefonnummern in Mexiko registriert werden mussten, in dem Bemühen, anonyme Anrufe von Mobiltelefonen zu unterbinden, gab es doch eine Unzahl von Hausangestellten, die gerne ein Telefon anmeldeten und von ihrem Arbeitgeber als Gegenleistung zwanzig Dollar erhielten. Jeder gewann in dieser Transaktion – der Kunde, der einen sicheren Kommunikationskanal bekam, die Telefonfirma, die ein Handy verkaufte, der Hersteller, dessen Telefon gekauft wurde, und der Unglückselige, der die zwanzig Dollar einsteckte. Alles in allem eine Win-win-Situation, außer für die Polizei.

Als sich am Telefon jemand meldete, gab Zapata alles weiter, was er erfahren hatte. Das Gespräch war kurz und bündig, es nahm von Anfang bis Ende weniger als sechzig Sekunden in Anspruch. Es gab absolut keinen Weg auf der ganzen Welt, wie diese Kommunikationsmethode aufgespürt werden konnte. Daher war es die bevorzugte Option, mit Ausnahme von Treffen »in Person«.

Wenn man Geld im Hinterzimmer druckte, waren die Unannehmlichkeiten, die man zur Umgehung von Problemen wegen der regierungsamtlichen Überwachung zu erwarten hatte, im Vergleich zu den Erträgen winzig.

Im Krankenhaus war es um fünf Uhr ruhig, die Nachtschicht hatte ihre Aufgaben erledigt und machte sich bereit, die Zuständigkeiten an die neue Schicht, die um sieben Uhr beginnen würde, zu übergeben. Die Gänge waren weitgehend leer, außer vor der Notaufnahme und der Intensivstation. In den OP-Sälen waren die Krankenschwestern damit beschäftigt, die Räume vorzubereiten. Sie desinfizierten alle Flächen in Erwartung der bevorstehenden Operationen am frühen Morgen. Es war alles Teil der täglichen Routine, wobei es einen Rhythmus der Aktivitäten gab, der für mexikanische Verhältnisse erstaunlich effizient war, da die Dinge ansonsten in diesem Land tendenziell eher chaotisch und unstrukturiert geregelt wurden.

Auf der Intensivstation machte eine Crew von Krankenschwestern und -pflegern Tag und Nacht zu jeder Stunde ihre Runden. Sie hatten sich an die bewaffneten Bundespolizisten gewöhnt, die vor dem Zimmer des Komapatienten postiert waren. Nach einigem anfänglichen Unbehagen nahmen sie sie jetzt kaum noch wahr. Einer saß ruhig mit seiner M16 gegenüber der Tür von Zimmer elf und beobachtete das Kommen und Gehen auf der geschäftigen Station. Es war eine mühsame Pflicht – das Einzige, was noch langweiliger war, war der Job seines Partners, der vor der Stationstür saß, wo sehr wenig Bewegung herrschte. Die größte Herausforderung für die Beamten bestand darin, wach zu bleiben.

Alle zwei Stunden kam eine Krankenschwester, um den Patienten zu inspizieren, wobei sie seine Temperatur maß und überprüfte, ob alle Geräte noch richtig angeschlossen waren und ob die Infusionsbeutel nicht trocken liefen. Die Vitalzeichen wurden in der zentralen Pflegewache überwacht, die den überwiegenden Bereich der gesamten Station einnahm. Dort zeigte eine Reihe von Monitoren die Werte von Blutdruck, Puls und Atmung aller Patienten an.

Einige der hübschen, jungen Schwestern blieben stehen, um mit dem gut aussehenden Polizisten in ihrer Mitte zu plaudern, aber die meiste Zeit hätte er mit offenen Augen einschlafen können. Er hatte eine der Ärztinnen gefragt, wie die Chancen für den Patienten standen, wieder zu sich zu kommen. Könnte er sich auch einfach nur tot stellen? Sie hatte gelacht und ihm gesagt, dass eher die Chance bestünde, dass ihm Flügel wachsen und er wegfliegen würde. Die Krankenschwester wies auf die Überwachungsgeräte und erklärte ihm, wie das System funktionierte. Sie würden wesentliche Änderungen an seinem Puls und Blutdruck sehen, sollte er jemals aus dem Koma erwachen.

Um sechs Uhr schlenderte eine neue Krankenschwester an dem angeschlagenen Beamten vorbei, lächelte ihm kokett zu und blieb einen Moment stehen, um sich zu erkundigen, wie es ihm ginge und ob sie ihm bei der nächsten Runde eine Tasse Kaffee mitbringen solle. Er nahm das Angebot dankbar an, als sie Zimmer elf mit Klemmbrett und Thermometer in der Hand betrat.

Sobald sie sich drinnen befand, klemmte sie gekonnt einen Stuhl unter die Klinke, um die Tür zu verschließen, und trat hastig an den Patienten heran. Nach einem schnellen prüfenden Blick, ob der Raum mit Kameras überwacht wurde, nahm sie einen Stift aus ihrer Bluse und hakte vorsichtig den Infusionsbeutel aus. Mit ruhiger Hand schraubt sie den Stift auf und förderte eine kleine Spritze zu Tage, die in dem voll funktionsfähigen Gehäuse verborgen gewesen war. Sie blickte auf die Tür, zog mit den Zähnen die orangefarbene Sicherheitskappe von der Nadelspitze und führte sie in den Katheter ein. Dann presste sie den Kolben nach unten. Sie überzeugte sich, dass die Vitalfunktionen auf dem Monitor noch normale Werte lieferten, hängte den Infusionsbeutel wieder auf, ließ die benutzte Spritze zurück in den Stift gleiten und verstaute ihn wieder in der Tasche ihrer Bluse, wo er vollkommen harmlos neben zwei weiteren Stiften steckte.

Die gesamte Episode hatte weniger als neunzig Sekunden beansprucht. Sie ging wieder zur Tür und entfernte den Stuhl, strich ihre Bluse glatt und rückte ihren BH so zurecht, dass ihre Brüste fast aus ihrer lauschigen Verpackung quollen. Sie huschte lächelnd aus dem Zimmer, winkte dem Beamten zu und versprach, in ein paar Minuten mit einem heißen, starken Kaffee wieder zurück zu sein. Er bewunderte die Passform ihrer engen weißen Hose, als sie den Flur hinunterging. Er sagte sich, dass er schon schlimmere Einsätze mitgemacht hatte als diesen hier. Wenn nur etwas Interessantes passieren würde. Diese Langeweile war einfach tödlich.

Sechs Minuten später schallte Alarm aus Zimmer elf. Der Monitoralarm signalisierte, dass die Herzfrequenz auf null gesunken war, ebenso der Blutdruck. Eine andere Krankenschwester kam vom anderen Ende der Station und rief nach einem kurzen Blick in das Zimmer um Hilfe. Eine Minute später kam ein Team im Laufschritt, einer von ihnen schob einen Notfallwagen vor sich her. Ein gestresster Arzt kämpfte sich an ihnen vorbei, um an den Patienten heranzukommen.

Stundenlang hatte der Bundesbeamte einen Kampf gegen seine Schläfrigkeit geführt, und mit einem Mal war seine Umgebung ein Krisengebiet, in dem das Personal mit grimmigem Gesichtausdruck hin und her lief. Er war so gefangen von diesem sich entfaltenden Drama auf Leben und Tod, dass es mehr als dreißig Minuten dauerte, bis er realisierte, dass die Schwester nicht mit seinem Kaffee zurückgekehrt war.

KAPITEL VIER

Um sechs Uhr dreißig morgens begann Cruz' Arbeitstag mit einem Anruf bei ihm zu Hause. Jemand von der Vermittlung versuchte, ihn als ranghöchsten Beamten mit dem Krankenhaus Angeles zu verbinden. Er rieb sich den Schlaf aus den Augen und tastete auf dem Nachttisch nach dem Telefon. Dabei hätte er beinahe seine Pistole auf den Boden geschubst. Er hob den Hörer an sein Ohr und krächzte einen Gruß.

Zwei Minuten später war er hellwach, fröstelte unter seiner Dusche, als er sich hastig vor dem Abmarsch ins Büro abwusch. Es ergab wenig Sinn, bis ins Krankenhaus zu fahren, nur um sich zu vergewissern, dass Santiago seinen letzten Atemzug gemacht hatte. Er hatte keinen Grund zu bezweifeln, dass dies der Fall war. Menschen starben jeden Tag auf der Intensivstation, und Santiagos Trauma war schwerwiegend gewesen. Sein schwaches Herz hatte dem mexikanischen Volk einen Gefallen erwiesen, indem die Ausgaben für die Unterbringung dieses Bastards, zweifelsohne im Luxus für den Rest seines Lebens, nun nicht anfallen würden. Cruz fühlte, wie ein flüchtiger Eindruck von Schuldbewusstsein an ihm nagte. Vielleicht war das Verhör mit dem Picana ein wenig übereifrig gewesen und hatte den Schlaganfall ausgelöst. Ein dunkler Teil seines Herzens hoffte jedoch, dass dies der Fall war. Was auch immer, er würde besser schlafen können, nachdem er dazu beigetragen hatte, einen der brutalsten Kartellbosse im Land auszuschalten.

Das Gesetz arbeitete in Mexiko anders als in den USA, und Cruz konnte nicht nachvollziehen, wie seine ausländischen Berufskollegen überhaupt etwas erreichen konnten. Mexiko verwendete das napoleonische Gesetz als Grundlage, bei dem der Angeklagte so lange als schuldig galt, bis das Gegenteil bewiesen wurde. Das war in der Regel eine sichere Sache, so wie die Dinge lagen. Nach den bisherigen Erfahrungen von Cruz kam es selten vor, dass ein Mann unschuldig war, vor allem in seinem speziellen Tätigkeitsfeld. Wie die amerikanischen Behörden hoffen konnten, wirksam vorzugehen, wenn sie ständig von Anträgen, Anhörungen und Anwälten handlungsunfähig gemacht wurden, ging über seinen Horizont.

Als er seine Uniform anzog, dachte Cruz über die Geschichte des illegalen Drogengeschäfts in Mexiko nach. Alles hatte sich geändert, als die etablierten Marihuana-Dealer, die auch kleine Mengen von mexikanischem Heroin in die USA schmuggelten, sich bei den kolumbianischen Kartellen einklinkten und zu deren Transportgehilfen wurden. Diese Beziehung festigte sich in den Achtzigerjahren, und bald wurden die Kartelle in Drogen und nicht mehr in bar bezahlt. Das bot einen erheblichen Anreiz für sie, zu expandieren und ihr Geschäft auf einen groß angelegten Drogenvertrieb zu erweitern.

Der Drogenhandel wurde in Mexiko lange auf regionaler Basis betrieben, aber sobald die Kartelle begannen, riesige Summen aus dem Kokainvertrieb einzustreichen, entwickelte sich das selbstständige Geschäft zu einem nationalen Netzwerk. Es besserte sich viele Jahre lang nichts, dann verkauften Männer vom ehemaligen DFS, der Dirección Federal de Seguridad, der mexikanischen Bundesdirektion für Sicherheit, DFS-Dienstmarken an hochrangige Kartellbosse. Das war noch, bevor der Kopf des mexikanischen Geheimdienstes, der DFS in der heute präsenten Form des mexikanischen Nachrichtendienstes, in der CISEN-Gruppe aufging. CISEN steht für Centro de Investigación y Seguridad Nacional, Zentrum für Nachforschungen und nationale Sicherheit. Damit besaßen die Drogenhändler eine effektive Freikarte, alles zu tun, was ihnen beliebte. Mexikos Kartelle stiegen jedoch erst zu wirklicher Macht auf, als die kolumbianischen Syndikate implodierten und ein Vakuum hinterließen, das ihre mexikanischen Partner ausfüllten. Es dauerte nur wenige Jahrzehnte, dann waren kleine Schmugglerbanden in Mexiko zu einer Mega-Milliarden-Dollar-Unternehmung herangewachsen, und die Gewalt eskalierte im gleichen Verhältnis wie der Lohn für begangene Verbrechen.

Jetzt befand sich das Land in der Krise, die Regierung bekämpfte die Kartelle, und die wiederum entwickelten eine Vorliebe für Schlachtfeste. Der Krieg gegen sie hatte unter Präsident Fox im Jahr 2000 mit einer gewissen Heftigkeit begonnen, kulminierte jedoch zu den aktuellen Höhepunkten, als Calderón 2006 Präsident wurde. Beide Präsidenten sympathisierten mit der US-Politik und kooperierten bei der US-Initiative zur Zerschlagung der Drogenringe. Dies führte allerdings dazu, dass das Niveau der Gewalttätigkeit über alles Erträgliche hinausschoss.

Cruz stampfte die Treppe hinunter und drückte auf den Knopf seiner Kaffeemaschine. Er musste so schnell es ging aus dem Haus. Mit Santiagos Ableben würden mit Sicherheit blutige Revierkämpfe einsetzen. Grundsätzlich wäre das für Cruz in Ordnung, aber tendenziell wurden auch Unbeteiligte in einer alarmierenden Größenordnung ermordet, wann immer diese Scharmützel entbrannten.

Er schüttete eine Tasse brühheißen Kaffee in sich hinein und raste zu seinem Auto. Er wollte schnellstmöglich sein Team über das wahrscheinliche Ergebnis des Todes von Santiago unterrichten. Darüber hinaus galt es, einen Schlachtplan aufzustellen und Informationen darüber zu sammeln, ob es irgendwelche Hinweise auf einen bestehenden Mordauftrag am Präsidenten gab.

Die Fahrt ins Büro verlief wegen eines Unfalls quälend langsam, und sogar mit seinem abnehmbaren Blinklicht für den Notfalleinsatz dauerte es fünfundvierzig Minuten, bis er an den Sicherheitstoren seines Dienstgebäudes ankam.

Einige seiner Mitarbeiter waren bereits da; sie konnten vorhersehen, dass heute ein großer Tag sein würde. Zwei von ihnen lasen die Zeitung mit einer Schlagzeile und einem altem Foto von Santiago. Die Geschichte erklärte, dass der oberste Templer-Boss während einer Schießerei bei der Festnahme ums Leben gekommen war. Der

Artikel konnte nicht mit vielen Tatsachen aufwarten und verstieg sich daher erwartungsgemäß in Vermutungen und Übertreibungen. Die Mexikaner gaben sich nicht der Illusion hin, dass ihre Medien zu dem Zweck existierten, ihnen die Wahrheit über alles zu sagen. Es war vielmehr eine Form der Unterhaltung, und der Volkssport bestand darin, herauszufinden, wer mehr log, die Presse oder die Regierung.

Cruz überlegte sich, dass es ein Leck im Krankenhaus geben musste. Keiner in seinem Team wäre so dumm, mit Reportern zu sprechen. Es war unmöglich, dass jemand weniger als hundert Prozent zu seiner Gruppe stand. Diese Männer arbeiteten ebenso gewissenhaft wie Cruz und folgten seinem Beispiel, indem sie ihre Arbeit als Kreuzzug betrachteten. Diejenigen, denen das Tempo zu anspruchsvoll war, hatten das Team schon lange verlassen, was wohl auch besser war. Cruz glaubte, dass er einen Krieg um die Seele und die Zukunft Mexikos führte, und diese Männer waren seine Soldaten. Jeder hier teilte diese Perspektive und empfand das ebenso. Wenn die Kartelle gewannen, verlor Mexiko. Es war ein Kampf zwischen den Produktiven und den Raubtieren. Und Raubtiere konnten kein Land regieren, Schulen betreiben oder Straßen bauen. Raubtiere können lediglich zerstören, stehlen und missbrauchen. Man konnte es nicht zulassen, dass sie die Oberhand gewönnen, denn dann würde die Nation im Chaos versinken. Kolumbien ging es seit zwei Jahrzehnten ebenso, nur ganz allmählich arbeitete sich das Land aus dem Schlamm empor.

Er hatte Briones eine Teambesprechung mit seinen unmittelbaren Untergebenen einberufen lassen. Diese würden dann später ihre eigenen Gruppen informieren. Er ging mit seinen Leuten die Auswirkungen von Santiagos Tod durch. Sie würden die Lage in Michoacan von ihren Bundeskollegen vor Ort überwachen lassen und bei Bedarf Ressourcen in Form von Soldaten und Waffen entsenden. Santiagos Tod brachte sehr wenige Vorteile – obwohl ein großer Parasit aus dem Spiel entfernt worden war, bestand jetzt doch die Angst und Erwartung, dass die jüngeren Hitzköpfe ein Blutbad wegen ihres Anspruchs auf die Vorherrschaft in der Region veranstalten würden. Man konnte es als annähernd gegeben erachten, dass Leichen in zunehmender Anzahl auftauchen würden. Cruz hoffte nur, dass sie nicht bei Tageslicht in Einkaufszentren agieren, Schießereien veranstalten oder Granaten in dicht bewohnten Gebieten werfen würden. Dies war nur wenige Jahre zuvor der Fall gewesen, bevor Santiago den Thron bestiegen hatte.

Nachdem Cruz das Treffen aufgelöst hatte, bedeutete er Briones, noch sitzen zu bleiben.

»Ich habe über das Attentatsproblem nachgedacht und bin zu dem Schluss gekommen, dass wir weitere Informationen sammeln müssen, bevor wir jemand anderen darauf ansetzen. Niemand wird es ernst nehmen, wenn wir nicht etwas mehr vorweisen können als Santiagos wilde Behauptungen.«

Briones nickte. »Eines der Dinge, die wir tun können, besteht darin, uns anzusehen, welche Ereignisse stattfinden werden, in denen der Präsident in Kontakt mit dem amerikanischen Präsidenten sein wird. Das können nicht so viele sein.«

»Da stimme ich zu. Aber wir müssen auch auf der Straße unsere Fühler ausstrecken und ermitteln, ob es Gerüchte gibt. Santiago war so ein Angeber, dass er seinen Mund nicht halten konnte. Wir müssen herumschnüffeln und herausfinden, ob er mit jemandem sprach, und wenn ja, erfahren, was er sagte.«

»Lassen Sie uns Ignacio und Julio hereinholen, um sie zu informieren«, schlug Briones vor. »Wenn es Gerede gibt, das aufgeschnappt werden könnte, dann von ihnen.«

Ignacio Roto und Julio Brava waren die beiden dienstältesten verdeckten Ermittler in Cruz' Team. Sie verbrachten einen Großteil ihrer Zeit auf der Straße, veranstalteten Trinkgelage und mischten sich unter die kriminellen Elemente der Gesellschaft, um aktuelle Trends und Gerüchte aufzuschnappen. Sie waren ein wesentlicher Bestandteil des Informationsbeschaffungsnetzes, das Cruz in den letzten fünf Jahren akribisch gewebt hatte. Es galt zwar als umstritten, war jedoch hochwirksam. Die Taktik bestand darin, Geld unter die Leute zu bringen, um die Informanten bei Laune zu halten, sowie Drogen zu kaufen, Entführer anzuwerben oder Mordaufträge an Gangs zu vergeben. Im Allgemeinen wateten sie knietief in der

Klärgrube, in der sich die zwielichtige Unterwelt von Mexico City tummelte. Cruz' Team bestand aus zwanzig verdeckt ermittelnden Beamten, die zu jeder Zeit auf den Straßen anzutreffen waren. Ihre Anwesenheit war der Dreh- und Angelpunkt seiner Gesamtstrategie – der Tipp über das Treffen, an dem Santiago teilgenommen hatte, war auch über die Straße gekommen. Zunächst als Gerücht, dass ein Kartellboss wünschte, einen neuen Kanal für den Methamphetaminschmuggel nach Michoaca, dem Bundesstaat, der im Süden an Jalisco grenzte, zu etablieren.

Julio und Ignacio antworteten auf ihren Handys und vereinbarten, sich in zwei Stunden in der Zentrale zu treffen. Beide trugen Hüte und Sonnenbrillen, als sie sich einfanden. Der zwergenhafte Julio verbarg sich in den Falten eines Kapuzen-Sweatshirts. Es war für die Kartelle nicht unüblich, Privatdetektive zu engagieren, die ein Foto von jedem machten, der das Gebäude betrat. Daher mieden die beiden Männer die Dienststelle, so oft es ging. Eine Vorladung vom Chef konnte jedoch nicht einfach ignoriert werden, und da waren sie also – sie saßen zusammen mit Briones in Cruz' Büro.

Cruz legte das Wesentliche von Santiagos Behauptung offen und wies sie an, nachrichtendienstliche Erkundigungen über einen bestellten Auftragsmord am Präsidenten einzuholen. Er trug ihnen auf, nach einer Verbindung zu El Rey zu suchen. Es musste jemand sein, der als sein Beauftragter fungierte, die Vertragsbedingungen aushandelte und die Prüfung der Klienten vornahm. So jemand würde sich in Mexico City oder Monterrey aufhalten, den beiden Drehscheiben krimineller Aktivitäten.

Julio bat, den Verhörbericht lesen zu dürfen. Er las ihn sorgfältig, bevor er ihn auf Cruz' Schreibtisch platzierte. »Wenn dies hier authentisch ist, kann ich Ihnen sagen, wo das Attentat stattfinden soll«, sagte er unbekümmert.

»Wirklich? Und woher wollen Sie das wissen?«, fragte Briones. Er hatte den kleinen Mann immer für wichtigtuerisch und arrogant gehalten, obwohl er ohne Zweifel ein brillanter Kriminalbeamter war.

»Sehr einfach. Der einzige Ort, den ich mir vorstellen kann, wo der amerikanische Präsident und der unsere zusammentreffen, ist das

G-20-Gipfeltreffen. Es liegt auf der Hand. Zumindest für mich«, erklärte Julio. Er warf Briones einen selbstgefälligen Blick der Überlegenheit zu.

»Wie … wo haben Sie diese Informationen her?«, entgegnete Briones. Er schöpfte Verdacht.

»Ich habe überall Freunde, und man hört so einiges«, antwortete Julio geheimnisvoll. Die Wahrheit war allerdings weniger dramatisch.

»Scheiße!«, fluchte Cruz. »Wenn das stimmt, haben Sie wahrscheinlich recht. Das findet … in wie viel … fünf Wochen statt? In Cabo San Lucas?«

»Eigentlich«, sagte Julio, »ist der genaue Veranstaltungsort San José del Cabo. Sie sind schon kräftig bei der Arbeit, seit sieben Monaten wird am Konferenzzentrum gebaut – Stichtag ist Ende Mai.«

»Woher wissen Sie das alles?«, fragte Cruz.

Julio beschloss auszupacken. »Mein Cousin wurde dort als Helfer hingeschickt. Er ist Bauingenieur, der die Sicherheitssysteme und die Präsentationstechnik für die Konferenz installiert. Sie haben mit einem Mitarbeiteraufgebot von sechstausend Leuten versucht, das Projekt abzuschließen – bis heute war es eine Katastrophe mit all den üblichen Inkompetenzen und der Korruption. Meine Schwester vertraute es mir an. Ich höre fast jede Woche etwas von meiner Schwester, wenn sie anruft. Es gilt hier als das mittlerweile am schlechtesten gehütete Geheimnis in Mexiko, und das sagt eine Menge …«

»Das bedeutet nichts Gutes!« Cruz dachte laut: »Hier haben wir Santiago, der behauptet, er werde die zwei am stärksten geschützten Staatschefs der Welt ausschalten lassen, und der Gipfel findet innerhalb kurzer Flugdistanz von Mexico City in etwas über einem Monat statt und der US-Präsident ist anwesend? So viel Zusammentreffen ist bedrohlich …«

Julio sah die Männer der Reihe nach an. »Ich glaube, wir müssen das als eine echte Bedrohung behandeln. Santiagos Kartell hat mehr als genug Geld, um El Rey anheuern zu können, und er hat ein Motiv – der Krieg gegen die Kartelle, den der amtierende Präsident führt, hat wahrscheinlich seine Ressourcen in den letzten vier Jahren über Gebühr beansprucht, vor allem nach dem Granatenangriff 2008 in Morelia. Obwohl der dem Los-Zetas-Kartell angelastet wurde, hat Santiagos Meute sich wahrscheinlich eine blutige Nase geholt, zumindest hätte er dadurch einen Grund, groß auftrumpfen zu wollen.« Julio wägte seine nächsten Worte sorgfältig ab. »Zwei Präsidenten ausgeknipst zu haben, würde die Botschaft vermitteln, dass er eines der ganz großen Tiere ist, und eine Menge Leute würden ihn unterstützen, zumindest emotional. Der Drogenkrieg des Präsidenten hat dem Land nicht unbedingt Frieden gebracht, dadurch ist er bei vielen ziemlich unbeliebt.«

»Ich stimme Ihnen zu. Stellen Sie dafür ein Einsatzteam zusammen«, sagte Cruz. »Ich will alles, was Sie bekommen, auf den Tisch haben, auch wenn es scheinbar belanglos ist. Es muss eine Möglichkeit geben, diesen El Rey zu finden. Unsere Hauptaufgabe wird sein, ihn zu neutralisieren. Die Gleichung ist einfach: Kein El Rey, kein Santiago, keine Gefahr mehr …«

Ignacio, alias »Nacho«, schüttelte den Kopf und runzelte die Stirn. »Verzeihen Sie meine Unwissenheit, aber was ist dieser G-20? Warum werden beide Präsidenten dort sein?«

»Es ist ein Finanz-Gipfeltreffen, das jedes Jahr stattfindet, bei dem sich Finanzminister aus der ganzen Welt treffen, um wirtschaftliche Probleme zu erörtern«, erklärte ihm Julio.

»Also, warum wird der Präsident dort sein?«

»Weil es eine Ehre für die Nation ist, das Mexiko der Gastgeber ist«, antwortete Julio geduldig. »Es ist eine wirklich große Sache. Und der amerikanische Präsident plant, sich bei der Eröffnungsfeier als Zeichen der Solidarität zwischen Mexiko und den USA zu zeigen. Das ist die einzige Veranstaltung, von der ich weiß, dass sie den US-Präsidenten in diesem Jahr nach Mexiko bringen wird. Daher kann man getrost darauf wetten: Wenn El Rey etwas vorhat, dann wird er es dort tun.«

»Dann haben wir ein ernstes Problem«, sagte Nacho und wandte sich wieder seinem Fachgebiet zu. »El Rey ist ein Geist. Er ist wie Rauch – man erblickt einen Hauch von ihm, dann ist er schon wieder verschwunden. Es ist beängstigend, denn er wäre definitiv der richtige Mann für den Job, seine Ermordung von El Gallo wird immer noch diskutiert in …«

»Er ist kein Geist, Nacho«, korrigierte Cruz. »Er ist aus Fleisch und Blut, was bedeutet, dass er gestoppt werden kann. Er ist kein Zauberer, er hat keine Superkräfte, und er kann nicht fliegen. Ich sage nicht, dass es einfach sein wird, aber ich habe genügend großkotzige, baumelnde Schwänze klein gekriegt, um zu wissen, dass, egal wie viel positive Presse sie bekommen, am Ende alle genau wie wir bluten …«

Julio hob die Hände. »Schön und gut, aber es wird wirklich nicht einfach sein. Das ist ein gewiefter, versierter Profi, und er hat wahrscheinlich viel Geld mit seinen Morden verdient. Das bedeutet, dass er sich ewig verstecken kann, wenn er will. Aber ich glaube, dass er ein Netzwerk hat, was bedeutet, dass jemand sein Versteck kennen muss. Wir sollten mit der Einsatzgruppe ›El Rey‹ reden und sehen, was sie haben, obwohl gemunkelt wird, die seien schlimmer als inkompetent – mein Kumpel war ein Jahr lang bei denen und berichtete, das Spiel dort sei: Wer schafft es, am wenigsten zu arbeiten?«

»Ich habe das Gleiche gehört, aber man weiß ja nie. Vielleicht wurden sie nach dem Aufruhr mit El Gallo etwas angekurbelt. Das war ein schwerer Schlag für die Partei und eine Schande für alle Beteiligten«, räumte Cruz ein.

»Haben Sie die Aufnahmen von der Erschießung gesehen? Ich schwöre, es sah aus, als ob El Gallo seinen üblichen Kopfstoß machte. Es war unheimlich …«

»Wir kennen das alle«, unterbrach ihn Cruz. »Doch der Punkt unseres heutigen Treffens ist, dafür zu sorgen, dass das Gleiche nicht dem Präsidenten passiert. Und stellen Sie sich die Konsequenzen vor, wenn der amerikanische Präsident auf mexikanischem Boden getötet würde – es könnte eine Invasion auslösen … und da übertreibe ich nicht. Das Mindeste wäre, es würde Mexikos Ansehen in den Augen der Welt sowie unsere Beziehungen zu den Vereinigten Staaten zerstören. Je mehr ich darüber nachdenke, desto mehr glaube ich, wir sollten dies als eine echte Bedrohung behandeln und geeignete Maßnahmen ergreifen. Ich will, dass Sie dem oberste Priorität einräumen, habe ich mich da klar ausgedrückt?«

Die Männer nickten alle. Die Einsätze waren gemacht.

Sie mussten El Rey um jeden Preis finden.

KAPITEL FÜNF

Los Cabos, Mexiko

Der Mann nahm eine Liegeposition in dem verfallenen Zahnarztstuhl ein, während der Tattoo-Künstler Tinte in kleine Plastikbecher goss. Die Wände waren in einem schrillen Burgund mit schwarzen Schlieren gehalten, um einen Grufti-Effekt zu schaffen. Für schummerige Beleuchtung sorgten Glühbirnen in Zinneimern, die kopfüber von der Decke hingen. Auf der Straße draußen machte sich eine ausgelassene Gruppe betrunkener Nachtschwärmer auf den Weg zu einem der Klubs auf der Hauptstraße. Man hörte das durchdringende Gelächter von Frauen, hin und wieder untermalt von lallenden Gringo-Männerstimmen, die nach Tequila riefen. Durch das Schaufenster erhaschte er einen Blick auf die Gruppe: zwei brünette Mittdreißigerinnen in kurzen Hosen, die hinsichtlich der Wirkung ihrer Figur allzu optimistisch waren, und eine jüngere Rothaarige im Jeans-Minirock, akzentuiert durch ein weißes Achselhemd, das aufreizend hochgebunden war, um ihren gepiercten Nabel zu betonen. Die Männer waren alle aus dem gleichen Holz geschnitzt: übergewichtig, trugen Baseballkappen und farbige T-Shirts mit einem Angler-Logo darauf. Alle waren weitaus länger in der Sonne gewesen, als ratsam war – die Hautfarben variierten von lachs- bis hummerfarben. Der Mann schätzte, dass sie den ganzen Tag geangelt hatten, da sie die charakteristische blasse Kontur in ihren Gesichtern aufwiesen, wo sich die Sonnenbrillen befunden hatten. Angeln war natürlich ein Euphemismus für eine Bootsfahrt mit ausgiebigem Bier- und Tequilakonsum.

Dies war das typische Wochenendklientel in der Stadt, sie tobten sich aus und benahmen sich so daneben, wie sie es zu Hause nicht gewagt hätten.

»Was für ein Abend, was, Chef?«, kommentierte der Tattoo-Künstler in einem Ton, der eine völlige Interesselosigkeit gegenüber einer Antwort zeigte. Er erging sich in seichtem Geschwätz, während er die Zeichnung vorbereitete und sich damit beschäftigte, die sterilisierte Nadel für das Tätowiergerät aus dem versiegelten Papierumschlag zu holen. Sein spanischer Akzent wies ihn als Argentinier aus. Das war in Mexiko nicht ungewöhnlich, weil Auswanderer aus Argentinien in der Regel in Länder gingen, in denen Spanisch als Muttersprache gesprochen wurde.

Sehnige Muskeln zeichneten sich wellenförmig auf den hageren Unterarmen des Künstlers ab, die von den Handgelenken bis zu seinen Schultern und ebenso am Hals auf anschauliche Weise mit Tätowierungen bedeckt waren. Seine Nase war durchbohrt, an der Nasenscheidewand hing ein Edelstahl-Hufeisen herab. Passend hierzu schmückten seine beiden Ohren von oben nach unten eine Reihe von Bolzen, die deutlich sichtbar waren, weil er sein etwa anderthalb Meter langes, schwarz gefärbtes Haar in einem Pferdeschwanz gebunden trug. Das schäbige Ambiente des kleinen Studios wurde durch den Speed Metal verstärkt, der aus den Deckenboxen dröhnte, was dem Namen des Ladens Geltung verschaffte: Metal Ink.

»Wie lange wird es dauern?«, fragte der Mann ungeduldig.

»Rechnen Sie mit anderthalb bis zwei Stunden. Zwei, um sicher zu sein. Warum, stehen Sie unter Termindruck?«, antwortete der Tattoo-Künstler.

»Nein. Will nur wissen, was auf mich zukommt.«

»Es wird ein wenig wehtun, aber es sollte nicht zu schlimm werden. Dieser Bereich des Brustkastens ist nicht so empfindlich wie viele andere Körperregionen, die ich gestochen habe«, sagte der Künstler mit einem eindeutig zweideutigen Grinsen, das verfaulte Zähne und ein ziemlich zurückgebildetes Zahnfleisch zum Vorschein brachte – verräterische Anzeichen einer chemischen Romanze mit Methamphetamin.

»Ich bin nicht besorgt.«

»Wollen Sie einen kleinen Aufmunterungsschluck, bevor ich jetzt anfange?«, fragte der Künstler und deutete mit seinem Kopf auf eine Flasche Chinaco Tequila, die an der kleinen Bar stand, die einen Teil des betriebseigenen, wenn auch begrenzten Charmes ausmachte. Mehrere Schnapsgläser waren daneben wie kleine Glassoldaten in Habachtstellung ausgerichtet.

»Nein, mir geht es gut«, antwortete der Mann.

»Wie Sie wünschen.«

Der Künstler sterilisierte die Stelle auf der nackten Brust des Mannes, an der er die Tätowierung haben wollte, und zog einen Einwegrasierer aus einer Schublade des kleinen Edelstahl-Arbeitstisches. Er schnippte die Kunststoffabdeckung der Klinge in den Müll, rasierte zügig den Bereich und benutzte dann etwas neutrales Deo, damit das Kunstwerk einen klaren Eindruck hinterlassen würde. Zufrieden mit seiner Arbeit griff er nach der Schablone und legte sie sorgfältig auf den frisch rasierten Bereich oberhalb der linken Brustwarze auf dem Brustmuskel an. Er entfernte die Schablone wieder, warf sie in den Papierkorb und brachte einen Salbenfilm über den blauen Konturen an, wobei er im Takt zu dem unverständlichen Lärm, der lauthals aus der Stereoanlage plärrte, mitsummte. Nach Überprüfung seiner Vorarbeit, die er befriedigt abhakte, öffnete er eine Packung OP-Handschuhe und zog sie gekonnt über seine geschickten Finger. Er grinste wieder, sah den Mann an und rieb sich vor Vorfreude seine mit Latex ummantelten Hände.

»So, wir fangen jetzt an«, sagte er, griff nach dem Tätowiergerät und schaltete es an.

Das schrille Surren des Gerätes konkurrierte mit dem maschinengewehrsalvenartigen Stakkato der Gitarrenriffs, als der Künstler seinen Hocker herumschwenkte und näher an den Mann heranrollte.

Aus der Mülltonne heraus schien das wachsame Auge einer Krähe, die auf der Schablone dargestellt war, jeder Bewegung des Künstlers zu folgen, als er das Gerät auf die Haut senkte und mit dem Stechen begann.

Mexico City

Cruz hatte ein Treffen mit CISEN anberaumt, um sie über seinen Verdacht zu informieren, aber es lief nicht so wie geplant. Er fuhr zum Hauptsitz und wurde zu einem Konferenzraum geführt, wo er ungeduldig eine halbe Stunde lang warten musste, bevor vier Männer aus den höhlenartigen Tiefen des großen Gebäudes auftauchten. Niemand entschuldigte sich für die Verspätung, obwohl sie höflich waren, zumindest noch am Anfang.

Die Gutmütigkeit ging schnell in einen kontroversen Meinungsaustausch über, der zu nichts führte.

»Hm, ja, nun, ich sehe, wie Sie diese Schlussfolgerung ziehen konnten, aber das Problem ist, dass Sie nicht ein Quäntchen Beweise zur Untermauerung Ihrer, hm, intellektuellen Auswertung vorlegen können«, brachte der älteste der Männer und Direktor der Behörde, Armando Serrate, an.

»Ich verstehe. Aber ich sage Ihnen, ich war im gleichen Raum mit diesem Mann … er sagte das nicht einfach nur so dahin. Er erzählte mir, nein, er prahlte damit, dass er den Präsidenten töten wolle und dass es nichts gäbe, was ich tun könnte, um ihn zu stoppen. Es schien ihn nicht zu kümmern, ob ich etwas darüber wusste. Das ist der Teil daran, bei dem ich ein ungutes Gefühl bekomme. Er war überzeugt, dass es passieren würde, egal welche Maßnahmen wir wegen des beteiligten Attentäters El Rey ergreifen würden«, wiederholte Cruz.

»Ja. Wir haben Sie bereits beim ersten Mal verstanden. Aber all dies ist reine Vermutung aus dem hohlen Bauch heraus und entbehrt jeglichen Beweises. Können Sie mir insoweit zustimmen?«, fragte Guillermo Trudo, Serrates rechte Hand.

»Ich befinde mich derzeit in der Beweiserhebung, meine Herren. Aber die Aussage eines sterbenden Mannes in Zusammenhang mit der Erwähnung von El Reys Namen sollte Ihnen allen Anlass zur Besorgnis geben«, feuerte Cruz zurück.

»Captain Cruz, obwohl ich es sehr schätze, dass Sie mit Ihren, hm, Theorien, zu uns kommen, denke ich, dass wir wahrscheinlich besser gerüstet sind als Sie, um abzuschätzen, worüber wir uns Gedanken machen müssen«, erklärte Serrate.

»Sie können das nicht einfach so herunterspielen. Wir reden hier über ein Attentat auf den Präsidenten, bestätigt durch einen Kartellboss«, beharrte Cruz.

»Die ganz besonders bekannt für ihre Glaubwürdigkeit sind, ja sicher. Sagten Sie uns nicht, dass dieser Mann, Santiago, an einer Gehirnverletzung starb? Woher wissen Sie, dass seine Fantasie nicht als frühes Zeichen seiner Gehirnfehlfunktion mit ihm durchgegangen ist? Oder dass er einfach gelogen hat, um Sie zu triezen, oder dass es so scheinen sollte, als verfüge er über wertvolle Informationen, mit denen er verhandeln könnte?«, argumentierte Trudo.

»Sie waren nicht dabei. Sie haben den Ausdruck in seinen Augen nicht gesehen«, sagte Cruz. Er fühlte sich bereits geschlagen, noch bevor er die Worte aussprach. »Ich weiß, wie weit hergeholt das klingt, aber der Gipfel findet schon in fünf Wochen statt, damit bleibt uns nicht viel Zeit. Ich könnte Ihre Hilfe gebrauchen. Sie haben Ressourcen, die ich nicht habe. Sie können sich mit den Amerikanern kurzschließen und Technologie verwenden, die wir nicht haben, um diesen Mann zu identifizieren.«

»Ja, ich bin ziemlich sicher, dass deren Nationale Sicherheitsbehörde nichts Besseres zu tun hat, als einzugreifen und der mexikanischen Regierung mit ihrem inländischen Auftragsmordproblem beizustehen«, legte Serrate dar, wobei er seine Mitarbeiter unverhohlen skeptisch anblickte. Dann wurde sein Ton umgänglicher. »Sie haben einen harten Job, Cruz. Haben wir alle. Wenn Sie einige konkrete Hinweise erhalten, dass diese Verschwörung wirklich existiert, sind Sie erneut willkommen, sie uns zu präsentieren, und wir werden Sie gerne anhören. Aber derzeit haben Sie nichts in der

Hand. Sie haben eine Ahnung, ja? Aber wir kümmern uns hier nicht um Ahnungen, hm, wenn wir unsere Arbeit mit den Amerikanern diskutieren. Sehen Sie, wegen der Drogengewalt glauben die ohnehin bereits, dass wir ein Haufen Wilder sind – wir müssen jetzt nicht auch noch als abergläubische Narren auf ihre Mängelliste kommen.«

»Also geht es nur darum, dass Sie besorgt sind, wie das bei Ihren Kollegen in den USA aussehen könnte? Haben Sie überhaupt ein Wort von dem verstanden, was ich sagte? Ich mache diesen Job nicht erst seit einer Woche, und …«

»Das trifft auf mich ebenso zu, Captain. Haben Sie eine Vorstellung davon, wie viele Fehlalarme oder Morddrohungen gegen den Präsidenten wir allein in einem Monat haben? Nein. Wahrscheinlich nicht. Sagen wir, es sind eine ganze Reihe, und die meisten sind gravierender als das, was Sie uns mitgebracht haben.« Serrate schob seinen Stuhl zurück und leitete damit das Ende der Sitzung ein. »Ich danke Ihnen für Ihren Besuch. Und bleiben Sie in Kontakt mit uns – halten Sie uns auf dem Laufenden über alle Fortschritte, hm, ja? Wir schreiben für die El-Rey-Angelegenheit eine Empfehlung und veranlassen geeignete Schutzmaßnahmen. Nun, vielleicht kehren Sie jetzt zur Lösung der nationalen Drogenkrise zurück, und wir können uns unseren bescheidenen Aufgaben widmen …«

»Sie begehen einen schrecklichen Fehler!« Cruz war wütend und musste die Zähne fest zusammenpressen, um nicht zu explodieren.

»Notiert, Captain, notiert. Nun, wenn es nicht noch etwas anderes gibt … Trudo kann Ihnen den Weg hinaus zeigen«, sagte Serrate.

»Ich kenne den Weg hinaus. Ich habe schließlich auch allein hineingefunden, oder? Oh, und ich hoffe, dass Sie nichts dagegen haben, wenn ich mit dem amerikanischen Geheimdienst Kontakt aufnehme und ihn über meinen Verdacht informiere, in Ordnung? Vielleicht treffe ich dort auf offenere Ohren«, nutzte Cruz sein letztes Druckmittel.

»Nun, Captain, wenn Sie glauben, dass sie vielleicht höflicher oder empfänglicher für Ihre haltlosen Vermutungen und wilden Theorien sein werden, als wir es in jeder Hinsicht waren, blamieren

Sie sich ruhig weiter. Aber mein Rat lautet, abzuwarten, bis Sie etwas anderes als Emotionen zu bieten haben, wenn Sie mit ihnen in Kontakt treten, oder Sie werden sehr wahrscheinlich ausgelacht oder wie ein zurückgebliebenes Kind behandelt. Ich beschäftige mich mit ihnen in regelmäßigen Abständen, und Sie können mir vertrauen, wenn ich Ihnen verrate, dass sie nicht annähernd so gnädig wie wir sein werden«, warnte Serrate.

Cruz stiefelte aus dem Gebäude, schäumend vor Wut über die Behandlung. Er war in einundzwanzig und noch was Jahren als Bundesbeamter nie so erniedrigt worden. Diese arroganten Arschlöcher hatten so getan, als ob seine Einschätzung des Verhörs Klopapier war und ihre Zeit nicht rechtfertigte.

Er startete die Maschine seines Chargers, saß dann jedoch nachdenklich da und starrte auf die Wand des Gebäudes. Er brauchte einige Beweise, und zwar schnell, oder niemand würde etwas von dem, was er über El Rey sagte, ernst nehmen. Das Problem war, dass ihnen das einen enormen Nachteil bescheren würde, wenn seine Vermutung – okay, er musste zugeben, damit hatten sie recht, es war nur eine Vermutung – richtig war und er erst in einigen Wochen gesehen etwas Handfesteres bekam. Cruz wusste, wenn ein ausgebildeter Killer versessen darauf war, ein Staatsoberhaupt auszuschalten, dann war er auch bereit, dabei zu sterben, und dann war es praktisch unmöglich, ihn aufzuhalten.

Das hatte er immer wieder zu hören bekommen, erst als Polizist und später als Ermittlungsbeamter. Daher galt, je mehr Vorbereitung, desto besser standen ihre Chancen. Aber niemand wollte seinen Theorien die erforderliche Glaubwürdigkeit zubilligen – natürlich bedeutete es keine Demütigung, wenn sie falsch waren. Ein Bürokrat war weitaus sicherer, wenn er vorsichtig vorging und eine konservative Haltung einnahm, auch wenn das bedeutete, das Leben des Präsidenten zu gefährden. Cruz fragte sich, ob sie so lässig reagiert hätten, wenn es sich um einen ihrer Söhne oder eine ihrer Töchter gehandelt hätte, die in Lebensgefahr waren, aber trotzdem … er war bei dieser Diskussion so lange der Verlierer, bis er Beweise vorlegen konnte.

Vielleicht würde er doch noch die NSA oder den Geheimdienst kontaktieren, aber erst, wenn er einige weitere Hausaufgaben gemacht hatte. In gewisser Weise hatte Serrate ihm einen Gefallen getan. Er zwang Cruz, die Angelegenheit zu einem realen Fall aufzubauen, wenn er ernst genommen werden wollte. Cruz hatte gehofft, diesen Prozess umgehen zu können, und versucht, das Verfahren zu beschleunigen. Dabei hatte er jedoch alles vergessen, was er über die menschliche Natur wusste und wie das System funktionierte. Er konnte es sich nicht leisten, den gleichen Fehler zweimal zu machen.

Er verließ den Parkplatz schwungvoll und kollidierte beinahe mit einer Frau, die einen Kinderwagen schob und dabei in ihr Handy sprach. Er trat auf die Bremsen, wodurch die Reifen quietschend zum Stehen kamen, nur wenige Zentimeter vor ihr.

Etwas mitgenommen winkte er entschuldigend. Die Frau warf ihm einen Blick zu, mit dem man Glas hätte schneiden können.

Er musste sich dringend abkühlen. Wütend zu werden, weil seine Kollegen seine Ideen nicht akzeptiert hatten, war ein Luxus, den er sich nicht leisten konnte. Seine Stärke lag in der analytischen und gründlichen Vorgehensweise, nicht darin, sich wie ein Cowboy zu gebärden. Serrate hatte recht.

Cruz brauchte Beweise.

Und er brauchte sie sofort.

Er drückte die Schnellwahltaste seines Handys, nachdem er sich in den laufenden Verkehr eingefädelt hatte. Briones nahm beim zweiten Klingelton ab.

»Es lief nicht gut«, berichtete Cruz.

»Tut mir leid, das zu hören, Sir. Wie sollen wir jetzt weiter vorgehen? Haben Sie irgendwelche Hinweise oder Vorschläge bekommen?«

»Ja. Wir brauchen etwas Greifbares. Es ist von allergrößter Bedeutung, dass die Männer, die draußen auf den Straßen ihren Dienst versehen, über unbegrenzte Ressourcen verfügen. Wenn sie Geld brauchen, um sich anzubiedern oder jemanden zum Reden zu kriegen, bringt mir die Anforderung. Es ist mir egal, was es kostet, aber wir müssen Bewegung in die Sache bringen und etwas lostreten. Geben Sie das an Roto und Brava weiter. Sagen Sie ihnen, Sie sollen alles tun, was auch immer es kostet. Verwenden Sie genau diese Worte, Lieutenant«, betonte Cruz.

»Was auch immer es kostet. Verstanden. Kommen Sie ins Büro zurück?«

Cruz blickte auf die Digitaluhr seines Armaturenbretts. Es war schon halb sechs. Mit der Zeit, die er bis zum Hauptquartier im Verkehr stecken würde, wäre es sechs Uhr oder sogar noch später.

Andererseits, was würde ihn schon groß zu Hause erwarten?

»Ja. Ich werde in Kürze dort sein. Sie müssen aber nicht auf mich warten. Schlafen Sie, stellen Sie Frauen nach oder was auch immer ihr jungen Männer tut, und wir sprechen uns morgen früh gleich als Erstes.«

KAPITEL SECHS

Sinaloa, Mexiko, 1986

Der Mitternachtshorizont leuchtete im Widerschein der lodernden Zungen, als die ärmlichen improvisierten Hütten rund um das verbrannte Feld in Flammen aufgingen. Dichter, beißender Rauch quoll in den Nachthimmel und trug alles, was die irdischen Besitztümer der einfachen Bauernfamilie ausmachte, mit sich fort. Gemeinsam kauerten sie auf der Erde, die Handgelenke mit Kunststoffschnüren gefesselt. Die Kinder wimmerten leise, als sie mitansehen mussten, wie sich ihre Heimat vor ihren Augen auflöste. Zwei bewaffnete Männer standen neben einem gelifteten Pick-up mit Allradantrieb und schauten dem Brand zu. Dabei teilten sie sich eine Flasche Mescal, nicht ohne während des Trinkens das Ergebnis ihres destruktiven Handwerks zu bewundern.

Die Mutter versuchte vergeblich, ihre verängstigten Kinder, zwei Mädchen und einen kleinen Jungen, zu trösten. Der Vater murmelte ein Gebet an die Jungfrau von Guadalupe, die in letzter Zeit auffallend abwesend gewesen war und ihre Unterstützung versagt hatte. In diesem Jahr hatte er zum Broterwerb statt Tomaten eine wertvollere Frucht gepflanzt. Marihuana brachte einen wesentlich höheren Gewinn mit sich, weit über dem der essbaren Ernte, für die er in der Vergangenheit geschuftet hatte. Er hatte das Geld für eine Operation seiner jüngsten Tochter benötigt, bei der eine angeborene Missbildung korrigiert werden musste. Michelle war mit einer

Gaumenspalte geboren, die ihre Chancen auf ein schönes Leben aufgrund ihres Aussehens beschränkte. Es war ihm klar, dass es ein Risiko war, Cannabis anzubauen, weil die anderen Drogenerzeuger und deren Vertriebsnetz keinen Wettbewerb duldeten, aber er hoffte, dieses eine Mal ungestraft davonzukommen und dann zum Tomatenanbau zurückzukehren.

Der Bauer schien seit der Ankunft seiner Neugeborenen vor zwei Jahren vom Pech verfolgt zu sein. Die Liste war lang: zuerst ihr Geburtsfehler, dann eine schlechte Ernte und schließlich vor ein paar Monaten die Nachricht, dass noch ein Baby auf dem Weg war. Die Tatsache, dass dann noch mehr Mäuler zu stopfen waren, verminderte in seinen Augen das Wunder der Geburt irgendwie. Es war nicht so, dass er seine Kinder nicht liebte, aber der finanzielle Druck war immens. Das Letzte, was er brauchen konnte, war ein weiteres finanzielles Problem. Und in seinem Hinterkopf lauerte eine dunkle Besorgnis – was würde passieren, wenn das neue Baby auch ein Problem hatte, dessen Behandlung noch kostspieliger wäre? Er hatte versucht, diesen Gedanken zu verbannen, aber er kehrte immer wieder und wuchs unaufhaltsam, bis er seine Tage beherrschte.

Zwei der Männer näherten sich. Sie wirkten finster, trugen Cowboyhüte und Pistolen. Sie gehörten zum Fußvolk des örtlichen Vertriebsnetzes; im Jahre 1986 gab es nur ein Kartell von Miguel Ángel Félix Gallardo, auch bekannt als der Pate, der im nahe gelegenen Culiacán wohnte und den gesamten Handel aller in Mexiko betriebenen Arten von Drogen kontrollierte. Jeder ordnete sich ihm unter, das galt auch für diese Männer. In ein paar Jahren würde Gallardo das Land zugunsten einer stärker fragmentierten Kartellregelung aufteilen und wie ein Multilevelmarketing-Magnat Bezirke zuteilen. Zu diesem Zeitpunkt jedoch war er allein die höchste Autorität, der mit engen Freunden und Familienangehörigen die Alltagsgeschäfte vor Ort betrieb.

Die Mutter bat die beiden Männer hektisch, sie mögen ihnen vergeben, zumindest die Kinder freilassen – sie seien doch noch hilflose Babys, der älteste Junge sei erst fünf Jahre alt. Einer der Männer gab ihr eine kräftige Ohrfeige, wodurch die Haut ihrer Wange aufplatzte. Der Vater flehte sie in einem Schwall spanischer Worte um Gnade an, wobei er den Männern mit einer nervösen Förmlichkeit respektvoll ihre offensichtliche Dominanz bezeugte. Er könne durchaus einräumen, dass er wusste, es sei falsch gewesen, Marihuana ohne deren ausdrückliche Zustimmung anzubauen, aber es sei doch auch die Angelegenheit mit der Operation des Babys mildernd zu berücksichtigen. Und er bat inständig im Namen aller Heiligen, die es gab, nicht die Unschuldigen für sein schlechtes Urteilsvermögen zu bestrafen.

Die Männer waren mitleidslos und darüber hinaus betrunken und berauscht von der Macht über Leben und Tod ihrer armseligen Gefangenen. Die verstörten Kinder waren in Lumpen gekleidet, auch die Eltern sahen nicht viel besser aus. Ihre Armut und Verzweiflung waren offensichtlich.

Der Kräftigere der beiden Männer bewegte sich auf die knienden Gefangenen zu und trat dem zweijährigen Kleinkind mit seinem schweren Cowboystiefel an den Kopf. Es war deutlich hörbar, wie das Genick knackte, die zusätzlichen Schläge mit seiner Ferse waren vollkommen unnötig. Die Mutter schrie in blinder Wut, sie schrie den Namen ihres Kleinen in die Nacht, doch deren Dunkelheit verschluckte die Schreie. Die beiden Männer lachten hart, und der Schläger wischte sich am zerlumpten Bauernkleidchen des toten Kindes das Blut von seinem Stiefel. Dann brachte er die heiseren Schreie des Vaters mit einem brutalen Pistolenschlag auf den Kopf zum Verstummen. Benommen fiel er vornüber, sein Blut strömte ungehindert aus der Platzwunde in seiner Kopfhaut.

Nun packten sie die Mutter an den Haaren, zwangen sie auf die Füße, und der Mann, der das Kind getreten hatte, zerriss ihr Kleid. Sie strampelte, um sich zu wehren. Vor Qual und Angst wurde sie hysterisch und wurde für ihre Bemühungen mit einem wilden Hieb an den Hals belohnt. Damit hatten die Männer die Frau zum Schweigen gebracht. Sie schleiften sie zu einer ebenen, schmutzigen Stelle neben dem brennenden Wohnsitz und vergewaltigten sie abwechselnd, während der Vater und die Kinder hilflos zusehen mussten.

Schließlich hatten sie dieses Spielchen satt. Sie schleiften sie zu ihrer verstummten Familie zurück und warfen sie neben der verstümmelten Leiche des Kleinkindes zu Boden. Die Frau befand sich in einem akuten Schockzustand, in dem sie den Missbrauch oder den schrecklich zugerichteten Körper ihres Babys kaum registrierte. Sie hob ihren Kopf aus dem Dreck und sah Satan wahnhaft in den Flammen des Hauses tanzen. Der Herr der Finsternis war gekommen, um sie für sich zu beanspruchen.

Der Schläger ging zu dem kleinen Jungen – dem Einzigen der Familie, der nicht weinte. Das Kind sandte einen durchdringenden Blick des puren Hasses auf den Mann, aber es zeigte keine Tränen. Der Junge war bereits durch das entbehrungsreiche Leben auf dem Bauernhof gehärtet worden, auf dem er neben seinem Vater von der Morgendämmerung bis zum Sonnenuntergang arbeitete.

»Hallo, wen haben wir denn hier? Einen harten Kerl, hm? Was für ein harter Typ dieser kleine Scheißkerl ist, hm? Er sieht aus, als ob er mich töten will«, spottete der Mann und fuchtelte mit der Pistole herum, die er dann auf das Gesicht des Jungen richtete.

»Ich glaube, er würde es tun, wenn er eine Chance bekäme, Paco«, bestätigte sein Begleiter.

»In Ordnung, kleiner Mann, du willst mich umbringen? Willst du jemanden umbringen? Lass uns doch mal sehen, ob du es fertigbringst, du Schweinepimmel!« Der Schläger ließ ein langes Klappmesser mit Holzgriff aufschnappen und befreite den Jungen mit einem einzigen Schnitt der rasiermesserscharfen Klinge von seinen Handfesseln.

Der kleine Junge erhob sich mit trotzigem Gesichtsausdruck auf seine nackten Füße. Der Schläger spuckte wegwerfend aus und gab dem Jungen einen Klaps, der ihn ein paar Schritte zurücktaumeln ließ. Aber der kleine Junge stand weiterhin aufrecht auf seinen Füßen, obwohl er offensichtlich durch den Schlag betäubt war.

Der Mann ging zu ihm und entsicherte die Pistole lässig mit einem Fingerschnippen. Dann presste er sie dem kleinen Jungen in die Hand, während er sie mit eisernem Griff weiter umschloss. Er zwang die Kinderhand in Richtung des Hinterkopfs seines Vaters, während er das Messer an seine Kehle hielt. Er roch nach Zwiebeln, Alkohol und Schweiß, was bei dem kleinen Jungen wegen des atemberaubenden Gestanks seines raubtierhaften Geiselnehmers einen Würgereiz auslöste.

»Nun mach schon, Scheißkerl! Sei ein Mann! Blas ihm seine verdammte Birne weg! Entweder das, oder ich schneide dir die Kehle durch und fick ihn als Zugabe in den Arsch. Und wenn ich damit fertig bin, ficke ich dich auch«, zischte ihm der Schläger ins Ohr.

Lauter Motorenlärm aus der Richtung des Feldes schreckte die Gruppe auf. Der Schläger drückte reflexartig auf die Kinderhand und löste damit den empfindlichen Abzug der automatischen Waffe aus. Blutspritzer besudelten den kleinen Jungen. Sein Vater fiel nach vorne über, sein Kampf auf diesem Planeten hatte damit sein Ende gefunden.

Ein stattlicher älterer Mann näherte sich der Szene von seinem Ford Bronco aus und machte sich mit geübtem Auge ein Bild von dem Blutbad. Wie die anderen trug er einen Cowboyhut, aber seine Haltung war die einer Autorität, die den Männern sofort volle Aufmerksamkeit abverlangte.

»Was zum Teufel machst du da? Was geht hier vor?«, verlangte er zu wissen. Der Schläger rappelte sich hoch, ebenso wie bei seinem Partner breitete sich Panik in seinem Gesicht aus.

»Äh, nichts. Wir räumen bloß auf, Chef. Nur ein bisschen Spaß«, murmelte der Schläger kleinlaut.

Der Mann schlug ihn, in seinem Blick lag Verachtung, als er den Kopf schüttelte. Er betrachtete den Jungen, der die Szene wie unbeteiligt verfolgte. Sein Gesicht war mit dem Blut seines Vaters verschmiert, ein Klumpen Gehirnmasse klebte an seiner Wange gleich neben zwei Tränenbächen, die einen Kanal in das geronnene Blut gespült hatten.

»Der Spaß ist vorbei. Beendet das!« Der Anführer musterte das Kind sorgfältig einige Sekunden lang. »Der Junge kommt mit mir. Beeilt euch mit diesem Schlamassel. Ich habe nicht die ganze Nacht Zeit.« Er kniete sich vor dem kleinen Gesicht nieder und schnippte mit strengem Gesichtsausdruck den fehlplatzierten Klumpen

Gehirnmasse weg. »Dies ist eine Lektion für dich. Dein Vater hat etwas riskiert und nicht an die Folgen gedacht, sodass jetzt jeder bezahlen muss. Ich wollte ihnen nicht wehtun, genauso wenig wollten sie mir wehtun, aber das Gesetz des Landes ist: Wenn du mir in die Quere kommst, dann stirbst du. Also zahlen wir alle einen Preis. Ich habe dich verschont, weil du mutig bist, und ich kann mutige Männer um mich herum brauchen. Also erinnere dich stets an heute Abend und denke daran, dass ich dich vor diesem hier gerettet habe.« Er deutete mit einer ausladenden Geste auf die brennende Hütte und die Leichen.

Der Junge starrte den Mann an. Er fühlte den Horror der Hinrichtung in sich, zu mehr war er nicht mehr fähig. Das Dach des Haupthauses stürzte in einem bernsteinfarbenen Funkenregen in sich zusammen, und er nahm auch dieses Bild in sich auf. Mann und Kind standen da und betrachteten das Inferno. Eine Krähe erhob sich aus dem Feld, ihr erschrockener, rauer Schrei durchdrang die Stille, als sie ihre Schwingen über dem Schlachtfeld ausbreitete. Der Mann zog das Kinn des Jungen in seine Richtung, um auf diese Weise sein schnurrbärtiges Gesicht in den Mittelpunkt von dessen Blickfeld zu rücken.

»Ich werde dein neuer Vater sein und der einzige Gott, den du anbeten wirst. Ich bin das Gesetz, ich bin der Richter und die Geschworenen. Vergiss das niemals. Denke daran, dass ich dich gerettet habe, obwohl ich dich auch mit einem Fingerschnippen hätte töten können.« Der Mann stand auf, nickte dem Schläger zu, der offensichtlich erleichtert war, mit nichts weiter als einer kleinen Erniedrigung und einer Ohrfeige davongekommen zu sein. Dann nahm er den Jungen an der zitternden Hand und wandte sich um. Das Kind tappte an seiner Seite zu dem Fahrzeug und ließ Mutter und Schwester zurück.

Keiner der beiden wandte sich um, als zwei Schüsse durch die Nacht hallten.

Los Cabos, Mexiko, Gegenwart

Um sechs Uhr dreißig morgens kam der alte Schulbus ächzend am Rand der Schotterpiste des Viertels zum Stillstand. Von dort aus führte eine Straße direkt zum kleinen Flughafen der Stadt. Die Vordertür öffnete sich für die wartende Arbeitermenge, die sich zum Fahrtantritt noch morgendlich benommen in den Bus schob. Sie waren in zerrissene Jeans und T-Shirts gekleidet, die meisten Männer trugen Kapuzen-Sweater trotz der hohen Tagestemperaturen von über 30 Grad. Es wurde nicht viel gesprochen, als sie einstiegen, und die meisten Gespräche erstarben, nachdem das kleine Kofferradio vorne im Bus quäkende Ranchero-Musik aus seinem blechernen Lautsprecher schmetterte.

Dreißig Minuten später erreichte der Bus sein Ziel, ein gigantisches Bauprojekt am Hang eines Hügels unweit der Autobahn in der Nähe einer Mautstraße zum internationalen Flughafen. Ein Golfplatz erstreckte sich in der Ferne, an dessen Rand unzählige Häuser standen. Im Schatten des Projektes befand sich eine Schule. Jenseits der Autobahn ragte ein Einkaufszentrum über die umliegenden Gebäude hinaus. Es beherbergte ein Lebensmittelgeschäft, eine Vielzahl weiterer Geschäfte sowie oberirdische Parkgelegenheiten und Tiefgaragenplätze.

Als der Bus die Haltestelle der Zufahrtsstraße anfuhr, herrschte vor Ort bereits eine quirlige Aktivität durch zahllose Arbeiter, die überall frästen. Zwanzig andere Busse, die ähnlich wie der gerade eingetroffene aussahen, warteten in der Schlange, um ihre Fracht – weitere Arbeiter – zu entlassen. Immer noch mehr reihten sich für den Einlass in die Warteschlange ein. Eine lange Reihe weiteres Personal bewegte sich von der Bauzone auf einen halben Kilometer entfernten Acker, der als längerfristiger Parkplatz für die klapprigen Transportmittel eingerichtet worden war.

Die Bauinspektoren erschienen pünktlich um sieben Uhr fünfzehn und teilten Bauhelme aus – eine höchst unübliche Maßnahme für die Arbeiter in Baja, aber bei diesem speziellen Projekt obligatorisch. Die verschiedenen Handwerker gruppierten sich nach

Gewerken – auf der rechten Seite standen die Maurer, auf der linken Seite die Tischler, mittendrin die Maler und weiter hinten die Elektriker. Ein Hauch von organisiertem Chaos lag in der Luft, und der Leistungsdruck war hoch. Ihnen standen nun noch etwas mehr als vier Wochen an Zeit bis zur Eröffnung zur Verfügung, daher drängelte jedermann in dem Bestreben, den Zeitplan einzuholen. Die Mannschaften wurden mittlerweile rund um die Uhr eingeteilt, die bisherigen achtzehn Stunden am Tag in zwei neun-Stunden-Schichten erwiesen sich als nicht ausreichend zur Einhaltung der Fristen. Eine Vielzahl von Neuankömmlingen wartete im gesamten Umkreis auf die Zuteilung eines Einsatzes, ein wenig verwirrt über das herrschende Durcheinander, das in der geschäftigen Atmosphäre tobte.

Das Projekt hatte mit Arbeitsproblemen zu kämpfen, und Streitigkeiten wurden jetzt durch Massenentlassungen bei den Subunternehmern beigelegt. Das Unternehmen, das den Zuschlag zur Durchführung des Projekts erhalten hatte, befand sich in einem Zustand der nackten Panik. Es gab in ganz Mexiko kein prestigeträchtigeres Bauprojekt. Viele Unternehmen hatte die Preise unterboten, um den Auftrag zu erhalten, und kamen ihren Verpflichtungen an allen Ecken und Kanten nicht nach. Die daraus entstehende Verunsicherung der Mitarbeiter sorgte für eine unzufriedene Arbeiterschaft. Dies wiederum führte zu noch mehr Fehlern und zeitlichen Überziehungen, was in weiteren Entlassungen resultierte. Somit wurde eine negative Kettenreaktion erzeugt.

Die Arbeitsaufträge wurden sogenannten Peritos – Sachverständige und Bauleiter für eine bestimmte Beschaffungsmaßnahme oder einen Projektabschnitt – ausgehändigt, die wiederum einen Arbeitsplan für den Tag an ihre Arbeiter weitergaben. Am Ende des Tages nahmen die Sachverständigen die Arbeit ab und bestätigten, dass der Auftrag abgeschlossen war. Dann berichteten sie den Status der Arbeit an den Hauptbauleiter, der ein Team von Ingenieuren beschäftigte, die an den verschiedenen Projekten arbeiteten, die am folgenden Tag abgeschlossen werden sollten.

Die Fluktuation war in einigen Gewerken ziemlich hoch, vor allem bei den Klempnern und den Ingenieuren, die zur Fertigstellung des Gebäudes wesentlich waren. Die meisten Unternehmen, die zu Beginn des Projektes dabei gewesen waren, waren jetzt nicht mehr da. Ihre Versuche, mehr Geld aus dem Projekt zu quetschen, sobald sie erst einmal den Zuschlag erhalten hatten, waren gescheitert.

Der neue Elektroinstallationsbauleiter für Zone sieben nickte, als der gestresste Ingenieur, der für die unzähligen elektrischen Details des Bauabschnitts verantwortlich war, ihm brüsk seine heutigen Aufgaben zusammen mit einem Ablaufplan für seinen Bereich aushändigte und sich an den nächsten Mann in der Schlange wandte. Es gab dreizehn Subunternehmer für die Elektroinstallation, die als Bauleiter für die tatsächlichen Elektriker fungierten; sechs von ihnen waren erst innerhalb der letzten drei Wochen angestellt worden.

Der Bauleiter der Zone sieben gab seinen Männern ein Zeichen, und zusammen bewegten sie sich über die Betonrampe in die obere Ebene über dem Haupteingang, wo sie an der Beleuchtung und Leitungsführung für den gewaltigen Empfangsbereich arbeiteten, der in seiner Zweitfunktion als Bühne bei den Eröffnungsfeierlichkeiten dienen würde. Die Männer begaben sich auf den zugewiesenen Arbeitsplatz. Der Bauleiter bestimmte zwei seiner dienstälteren Arbeitskräfte und überreichte ihnen einen Satz detaillierter Zeichnungen, auf denen eine Reihe geringfügiger Änderungen vermerkt waren. Insbesondere sollten acht der Kabelschächte, die rund um ein zentrales Schaltsystem verliefen, an die neuen Auflagen aus den Detailplänen angepasst werden. Die Männer nickten einander zu – das war mit diesen Vorgaben einfach zu installieren und verursachte kaum Mehrarbeit. Daher würde es möglich sein, den Auftrag innerhalb des vorgesehenen Zeitrahmens abzuschließen.

El Rey schlug den beiden Elektrikern auf den Rücken, und sie entfernten sich, um die Modifikationen vorzunehmen. Er beobachtete, wie sie die gewünschte Verdrahtung hinzufügten und die geänderten Abschnitte mit den bestehenden verbanden. Er vergewisserte sich, dass sich keiner der Ingenieure in der Nähe befand, und studierte den neuen Plan, den sein Berater in La Paz gezeichnet hatte. Der Plan wies aus, wie es bewerkstelligt werden konnte, hochexplosive Schaltkreise zu installieren, die alle gleichzeitig mit dem Umlegen eines einzigen Schalters aktiviert werden konnten und den Empfangsbereich mit einer tödliche Dusche von Splittern fluteten, die jeden in der näheren Umgebung niedermetzeln würde. Zurückbleiben würde ein Schlachtfeld, wenn diese Ladung hochging – niemand wäre in der Lage, das zu überleben.

Normalerweise favorisierte er präzisere chirurgische Methoden bei der Auftragserfüllung, aber mit dem Sicherheitsaufgebot, das sich hier vor Ort befinden würde, verwarf er alle seine Verfahren als nicht durchführbar. Es gab keine umliegenden Gebäude, in denen sich ein Scharfschütze verstecken könnte, also bestünde die todsicherste Methode darin, das Prinzip der verbrannten Erde anzuwenden. Er hatte keine Einwände dagegen, viele sterben zu lassen, auch wenn es gereicht hätte, nur wenige zu töten. Die Anzahl empfand er als unerheblich. Er verabscheute nur Ineffizienz und unnötige Verschwendung – Bomben und Gifte, ebenso Strahlung waren ungenau. Diese Herangehensweise passte ihm angesichts seiner bevorzugten Techniken sozusagen nicht in den Kram, aber nachdem er alle Möglichkeiten in Betracht gezogen und wieder verworfen hatte, stellte die Massenexplosion die einzige hieb- und stichfeste Methode dar, den Vertrag zu erfüllen.

Er würde die maßgeschneiderten Schaltkreise mehrere Wochen vor dem Termin, zu dem der G-20 anberaumt worden war, zusammen mit den Zündkapseln in Stellung bringen. Alles, was er tun musste, bestand darin abzuwarten, bis die Ziele die Todeszone betraten, und dann einen Knopf zu drücken. Er müsste sich in der Nähe aufhalten, um sich davon zu überzeugen, dass die Ziele sich tatsächlich dort befanden, wo sie sein mussten, wenn er die Detonation auslöste, aber das war relativ einfach auszuführen. Er hatte bereits seine Armee-Uniform, und in all der Verwirrung würde ein laufender Soldat nicht vermisst werden.

El Rey rühmte sich selbst für seine detaillierte Planung. Sie war einer der Gründe dafür, dass die Erfolgsquote seiner Vertragserfüllungen einhundert Prozent betrug. Sie war einer der Gründe, die seine hohen Honorare rechtfertigten – diesmal zusammen mit seinen Ersparnissen genug, um für immer in den Ruhestand zu gehen.

Unter normalen Umständen bekam er die Hälfte seinen Honorars im Voraus, das war nicht verhandelbar. Die andere Hälfte war nach erfolgreicher Ausführung fällig. Dies war jedoch kein gewöhnlicher Auftrag, sodass er achtzig Prozent im Vorwege kassiert hatte. Die Schaltkreise würden durch einen Fachmann in Honduras für ihn angefertigt werden – den Kontakt hatte er bereits hergestellt. Die Lieferfrist betrug zehn Tage, also würde er in der nächsten Woche die Bestellung aufgeben, und dann kümmerten sich seine Kartellkontakte um den Schmuggel nach Baja. Sie sollten wie die Beleuchtungskörper aussehen, nur mit dem Unterschied, dass sie eine tödliche Beschichtung aus leicht zersplitterndem Metall besaßen, wobei die Sprengkraft einer Lampe etwa der von zehn Handgranaten entsprach. Für die Fläche, die es abzudecken galt, hätten drei Lampen ausgereicht, aber er entschied sich für acht, um vom schlimmsten Fall auszugehen. Der Stückpreis der Lampengranaten betrug fünfzehntausend Dollar, also nicht gerade billig, aber er machte sich keine Gedanken über den Preis.

Sobald die Tötung erfolgt war, musste er für eine längere Zeit untertauchen, vielleicht sogar für immer. Daher musste er dafür sorgen, dass er den doppelten Betrag dessen, den er brauchte, um bequem überall in der Welt leben zu können, zu seiner Verfügung hatte. Mexiko war seine erste Wahl, der Boden wäre dort allerdings viel zu heiß für ihn. Deswegen hatte er Arrangements getroffen, sich nach Brasilien abzusetzen, wo er luxuriös in einer Villa am Meer leben könnte, bis sich die Suche nach ihm abgekühlt hätte. Er rechnete mit mindestens drei bis fünf Jahren.

Das war in Ordnung. Nach diesem letzten Job, seinem Schwanengesang, hätte er neunzehn Millionen Dollar. Mit dieser Summe konnte er eine lange, lange Zeit untergetaucht bleiben. Er war bereits im Vorjahr nach Rio geflogen und hatte dort eine Woche verbracht. Es gab dort alles, was er sich wünschen konnte – erstklassige Restaurants und Infrastruktur, schöne Frauen, großartige Weine aus Argentinien und Orte vieler weiterer anregender und abseitiger Vergnügungen für einen anspruchsvollen jungen Mann mit genügend Geld in der Tasche.

Er war in keiner Weise besorgt darüber, dass die letzten zwanzig Prozent für die Arbeit noch nicht bezahlt worden waren, obwohl der Kartellchef, der ihn engagiert hatte, tot war. Wer auch immer seine Nachfolge übernahm, würde wohl kaum die Geduld von El Rey auf die Probe stellen oder seinen Zorn auf sich laden.

Das war ein Vorteil dessen, berüchtigt zu sein, sinnierte er. Probleme beim Schuldeneintreiben lösten sich in Luft auf, wenn man den Ruf hatte, jeden töten zu können, auch wenn er noch so gut geschützt wurde. Seine Kunden waren sehr darauf bedacht, ihn zu bezahlen.

Vielleicht ließ das Feuer mit der Zeit nach, aber er würde nicht darauf wetten, was einer der Gründe dafür war, dass er noch ein paar Kleinigkeiten regeln musste, um seine Spuren zu verwischen. Er verschloss quasi eine Tür, öffnete jedoch ein Fenster. Das war alles Teil seines Lebens.

Er beobachtete, wie die Männer arbeiteten, und empfand ein Gefühl von gelassener Zufriedenheit. Er war ein glücklicher Mann. Wie viele Menschen in der Welt konnten schließlich ehrlich sagen, dass sie ihren Job wirklich liebten?

Julio Brava stolzierte über den Bürgersteig in der Innenstadt von Mexico City, vollständig eingetaucht in seine Rolle als Verbrecher auf der Suche nach schnellem Geld. Er hatte sein Leben lang unter Schurken verbracht, sodass er nur zu gut wusste, wie sie sich verhielten. Das war in Wahrheit einer der schwierigsten Aspekte seiner Arbeit, denn er musste sein reales Leben von seiner vorgetäuschten Rolle trennen. Er hatte eine großzügige Menge Geld in der Portokasse und kümmerte sich wenig darum, wie er es einteilte. Manchmal blieb er monatelang am Stück im Untergrund; auf diese Weise konnte es leicht passieren, dass er sich im Spiel verfing und sich darin verlor.

Der Job hatte ihn schon früh seine Ehe gekostet – es war schwer, einer Frau zu erklären, warum er mal für vierzehn Wochen verschwinden musste. Sie hatte im ersten Jahr mitgespielt, hatte es dann jedoch satt, ein Ehe nur mit einem Phantom zu führen. Obwohl sie behauptete, dass er ihr Leben ruiniert habe, hegte er seinerseits keine negativen Gefühle. Diese wahrnehmbare Dissonanz war wahrscheinlich nur eines der vielen Beispiele für die Verschiedenheit von Männern und Frauen.

Er spielte dieses Spiel jetzt seit mehr als zehn Jahren und war daran beteiligt gewesen, viele böse Jungs hochzunehmen, aber an ihre Stelle trat buchstäblich eine unendliche Anzahl an neuen Bösewichtern, so als ob man Münzen in einen Einwurfschlitz nachwarf. Das war der bedrückende Aspekt seiner Arbeit. Es gab viele positive Resultate, aber man musste auch mit der ständigen Bedrohung leben, getötet zu werden.

Julio war neununddreißig und hatte drei verschiedene Freundinnen, die dem freischaffenden Unternehmer keine unbequemen Fragen stellten. Er fuhr einen zitronengelben Humvee mit jeder nur denkbaren Zusatzausstattung. Seine Arbeitszeit gestaltete er nach Gutdünken. Jeder Klub in der Stadt führte ihn als Favorit auf der Gästeliste, und er hatte Zugang zu jedem beliebigen Laster.

Jetzt, da er seine eigene Mannschaft unter sich hatte, war er autonom, und niemand beschwerte sich, solange er Ergebnisse vorweisen konnte. Sein Betriebsbudget war großzügig, und die Möglichkeiten, in seiner Funktion als Kontaktpfleger zusätzliches Geld auf der Straße zu verdienen, waren erheblich. Mehr als einmal hatte er einen Kredit vergeben, und das Geld floss innerhalb eines Monats in doppelter Höhe an ihn zurück. Zusammengenommen mit dem Umstand, dass die Kredithai-Geschäfte sich aus Regierungsgeldern finanzierten, ergab das wirklich eine perfekte Tarnung für einen Cop. Es war schließlich nicht seine Schuld, wenn er scheinbar nicht in der Lage war, Gewinne zu erzielen, zumindest, wenn er seinem Vorgesetzten Bericht erstattete.

Glücklicherweise hinterfragten seine Vorgesetzten die Angelegenheit nicht allzu genau. Ein Mann hatte seinen Lebensunterhalt zu verdienen, und Geld an diejenigen zu verleihen, die in Not geraten waren, war im Vergleich zu den meisten anderen Dingen ziemlich harmlos. Er fungierte als Bank der letzten Hoffnung, im wahrsten Sinne des Wortes die Kapitalbeschaffungsmaschinerie für eine boomende Wirtschaft.

Er war unterwegs, um einen Mann zu treffen, von dem gemunkelt wurde, dass er wisse, wie man Kontakt zu El Rey bekommen konnte. Dies bedeutete an diesem Punkt der Entwicklung nicht sehr viel, denn die meisten Gauner auf der Straße hätten ein Treffen mit dem Weihnachtsmann oder Jesus versprochen, solange nur genug dafür bezahlt wurde. Aber dieser Kerl war anders – viel angesehener als die meisten Leute, die Julio auf seiner Kontaktliste stehen hatte.

Felipe war lose an das Golf-Kartell angegliedert und organisierte einiges innerhalb von dessen Verteilungslogistik, zusätzlich verwaltete er einige ihrer Etablissements der käuflichen Liebe, sodass er schätzungsweise dreißig Riesen jeden Monat einfuhr, ohne je einen Tropfen Schweiß zu vergießen. Wer so viel Geld verdiente, war wohl kaum ein Zeitverschwender oder ein Betrüger. Wenn du im Spiel auf dieser Ebene mitspielst und sagst, du kennst jemanden, der jemanden kennt, dann ist das sehr wahrscheinlich wahr. Julios Herausforderung wäre es nun, in die nächste Phase einzutreten. Und das klang einfacher, als es wahrscheinlich werden würde.

Julio wusste, wie die Straße funktionierte - wenn du jemanden in einen Kreis hereinbringst, dann bist du auch für ihn verantwortlich. Schickt die Person sich an, Ärger zu machen, wird sie dafür bestraft, genauso wie auch die Person, die für sie gebürgt hat. Es war ein brutal wirksames Konzept. Wenn Felipe irgendjemanden kannte, der mit El Rey in Kontakt stand, wäre er sicher abgeneigt, dies zuzugeben – es sei denn, die Belohnung überträfe bei Weitem jedes Risiko.

Er kannte Felipe nun seit mehr als drei Jahren, und sie hatten mehr als eine Nacht zum Tag gemacht und bis zum Morgen durchgefeiert, wenn sie durch die Klubs gezogen waren. Diese Beziehung nutzte beiden – Felipe schob ihm Kunden zu, die dringend Geld benötigten, um Investitionen zu tätigen, für die er ihnen aber, warum auch immer, keinen Kredit gewähren wollte. In der Regel investierten diese Leute aber dann in Produkte, die Felipe selbst verkaufte. Jeder profitierte; Felipe machte sein Geschäft, Julio bekam seinen Gewinn und die Kreditnehmer konnten durch das fremde Geld agieren. Alle, die auf Felipes Empfehlungen gekommen waren, hatten pünktlich zurückgezahlt, daher hatten sie beide ein

Verhältnis, das auf tiefem Vertrauen gebaut war. In Wahrheit hätte Julio problemlos gelegentlich mal Geld verlieren können, ohne irgendwelche Konsequenzen erwarten zu müssen, denn die Deckung seines Lebensunterhaltes war gewahrt. Aber dies hätte seinen Geschäftssinn beleidigt – er handelte aus Prinzip.

Felipe begrüßte Julio mit einer Umarmung, als dieser seine Bar betrat. Sofort rief er zwei Mädchen herbei, damit sie sich um Julio kümmerten. Es waren verlockende Schönheiten, aber Julio winkte ab – er war geschäftlich dort. Er nahm ein Glas Don Julio 1942 und wartete, bis sich beide bequem in einer Nische an der Rückseite des Klubs niedergelassen hatten, bevor er das eigentliche Gespräch begann, das ihn hierherführte.

»Ich hörte, du kannst fast alles besorgen, was sich ein Mann erträumt«, begann Julio.

»Sehr wahr. Zum Glück sind die meisten Männerfantasien auf Dinge begrenzt, die ich gern liefern kann – zu einem Preis, versteht sich«, antwortete Felipe.

»Das ist der Lauf der Welt, nicht wahr?«

»Das stimmt, mein Freund, das stimmt. Also ... wie kann ich dir heute helfen, Raphael? Was habe ich, das du begehrst? Sag es, und es ist deins«, bot ihm Felipe sehr großzügig an. Er kannte Julio unter Raphael – seinem Namen als verdeckter Ermittler.

»Ich brauche einen feinfühligen Spezialisten, für einen Freund. Einen sehr wohlhabenden und mächtigen Freund, der sich das absolut Beste leisten kann und dies auch immer fordert.«

»Das ist die Art von Leuten, die ich mag. Und was will er genau?«, fragte Felipe.

»Er hat einen Geschäftspartner, der nicht ganz offen über die Gewinne einer ihrer Operationen war, und er hat es satt, jeden Morgen misstrauisch und wütend aufzuwachen. Also ... er will seinen Partner ... für immer in den Ruhestand schicken«, erklärte Julio.

»Ah. Ich verstehe. Nun, es gibt viele diskrete Profis, die diese Art von Wunsch erfüllen können«, meinte Felipe.

»Eine zusätzliche Schwierigkeit besteht darin, dass dieser Partner sein eigener Schwiegervater ist, also ist die Aufgabe sehr prekär; er kann es sich nicht leisten, dass es verpfuscht wird. Daher ist er bereit, den absolut Besten anzuheuern, den es gibt. Der Preis ist scheißegal«, erklärte Julio.

»Hm. Das könnte sehr, sehr kostspielig werden. Wie viel steht hier auf dem Spiel?«

»Sie sind an einer Reihe von großen Immobilien-Entwicklungsprojekten beteiligt, im Inland und in Dubai. Es geht da um 'ne Menge Geld, mein Freund, echt viel. Ich habe nicht den Eindruck, dass er in geringster Weise preisempfindlich ist«, sagte Julio.

Felipe musterte Julio interessiert.

»Und warum hat er sich an dich gewendet?«, fragte er.

»Er kennt mich als 'n Macher – jemand, der Probleme perfekt lösen kann. Er findet, ich sei vielleicht besser in Lage als er selbst, diese schwierigen Gewässer zu durchpflügen. Und er ist sehr großzügig in seiner Dankbarkeit. Ich habe das Gefühl, diesmal könnte seine Zuneigung bis ins Unendliche ansteigen.«

»Wie ernst meint er es? Ab einem gewissen Niveau riskiert der Klient, den Vertragspartner zu ärgern, wenn er nicht bereit ist, den allgemeinen Geschäftsbedingungen nachzukommen. Und wenn man über den Besten spricht – und ich meine den Allerbesten –, will man den Vertragspartner nicht mit Bagatellen langweilen. Das würde seiner Gesundheit abträglich sein«, erklärte Felipe.

»Es ist mir total bewusst, was hier erwartet wird. Und ich verfüge über ausreichend Zusicherungen, dass ich in jeder Hinsicht als Vertreter des Auftraggebers handeln kann.«

Felipe lehnte sich zurück und starrte die Decke an, während er über den Vorschlag nachdachte. Julio wartete geduldig, seine Anspannung befand sich auf dem Höhepunkt, maskiert durch die eingeübte Gleichgültigkeit jahrelanger Erfahrung. Als Felipe sich wieder nach vorne lehnte und die Hände faltete, als wollte er nun beten, schien er eine Entscheidung getroffen zu haben.

»Ich kenne wirklich jemanden, der sich um solche Angelegenheiten kümmert. Lass mich ihn anrufen und fragen, wie sein Zeitplan aussieht. Aber … Raphael? Wenn du dich einmal auf diesen Weg begibst, dann gibt es kein Zurück. Sogar meine Freundschaft würde nichts mehr helfen, wenn etwas bei dir schiefginge, sobald der Vertrag besiegelt ist. Ich würde lange und gründlich über diesen speziellen Vertragspartner nachdenken. Er ist der Beste – wahrlich berüchtigt –, aber er ist sehr speziell, wenn er Aufträge annimmt, und er ist wahnsinnig teuer; teuer wie vielfach-siebenstellig-amerikanisch-wahnsinnig-teuer. Könnte das ein Problem sein?«

»Kommt darauf an, wer der Killer ist. Auf keinen Fall wird so viel Geld den Besitzer wechseln, wenn es nicht einen guten Grund dafür gibt, dass der Sold so hoch ist. Wir beide wissen das. Höchstens, wenn es El Rey ist, von dem wir reden, kann ich mir vorstellen, dass er nicht um den Preis verhandeln wird. Das wäre das Niveau, mit dem er sonst umgeht. Er ließ die Black Eyed Peas auf der Hochzeit seiner Tochter spielen, um ein Beispiel zu geben«, vertraute ihm Julio an.

Felipe lehnte sich beeindruckt zurück.

»Das ist genau das Niveau, auf das ich mich beziehe. Es gibt wirklich nur eine Nummer eins in jedem Spiel, nicht wahr? Wenn es Nummer zwei nicht bringt?«, sagte Felipe.

Julios Puls beschleunigte sich. »Und du könntest ein Treffen arrangieren?«

»Nicht mit dem Auftragnehmer selbst, das ist wohl klar. Aber ich denke, dass ich zu jemandem einen Kontakt herstellen kann, der für ihn spricht«, meinte Felipe, während er sich mit seinem Dunhill-Feuerzeug aus massivem Gold eine Marlboro anzündete.

Felipe mochte seine kleinen Luxusgüter, sinnierte Julio. Er trug eine Platinuhr von Lange & Söhne, Schuhe von Gucci, einen Blazer von Armani. Das Geschäft musste gut laufen. Andererseits waren ihre beiden Geschäfte relativ krisenfest. Und worin lag der Sinn, Geld zu besitzen, wenn du dir nicht die Sachen gönntest, die du mochtest?

»Ich wäre in deiner Schuld, wenn du diesen Anruf machen könntest.« Julio schaute Felipe in die Augen. »Und ich wäre sehr großzügig für deine Umstände.«

»Aber nimm meine Warnung ernst, Raphael. Ich würde es ungern sehen, wenn du dich in eine Sache hineinbegibst, aus der du nicht mehr rauskommst. Sobald ich diesen Anruf mache, gibt es kein Zurück. Hast du mich voll und ganz verstanden?«

»Ich würde dich nicht damit belästigen, wenn es mir nicht sehr ernst damit wäre. Ich denke, wir beide wissen, da draußen laufen eine Menge Möchtegerne herum, die dazu bereit wären, meinem Klienten für einen Bruchteil der Zahlen weiterzuhelfen, mit denen du hier um dich wirfst. Doch wenn du dir das Beste leisten kannst, dann willst du auch das Beste. Und es steht eine Menge auf dem Spiel, Felipe. Also weiß ich genau, worauf ich mich hier einlasse – und, wie bereits gesagt: Ich bin von beidem völlig überzeugt, sowohl von der Ernsthaftigkeit des Klienten als auch von seiner Dankbarkeit. Eine Dankbarkeit, die ich gerne teile«, versicherte ihm Julio.

»Die Umverteilung von Reichtum ist immer eine gute Idee, n'est-ce pas?«, witzelte Felipe.

Sie prosteten einander zu und Felipe rief die atemberaubende blonde Bardame zu sich, damit sie ihre Drinks auffüllte. Sie lächelte sie beide an, ihre Augen verhießen mehr.

Julio und Felipe sahen sich wissend an. »Bring uns einfach die Flasche, Amanda. Und hol dir einen Stuhl. Kennst du schon meinen guten Freund Raphael?«

KAPITEL SIEBEN

Vier Männer in einem silberfarbenen Dodge Durango mit gestohlenem Kennzeichen näherten sich den Büros von Gustavo & Söhne, Importeure und Hersteller von Feinsteinzeug. Im Fahrzeuginnenraum herrschte eine Atmosphäre der Angst, die sich durch die unverwechselbare Geschäftigkeit ausdrückte, darin, wie die Männer wieder und wieder ihre Waffen überprüften – Kalaschnikow AK-47 aus Guatemala, ein Überbleibsel der Aktionen der Leute aus Nicaragua und El Salvador. Waffenbesitz in Mexiko war verboten – es gab nur sehr wenige Genehmigungen für Jagdwaffen –, aber trotzdem gab es im Land automatische Sturmgewehre in Massen. Die Kartelle schienen nie Probleme zu haben, Waffen in die Hände zu bekommen, daher war das derzeit geltende Recht für viele verwirrend.

Juan Carlos Batista saß auf dem Beifahrersitz. Die Klimaanlage blies ihm ins Gesicht, jedoch konnte der Luftstrom kaum seine Schweißtropfen vertreiben, die ein Nebenprodukt der Kampfvorbereitungen waren. Dies war bei Weitem nicht sein erster bewaffneter Überfall, aber er spürte immer ein Flattern der Nerven, kurz bevor die Schießerei losging. Es war seine Variante des Lampenfiebers. Aber sobald die Kugeln flogen, war er unheimlich kühl und leidenschaftslos. Die vier Linien Koks, die er sieben Minuten zuvor auf dem Parkplatz gezogen hatte, erweiterten sein Bewusstsein, konnten aber die Schmetterlinge in seinem Bauch nicht vertreiben.

Batista war in der Rangordnung der Michoacana-Familie nach oben gekommen, bevor dieses Kartell in mehrere andere aufgeteilt wurde, darunter das Templer-Kartell, in dem er ein hochrangiger Lieutenant war und Dutzende von Vollstreckern neben Hunderten von Drogenkurieren kommandierte. Die Auflösung der »Familia« war blutig gewesen, und es gab viele unbeteiligte Opfer. Viele Fußsoldaten des Kartells hatten die Tendenz, bereits zu schießen, bevor sie die Zielperson identifiziert hatten, wohingegen noch Rücksichtslosere aus ihren Reihen Granaten in die Menge warfen, in der sie ihre Zielperson vermuteten. Die Zeiten waren schwierig gewesen, bis Santiago seine Autorität als der neue Führer behauptet hatte – als Ergebnis eines grausigen Katalogs mit Hinrichtungen seiner Feinde: andere Anwärter auf den Thron von La Familia Michoacana. Während des Monats mit den meisten Kampfhandlungen gehörte es zum täglichen Erscheinungsbild, dass geköpfte Leichen am Straßenrand lagen – Santiagos favorisierte Signatur blühte auf.

Sein Tod hinterließ eine Lücke in der Führung, und dieses Vakuum würde gefüllt werden. Batista war ein Naturtalent für die Top-Position. Er war so böse wie kein anderer und hatte sich in bewaffneten Konflikten immer wieder bewiesen. Er war ein Soziopath, der ohne Reue tötete und über gute organisatorische Fähigkeiten verfügte. Im Kartell-Sprachgebrauch galt er als geborener Führer, wurde von seinen Untergebenen gefürchtet und respektiert. Er war gerade erst neunundzwanzig geworden.

Viele Kartellmitglieder erlebten ihre Dreißiger nicht, also würde er an seinem nächsten Geburtstag in der Schattenwelt als alter Mann gelten – jemand, der so lange überlebt hatte, bewies damit, dass er jedes erdenkliche Hindernis überwinden würde. Er war zweimal niedergeschossen worden und kam zurück, um seine Angreifer zu töten, womit er sich den Ruf erworben hatte, ungewöhnlich hart zu sein. Zumeist war es doch so, dass ein Mann, der niedergeschossen wurde, dann auch liegen blieb, aber Batista schien die Schutzengel auf seiner Seite zu haben.

Batista war mit amerikanischen Filmen aufgewachsen. Niemanden überraschte es sonderlich, dass *Scarface* und *Goodfellas* zu seinen Lieblingsfilmen gehörten. Als obszönes Beispiel dafür, wie das Leben die Kunst imitiert, strebte er nicht nur danach, ein reicher und gefürchteter Drogendealer zu sein, sondern auch danach, den fiktiven Charakteren seiner Lieblingsfilme nachzueifern. Ein Teil von ihm glaubte, dass das wirkliche Leben so sein sollte, wie in diesen Fiktionen dargestellt. Und so schuf er eine Umgebung, in der es tatsächlich so war, allerdings zulasten der Gesellschaft, wobei auch die meisten seiner Rivalen nicht besser waren.

Die Lebensweise der Drogenbarone wurde in einigen Segmenten der Alltagskultur in zahlreichen Liedern verherrlicht. Ihre Taten wurden darin regelrecht glorifiziert, und so wuchs eine ganze Generation in dem Glauben auf, dass ein Leben, das Mord als routinemäßigen Bestandteil umfasst, heutzutage vollkommen normal sei.

Batista gehörte ebenfalls dazu. Längst hatte er aufgegeben, die Anzahl derer mitzuzählen, deren Leben er ausgelöscht hatte. Es war eben einfach eines der Dinge, die er tat, bis es ihm selbst so ergehen würde. Er befasste sich nicht mit Dingen, die er nicht ändern konnte. Er lebte lieber im Hier und Jetzt. Das konnte man nicht unbedingt eine hoch entwickelte Weltanschauung nennen, das war ihm klar, aber für ihn funktionierte sie.

Der SUV hielt an dem Seiteneingang an, der sich zwischen den Lagerräumen und der Ausstellungsfläche von Gustavo & Söhne befand und damit die Verbindung zwischen beiden Gebäudeteilen herstellte. Die Männer wechselten Blicke und zogen dann Skimasken über ihre Gesichter, für den Fall, dass jemand am Leben blieb, nachdem sie ihre Arbeit verrichtet hatten. Sie stiegen aus dem Dodge Durango und bewegten sich unauffällig mit den Schnellfeuergewehren im Anschlag zur Seitentür. Bei zwei der Männer handelte es sich um desertierte Soldaten mit regulärer militärischer Ausbildung, die ihrem Werdegang als Schläger und Vollstrecker durchaus dienlich war, um in der Rangfolge nach oben zu kommen.

Streitigkeiten wurden durch die Parteien routinemäßig beigelegt, indem sie sich gegenseitig abschlachteten, das galt ebenfalls für ihre Feinde und ihre Familien. Zu diesem Zweck unterhielt jedes Kartell seine eigenen Armeen und Einsatzgruppen. Während die beiden Funktionen sich durchaus überschneiden konnten, versuchte das für den Schmuggel angeheuerte Personal bewaffneten

Zusammenstößen, soweit es konnte, aus dem Wege zu gehen. Die bewaffneten Kräfte widmeten, wie alle militanten Organisationen, ihr Leben dem Kampf. Und das taten sie mit Leib und Seele, indem sie einige der größeren Städte Mexikos regelrecht in Schießstände verwandelten. Es gab Internetseiten, in denen die heißen Zonen routinemäßig gepostet wurden. Somit konnten sich Reisende eine sichere Passage heraussuchen und bewaffneten Auseinandersetzungen aus dem Wege gehen. In den sozialen Medien wurden die Scharmützel in Echtzeit verfolgt und dienten der Polizei und den Kartellmitgliedern gleichermaßen als Informationsquelle.

Es herrschte Guerilla-Bürgerkrieg, der jedoch auf eine gewisse Weise wirtschaftlich ausgerichtet war und auf Twitter und Facebook dokumentiert wurde. Die Gesamtheit der Brutalität der Kartelle war nur ein Aspekt des Lebens in einigen mexikanischen Städten, vor allem den großen grenznahen Ballungsgebieten und an Knotenpunkten der Schmuggelrouten wie Acapulco, Morelia, Culiacán, Monterrey und vielen anderen. Auch in relativ sicheren Gebieten wie Guadalajara, Puerto Vallarta und Mazatlan musste man mit Gewalttätigkeiten rechnen, wenn sich die Übergriffe auf sekundäre Städte ausweiteten.

Batista stieß die Tür auf. Er und die Schlägertypen dicht hinter ihm stürmten in den Raum. Die Empfangsdame nahm ihre Hände mit einem erstickten Schrei hoch. Zwei weitere Büroangestellte folgten ihrem Beispiel. Batista überlegte kurz und machte ihr ein Handzeichen, den Raum durch die Vordertür zu verlassen. Das ließ sie sich nicht zweimal sagen. Die zwei Angestellten folgten ihr dankbar und rannten sofort zu ihren Autos, nachdem sie aus dem Gebäude entkommen waren. Einer von Batistas Lieutenants tippte ihm auf den Arm und wies nach oben in die Ecke des Raumes, wo eine kleine Überwachungskamera alles für die Nachwelt festhielt. Das war ein ernstes Problem, denn wenn jemand die Aufzeichnungen in Echtzeit beobachtete, waren ihre Gegner nun vorgewarnt.

Sie mussten schnell entdecken, dass dies der Fall war. Eine Stahltür auf der Rückseite schwang weit auf, und ein Kugelhagel prasselte aus der Öffnung. Batistas Männer suchten Deckung hinter den schweren hölzernen Schreibtischen und erwiderten das Feuer. Das jetzt abgedunkelte Lagerhaus wurde mit Kugeln bepflastert. Sie hörten, wie ein Mann einen Schmerzensschrei abgab, dann ebbte der Schusswechsel ab, möglicherweise, weil alle ihre Magazine wechselten. Einer der ehemaligen Soldaten rannte geduckt in Richtung der Öffnung und entging nur knapp dem Schicksal, durchsiebt zu werden, als das Feuer wieder zunahm. Er nahm das Risiko in Kauf, holte seelenruhig eine Handgranate aus seiner Windjacke hervor und machte sie scharf, indem er sorgfältig den Sicherungsstift zog. Er wartete schweigend einige Herzschläge lang, dann warf er das Metallei durch die Tür. Die anschließende Explosion raubte ihnen das Hörvermögen und hüllte das Lager in eine Rauchwolke.

Batista sah seine Chance und lief wahllos in alle Richtungen feuernd durch die Tür. Er machte eine Feuerpause, weil die Waffe leer geschossen war, und fischte ein weiteres Magazin aus seiner Hosentasche. Das leere ließ er einfach fallen und sah sich prüfend in der Umgebung um. Drei Männer lagen blutend auf dem Lagerhallenboden.

Aber nicht seine Zielperson.

Er nahm vom Rand her eine Bewegung wahr und schwang herum. Eine Schrotflinte feuerte von den oberen Büros aus hinter ihm, erwischte ihn voll in die Brust und riss Batista nach hinten. Seine Soldaten spritzten einen Hagel aus Blei in die oberen Fluchten. Schnellfeuer aus Maschinengewehren antwortete ihnen. Einer der Ex-Militärs fing sich eine Kugel durch den Hals ein, ließ seine Waffe mit einem gurgelnden Laut fallen, sank in sich zusammen und landete in der Nähe von Batista auf dem Boden. Die zwei verbliebenen Männer wechselten Blicke. Der eine warf eine weitere Granate durch die Bürofenster im Obergeschoss, worauf eine dumpfe Explosion folgte.

Damit war die Schießerei erst einmal beendet. Die beiden stiegen vorsichtig die Treppe hinauf, lauschten, ob sich drinnen etwas regte, und traten die Tür auf. Aus dem Inneren löste sich krachend ein Schuss, und der vorderste Mann flog durch die Luft. Er landete ein Stockwerk tiefer mit einem platschenden Geräusch auf dem harten Zement. Seine Brust war mit Einschusslöchern gespickt.

Unter seinem Kopf bildete sich eine Blutlache, welche die blicklosen Augen wie ein Heiligenschein umrahmte. Der zweite Mann kauerte an der Seite der Tür, hielt seine Waffe in den Raumeingang und feuerte blind. Dann klickte seine Waffe nur noch, weil sie leer geschossen war, und er tastete nach einem Ersatzmagazin. Aus der Türöffnung erschien ein Gewehrlauf und rasierte ihm mit lautem Krachen aus kürzester Distanz den halben Schädel weg.

Eine unheimliche Stille durchdrang den Raum, in dem die Restenergie des Schusswechsels wie ein Echo widerhallte. Ein glatzköpfiger Mann in den Dreißigern, über dessen Gesicht Blut strömte, spähte aus dem Büro. Er sah nichts als herumliegende Körper und umrundete vorsichtig die Leiche auf dem Treppenabsatz. Mit der Fußspitze sondierte er sie kurz, bevor er die Treppe herunterstieg, nicht ohne mit seiner zwölfschüssigen SPAS-12 das Lagerhaus nach weiteren Angreifern abzusuchen.

Zufrieden stellte er fest, dass er allein war. Er ging zu dem gefallenen Ex-Militärsoldaten Batistas hinüber und gab einen Schuss auf seinen Kopf ab, der sich dadurch verflüssigte. Als sich der Rauch des Schusses verzog, entdeckt er Batista zwanzig Meter entfernt auf dem Boden liegen. Seine Brust war von der Wucht seiner großkalibrigen Schrotladung zerfetzt. Grinsend schlenderte er hinüber, feixte über den gefallenen Konkurrenten und hielt inne, um auf seinen Körper zu spucken, bevor er ihm den Kopf wegschießen würde.

Der Schuss traf den Kahlköpfigen vollkommen überraschend. Er sah Batista ungläubig an und befühlte das rauchende Loch in seinem Brustbein direkt über seinem Herzen. Blut sickerte durch seine Finger, während er seine Hand auf die Wunde presste. Es war der vergebliche Versuch, das Leben, das in Schüben seinem Körper entwich, aufzuhalten. Er fiel auf seine Knie, immer noch die Brust umklammernd, bis das Licht in seinen Augen erlosch und er mit einem Todesröcheln auf den Boden sank. Dann lag er bewegungslos da. Auf seinem blassen Gesicht fror sein blickloser Ausdruck der entsetzten Ungläubigkeit für alle Ewigkeit ein.

Batista setzte sich auf und rollte den Kopf von Seite zu Seite, massierte mit seiner linken Hand den Nacken, während er seine

Waffe weiterhin auf den toten Mann gerichtet hielt. So verharrte er ein paar Sekunden lang, stand dann langsam auf und testete seine Reflexe und seinen Gleichgewichtssinn. Zufrieden, dass noch alles intakt war, steckte er die Springfield XD(M)-Sturmpistole vom Kaliber 40 zurück in sein Schulterholster. Er hielt wiederum inne, um die durch die Schrotkugeln verursachten Vertiefungen in seiner Kevlarweste, die er unter seinem Sweatshirt trug, zu untersuchen. Er seufzte, griff sich seine Kalaschnikow und trottete dann zum Ausgang. Er wollte sich nun, da sein Rivale tot war, möglichst rasch vom Tatort entfernen. Aus der Ferne ertönte aufdringliches Sirenengeheul, aber das kannte er bereits zur Genüge. Er würde längst spurlos verschwunden sein, bis die Polizei schließlich das Gebäude erreicht hatte.

Er bewegte sich vorsichtig durch die leer stehenden Büros, die AK sicherte die Umgebung, bereit für alles, aber er spürte und sah niemanden. Als Zugabe feuerte er oben in die Kamera, sie zerbarst mit einem Schuss in Stücke. Er sah interessiert zu, wie ein Großteil des Gerätes am Kabel baumelte und dann kopfüber herunterfiel und am Boden zerschellte. Er lächelte bereits zum zweiten Mal an diesem Tag und tastete dann in der Tasche nach den Autoschlüsseln. Es war Pech, drei gute Männer zu verlieren, aber er hatte erfolgreich einen der primären Anwärter für den Thron der Templer umgelegt. Unter dem Strich war es das alles wert gewesen.

Batista jagte den Motor des großen HEMI-V8 hoch, was das Aggregat mit einem tiefen Röhren quittierte, und fuhr vom Parkplatz herunter. Die Inhaber der benachbarten Geschäfte hatten voller Angst die Gebäude verlassen, als sie den Lärm der Schießerei vernahmen. Er musste dringend das Fahrzeug wechseln und hatte zu diesem Zwecke drei Blocks entfernt einen Honda Accord geparkt.

Batista hatte sich wieder einmal durchgesetzt. Er musste nun ein Treffen seiner Unterführer anberaumen und sie über seine neueste Großtat informieren. Außerdem musste er für zuverlässigen Ersatz sorgen. Das war noch nie ein Problem gewesen, da der Lohn eines Kartellvollstreckers den des Militärs um den Faktor zwanzig überschritt. Jedes Jahr verließen rund zehn Prozent der mexikanischen

Armeeangehörigen die Armee, weil sie die gleiche Rechnung aufgestellt hatten und desertierten. Manche gingen wieder nach Hause, aber etliche verdingten sich ausgerechnet bei dem Gegner, gegen den sie gekämpft hatten.

Eine einfache Frage des Geldes.

Letztendlich drehte sich am Ende alles nur darum.

Cruz traf sich mit Julio in einem Starbucks in der Nähe der großen Einkaufszentren in der Innenstadt. Sie hatten dies als Treffpunkt gewählt, weil sie hier höchstwahrscheinlich nicht über einen der Kontakte von Julios Kontakten stolpern würden. Cruz trug Zivilkleidung, die er zu diesem Zweck in seinem Büro bereithielt. Er machte ohne Uniform einen unauffälligen Eindruck.

Ignacio schloss sich ihnen an, und die Lagebesprechung konnte beginnen.

»Ich habe gute Neuigkeiten. Ich glaube, ich habe einen Draht zu El Rey gefunden«, kündigte Julio an.

Ignacio und Cruz wechselten Blicke und starrten ihn ungläubig an.

»So schnell?«, rief Cruz aus. »Das ist ja unglaublich!«

Julio berichtete von seinem Treffen, wobei er das heftige Intermezzo mit der Bardame ausließ. Julio sah nach der Nummer aus, als ob er nächtelang durchgemacht hätte, aber das war es wert gewesen. Sie waren nach ihrer Schicht noch in einigen Klubs aufgeschlagen und dann in seinem Apartment gelandet, wo sie ihm mit Begeisterung demonstriert hatte, warum die Exporte aus Argentinien auf der ganzen Welt so berühmt waren. Dass Julio mehr oder weniger aussah wie kompostierte Scheiße, war nichts Ungewöhnliches. Er war öfters mehrere Tage unrasiert und hatte schwarze Ringe unter den Augen – ganz im Einklang zu seiner Legende als ausschweifender krimineller Lebemann.

»Wann wirst du etwas Neues hören?«, fragte Ignacio.

»Das kann jederzeit geschehen. Vielleicht heute, vielleicht morgen. Ich will nicht drängeln und zu eifrig erscheinen. Lieber ganz kleine Schritte machen.«

»Hat Ihnen Ihr Mann, dieser Felipe, irgendetwas angedeutet, wer der Ansprechpartner ist?«, fragte Cruz.

»Nein. Aber er betonte mindestens ein Dutzend Mal, wie beschissen ich dran wäre, wenn ich dann nicht bestellen würde. El Rey wird keine Nullnummer akzeptieren«, witzelte Julio.

»Darauf würde ich wetten. Welche Vorgehensweise würden Sie also vorschlagen, wenn wir im Gespräch sind?«, fragte Cruz.

»Ich glaube, Sie und ich treffen ihn gemeinsam, nachdem wir Ihr Haar anders gegelt und Ihre Haut ein wenig dunkler gemacht haben. Sie spielen den reichen Industriellen mit dem Multi-Millionen-Dollar-Verdruss. Wir versuchen, so viel wie möglich an Informationen zusammenzutragen, und wenn wir kein Treffen mit El Rey arrangieren können, halten wir uns an den Kontakt und schicken ihn in den Knast. Ein paar Nächte im Gefängnis von Mexico City können für verwirrte Leute, die noch zwischen zwei Stühlen sitzen, erstaunlich effektiv Klarheit darüber schaffen, ob sie der Strafverfolgung helfen sollen …«, sagte Julio.

»Alles klar, wir folgen Ihren Vorgaben. Aber die Uhr tickt, und wir sind jetzt auf diese Sache festgelegt. Was ist mit Ihnen, Nacho? Etwas zu berichten?«, fragte Cruz und wandte sich Ignacio zu.

»Es ist seltsam. Jedes Mal, wenn ich El Reys Namen anbringe, gehen selbst die härtesten Typen in die Knie – und das sind Typen, die ihre Mutter für ein Crackpfeifchen verkaufen würden. Ich habe etwas Ähnliches noch nie erlebt. Der Bastard hat es geschafft, dass jeder Angst vor ihm hat.«

»Dann lassen Sie uns hoffen, dass Julios Verbindung funktioniert. Ich würde auf alle weiteren Annäherungsversuche verzichten, wo wir doch jetzt im Spiel sind – wir wollen ihn nicht verschrecken, und es würde tatsächlich ein wenig seltsam erscheinen, wenn die Straßen plötzlich mit Klienten bepflastert wären, die nichts Besseres zu tun haben, als mit Millionen um sich zu werfen«, warf Cruz ein.

»Womit sich ein weiteres potenzielles Problem stellt«, sagte Julio. »Ich glaube, wir müssen Vorkehrungen treffen, um mindestens eine Million Dollar von einem sauberen Konto übertragen zu können.

Wenn der Kontakt liefert, ist die einzige Möglichkeit für ein Treffen, dass wir ihm eine Anzahlung in den Schoß fallen lassen.«

»Ich kümmere mich darum. Das Problem sollte nicht unüberwindlich sein. Sonst noch etwas?«, fragte Cruz.

»Hat jemand eine Zigarette?«, fragte Julio zurück.

»Ich versuche gerade, aufzuhören. Gehen Sie nach Hause und schlafen Sie. Sie sehen aus wie nach einem verlorenen Boxkampf mit einem Gorilla über neun Runden«, riet Cruz.

»Sie kennen nicht einmal die Hälfte der Wahrheit.«

~~~

Batista stolzierte gegen neunzehn Uhr in seinen Nachtklub. Er war übermütig, weil er den Tod wieder einmal überlistet hatte. Seine Männer kamen herein, und zwei seiner Aufseher über die wichtigsten Vertriebswege waren bereits da, tranken Modelo und rauchten. Nebenbei flirteten sie mit der Bedienung, die schon die Vorbereitungen für die Party am nächsten Abend trafen. Cruz ließ den Klub jede Woche nach Abhörgeräten und unbeliebten Mobiltelefonen jeder Art filzen. Es wurde bevorzugt, für die Kommunikation ein persönliches Treffen festzulegen. Die mexikanische Strafverfolgung lag noch Lichtjahre hinter derjenigen der Amerikaner, aber sie hatten bereits begonnen, Anrufe von Handys abzufangen. Damit hatten sich die Spielregeln bei der Kommunikation geändert.

Batista begrüßte die beiden Männer mit Abklatschen und stieß dann die Fäuste zu einer klassischen mexikanischen Begrüßung nach Art der Straße zusammen. Beide Gangster, die dort saßen, hatten schrille Tattoos überall auf den Armen. Ihr Outfit orientierte sich am Stil amerikanischer Rapper – mit übergroßen Hosen und Hemden, rasierten Köpfen und Baseballkappen mit breit ausladendem Schirm, die gekonnt schief auf den kahlen Schädeln thronten. Sie waren die Veteranen des Geschäfts, arbeiteten schon seit Jahren auf eigene Rechnung auf den Straßen. Beide hatten im Rahmen des üblichen Geschäftsganges mehrere Gegner getötet.
~~~

Drei weitere seiner Mannschaftsmitglieder trudelten in den nächsten zwanzig Minuten ein. Die Männer zogen sich in Batistas kostspielig möbliertes Büro auf der Rückseite des Klubs zurück. Die meisten der Kartelle waren in der Diskotheken- und Bar-Szene und in der Hotellerie stark vertreten – solche Orte boten die perfekte Grundlage, um riesige Mengen an baren Einnahmen zu erklären. An Touristenorten gab es viele gewaltige, jedoch kaum besuchte Diskotheken, aber trotzdem gelang es, mit ihnen Millionen US-Dollar pro Monat einzunehmen.

Die strengere Regulierung seitens der Banken zur Eindämmung des illegalen Drogenhandels hatte kaum Auswirkungen auf die Branche – für die großen Jungs gab es immer, wie überall in jedem Land, viele Möglichkeiten, die Schlupflöcher im System zu nutzen. Die Regeln stellten lediglich eine kleine Unbequemlichkeit dar und griffen bestenfalls bei den Schmalspur-Gaunern. Ebenso wie Kartell-Geschäftemacher problemlos Traktoren für ihre Farmen oder Escalades und Benze für ihre Freundinnen kauften, war es mühelos zu bewerkstelligen, Milliarden an Bargeld jedes Jahr zu waschen. Die Wirtschaft vieler benachbarter Länder war davon abhängig, das betraf auch die USA, wo trotz gegenteiliger Behauptungen jedes Jahr Milliarden durch das System gewaschen wurden. In der Federal Reserve Bank in Miami wanderten mehr Hundertdollarscheine durch den Schalter als in jeder anderen Bank der Welt. Das konnte nur bedeuten, dass entweder betagte Rentner an der Ostküste praktisch unendlich viele Hunderter unter Matratzen in den Wohnwagensiedlungen horteten oder aber dass die mexikanischen und südamerikanischen Verbindungen immer noch wuchsen und gediehen.

Batista brachte die versammelten Männer über die Ereignisse des Tages auf den neuesten Stand und endete mit einem erneuten Aufruf zur Wachsamkeit gegen Angriffe seiner Rivalen, jetzt auf zwei reduziert, nämlich Miguel ›El Chavo‹ (Der Junge) Herrera und Paolo ›Poncho‹ Gallermo. Beide waren ebenso gefährlich wie Batista, daher ging es nicht darum, ob sie ihn heimsuchen würden, sondern vielmehr darum, wann und wie sie kommen würden. Die Chance, dass sie um irgendeine Art eines Arrangements zur

Gebietsaufteilung ersuchen würden, bestand keinesfalls, ebenso wie die Wahrscheinlichkeit, dass Batista mit ihnen einen Kompromiss eingehen würde, gleichermaßen auf null hinauslief. So funktionierte das Geschäft eben nicht. Man kämpfte oder starb. Wie beim Hunde- oder Hahnenkampf im Ring endete jede Konfrontation mit dem Tod. Das war das Leben. Und die daran beteiligten Egos verhinderten jede intelligente Konversation. Junge Machos, für die Töten ein alltägliches Ereignis war, die Millionen pro Monat verdienten und mit absoluter Macht herrschten, waren keine willigen Kandidaten dafür, Brücken zu bauen oder Wogen zu glätten. Fügte man dem alle verfügbaren Stimulanzien und Drogen hinzu, die man verkraften kann, dann hatte man das Rezept zum Blutvergießen.

Das galt nirgendwo mehr als in Mexiko.

KAPITEL ACHT

General Alejandro Ortega musterte von seinem Beobachtungsposten aus mit gehörigem Sicherheitsabstand vom Geschehen die Soldaten, wie sie rund um den Klub in Stellung gingen. Der Major, der das Einsatzteam leitete, war bewährt, ein Veteran vieler ähnlicher Sturmangriffe gegen die Kartelle. Obwohl man nie wissen konnte, was genau einen erwartete, lag man in der Regel richtig, wenn man davon ausging, dass ihre Gegner nicht einfach kapitulieren würden, und es war klar, dass tödliche Gewalt zum Einsatz kam.

Frühlingsabende in Morelia waren im Allgemeinen frisch, und auch diese Nacht machte keine Ausnahme. Die Soldaten trugen graue Tarnanzüge, vollständig in Kampfausrüstung, bestehend aus Kevlarwesten, Sturmgewehr, Granaten, Pistolen und Kampfmesser. Die Mannschaft, die der General für diesen Angriff zusammengestellt hatte, zählte fünfzig Männer, die ebenso erfahren waren wie der Major. Er duldete keine Fehler. Morelia hatte genug bewaffnete Auseinandersetzungen auf den Straßen erlebt, dass es für ein Leben genug war. Er konnte sich nicht viele militärische Todesfälle leisten, die dann in den Medien breitgetreten wurden. Dieser Einsatz musste mit chirurgischer Präzision durchgeführt werden und innerhalb weniger Minuten beendet sein, oder es würde katastrophal werden – wie es immer geschah, wenn sich die Ereignisse zu einer Pattsituation entwickelten.

Die Stimme des Majors murmelte über ihren geschlossenen, funkverschlüsselten Kanal. Sein Adjutant übergab dem General das Mikrofon, sodass er sprechen konnte.

»Ja, Major. Ich sehe, dass Sie in Position sind. Ich habe beide Seiten der Straße abgesperrt, aber Sie müssen schnell vorrücken, für den Fall, dass jemand aus der Bande die Straßensperren sieht und Alarm schlägt.«

»Bitte um Starterlaubnis für die Operation, Sir.«

»Sie haben grünes Licht, Major. Wiederhole: Sie haben grünes Licht.«

»Roger! Beginn des Angriffs bei zwanzig–einhundert auf den Punkt.« Die Übertragung des Majors schwieg.

Eine Minute später sah der General, wie die Soldaten auf den Klub vorrückten. Er hörte das charakteristische, schnelle Bellen der M4 und M16 mit eingestreutem Feuer aus Kleinwaffen und das Rattern der Kalaschnikows. Eine Granate krachte, ihre Detonation dröhnte bis auf die Straße, und dann, nachdem ein paar weitere Salven abgefeuert worden waren, kehrte im gesamten Bereich Ruhe ein.

Vier Minuten vergingen. Dann fünf. Schließlich war die verrauschte Stimme über die Komm-Verbindung wieder zu hören.

»Der Nachtklub wurde eingenommen. Alle Feinde sind außer Gefecht. Wir haben sie unter Feuer genommen, drei unserer Männer sind tot, zwei verwundet. Neun Feinde eliminiert. Ende.«

»Ich werde augenblicklich dort sein. Herzlichen Glückwunsch zu diesem gut gemachten Job«, ließ Ortega verlauten.

Der General stieg aus dem Kommandofahrzeug aus und marschierte in Richtung Klub. Er wurde auf beiden Seiten von je einem bewaffneten Soldaten mit Waffe im Anschlag flankiert; für den Fall, dass sich unsichtbare Angreifer entschieden, ein paar Schüsse auf sie abzugeben. Die schweren Kampfstiefel des Trios dröhnten im Gleichschritt unheilverkündend auf dem Pflaster. Militärnotfallfahrzeuge nahmen mit kreischenden Bremsen eine Warteposition am Straßenrand ein. Mediziner schossen mit Tragen in den Klub hinein und begannen mit der Selektion der Verletzten.

Das Innere des Klubs bot die Szenerie eines Schlachtfeldes mit Blutlachen überall dort, wo Körper gelegen hatten. Die Kartellmitglieder waren zum Fotografieren und zur endgültigen Identifizierung vor Ort liegen gelassen, die gefallenen Soldaten zu ihren verletzten Kollegen in den Erste-Hilfe-Bereich geschafft worden. Es war ihr Blut, das auf dem Boden und an den Wänden zu sehen war. Einige der Bedienungen waren verwundet und zwei tot – zwar bedauerlich, jedoch ein akzeptabler Kollateralschaden. Dies war ein Krieg, und manchmal wurden Zivilisten in Kriegen verletzt, vor allem, wenn sie sich in einer Kartellhochburg aufhielten. Genauso spielten sich die Dinge eben ab.

Vom Kampf erschöpfte Soldaten lehnten sich gegen die Wand oder rekelten sich auf den Separeebänken mit roter Vinylverkleidung. Ihre Waffen richteten sie auf den Boden oder legten sie auf den Tischen ab. »So ein Kampf ist schon eine merkwürdige Sache«, sinnierte der General »Die Zeit wird komprimiert, und Minuten scheinen Stunden zu dauern.« Wenn sich erst einmal der Einfluss des Adrenalin-Kicks, den der Beschuss auslöste, abbaute, dann fühlte es sich so an, als ob der Körper gerade einen Marathonlauf hinter sich gebracht hätte. Er kannte das Gefühl, obwohl es schon mehr als zehn Jahre her war, dass er in eine Schießerei verwickelt gewesen war. Ein hochrangiger General war zu profiliert und strategisch zu wichtig, um solche Risiken einzugehen.

Zwei Soldaten standen auf beiden Seiten des Eingangs zum ramponierten Büro stramm. Die Mauern rundherum waren mit Einschusslöchern übersät. Er betrat das Zimmer, und der unverwechselbare Geruch von Blut erreichte ihn, zusammen mit dem entleerter Därme. Das zeigen sie im Kino oder im Fernsehen nicht, aber oft riss die Kugel bei einem Bauchschuss den Darm auf und Darmflüssigkeit trat überall aus. Und ebenso oft ging als Begleiterscheinung mit dem Sterben ein völliger Verlust der neuromuskulären Kontrolle einher, was auch Darm und Blase betraf. Das Geschäft des Todes war eben schmutzig, das wusste er.

Es war schließlich der Beruf, den er gewählt hatte.

Ortega ging dorthin, wo der Major über einem Bullen von einem Mann gebeugt stand, der hinter dem Metallschreibtisch mit mindestens sechs sichtbaren Schusswunden lag. Das Zimmer war ein Chaos, die Granate hatte Schrapnells überall hin geschleudert. Der Mann hinter dem Schreibtisch musste dahinter Deckung genommen haben, um der Explosion zu entkommen. Gemessen am Zustand der anderen Leichen im Raum, hatten seine Kumpane diese Weitsicht wohl nicht gehabt.

»Das ist die Zielperson. Batista«, meldete der Major. »Er hatte sich hier mit fünf anderen und einer Gruppe von Vollstreckern verkrochen. Sie legten es auf einen Kampf an. Den habe ich ihnen zugestanden. Sie haben gesehen, wie lange es dauerte, sie auszuschalten. Diese dummen Bastarde hätten sich ergeben sollen, anstatt zu versuchen, sich auf einen Schusswechsel mit einer Armee-Einheit einzulassen ...«

»Wann hat je eine von diesen verkackten Ratten genügend Verstand gezeigt und die Waffe runtergenommen, anstatt auf uns zu schießen?«, sinnierte General Ortega.

»Gutes Argument. Wir wären alle unseren Job los, wenn die menschliche Natur sich so sehr veränderte, was?«, entgegnete der Major.

»Nicht sehr wahrscheinlich. Gut gemacht, Major. Weitermachen!«, sagte Ortega und machte mit seinem Handy ein Foto von Batistas Leiche.

Der General inspizierte die anderen Leichen mit nur geringem Interesse und signalisierte dann seinen zwei bewaffneten Adjutanten den Abzug mit einem Wink. Er beabsichtige nicht, hier länger zu bleiben, als es erforderlich war. Die Operation war beendet, die Zielperson neutralisiert und die Mission erfüllt. Der Rest war nur Schmutzbeseitigung.

Sie kehrten zum Kommandofahrzeug zurück, und der Fahrer startete den Motor der militärischen Ausgabe Humvee H1 – ein kehliger Diesel, der das Fahrzeug durch tobende Flüsse oder Berghänge hinauf beförderte. Ortega setzte seine Lesebrille auf, drückte auf den Schaltflächen seines Handys herum, bemüht, sich in den Menüoptionen zurechtzufinden. Nach einigen Fehlstarts fand er die E-Mail-Funktion und drückte den Sendeknopf. Zufrieden beobachtete er, wie das Foto des toten Batista seinen Weg zu dessen Rivalen El Chavo fand. Das war der von Ortegas Sponsor favorisierte Lieutenant im Sinaloa-Kartell, ausersehen, die Geschäfte zu führen, nun, da Santiago das Zeitliche gesegnet hatte.

Und sofern Poncho Gallermo morgen noch lebte, würde Ortega sich an die Spitze eines Schlags zur Vernichtung dieses Parasiten stellen.

Man musste seine Schlachten mit Bedacht wählen. Es zahlte sich nicht aus, sich dem System zu widersetzen. Die Welt war ein unvollkommener Ort, und wenn zwei gemeingefährliche mordende Psychopathen mit einem Minimum an Aufwand entfernt werden konnten, dann war das gut für alle. Natürlich würden sie nur durch andere Halsabschneider ersetzt werden, aber das war der Lauf der Welt. Er konnte es nicht vollständig unterbinden, also konnte er sich auch ebenso gut ein wenig Geld für den Ruhestand verdienen, während er sich seiner noblen Aufgabe widmete.

Der Humvee bewegt sich behäbig auf dem Weg zum Kontrollpunkt. Die Wachen winkten ihn durch und grüßten ihren Kommandanten, die Legende im ständigen Kampf für die Sicherheit des mexikanischen Volkes.

Julios Telefon klingelte um zehn Uhr dreißig. Er nahm ab und wurde von einem rastlosen House-Sound und Felipes Stimme begrüßt.

»Raphael! Hey, Mann, gut, dass ich dich erwische.«

»Felipe. Wie geht‘s dir? Was geht?«, fragte Julio. Seine Herzfrequenz erhöhte sich um zwanzig Schläge pro Minute und dröhnte in seinen Ohren.

»Hast du einen Stift? Schreib auf! Der Typ, über den wir geredet haben - er stimmt einem Treffen mit dir zu. Sein Name ist Jaime Tortora. Er hat ein Pfandhaus in der Nähe der großen Kathedrale in der Innenstadt!« Felipe gab ihm die Adresse. »Er sagt, dass er dich morgen früh so gegen zehn Uhr bei ihm zu Hause erwartet.«

»Felipe. Das ist geil. Ich kann dir gar nicht genug danken. Ich werde das nicht vergessen.«

»Sei vorsichtig, was du dir wünschst, mein Freund. Wie ich schon sagte, ab diesem Punkt gibt es kein Zurück mehr. Du bist auf dich allein gestellt«, erinnerte ihn Felipe.

»Ich weiß. Don’t worry, be happy, stimmt’s?«, sagte Julio in Anspielung auf einen Reggaesong, zu dem sie sich in den ersten gemeinsamen Jahren oft betrunken hatten.

»Na, wenn das nicht stimmt! Hey, möchtest du heute Abend mit mir in den Klub und einen Drink nehmen? Vielleicht ist es das letzte Mal, dass ich dich sehe …«, frotzelte Felipe.

»Ich weiß noch nicht. Das letzte Mal, als ich mit dir ein Gläschen getrunken habe, saugte mir die Bardame fast das Leben aus«, sagte Julio.

»Sie ist heute Abend auch hier. Sie hat schon nach dir gefragt. Es sieht so aus, als ob sie, wenn sie einmal den Gott der Liebe gekostet haben, für alle anderen Männer ruiniert sind. Du bist ein Tier, mein Freund. Ich habe sie noch nie so erlebt«, berichtete Felipe.

»Ja. Ich überlege gerade. Nein, ich glaube, ich werde heute Abend zu Hause bleiben. Ich versuche immer noch, mich von unserer letzten kleinen Soiree zu erholen.« Julio wanderte im Geiste zu ihrem temperamentvollen Stelldichein. »Sag ihr, ich rufe sie an.«

»Das werde ich. Aber tust du das wirklich? Wenn nicht, dann kommst du hier lieber nicht mehr vorbei, bis sie hier aufgehört hat, weil sie sich rächen wird«, riet Felipe.

»Ich schwöre auf einen Stapel Bibeln so hoch, wie du groß bist: Ich werde sie anrufen. Aber ich schaffe es heute Abend nicht. Ich bin völlig erledigt«, sagte Julio und verschwieg, dass er in ein paar Minuten mit Cruz telefonieren und ihn wahrscheinlich in den frühen Morgenstunden treffen würde, um den Einsatzplan für den Tortora-Laden zu besprechen.

»Ja klar! Hey, ich werde nicht mit dir schlafen, egal wie süß du daherredest, also spar dir deine Luft für Monique«, meinte Felipe. Monique war die Bardame. Als ob Julio das jemals vergessen könnte.

Ab dann entwickelte sich das Gespräch zu einer Art gegenseitigem Wettbewerb, wer die besten Nummern hingelegt hatte. Und es dauerte nicht lange, bis Julio ungeduldig Schluss machte, um Cruz die gute Nachricht mitzuteilen.

~~~

Am nächsten Morgen um halb neun saßen Briones, Julio und Cruz im gleichen Starbucks wie beim vorherigen Treffen. Briones hatte
~~~

einen Laptop im Schlepptau. Sie bestellten Kaffee, während Briones online ging. Es dauerte einige Minuten, sich auf dem Server in der Zentrale anzumelden. Sie hatten ein vollständiges Profil von Tortora abgerufen, und er erwies sich als blitzsauber. Keine vorherigen Verhaftungen, keine verdächtigen Einzahlungen bei der Bank, ein vorbildlicher Bürger mit einem bescheidenen, aber nachhaltig geführten Pfandhaus, aktuelle Papiere in Ordnung, niemals irgendwelche Verstöße oder Auffälligkeiten gemeldet. Tortora hatte in den letzten fünf Jahren nicht einmal einen Strafzettel für Falschparken erhalten. Fünf Jahre war der Zeitraum, der über das System verfolgt werden konnte. Der Mann war als Verbindungsmann für einen Auftragsmörder, geschweige denn für El Rey, der denkbar unwahrscheinlichste Kandidat. Julio beschlich plötzlich die Angst, dass dies Felipes verdrehte Art war, sich einen Spaß zu erlauben. Dann verwarf er den Gedanken. Es hatte nicht so gewirkt, als ob er sich über ihn lustig machte, als er zugestimmt hatte, Julio mit dem berüchtigtsten Auftragskiller in Lateinamerika in Kontakt zu bringen.

Briones gab eine Reihe von Daten ein und es baute sich ein Fenster mit Satellitenüberwachung der Innenstadt von Mexico City auf.

»In Ordnung. Das rote X ist der Laden. Sehen Sie, hier führt eine Gasse daran vorbei bis zu einem weiteren Gebäude. Somit haben wir uns nur um den Notausgang auf die Gasse und den Vordereingang zu kümmern. An der Straße befinden sich eingeschossige Ladengeschäfte, darüber gibt es Wohnungen, die jedoch über einen separaten Eingangsbereich neben der Pfandleihe betreten werden. Laut der Informationen, die wir bekommen konnten, hat Tortora dort eine Zweizimmerwohnung gemietet und besitzt auch ein Haus in einem der Vororte. Fährt einen VW Golf, drei Jahre alt, bezahlt«, rezitierte Briones und zeigte auf die Bildschirmmarkierungen.

»Was wissen wir über diesen Kerl sonst noch?«, fragte Julio.

»Er ist achtundfünfzig, lebt seit zwanzig Jahren am gleichen Ort«, antwortete Briones.

»Von wo stammt er ursprünglich? Von hier?«, fragte Cruz. Seine Haut erschien durch das unaufdringlich angewandte Make-up ein wenig dunkler, und seine Haare waren mit glänzendem Haargel streng nach hinten gekämmt. Die Verwandlung war dezent, er war jedoch nicht wiederzuerkennen – eine Hommage an die Fähigkeit der Maskenbildnerin, die sie engagiert hatten, um sein Aussehen zu verändern. Eine kleine runde Edelstahlbrille vervollständigte die Maskerade. Cruz war selbst sehr überrascht gewesen, als er sein überarbeitetes Aussehen im Spiegel überprüft hatte.

»Hm, nein. Aus Sinaloa, Culiacán«, sagte Briones, während er die Bildschirmfenster wechselte, um auf Informationen zuzugreifen.

»Die Drogenhauptstadt Mexikos. Zufall?«, fragte Julio.

»Ja, denn die Einwohnerzahl dort liegt weit über einer Million«, erläuterte Cruz. »Und vor achtundfünfzig Jahren war das Einzige, was in Culiacán vor sich ging, der Anbau von Tomaten und einem bisschen Marihuana. Also, es ist nicht eindeutig beweiskräftig, wenn wir ihm unterstellen, ein Lakai der Kartelle zu sein.«

»Also gut. Es war mir lediglich aufgefallen. Es ist zunächst nur ein Hinweis«, entgegnete Julio.

»Es heißt, er sei seit zehn Jahren geschieden. Eine Tochter. Nicht gerade das Profil, das ich für dieses Betätigungsfeld erwarten würde.« Briones war fertig mit seinen Eingaben und lehnte sich zurück. »Was glauben Sie, wie viel verdient so ein Verbindungsmann für einen Auftragskiller pro Job?«

»Wahrscheinlich mindestens zehn Prozent, wenn er die Aufträge beschafft. Aber in diesem Fall wäre es andersherum. Also vielleicht weniger. Warum?«, fragte Cruz.

»Und er würde vermutlich auch die Zahlungen für ihn abwickeln, richtig?« Briones wollte ganz offensichtlich auf etwas Bestimmtes hinaus, denn er ignorierte Cruz' Frage.

»Das könnte ich mir vorstellen. Was wollen Sie damit sagen?«, bat Cruz um Klarstellung.

»Was macht er mit dem ganzen Geld? Selbst wenn er das meiste an El Rey weiterleitet, zweigt er sich bei zwei bis drei Millionen pro Bums einiges ab – entschuldigen Sie den Ausdruck. Tortora sollte inzwischen viele Millionen herumliegen haben oder zumindest locker ein paar Millionen. Aber schauen Sie sie sich das Ambiente und die Pfandleihe an. Es ist nichtssagend. Und sein Haus? Liegt im Wert vielleicht bei hunderttausend, vielleicht auch zweihunderttausend, wenn man es großzügig auslegt. Bescheiden. Hier steht, er hat insgesamt achtzehntausend Dollar auf seinen Konten, was nach mexikanischen Normen normal ist, sich aber nicht auf der Skala bewegt, nach der wir suchen. Also, wo hat er das Geld versteckt?«, fragte Briones.

Cruz beendete seinen Kaffee mit einem großen Schluck. »Ich nehme an, falls er das Zeug hat, für El Rey das Geld zu waschen, dass er wahrscheinlich über Konten im Ausland verfügt, meinen Sie nicht? Und das würde nicht überall erscheinen. Behandeln Sie dies wie ein Kartellbuchhalter, und Sie sind auf dem Laufenden. Das Geld liegt auf Geheimkonten oder irgendwo in bar. Damit beweist das Fehlen des Geldes leider nichts.«

Sie gingen sämtliche Fakten über Tortora durch, aber am Ende war der Kurs offensichtlich. Man würde sich einfach treffen und herausfinden, was er zu sagen hatte. Sie würden nicht verkabelt sein, weil ein Profi die Abhörausrüstung entdecken und sofort das Weite suchen würde. Also beinhaltete der festgelegte Plan, sich mit ihm zu treffen, um zu sehen, was gespielt wurde, und sich dann mit der Wucht eines herabfallenden Klaviers auf ihn zu stürzen.

Sie tranken ihren Kaffee aus und machten Feierabend, begaben sich über die Rolltreppen zur Tiefgarage, wo Julios Humvee geparkt war. Sie hatten beschlossen, zwei Autos zu nehmen und Briones abzusetzen. So konnten sie nach Verdächtigem Ausschau halten, während sie auf Parkplatzsuche waren – was wohl den schwierigsten Aspekt ihres Vorstoßes in diese Gegend darstellte.

Sie fuhren quer durch die Stadt und orteten Tortoras Straße mit dem Navigationsgerät im Humvee. Cruz setzte Briones einen Block entfernt ab, so konnte er sich hinüberschlängeln und die Pfandleihe für die zehn Minuten, die sie wahrscheinlich zum Parken brauchten, im Auge behalten. Briones bezog seine Stellung auf der gleichen Straßenseite wie Tortoras Laden und kaufte einen Spritzkuchen von einem Straßenstand. Er tat so, als sei er vertieft in das Lesen einer Textnachricht, während er das Ziel beobachtete. Er verspürte ein flüchtiges Gefühl der Besorgnis im Hinblick auf den Einsatz, der bei diesem Treffen auf dem Spiel stand. Das wurde durch die doppelte Dosis Koffein vom morgendlichen Briefing noch verschlimmert. Er notierte sich im Geiste, so etwas nie wieder vor einem Feldeinsatz zu tun.

Briones wäre fast weggesprungen, als er eine Hand an seiner Windjacke spürte. Er wirbelte herum und sah sich einer Obdachlosen gegenüber – einer schmutzigen, zerzausten Frau, natürlich high von irgendetwas. Sie griff nach ihm und murmelte ein wirres Bettelmantra. Er schüttelte sie ab und reichte ihr ein paar Pesos in der Absicht, sie loszuwerden. Sie registrierte das Geld nicht einmal und lief mit ausgestreckten Händen auf dem Bürgersteig weiter, um jemand anderen anzusprechen.

Zum Glück gab es nicht viel Fußgängerverkehr auf der Straße, was Briones die Beobachtung des Pfandhauses erleichterte. Wenn es irgendwie ginge, wollte er vermeiden, zu auffällig in der Nähe von Tortora zu stehen. Er observierte die Dinge lieber mit diskretem Abstand. Er hielt es für angebracht, den Durchgang zu durchqueren; so konnte er die einsame Gasse und die Ladenzeile im Blick behalten. Dann sah er Julio und Cruz, wie sie zusammen auf dem Bürgersteig aus der entgegengesetzten Richtung kamen. Die Spiele waren eröffnet.

Das Gewicht seiner Sig Sauer in seinem Schulterhalfter bot ihm ein wenig Rückversicherung. Er entschied sich, auf Tortoras Seite der Straße zu bleiben, und lief den Block runter, um dann auf kreisförmiger Strecke zurückzukehren und gegenüber ihrem Ziel Posten zu beziehen. Briones schlenderte mit der Überlegung in Richtung der Pfandleihe, er würde einen Blick in die Gasse werfen und dann mit Muße auf die gegenüberliegende Seite wechseln. Als er fünfzig Meter entfernt war, stieß er fast mit einem anderen Stadtstreicher zusammen – diesmal ein Mann, der aus einer schmutzigen Gasse auftauchte. Er trug schmuddelige, braune Hosen, einen zerrissenen Sweater und umklammerte eine Aktentasche, die zweifellos seine wenigen weltlichen Besitztümer enthielt. Beide Männer waren einfach ineinandergelaufen, als er um die Ecke kam. Die beiden entschuldigten sich gegenseitig stockend und setzten ihren eigenen Weg fort.

Der Beinaheunfall hatte Briones einen Augenblick lang aus der Bahn geworfen, er drehte sich um und verfolgte den Mann mit den Augen. Na großartig! Jetzt prallte er schon mit Bettlern und Pennern zusammen. Er musste seine vom Koffein schweifende Fantasie zügeln und sich auf die Aufgabe konzentrieren, bevor Cruz und Julio die Haustür erreichten. Briones würde für sie wohl kaum von Nutzen sein, wenn er sich durch seine Nerven ablenken ließ. Er schüttelte sich auf mentaler Ebene und riss sich zusammen. Er konzentrierte sich darauf, lässig zu wirken, wie er in gemäßigtem Schlendertempo die Straße entlangging. Beim Überqueren der Gasse warf er einen prüfenden harten Blick auf die zwei Müllcontainer neben den seitlichen Notausgängen. Er bemerkte, dass der Müll überquoll, da er wochenlang nicht abgeholt worden war. Die Gasse war kurz, was auch gemäß Satellitenbild zu erwarten war, und endete als Sackgasse mit einer Wand voller Graffiti, der schmutzige Boden übersät mit stinkendem Müll rund um die zerbeulten Behälter.

Briones fegte an Cruz und Julio vorbei, ohne etwas preiszugeben, und rannte den Block weitere fünfzig Meter hinunter, als ihn etwas umzustimmen schien. Er wartete auf eine Verkehrslücke und trabte zur anderen Straßenseite hinüber, wo er Stellung bezog. Von dort hatte er einen guten Blick auf das Geschäft und die Gasseneinmündung.

Julio stieß die Tür auf, und ein Summer ertönte von der Rückseite des Gebäudes hinter dem vergitterten Fenster, das Eindringlinge fernhalten sollte. Als nach wenigen Augenblicken nichts zu hören war, rief Julio laut.

»Señor Tortora? Hallo! Señor Tortora. Buenos dias. Ist jemand hier?«

Nichts.

Cruz musterte die schäbige Ware in zwei Vitrinen mit matten Scheiben, während sie darauf warteten, von dem gespiegelten halben Globus an der Decke, der eine Überwachungskamera war, registriert zu werden.

»Vielleicht ist er auf der Toilette?«, schlug Julio vor.

Cruz drückte einen Knopf, der am Fenster montiert war, und sie hörten hinten einen Klingelton, jedoch keine damit verbundenen Geräusche, die eine Bewegung ankündigten.

Sie wechselten unruhige Blicke, und Cruz blickte durch die Gitterstäbe, während Julio versuchte, den Griff der schweren stahlbewehrten Tür zu bewegen.

»Sie ist verschlossen«, sagte er.

»Sieht ganz danach aus. Was wollen Sie tun?«, fragte Cruz. Das war Julios Show.

»Ich denke, dass wir noch ein paar Minuten warten. Vielleicht holt er sich gerade einen Snack oder einen Kaffee«, sagte Julio zweifelnd. Zehn Minuten später standen sie immer noch im Laden ohne irgendeinen Hinweis darauf, dass irgendjemand irgendwann auftauchen könnte.

»In Ordnung. Das ist Schwachsinn. Ich werde jetzt ums Haus gehen und die andere Tür ausprobieren, und wenn die abgeschlossen ist, knicken wir das hier und finden jemanden, der uns öffnen kann. Entweder er hat uns an der Nase herumgeführt und sich aus dem Staub gemacht, oder es stimmt etwas nicht«, sagte Cruz, ging zur Tür und zog beim Hinausgehen sein Handy aus der Tasche. Er rief Briones an.

»Es gibt ein Problem. Hier ist niemand. Ich werde ums Haus herumgehen und sehen, ob ich von hinten hineinkomme. Wenn das nicht geht, brauche ich hier schnell einen Schlosser und ein Einsatzteam, damit wir den Laden auseinandernehmen können. Haben Sie beobachtet, ob jemand das Gebäude oder die Wohnungen verlassen hat?«, fragte Cruz.

»Nein, obwohl ich … egal«, sagte Briones und kam sich dumm vor, weil er es erwähnt hatte.

»Was?«

»Ich lief fast in einen Obdachlosen hinein. Er kam aus der Gasse«, erklärte Briones.

»Wann? Wie alt war er?«

»Ich weiß nicht. Jünger als ich …«, schätzte Briones.

»Dann war es nicht Tortora. Er ist älter. Und er ist kein Stadtstreicher, soweit wir wissen.«

»Stimmt.«

»Okay. Haltet eure Augen offen! Ich gehe jetzt raus vor die Haustür, und ich werde versuchen, durch den Gasseneingang hereinzukommen. Bleiben Sie am Apparat, aber achten Sie auf die Umgebung«, ordnete Cruz an und lief hinunter zur trostlosen Sackgasse und zu Tortoras Hintertür. Er versuchte den Türknauf; hier war auch abgesperrt. »Scheiße. Okay, fordern Sie ein Einsatzteam an, sofort, und holen Sie jemanden, der das Schloss knacken kann.«

»Alles klar, Chef. Ich bin dran.«

Cruz kochte vor Wut. Sie waren so nahe dran gewesen und wurden kurz vor der Ziellinie gestoppt. Er kehrte zum Laden zurück und informierte Julio. Die beiden ließen sich nieder, um auf das Einsatzteam zu warten. Das konnte eine Weile dauern.

»Sieht aus, als ob unsere Tarnung aufgeflogen wäre«, sagte Cruz.

»Ich verstehe allerdings nicht, wie. Wirklich. Es ergibt keinen Sinn«, antwortete Julio.

Cruz ging auf und ab. So hatte der Tag nicht verlaufen sollen. Sein Telefon begann zu klingeln, aber bevor er den Anruf annehmen konnte, erschraken Julio und er. In der Türöffnung des Ladens erschien eine Gestalt. Eine junge Frau kam herein, ebenso überrascht, die beiden hier zu sehen, wie sie es waren, sie zu sehen.

»Oh. Das tut mir leid … Ich … Sie haben mich überrascht. Kann ich Ihnen helfen?«, fragte sie.

Cruz schätzte sie ein. Mittelgroß, vielleicht Anfang dreißig, große braune Augen und lockige Haare. Ein Gesicht, das zwanglos schön war. Konservativ gekleidet. Gefälschte Dolce & Gabbana-Geldbeutel und -Sonnenbrille, registrierte er – eine der vielen beruflichen Gewohnheiten, wenn man Polizist ist.

Julio sprach zuerst.

»Was meinen Sie, können Sie uns helfen? Wir warten auf Señor Tortora«, sagte er mit einem Lächeln, das man seiner Meinung nach nur als charmant bezeichnen konnte.

»Oh, na ja, er müsste eigentlich hier sein. Lassen Sie mich nach hinten gehen und nachschauen«, sagte sie. Ihr Lächeln gab sie nun mit deutlich weniger Begeisterung zurück. Sie betrachtete Cruz und warf ihm ebenfalls ein Lächeln zu. Dann ging sie an ihnen vorbei zur Tür. Sie werkelte mit ihrem Schlüssel und wandte sich ihnen zu.

»Ähm, Entschuldigung? Könnten Sie ein wenig von der Vordertür zurücktreten? Ich fühle mich hier ein wenig bedrängt. Ich möchte nicht, dass Sie neben mir stehen, während ich öffne. Sicherheit und so. Nichts für ungut«, entschuldigte sie sich und hielt ihre Schlüssel bereit.

Julio sah Cruz an.

»Natürlich. Das tut mir leid. Es war gedankenlos von uns. Bitte. Wir werden uns nur hier aufhalten.« Julio ging zum Bereich am Haupteingang und zog Cruz am Ärmel mit sich. Er trat ebenso zurück.

»Besser so?«, fragte Cruz.

»Ich danke Ihnen. Ich werde sehen, wo er ist.« Sie glitt durch die Tür, während sie das sagte.

Sie warteten geduldig, Julio wippte mit dem Fuß, Cruz machte seine Nägel sauber. Sie kam einige Augenblicke später in den kleinen Ladenbereich zurück. Sie war nachdenklich.

»Das ist seltsam. Er ist nicht hier. Er ist sonst immer da. Hm. Ich wünschte, er hätte sein Handy bei sich, dann könnte ich ihn anrufen. Er lässt es immer oben in seiner Wohnung im Obergeschoss oder im Auto. Er ist schrecklich bei diesen Dingen«, erklärte sie. »Ich habe Ihre Namen nicht mitbekommen …«

»Es tut mir leid. Sehr unhöflich von uns. Dies ist Señor Albon und ich bin Raphael Contreras. Und Sie sind …?« Julio streckte seine Hand aus.

»Ich bin seine Tochter. Dinah Tortora. Freut mich, Sie kennenzulernen. Kann ich Ihnen irgendwie weiterhelfen, da mein Vater, ähm, noch für einige Minuten unabkömmlich ist?«, fragte sie, und sie tauschten einen Händedruck aus.

»Wir hofften wirklich, mit ihm persönlich sprechen zu können. Eine heikle Angelegenheit, in der er uns helfen wollte«, sagte Julio.

Dinah sah verwirrt aus.

»Heikle Angelegenheit? Okay … Wissen Sie, wenn es Ihnen nichts ausmacht, gehe ich jetzt nach oben und sehe nach ihm. Ich bin ein wenig besorgt. Vielleicht ist er ausgerutscht, hat sich verletzt oder so etwas«, sagte Dinah und wandte sich zur Haustür. Beide

Männer traten beiseite, Julio deutete einen Diener an. Sie beobachteten, wie sie den Laden verließ und sich nach rechts zu den Wohnungen wandte.

»Was soll dieses Don-Juan-Gehabe?«, tadelte Cruz.

»Machen Sie Witze? Sie ist umwerfend. Sind Sie etwa blind?«

»Ihr Vater ist der Verbindungsmann von El Rey. Wir sind im Dienst. Klingelt es da bei Ihnen?«, erinnerte ihn Cruz.

»Spielverderber. Ich bekomme keine Auftragskiller-Schwingungen von ihr. Sie etwa? Ich glaube nicht, dass sie etwas weiß. Da würde ich mein ganzes Geld drauf wetten.« Julio zwinkerte.

»Vielleicht. Aber man kann niemals wirklich sicher sein ...«

Sie wurden von einem Schreckensschrei aus einem der Apartments unterbrochen.

KAPITEL NEUN

Cruz und Julio rannten durch die kleine Eingangshalle zu den Wohnungen. Durch die Glastür sahen sie Dinah, die die Treppe vom oberen Flur herunterwankte. Offensichtlich stand sie unter Schock, ihre Hände und das Kleid waren voller Blut. Die Außentür war verschlossen, daher mussten sie warten, bis sie sie erreichte und öffnen konnte. Tränen strömten ihr blasses Gesicht hinunter, als sie reflexartig zur Türklinke griff.

Sobald sich die Tür öffnete, packte Cruz sie an den Schultern.

»Was ist los, Dinah? Was ist passiert?«, fragte er, wertete im Stillen die Blutspuren an ihr aus und befürchtete das Schlimmste.

»Es ist … mein Vater …«

Julio blickte beklommen das Treppenhaus hinauf und dann wieder auf Cruz.

Er nickte und Julio stieg die Treppe hinauf, während Cruz Dinah umarmte. Sie lag weinend an seiner Brust und gab ihrer qualvollen Trauer eine Stimme. Er hatte dies im Verlauf seiner Karriere schon hundert Mal getan, aber deswegen wurde es nicht einfacher; jedes Mal fraß es ein wenig von ihm auf. Ihr schlanker Oberkörper erschauerte, als sie um Atem rang und um Luft zwischen würgenden Aufschreien der Qual kämpfte. Jegliche Zweifel darüber, ob sie am Geschäft ihres Vaters beteiligt war, schwanden – diese Frau war nicht an das Geschäft des Todes gewöhnt.

Julio kehrte blass aus der Wohnung zurück. Er war täglich auf der Straße, befasste sich mit den Parasiten der Menschheit, jedoch nicht in einer Kampfgruppe, sodass er Leichen nicht jede Woche zu sehen bekam. Er sah aus, als ob ihm gleich übel werden würde.

»Das ist schlimm!«

»Rufen Sie Briones an, und lassen Sie ihn ein Spurensicherungsteam hierherschicken. Kümmern Sie sich um Dinah. Ich möchte mir mal ansehen, womit wir es hier zu tun haben«, wies Cruz ihn an und schob Dinah sanft in Julios Arme.

Am Ende der Treppe empfing ihn ein kurzer Flur mit vier Eingangstüren, von denen eine jetzt angelehnt war und in den Angeln quietschte, als er langsam auf sie zuging. Der Kopf einer alten, finster dreinblickenden Frau stieß hervor.

»Was soll das Geschrei?«, wollte sie lautstark wissen.

»Es gab einen Unfall. Gehen Sie wieder hinein und schließen Sie die Tür«, antwortete Cruz.

»Was, verprügelst du gerade deine Freundin? Hast du sie geschlagen? Ist das die Geschichte?«, tobte die Frau in der Gewissheit, dass Cruz nichts Gutes im Schilde führte.

»Señora, bitte. Dies ist jetzt ein Tatort, also gehen Sie bitte wieder hinein, verriegeln Sie die Tür, und ein Inspektor wird später Ihre Aussage aufnehmen.« Sie fluchte fast unhörbar, knallte dann die Tür zu, der Klang mehrerer hastig vorgeschobener Türriegel war im Flur zu hören. Die anderen Bewohner waren wahrscheinlich alle bei der Arbeit, also gäbe es eine Weile Ruhe, um den Tatort zu sichern. Das war bisher die einzige gute Nachricht.

Er schob die Tür vorsichtig mit der Fußspitze auf, um zu vermeiden, den Knauf zu berühren, obwohl er wusste, dass Dinah dies bereits getan hatte. Sie öffnete sich knarrend. Cruz betrat das kleine Wohnzimmer und wünschte, er hätte seine Waffe bei sich gehabt. Er stoppte, als er den Körper in einer Blutlache auf dem Boden liegen sah. Er hatte im Lauf der Zeit Hunderte von Leichen gesehen, aber nicht so etwas – der Mann war fast halbiert, zerteilt von der Schulter zur Hüfte. Die Todesursache würde nicht allzu schwer zu bestimmen sein. Was zum Teufel konnte solch ein Gemetzel verursachen? Ein Spritzmuster von mindestens sechs Metern Breite umgab den Körper und bewies eindeutig, dass er dort zerhackt worden war, wo er lag.

Er durchsuchte den Raum und beantwortete seine eigene Frage. Eine an der Wand montierte Gedenktafel enthielt einen kurzen japanischen Dolch in seiner Scheide. Die Halterungen über dem Dolch waren leer. Staub zeigte deutlich, wo ein längeres Katana aufbewahrt worden war. Cruz machte mehrere weitere Schritte in den Raum hinein und sah die blutbedeckte Waffe auf dem Boden samt der in der Nähe fallen gelassenen Scheide. Das Blut war frisch, nicht älter als eine Stunde, das konnte er aufgrund seiner ausgiebigen Erfahrung beurteilen. Bald würden die Fliegen kommen, im Moment waren es nur zwei.

Jaime Tortora hatte, welche Sünden er auch immer begangen haben mochte, seinen letzten Morgen gesehen. Damit waren ihre Hoffnungen, über ihn an El Rey heranzukommen, gestorben. Sofern sie keine Hinweise in seinem Laden oder seinen Wohnorten finden konnten, war das, wie man so schön sagte, eine Sackgasse. Das Timing hätte nicht schlimmer sein können. Es zwang Cruz, sich mit dem hässlichen Gedanken zu befassen, der in seinem Kopf kreiste: Niemand außer ihm, Briones und Julio wusste über dieses Treffen Bescheid. Also hatten sie entweder in ihren eigenen Reihen eine undichte Stelle, oder aber El Rey hatte beschlossen, aus dem Geschäft auszusteigen und diese Verbindung zu schließen.

Cruz würde lieber glauben, dass es Letzteres war, weil es das, was er glaubte, bereits jetzt bestätigte: Der Auftragskiller plante einen Mord auf dem G-20-Gipfel und erhielt dafür genügend Geld, um das Spiel für immer verlassen zu können. Vielleicht hatte Tortora ihn mit der Nachricht, dass ein potenzieller Neukunde ihn treffen wolle, konfrontiert, und das hatte den grässlichen Mord ausgelöst. Vielleicht hatte Felipe mit der falschen Person geprahlt, und dies hatte nichts mit El Rey zu tun. Möglicherweise war es ein verunglückter Einbruch oder die Vergeltung für etwas ganz anderes gewesen. Oder vielleicht war es alles Zufall.

Aber Cruz hatte schon vor langer Zeit aufgehört, an Zufälle zu glauben.

Nein, entweder Briones oder Julio hatten Informationen weitergegeben oder Felipe hatte mit den falschen Leuten gesprochen oder das Timing war einfach vollkommen unglückselig und es hatte nichts damit zu tun – was Cruz nicht einmal eine Sekunde lang glaubte. Er ging behutsam in Richtung Bad und sah einen zu Boden fallen gelassenen blutbespritzten Einweg-Regenmantel. So viel zur Einbruch-Theorie. Als er das sah, konnte er in Gedanken eine schnelle Gleichung aufstellen und sich zusammenreimen, was geschehen war. Jemand, der das Apartment kannte und von den Schwertern wusste, war bei Tortora eingedrungen und hatte auf ihn gewartet, sich vielleicht versteckt, und er war ausgerüstet gewesen, um seine Kleidung vor den Blutspritzern zu schützen, die unvermeidlich sein würden, wenn er das Schwert benutzte.

Cruz drehte sich langsam um. Hinter ihm befand sich ein großer Schrank, der zwei Meter in den Raum ragte, dahinter das Fenster zur Straße, eingefasst durch lange Vorhänge. Er schloss seine Augen und stellte sich die Szene vor. Das war der Ort, an dem der Mörder gelauert hatte. Aber wie hätte er wissen können, wann Tortora in die Wohnung zurückkehren würde? Cruz dachte ein paar Sekunden lang nach …

Natürlich. Weil er einen Anruf nach Ladenöffnung erhalten hatte, der ihn anwies, in die Wohnung zu kommen. Von jemandem, dessen Befehle er buchstabengetreu befolgen würde.

Der Mörder hatte gewartet, in der Ecke durch die Vorhänge versteckt, abgeschirmt durch den Schrank und zuversichtlich, dass Tortora in Kürze eintreten würde. Als Tortora dann hereinkam, ging er zu der kleinen Küchentheke, und der Mörder trat aus seinem Versteck. Mit mehreren langen Schritten erreichte er sein Opfer und schlug es nieder, noch bevor es sich umdrehen konnte, um seine Anwesenheit zu registrieren.

Also, wie hatte er ihn an diesen Ort bekommen, an dem er die Tat in sekundenschneller Bewegung ausführen konnte?

Cruz studierte die Blutspritzer und sah, dass ein rechteckiger Bereich am Rande der Frühstückstheke nicht getroffen worden war. Etwas hatte da gelegen und war jetzt nicht mehr da. Er blickte über den Körper in die Küche, sah aber nicht, was fehlte. Zurück im Badezimmer bemerkte er ein blutiges Badehandtuch, das in der kleinen Duschkabine lag.

Also hatte der Mörder das Objekt, was auch immer es war, abgewischt und mitgenommen. Cruz erwog einige Möglichkeiten, griff dann in sein Jackett und wählte Briones an.

»Sie erwähnten einen Stadtstreicher, der Sie angerempelt hat. Denken Sie sorgfältig nach. Beschreiben Sie ihn mir«, wies Cruz ihn an.

»Hm, er hatte etwa Ihre Körpergröße, vielleicht ein wenig größer, keinen Bart oder Schnurrbart, kurzen Haarschnitt wie meiner, mittelbraune Haut. Trug eine schmutzige braune Hose und einen marineblauen durchlöcherten langärmeligen Sweater. Ich kann mich an die Art der Schuhe nicht mehr erinnern, aber ich glaube, dass es Stiefel gewesen sein könnten.«

»Hatte er etwas bei sich?«, fragte Cruz ruhig.

»Wissen Sie … er war … Es war eine Aktentasche, eine dieser altmodischen mit zwei Riemen zum Verschließen. Schmutzig braunes Leder oder Wildleder. Wissen Sie, wovon ich rede?«, fragte Briones.

»Ich kenne diese Sorte.« Cruz fluchte innerlich. »Lieutenant, glauben Sie, dass Sie einem Zeichner seine Gesichtszüge gut genug für ein Phantombild beschreiben könnten?«, fragte er.

»Sicher. Ich denke schon. Aber warum …?«

»Ich denke, es könnte wichtig sein. Sie sind vielleicht nur einer der ganz wenigen noch lebenden Menschen, die El Rey jemals zu Gesicht bekommen haben.« Cruz seufzte.

»Sie verarschen mich … oder doch nicht? Scheiße – 'tschuldigung, Sir. Okay, ich werde versuchen, mich an alles zu erinnern, was mir möglich ist, aber je früher, desto besser. Sie wissen, wie Informationen verloren gehen, je länger man wartet und je mehr Ablenkungen vorhanden sind …«

»Rufen Sie die Zentrale an und schaffen Sie Arlen hierher. Und sie soll ihren Zeichenblock mitbringen. Ich will noch heute ein Gesicht«, befahl Cruz.

»Wird erledigt!«

Cruz legte auf. Er konnte sich die Aktentasche vor seinem geistigen Auge vorstellen, wie sie da auf der Theke lag.

Also kam ein Anruf herein, nachdem Tortora seinen kleinen Laden um neun Uhr geöffnet hatte. Ihm wurde gesagt, dass eine Tasche voll von etwas Wichtigem – vielleicht Geld – in seiner Wohnung für ihn hinterlegt worden sei, mit dem er irgendetwas erledigen sollte, und zwar umgehend. Tortora schlüpfte aus dem Leihhaus, wohl wissend, dass zu dieser Tageszeit keine Kunden kämen, und ging zu seiner Wohnung. Die Frage, wie die Aktentasche dort hineinkam, stellte sich nicht. Der Mörder war ein Mann, für den Schlösser kein Problem darstellten. Oder wer hatte einen Schlüssel? Spielte keine Rolle. Tortora öffnete die Tür, die er hinter sich schloss, sodass er nicht gestört werden konnte. Er sah die Tasche an dem Platz liegen, wo sie ihm angekündigt worden war, und ging hin, um sie zu inspizieren. Bevor er wusste, was geschah, wurde er von dem vertrauenswürdigen Anrufer, bei dem weder Grund zu Misstrauen noch zu Angst bestand, in zwei Teile gehackt. Der Mörder packte die Aktentasche, ging ins Bad, um sie zu reinigen, wischte sie mit einem der Handtücher ab, dann streifte er den Regenmantel ab. Vielleicht wischte er auch sein Gesicht ab, das etwas Blut abbekommen haben könnte. Cruz notierte in Gedanken, das Spurensicherungsteam zu beauftragen, das Handtuch und den Vorhang nach Haaren oder anderem Material mit DNA-Spuren zu untersuchen. Es war einen Versuch wert.

Also, was tat der Killer?

Cruz schwang herum und überlegte. Der Täter durchsuchte wahrscheinlich die Wohnung oberflächlich und schnappte sich dann die Schlüssel, um das Ladenbüro ebenfalls zu filzen. Vorausgesetzt, er war auf der Suche nach etwas. Wenn das der Fall wäre, würde das erklären, warum er in der Gasse war. Er hatte gerade das Büro durchsucht und verließ den Tatort.

Der Zeitplan sah vor, dass Tortora ein Treffen um zehn hatte, das wusste er. Das könnte wiederum Zufall sein, aber er bezweifelte es. Das Szenario, das den meisten Sinn ergab, war, dass Tortora den Attentäter kontaktiert hatte, um ihn darüber zu informieren, dass er noch einen Auftrag zu vergeben hatte, und El Rey entschied, dass er weder Tortora noch weitere Jobs benötigte. Also beschloss er, die einzige Möglichkeit, ihn zurückverfolgen zu können, zu beseitigen. Alles griff nun ineinander. Vor allem, wenn er ein paar Präsidenten ausschalten wollte, musste ihm klar sein, dass es zu diesem Zeitpunkt nur eine Frage der Zeit war, bis jemand den Faden aufnahm und auf Tortora kam.

Die Puzzleteile verdichteten sich, und er sah das ganze Bild.

Das einzige Problem bestand darin, das nichts davon beweiskräftig war. Es waren Indizien, die ein Skeptiker auf ein Dutzend verschiedene Arten hinwegerklären konnte. Damit waren sie immer noch darauf festgenagelt, Beweismaterial zu sichern, um diese arroganten Arschlöcher von CISEN und ebenso die von der NSA zu einem Meinungsumschwung zu bewegen.

Cruz hatte genug gesehen.

Er kehrte in die Eingangshalle zurück, wo Dinahs Weinen den Raum erfüllte, und entschied, dass es Zeit war, seine Karten aufzudecken.

»Dinah, ich bin Beamter der Bundespolizei. Ich war gekommen, um ein Gespräch mit Ihrem Vater über eine Angelegenheit zu führen, von der ich dachte, dass er uns dabei helfen könnte. Ich habe ein Forensikteam bestellt, und sie sind auf dem Weg, die Wohnung auf Spuren zu sichern.« Cruz stockte das Herz, als sie ihn mit riesigen, tränenüberströmten Augen ansah. Die winzige Menge Mascara, die sie aufgetragen hatte, hinterließ Streifen in ihrem Gesicht. »Ich bedauere Ihren Verlust zutiefst. Glauben Sie mir, dass wir alles Mögliche tun werden, um den Mörder Ihres Vaters zu finden. Aber ich brauche Ihre Hilfe. Können Sie den hinteren Bereich des Ladens für mich öffnen, damit wir in diesem Bereich ebenfalls die Spuren sichern können? Ich habe oben keine Schlüssel ausmachen können, daher ist es möglich, dass sich der Mörder Zugang zur Pfandleihe verschafft hat«, sagte Cruz.

»Polizei?« Dinah war geschockt, ihre Haut hatte jetzt eine Farbe wie Alabaster. Sie war nicht wirklich bei sich, ihre Stimme zitterte und klang wie aus großer Entfernung. »Ja. Ich werde ihn öffnen …« Sie griff nach dem Türknauf und brach dabei fast zusammen. Julio hielt in dem Bemühen, sie zu stützen, achtsam ihren Ellenbogen.

»Hatte Ihr Vater irgendwelche Feinde?«, sondierte Cruz, während sie nach nebenan zur Pfandleihe gingen. »Kennen Sie jemanden, der möglicherweise einen Groll gegen ihn hegte oder einen Grund hatte, ihn zu töten?«

»Feinde? Nein … nein, jeder kam gut mit ihm aus«, antwortete sie abwesend und hantierte mit ihren Schlüsseln. Julio hielt die Vordertür des Pfandhauses für sie auf, und sie schlüpften hindurch. Dinah näherte sich der Tür zum hinteren Bürobereich mit ausgestrecktem Schlüssel, um ihn in die Sperre einzuführen, aber sie hatte ihre Hand nicht ausreichend unter Kontrolle. Sie streckte den anderen Arm aus, um sich an der Wand abzustützen. Schließlich hielt sie Cruz den Schlüsselbund hin, was einem schweigenden Hilfeersuchen gleichkam.

Er nahm die Schlüssel von Dinah, legte den Arm um sie und öffnete die Tür mit der anderen Hand. Sie würde einen heftigen Absturz erleben, das wusste er aus persönlicher Erfahrung. Wahrscheinlich bräuchte es Monate der Beratung und Medikamente, um diese Tortur heil zu überstehen. Cruz erinnerte sich noch lebhaft an die Zeit nach dem Mord an seiner Familie. Es war eine kafkaeske, surreale Odyssee der katastrophalen Zusammenbrüche, durchsetzt von Talsohlen der Verzweiflung und Wut und gelegentlichen Momenten des Mitgefühls und der Hoffnung – diese leider viel zu selten.

»Dinah, hatte Ihr Vater Angst vor jemandem? Ging er je verdächtigen Geschäften nach oder hatte er irgendwelche Geheimnisse?« Cruz stocherte nun blind herum, aber es konnte nicht schaden.

»Geheimnisse? Nein. Er besaß ein Pfandhaus, um Himmels willen. Was für Geheimnisse hätte er haben sollen? Er trank nicht einmal, hatte keine Freundinnen …« Sie verlor den Faden, erging sich in Erinnerungen an ihren Vater und konnte Cruz eine Zeit lang nicht folgen.

Die Befragung führte nirgendwohin. Er überblickte das Hinterzimmer, es war sauber und organisiert. Auf der einen Seite waren neue Waren gelagert, die Akten auf der anderen. Ein einfacher Mahagonischreibtisch stand am anderen Ende des Raumes, in der Nähe der hinteren Ausgangstür, und ein großer offen stehender Gewehrschrank befand sich in der Nähe. Cruz ging zu einer Geldkassette, die mit einer Reihe von Einsätzen ausgestattet war, in denen die wertvolleren Schmuckstücke lagen, Uhren, ein paar Goldketten, andere Schätze von Wert, die er für Bargeld gehandelt hatte.

»Ist dies der einzige Safe?«, fragte Cruz.

»Nein. Unter diesem rollenden Aktenschrank befindet sich ein Tresor, er ist in den Fußboden eingelassen.« Sie deutete in Richtung einer der Schränke an der Wand hinter dem Schreibtisch.

Cruz zog ihn vor und fand den Safe, der für die Größe des Betriebs überdimensioniert schien. Er griff sich ein leeres Blatt Papier vom Schreibtisch, beugte sich hinunter und probierte den Griff. Er war jedoch verschlossen.

»Señora Tortora, ich muss Sie bitten, das zu öffnen.«

»Señorita, aber Sie dürfen mich Dinah nennen. Es tut mir leid … ich erinnere mich nicht mehr an Ihren Namen. Und ich kann den Safe nicht öffnen. Die Kombination ist mir nicht bekannt«, erklärte Dinah.

»Romero. Oder Cruz. Alle nennen mich Cruz.« Er stellte Julio nicht vor und winkte ihm mit dem Kopf, sich rar zu machen. Sie müssten seine Identität nicht erklären, wenn er nicht da war. »Machen Sie sich wegen des Safes bloß keine Sorgen. Ich benötige nur Ihre Erlaubnis, ihn aufzubohren. Es ist keine große Sache, und wir werden hier sowieso eine Weile verbringen …«

»Tun Sie, was Sie tun müssen, Señor Cruz. Was auch immer. Ich frage mich: Was für ein Tier kann so etwas bloß getan haben?« Sie erschrak. »Bitte finden Sie den, der ihm das angetan hat! Ich werde helfen und tun, was immer ich tun kann. Er war so ein guter Mensch, ein sanfter, guter, liebenswerter Mensch …« Dinah wurde zusehends blasser. Cruz war darüber nicht überrascht.

Julio hatte den Hinweis verstanden. Er glitt unauffällig durch die Tür und ließ die beiden allein. Dinah bemerkte es nicht. Sie kämpfte noch damit, ihr Schluchzen unter Kontrolle zu bringen. Der Anblick ihres geliebten Vaters in zwei Teile geschlitzt gewann in diesem Kampf die Oberhand. Cruz rückte einen der Stühle vor Tortoras Schreibtisch und bot ihr einen Platz an. Sie nahm ihn dankbar an, und er schwang den anderen Stuhl herum. Seine verschränkten Arme ruhten nun auf der Rückenlehne, er stützte sich sein Kinn auf und blickte sie an.

»Also, womit verdienen Sie Ihren Lebensunterhalt, Dinah?« Cruz wollte versuchen, das Gespräch auf etwas anderes zu lenken, auf etwas anderes als den grauenhaften Anblick des Vaters, der sich wie eine Endlosschleife eines Tonbands immer und immer wieder in ihrem Kopf abspielte. Er wusste, dass man in dieser Situation dazu tendierte, und er erinnerte sich auch daran, wie zerstörerisch das für die Psyche war. Wenn er dieses Muster früh aufbrechen könnte, wäre es zwar kein Wundermittel, aber es könnte ihr später helfen. Je früher sie begann, sich auf etwas anderes zu konzentrieren, desto besser.

»Ich unterrichte an der Schule. Zweite Klasse.«

»Und warum arbeiten Sie heute nicht?«, fragte Cruz.

»Es ist Samstag.«

Das war richtig. Er war so von der Jagd nach El Rey beansprucht, dass er vergessen hatte, dass normale Menschen sich an die einzelnen Tage der Woche erinnerten. Cruz war öfters vollkommen überrascht, wenn sein Kalender anzeigte, dass Sonntag sei, da er sowieso die meisten Sonntage in seinem Büro verbrachte. Es gab viel Nachholbedarf.

»Ah. Tut mir leid. In meinem Beruf verlieren wir manchmal die Bodenhaftung … wie gefällt Ihnen der Lehrerberuf?«, versuchte es Cruz erneut.

»Es ist erfüllend. Die Bezahlung ist bescheiden, aber ich tue es nicht für das Geld. Ich wollte immer Lehrerin werden, schon seit ich ein kleines Mädchen war, also würde ich mal sagen, ich lebe meinen Traum«, erklärte sie.

»Ich wollte schon immer Polizist sein, da haben wir etwas gemeinsam«, bestätigte Cruz.

Ihre Gedanken drifteten wieder ab, der kurze Aufenthalt in der Normalität schien seinen Reiz verloren zu haben.

»Das klingt banal, aber ich werde es auf jeden Fall sagen, Dinah. Ich weiß genau, was Sie durchmachen, und es gibt nichts Schlimmeres auf der ganzen Welt.«

Sie schien überrascht und auch wütend. Das war gut. Sie hatte jedes Recht, wütend zu sein. Wut konnte gut sein. Sie hatte Cruz auf jeden Fall über einige dunkle Zeiten hinweggeholfen.

»So, tun Sie das? Wie könnten Sie das? Menschen zu beobachten, die gerade einen geliebten Menschen verloren haben, ist wohl etwas anderes, als derjenige zu sein, der gerade den Verlust erlitten hat. Bei allem Respekt, es kommt dem nicht einmal nahe«, quetschte sie hervor.

»Ich weiß, Dinah. Ich habe die gleiche Sache durchgemacht. Ich weiß, wie es sich anfühlt. Nichts, was jemand sagt, hilft. Aber Sie haben etwas in sich selbst, einen Grund, jeden Morgen aufzustehen und sich nur darauf zu konzentrieren. Vielleicht ist es, einigen Jugendlichen Wissen zu vermitteln, das sie zu menschlichen Wesen formt. Was immer es ist, Sie müssen dieses Etwas finden und es hochhalten, nachdem Sie die Trauerphase beendet haben, was sicher einige Zeit dauern wird«, erläuterte er.

»Leichter gesagt als getan«, antwortete sie verbittert.

»Ich weiß. Es ist das Härteste, was Sie jemals tun werden. Aber Sie müssen, oder Sie verlieren sich, und Ihr Leben besteht nur noch aus Trauer und Entsetzen. Das ist keine Art zu leben. Ich war dort angelangt. Das können Sie mir glauben«, betonte Cruz.

Sie wurden durch die Ankunft der Tatortermittler unterbrochen. Bald waren zwei Techniker oben in der mit Klebeband gesicherten Wohnung, um eine Sichtung der Gegenstände vor Ort vorzunehmen, um Fingerabdrücke durch Einstauben sichtbar zu machen und den Bereich nach DNA-Spuren zu durchkämmen. Ein weiteres Paar ging im Büro mit der gleichen Effizienz vor – was sich viel leichter gestaltete, denn dort hatte man es nicht mit literweise Blut zu tun. Cruz ging mit Dinah zur Vorderseite des Ladens und stellte die Stühle so hin, dass sie niemanden während der Arbeit behinderten.

Nach einer Stunde kam einer der Techniker der Spurenauswertung aus dem Büro und wandte sich an Cruz.

»Sir, wir können den Safe nun aufbohren. Wir haben ihn eingestaubt und sieben Sätze von Fingerabdrücken genommen. Wir prüfen sie, sobald wir im Hauptquartier zurück sind. Aber die Festplatte für die Überwachungskamera wurde vernichtet. Im Gerät befindet sich keine CD. Sie wurde entfernt oder es gab nie eine«, erklärte er.

»Nein, er hat immer alles auf CD aufgezeichnet und gesichert«, versicherte ihnen Dinah. »Ich weiß das. Ich habe das System schließlich für ihn eingerichtet. Er konnte mit Technologie nicht so gut umgehen, aber er hatte gelernt, wie man sie bedient, und es war das Erste, was er jeden Morgen tat …«

Cruz nickte dem Tatortermittler zu. »Vermerken Sie das im Bericht. Und fordern Sie jemanden an, der den Safe öffnet«, befahl er. Er erhob sich und nahm Dinahs Arm. »Sie werden sich wahrscheinlich die Ohren zustopfen wollen, aber ich möchte, dass Sie hier sind, wenn er geöffnet wird und wir eine Inventarliste erstellen, sodass nichts verschwindet. Es geschieht selten, ist jedoch schon vorgekommen.«

»Gut.« Ihre Tränen waren schließlich versiegt, sie selbst war jedoch weit entfernt – der Schock hatte sie noch immer in seiner Gewalt.

»Wissen Sie, was drin ist?«, fragte Cruz beiläufig und beobachtete sie, um ihre Reaktion zu erfahren.

»Nicht wirklich. Er erzählte mir einmal, dass er darin einige Dollar und Pesos aufbewahrte sowie einigen wichtigen Papierkram. Er war aber hauptsächlich für Geld gedacht.«

»Haben Sie eine Vorstellung, wie viel es sein könnte?«

»Nein, ich wünschte, ich wüsste mehr, aber das tue ich nicht. Es kann nicht so viel sein. Mein Vater lebte komfortabel, aber er war alles andere als ein reicher Mann«, sagte sie.

Ein übergewichtiger Forensiktechniker trat mit einer leistungsfähigen Industriebohrmaschine in der einen und einer Werkzeugkiste in der anderen Hand ein. Er trug eine Schutzbrille und ging an ihnen vorbei direkt zum Safe. Nach einem flüchtigen Blick schüttelte er den Kopf. Sie hatten viele Zentralschlüssel für Tresore, aber nicht für einen dieser Größe und dieses Jahrgangs. Cruz nickte ihm zu; er steckte den Stecker der Bohrmaschine in die Steckdose. Das Gekreische begann.

Fünfundzwanzig Minuten später trat der Mann mit dem Bohrer zurück. Geschafft. Er kurbelte am Edelstahlgriff und hob die Tür auf. Dann packte er seinen Bohrer und seine Werkzeugkiste und entfernte sich vom Tatort.

Cruz näherte sich dem offenen Tresor. Er nahm zur Kenntnis, dass Briones jetzt an der Tür Wache stand. Er war mit Dinah und dem Tatort so beschäftigt gewesen, dass er den Lieutenant vergessen hatte, der inzwischen Personal für die Sicherung des Bereiches arrangiert hatte, ohne ihn zu stören. Er starrte nach unten in den Safe und begann dann mit einem Seufzer, Stapel von Tausend-Peso-Noten herauszuholen. Als er damit fertig war, lagen locker eine Million Pesos ordentlich ausgerichtet auf dem Schreibtisch – bei dreizehn und noch was pro Dollar waren das rund hunderttausend Dollar. Eine Menge Geld, und nichts, was mit dem Pfandhaus erklärt werden konnte, da war er sich sicher.

Aber es fanden sich keine Dollar. Und außer ein paar Akten über geschäftliche Dinge, den Kraftfahrzeugbrief und den Grundbucheintrag für das Haus gab es keine Dokumente, die ihnen weiterhelfen konnten. Mit einem abschätzenden Blick in den Safe berechnete Cruz, dass viel mehr Raum vorhanden war, und wenn nur die Hälfte davon von Dollarnoten eingenommen wäre und El Rey irgendwie Zugang gewonnen hatte, könnte es sich um mindestens eine Million US-Dollar gehandelt haben. Was auch immer es enthalten hatte, es würde für sie ein Rätsel bleiben.

Dinah schien überrascht von dem Stapel Pesos, verlor dann jedoch das Interesse daran, sobald sie gezählt und registriert waren – 1,6 Millionen. Er unterzeichnete eine Quittung für die Pesos und gab sie ihr, warnte sie, die nicht zu verlieren. Mit seiner Unterschrift war das so gut wie ein Einzahlungsschein. Die Federales würden das Geld in Verwahrung nehmen und es freigeben, sobald die Untersuchung abgeschlossen war.

Sie legte die Quittung hölzern in ihr Portemonnaie, dankte ihm und blickte sich dann verständnislos und verloren im Büro um. Cruz rief Briones zu sich, besprach sich kurz mit ihm und überreichte ihm die Schlüssel zu seinem Auto. Cruz nahm eine Visitenkarte Tortoras aus dem Halter auf dem Schreibtisch und schrieb seine Polizeihauptquartiernummer und seinen Namen darauf, bevor er sie ihr überreichte.

»Das sind meine Kontaktdaten, Dinah. Bitte zögern Sie nicht, dort anzurufen, aus welchem Grund auch immer. Es war ein schrecklicher Tag, und noch einmal, ich bedauere Ihren Verlust außerordentlich. Rufen Sie mich an, wenn Sie denken, etwas könnte hilfreich sein, oder wenn Sie etwas brauchen. Dies ist Lieutenant Briones. Er wird Sie nach Hause fahren«, sagte Cruz und ließ die Karte in ihre Tasche gleiten.

Dinah schien neben sich zu stehen und dankte ihm mechanisch für die Hilfe. Als sie an der Haustür waren, wandte sie sich ihm zu und fixierte ihn mit einem verzweifelten und gleichzeitig starrenden Blick.

»Bitte finden Sie den, der meinem Vater das angetan hat, Cruz. Bitte.«

Cruz erwiderte ihren Blick ohne zu zögern. Er nickte.

»Das werde ich, versprochen.«

KAPITEL ZEHN

Culiacán, Mexiko, vierzehn Jahre zuvor

Der junge Mann zog sich an der Stahlstange hinauf, die am Türrahmen seines Schlafzimmers montiert war. Es war sein hundertster Klimmzug, Bestandteil eines dreiteiligen Work-outs, welches er jeden Morgen durchführte. Dreihundert Liegestütze, dreihundert Klimmzüge, fünfundvierzig Minuten Laufen, sieben Tage die Woche, ohne Ausnahme. Der Schweiß tropfte von seinem geröteten Gesicht, als er stöhnend ausatmete, um seinen letzten Klimmzug zu vollenden. Dann ließ er sich auf seine nackten Fußballen sinken.

Er hatte seinen Lauf und seine Liegestützen bereits abgeschlossen, daher war es nun Zeit für seine Dusche, und dann konnte sein Tag beginnen. Er tappte über den Saltillo-Fliesenboden zu seinem Badezimmer, streifte seine verschwitzten Shorts ab und drehte das Wasser auf – immer kalt, ungeachtet der äußeren Temperatur. Wie alles in seinem Leben war das kalte Wasser ein Ritual, und Rituale waren wichtig. Rituale hatten ihn aufrechterhalten und seinem Leben Sinn gegeben. Rituale bedeuteten, dass er die Kontrolle hatte, und die harten Work-outs sowie seine glatten Einser in der Schule unterstrichen dies noch. So lautete sein Grundsatz, sein Versprechen an sich selbst: Behalte immer die Kontrolle!

Er seifte sich ein und registrierte das Sixpack und die athletisch durchtrainierten Arm- und Beinmuskeln mit Befriedigung. Es hatte Jahre erfordert, um diesen Körper so zu formen, und nichts davon war leicht gewesen. Das war jedoch okay. Er scheute keine Anstrengung und hatte ein beachtliches Maß an Stärke und Selbstverpflichtung entwickelt. Ohne Verpflichtung gibst du auf, und wenn du aufgibst, verlierst du die Kontrolle. Was auch immer du aufgegeben hast, hat gewonnen, und du hast verloren. Aus seiner Sicht war es polarisiert. Schwarz und weiß.

Der Junge war zu einem beeindruckenden jungen Mann mit einer gelassenen Intensität und einem brillanten Kopf herangewachsen, was seine Lehrer bestätigen konnten. Die Privatschule, die er besuchte, hatte ihn zwei Klassen überspringen lassen, und immer noch empfand er die Schule als lächerlich einfach. Wann immer er gelangweilt war, las er zur Abwechslung Bücher über Mathematik und Technik, gelegentlich über Physik. Er hatte einen unstillbaren Wissensdurst und verschlang Bücher wie andere Teenies Süßigkeiten.

Sein Leben hatte eine positive Wendung genommen, seit dieser blutigen Nacht auf dem Cannabis-Feld. Der Mann, der ihn gerettet hatte, zog ihn nun wie einen Sohn groß und sorgte für ihn auf eine Art und Weise, die er sich zuvor nicht einmal hätte vorstellen können. Im Gegenzug bewies er absolute Loyalität und hatte auf dem Anwesen Tausende Stunden den Umgang mit jeglicher Art von Waffen geübt, um sich auf eine aktive Rolle im Familiengeschäft vorzubereiten.

»Don« Miguel Lopez war ein harter, aber fairer Herrscher über sein Reich, das während der zwölf Jahre, die der nun Junge bei ihm lebte, gewaltig gewachsen war. Es umfasste den Großteil der Marihuanafelder in Sinaloa und einen erheblichen Anteil am Kokainhandel. Er wurde respektiert und gefürchtet, sowohl von seinen Untergebenen als auch von seinen Feinden, und hatte sich zu einer Legende im Geschäft entwickelt – mit fünfzig Jahren war er einer der langlebigeren Kartellköpfe. Er verdiente mehr an einem Tag, als die meisten seiner Landsleute sich in ihrem ganzen Leben an Verdienst erträumen konnten, und dennoch blieb er einfach, verzichtete auf den prunkvollen Lifestyle des schnellen Geldes, den viele neue Drogenhändler an den Tag legten, um ihre Unsicherheit und Minderwertigkeitsgefühle zu verbergen.

Der junge Mann hatte seine Lektionen gut gelernt. Er betrachtete sein Spiegelbild, und es gefiel ihm, was er sah. Die Mädchen fanden ihn so attraktiv wie einen Popstar, wenngleich sein Interesse ihnen gegenüber sich auf Sex beschränkte. Er war ein Einzelgänger, wollte keine Gesellschaft anderer und genoss sie auch nicht. Er blieb lieber mit seinen Büchern und seinen Gedanken allein. Die Fallen der Jugend hatte er gemieden – den Versuchungen der Drogen wich er aus und trank selbst Alkohol nur zu wenigen Gelegenheiten und in geringen Mengen in Übereinstimmung mit seiner Einstellung. Das Bewusstsein zu verändern, bedeutete die Kontrolle aufzugeben. Er war nicht interessiert. Auch das Mitteilen von Gedanken oder von irgendetwas mehr als anonymem fleischlichen Vergnügen beinhaltete gleichermaßen den Verzicht auf Kontrolle. Und nachdem sein Versuch, eine Beziehung mit der Tochter seines Trainers zu beginnen, unerklärlicherweise zurückgewiesen wurde, schwor er allem ab, das beinhaltete, sich anderen Menschen anzunähern – Liebe war etwas für Schwächlinge und Opfer, nichts für ihn.

Heute war ein großer Tag. Es war sein Geburtstag, er wurde siebzehn. Das machte ihn in den Augen des Kartells zum Mann, und er konnte eine Position innerhalb der lockeren Hierarchie, die Don Miguel geschaffen hatte, übernehmen. Dies war ein heikles Thema zwischen ihnen, denn Don Miguel hatte gehofft, dass der junge Mann eine Universität besuchen würde, um Architektur oder Maschinenbau zu studieren, oder, noch besser, Anwalt zu werden, um eine neue Generation aus gebildeten Erben seines Reiches zu erschaffen. Aber der junge Mann hatte andere Pläne. Er hatte den Wunsch geäußert, Teil der bewaffneten Durchgreiftruppe von Dons Kartell zu werden, und konnte nicht davon abgebracht werden. Es war schwierig für Don Miguel, angesichts seines dem aufkeimenden Drogenhandel entsprungenen enormen Reichtums dagegen zu argumentieren, dennoch hatten sie zahlreiche hitzige Auseinandersetzungen gehabt, in denen der Don dem jungen Mann erklärte, er würfe seine Talente weg. Er hätte das Potenzial, alles zu werden, was er wollte, und dies zu verschwenden, indem er ein bewaffneter Schläger würde, sei eine Sünde.

Es war eine ihrer wenigen ständigen Meinungsverschiedenheiten.

Don Miguel hatte keine Kinder, seine Frau war unfruchtbar geblieben, allen medizinischen Neuerungen zum Trotz, und so investierte er einen großen Teil seiner elterlichen Energie darin, den jungen Mann zu einem Anführer zu erziehen. Seine Frau war vor sechs Jahren an Gebärmutterhalskrebs gestorben, und er weigerte sich, noch einmal zu heiraten. Es ergab für ihn keinen Sinn, bevorzugte er doch einen Harem aus wechselnden willigen jungen Frauen, anstatt bei einer zu bleiben. Don Miguel wollte nicht die Verantwortung tragen, sich um eine Ehefrau sorgen zu müssen – jemand, der als Druckmittel in einer feindlichen Auseinandersetzung benutzt werden könnte. Je länger er in dem Geschäft war, desto mehr Veränderungen hatte er gesehen. Es war eine andere Branche als früher, gewalttätiger, gefährlicher. Wenn du jemanden liebst, kann dies gegen dich verwendet werden. Das konnte er sich nicht leisten.

Der junge Mann schlenderte in das Haupthaus, fein gekleidet, bereit für den Tag, von dem ihm gesagt worden war, er würde ein besonderer sein. Don Miguel wollte ihn mitnehmen und ihm etwas zeigen: eine Überraschung, sagte er und wies ihn an, um neun Uhr morgens aufbruchbereit zu sein. Der junge Mann war dem nachgekommen, pünktlich wie immer. Als der Don ihn das formelle Esszimmer betreten sah, stand er auf, um ihn zu umarmen.

Der Koch hatte ein besonderes Frühstück zubereitet, um das Ereignis zu feiern. Die beiden nahmen Platz, aßen und blickten durch das Panoramafenster auf den Fluss unten im Tal. Don Miguel besaß den größten Teil des Landes in diesem Bereich von Culiacán, es erstreckte sich weit bis zu den Hängen der entfernten Hügel. Er war einer der größten Grundbesitzer der Region. Sein privates Landgut wartete mit einer Fläche von eins Komma zwei Quadratkilometern auf und beherbergte einen Stall für seine fünfzehn Pferde – seinen einzigen Luxus.

Nachdem sie ihren Hunger gestillt hatten, folgte der junge Mann dem Don zu seinem Truck – einem neuen Chevrolet Suburban, der im Vergleich zu seinem Vorgänger, einem über zwanzig Jahre alten

Ford, der blanke Luxus war. Sie fuhren auf einer Privatstraße, die das Anwesen begrenzte, zu den Hügeln, und nach weiteren fünfzehn Minuten erreichten sie eine Lichtung. Don Miguel hielt den Wagen an, stieg wortlos aus, ging nach hinten zum Kofferraum und öffnete ihn. Drinnen lag ein elegant verpacktes Paket, nicht größer als ein Fotoalbum.

»Na los. Öffne es.«

Der junge Mann bewegte sich zum Laderaum und nahm das Paket. Er achtete sorgfältig darauf, das Geschenkpapier nicht zu zerreißen, als er vorsichtig das Klebeband entfernte, das es zusammenhielt. Drinnen befand sich eine Holzschatulle aus hochpolierter Wallnuss, atemberaubend verziert. Er öffnete den Deckel und blinzelte bei dem Glanz eines Colt 1911, Kaliber .45, Automatik, verchromt und aufwendig mit Ornamenten aus achtzehnkarätigem Gold graviert, das mit dem weißen Perlmuttgriff harmonierte. Der junge Mann betrachtete den Don, seine Augen wurden feucht in Anbetracht der puren Schönheit dieser Waffe. Er hatte noch nie etwas Ähnliches gesehen.

»Der Schlitten ist gefräst. Ich habe meinen Spezialisten in den Vereinigten Staaten angewiesen, sich selbst darum zu kümmern. Es gibt keine zweite Waffe wie diese auf der Welt. Sie gehört dir, das Symbol deiner Reife«, erklärte Don Miguel und ein Hauch von Stolz färbte seine Stimme.

Der junge Mann nahm eines der zwei Magazine, die ebenfalls in der Schatulle lagen, und prüfte geübt die Kugeln, die teilweise ummantelt waren, seine Lieblingsmunition. Er schob das Magazin an seinen Platz im Griff der Waffe und lud sie durch. Don Miguel hob zwei Kokosnüsse vom Boden auf, Früchte der Palmen, die den Platz umringten, und warf sie etwa dreißig Meter weit. Sie wirkten sehr klein in dieser Entfernung.

»Na los. Zeig mal, ob dir das viele Üben irgendwas gebracht hat«, drängte der Don.

Der junge Mann begab sich in eine militärische Schießhaltung, beidhändig und leicht gehockt. Er fühlte sich wohl mit dem Gewicht der Waffe und schoss einmal auf jede Kokosnuss. Beide

Kugeln fanden ihr Ziel, und die Kokosnüsse zerplatzten. Während die Schüsse in ihren Ohren widerhallten, freuten sich beide über das beeindruckende Können des jungen Mannes. Ein sanfter Wind flüsterte in den sie umgebenden Palmen, ließ ihre Blätter rascheln, als würden auch sie die Darstellung der Treffsicherheit anerkennen. Don Miguel klatschte begeistert von der Leistung in die Hände.

»Gute Schüsse. Du machst mich stolz. Ich habe noch nie so etwas gesehen. Wirklich erstaunlich«, gratulierte er.

Der junge Mann grinste erfreut über die Komplimente, dann drehte er sich um und schoss Don Miguel zwischen die Augen.

»Das ist für meine Mutter und meine Schwester.«

Er öffnete seinen Gürtel und urinierte auf das Gesicht von Don Miguel, dem immer noch ein Ausdruck von Unverständnis in seine unbeweglichen Züge gemeißelt war.

»Das ist für meine andere Schwester.«

Er ließ nun seine Hose fallen und entleerte seinen Darm auf der Leiche des großen Mannes, das handgefertigte Leinenhemd des Don benutzte er hinterher, um sich zu säubern.

»Und das ist für meinen Vater. Jetzt verrotte in der Hölle, und möge der Teufel dir Schlimmeres antun, als du ihnen angetan hast. Wir sehen uns dort wieder, du Bastard. Ich werde derjenige sein, der dich mit Benzin übergießt.«

An diesem Nachmittag war Enrique, der getreueste Lieutenant des Don, sehr überrascht, als er Don Miguels neuen SUV an das luxuriöse toskanische Anwesen am Stadtrand von Culiacán heranfahren sah. Er näherte sich den getönten Scheiben, um den Don zu begrüßen, und erschrak, als sich das Fenster öffnete und er plötzlich in den Lauf einer glänzenden neuen Pistole sah. Der Junge sprach nur vier Worte.

»Steig ein und fahr.«

Auf einer anderen Lichtung, wo sich vor langer Zeit das Tomatenfeld seines Vaters befunden hatte, stieg der Junge aus dem Wagen und richtete die Waffe auf Enrique. Die Natur hatte das Land seit Langem zurückgefordert und jegliche Spuren des Ereignisses ausgelöscht, welches das Leben des jungen Mannes verändert hatte.

»Erinnerst du dich an diesen Ort, du schwanzlutschender Drecksack?«, fragte der junge Mann im Plauderton, seine Stimme verriet keinerlei Gefühl.

»Fick dich. Wenn du mich erschießen willst, dann schieß, du kleine Fotze. Ich wette, dazu fehlen dir die Eier«, zischte Enrique als Antwort und spuckte fluchend aus.

Der junge Mann schlug ihm mit der Pistole ins Gesicht und dann mit dem Kolben auf den Kopf, Enrique ging k.o.

Als er wieder zu sich kam, saß Enrique neben einem Baum am Rande des Feldes. Der junge Mann hielt die Waffe unerschütterlich auf ihn gerichtet. In der Baumspitze saß bewegungslos eine schwarze Gestalt, ihre Federn glänzten in der Nachmittagssonne, während sie die Menschen unter sich beobachtete. Keiner der beiden bemerkte sie, ihre Aufmerksamkeit war durch andere Dinge gefesselt.

Der junge Mann zeigte ein schwaches Lächeln, das seine Augen nicht erreichte, als er ein kleines Taschenmesser mit einem Griff aus Knochen aus seiner Gesäßtasche zog und es Enrique zuwarf.

»Was soll das?«, fragte Enrique, der sich den Kopf rieb und mit seinem Ärmel das Blut aus dem Gesicht wischte.

»Letztes Jahr las ich ein Buch über die amerikanischen Indianer. Sie kannten einen Weg, ihre Feinde zu töten, an den ich immer denke muss, wenn ich mich daran erinnere, wie du meine Mutter in dieser Nacht vergewaltigt hast. Sie banden das eine Ende der Gedärme ihrer Feinde an einen Baum und zwangen sie dann, so lange um den Baum herumzulaufen, bis sie sich alle Eingeweide herausgezogen hatten. Das sind eine Menge Runden um diesen kleinen Baum. Ich will, dass du dir zehn Zentimeter über deinem Nabel ein Loch in den Bauch schneidest, deinen Darm durchtrennst, ihn an den Baum bindest und anfängst loszulaufen.«

»Du musst deinen verdammten Verstand verloren haben, wenn du glaubst, dass ich das machen werde.«

»Du tust es, oder ich werde dir einen Bauchschuss verpassen und du wirst stundenlang unglaubliche Schmerzen erleiden, bevor du stirbst. Dann werde ich deine Füße hinten an dem Truck festbinden und dich zurück zu deinem Haus schleifen. Bevor wir dort sind, wirst du wie ein Hamburger aussehen.« Der junge Mann zuckte mit den Schultern. »Such's dir aus.«

Enrique entschied sich letztlich für die zweite Wahl. Als sie seine Leiche in der nächsten Nacht fanden, konnte sie zunächst nicht als menschlich identifiziert werden.

Nachdem er zwei Monate quer durch Mexiko gezogen war, heuerte der junge Mann für drei Jahre bei der Navy, der amerikanischen Kriegsmarine, an. Seine Begabung für Waffen beeindruckte die Offiziere in seiner Einheit schnell, und bald erhielt er eine schonungslose Spezialausbildung in Sprengstoffen, Geheimoperationen und Kommandotechniken als Teil einer Spezialeinheit der Marine.

Als er nach eineinhalb Jahren desertierte, wählte er das Tijuana-Kartell aus und bot dort seine Dienste als Auftragskiller an. Die ersten paar Jobs galten als Selbstmordkommando, aber er zog sie einwandfrei durch, und in kürzerster Zeit galt er als Geheimtipp für knifflige Situationen, zu ständig steigenden Preisen.

El Rey war geboren, auferstanden aus der Asche wie der mythische Phönix.

Mexico City, Gegenwart

Cruz tigerte durch sein Büro und überlegte seinen nächsten Schritt. Briones saß immer noch mit dem Zeichner zusammen und versuchte das Phantombild seiner Erinnerung anzugleichen. Das war immer schwierig, denn es war eine sehr ungenaue Wissenschaft, und es geschah nicht oft, dass sie einen Täter fingen, der wie eine der Zeichnungen aussah. Dennoch war es eine Spur, obgleich eine schwache.

Obwohl er keine Lust auf den Anruf hatte, griff er nach seinem Schreibtischtelefon und wählte eine interne Nummer. Tomas Llorentez nahm ab – Chef der Einsatzgruppe »El Rey«, und Cruz' Meinung nach ein absoluter Wichser. Sie tauschten Höflichkeiten aus, dann kam Cruz zum Punkt.

»Ich denke, ich habe einen Fall, der in Verbindung zu Ihrem Jungen steht, Tomas«, sagte er.

»Ach ja? Man hat mich heute über keine Morde informiert«, witzelte Tomas.

»Nein, nicht so etwas. Haben Sie irgendwelche Fotos oder Phantombilder von ihm?«

»Sehr komisch! Also, auf der Grundlage von Beschreibungen ist er zwischen zwölf und neunzig Jahre alt, kann sich bei Bedarf in Tiere verwandeln und kann schweben. Oh, und er hat Hufe, einen Schwanz und schuppige rote Haut«, scherzte Tomas.

Sein nicht besonders ausgeprägter Sinn für Humor verließ Cruz gänzlich, wenn er sich mit Hornochsen wie Tomas befassen musste.

»Das ist sehr nützlich. Nein, ernsthaft. Was haben Sie sonst noch über ihn?«

»Nicht viel, außer einer Chronologie über seine Morde und einer Sammlung von Gerüchten. Viele davon sind widersprüchlich. Er ist ein gewiefter Bastard, das muss man ihm lassen. Jedes Mal, wenn wir denken, wir hätten einen Durchbruch erzielt, löst sich alles in Luft auf, und wir stehen wieder ganz am Anfang«, schimpfte Tomas.

»Wie lange ist die Gruppe schon im Einsatz? Sind das bereits drei Jahre?« Cruz konnte nicht glauben, dass dieser faule, saufende Scheißkerl immer noch bei der Truppe war, allerdings noch weniger, dass das gesamte Team zu dämlich war, um mit den eigenen Händen den eigenen Arsch zu finden.

»Eigentlich dreieinhalb. Diesen Kerl aufzuspüren ist keine leichte Sache«, klagte Tomas.

Cruz fragte sich, ob ihm seine Vorgesetzten diesen Mist eigentlich abkauften. Sie mussten es wohl, schließlich bekam er noch immer Ressourcen und Mittel, sehr zum Leidwesen von Cruz.

»Also, um zusammenzufassen, hat niemand irgendwelche Bilder von ihm oder sogar eine Idee, wie er aussehen könnte?«, versuchte Cruz es ein letztes Mal.

»Es gibt eine Reihe von Phantombildern, aber keine zwei sehen sich ähnlich. Wir haben eines von einer Frau aus der Kirche, wo ›El Gallo‹ umgenietet wurde, und ein paar Spitzel gaben uns Beschreibungen, wobei sie schworen, er wäre es, aber im Endeffekt sehen alle aus wie ein fünfundzwanzig- bis fünfunddreißigjähriger Latino. Durchschnittlich. Also ungefähr so hilfreich wie zu sagen, er ist Mexikaner.«

»Würde es Ihnen was ausmachen, wenn jemand ein paar Kopien bei mir vorbeibringt, Tomas? Ich weiß, ihr Jungs seid da unten schwer beschäftigt, aber ich würde es wirklich begrüßen.« Cruz spürte, wie ihm die Galle hochkam, weil er viel zu nett war, hoffte jedoch, er konnte sich zugunsten seines Teams zusammenreißen.

»Kein Problem, weil Sie es sind. Geben Sie mir ein paar Stunden Zeit, und die Zettel werden bei Ihrer Sekretärin abgegeben«, versprach Tomas.

»Ich habe keine Sekretärin.« Cruz begriff sofort, dass Tomas zweifellos eine hatte. Wahrscheinlich zwei.

»Oh, na gut, dann wird sie jemand in Ihr Büro bringen. Bin immer froh, wenn ich einem anderen Polizisten aushelfen kann, Cruz«, erklärte Tomas in einem gönnerhaften Ton.

Cruz konnte nicht schnell genug auflegen.

Das ist ja großartig, dachte er. Die Regierung lässt die Jagd auf den gefährlichsten lebenden Mann von einem Vollpfosten leiten und zahlt dafür auch noch stattlich, um null Ergebnisse zu erhalten.

Er saß an seinem Schreibtisch und tippte eine Reihe von Befehlen in den Computer, dann klickte er sich durch eine plumpe, seit mindestens fünf Jahren veraltete Benutzeroberfläche. Er gab einen Namen ein und wartete darauf, dass die Hamster im Keller die Ergebnisse raussuchten. Schließlich tauchte ein neues Fenster auf, und er schaute auf ein Passfoto von Dinah. Das war ein echt heißes Foto, musste er zugeben. Wer sah schon gut auf einem Passbild aus? Cruz selbst sah aus wie ein Verkehrsunfallopfer oder eine Art Tier, das man beim Fressen aufgescheucht hatte. Das Leben war wirklich gut zu der jungen Señorita Tortora gewesen. Okay, vielleicht nicht zu gut, wenn man berücksichtigt, dass ihr Vater gerade mit einem Samuraischwert filetiert worden war. Dennoch sah sie wirklich toll aus.

Er las sich die restlichen Informationen durch – vor allem, um sich auf etwas anderes zu konzentrieren, während er auf Briones wartete, sagte er zu sich selbst …

Dinah Montaner Tortora war dreißig Jahre alt und hatte ein Lehramtsstudium auf der Universität abgeschlossen. Sie hatte eine

Wohnung in der Nähe der Schule gemietet, besaß kein Auto und war nie verhaftet worden. Kontostand war zweitausend Dollar. Bezahlte alle Rechnungen pünktlich. Hatte ein Handy, Internet und Kabelfernsehen, eine Kreditkarte, die sie jeden Monat ausglich, und keine Vorstrafen. Besaß eine aktuelle Mitgliedschaft im Fitnessstudio zwei Blöcke entfernt von ihrer Wohnung.

Keine besonders spannende Biografie. Andererseits, wenn man so gut in seinem Pass aussah, benötigte man vielleicht keinen weiteren Schnickschnack …

Sein Nachsinnen wurde durch Briones höfliches Klopfen an seinen Türrahmen gestört. Er hatte Arlen, die Zeichnerin, im Schlepptau.

»Kommt rein. Was habt ihr hinbekommen?«

»Das ist so nah dran, wie wir es schaffen konnten, Sir. Ich habe ihn vielleicht nur ein oder zwei Sekunden gesehen, also ist es ein wenig verschwommen, aber ich denke, es ist in dieser Größenordnung«, entschuldigte sich Briones. Er fühlte sich wie ein Esel. Er hatte doch gewusst, dass mit diesem Kerl da irgendetwas nicht stimmte …

Arlen legte den Skizzenblock auf den Schreibtisch, und Cruz betrachtete die Zeichnung.

»Toll. Also suchen wir nach Enrique Iglesias?«, fragte Cruz mit unbewegter Miene.

Arlen und Briones sahen einander an, dann auf die Zeichnung.

»Wissen Sie … Sie haben recht. Er sieht wirklich ein wenig aus wie er«, räumte Briones ein.

»Sind Sie sicher, dass Sie kein heruntergeladenes Musikvideo beschrieben haben?«

»Nein … obwohl das irgendwie seltsam ist, jetzt, wo Sie es erwähnen. Aber das kommt meiner Erinnerung, wie der Kerl ausgesehen hat, am nächsten, nur ungepflegter. Trotzdem …«

»In Ordnung. Alles, was wir jetzt noch tun müssen, ist auf die Latino-Grammy-Verleihung zu warten, dort können wir ihn festnageln.« Cruz wandte seine Aufmerksamkeit Arlen zu. »Danke für Ihr Werk. Wir schätzen es.«

Sie schenkte ihm ein zaghaftes Lächeln und verließ den Raum, die Zeichnung blieb auf dem Schreibtisch liegen.

»Es sieht Iglesias nicht sehr ähnlich«, begann Briones.

»Ich weiß. Es tut mir leid. Es war bereits ein harter Tag, und ich hatte auf etwas Handfesteres gehofft. Aber es ist, was es ist. Sind Sie sicher, dass Sie nicht noch genauer werden können?«, fragte Cruz.

»Das ist der Kerl. Oder ziemlich ähnlich.«

Cruz stöhnte hörbar, dankte dann Briones und bat ihn, die Tür hinter sich zu schließen, wenn er ginge.

Nun musste Cruz sich um ein anderes Problem kümmern, das er nur zögerlich in Angriff nahm. Woher hatte El Rey davon gewusst? Es war beinahe undenkbar anzunehmen, dass sie einen Spitzel auf der Wache hatten, aber er war so vorgegangen, als ob sie einen hätten. Dies bedeutete, er konnte Julio, Ignacio oder Briones nicht mehr trauen. Sein Verstand wollte es nicht glauben, dass einer von ihnen darin verwickelt sein könnte, besonders Briones nicht. Er wälzte alle Argumente hin und her und kam zu dem Schluss, Briones konnte nicht der Spitzel sein. Er arbeite mit Cruz seit fünf Jahren zusammen, und es hatte nie auch nur den kleinsten Hinweis auf irgendetwas Unpassendes gegeben. Nein, wenn er einen Tipp abgeben sollte, war es entweder Julio oder Nacho.

Das Problem war, dass Cruz nicht die geringste Ahnung hatte, wie er jeden Mann abschließend überprüfen konnte, wodurch er aber auf das kompromittierende Vorgehen zurückgeworfen blieb, sie von einer weiteren Teilnahme an den Untersuchungen auszuschließen. Dies würde seiner Beziehung zu ihnen dauerhaft schaden und ihn kluger Mitarbeiter berauben, aber es war der einzig sichere Weg.

Erneutes Klopfen unterbrach ihn. Er ging zu seiner Tür, öffnete sie und bekam einen riesigen Umschlag überreicht.

Cruz kehrte zu seinem Schreibtisch zurück und holte vier Phantombilder daraus hervor, legte diese nebeneinander und verglich sie mit Briones Skizze. Das Einzige, was dem nahe kam, war das Bild aus der Kirche, und auch das nur mit Fantasie. Trotzdem, es gab eine Ähnlichkeit beim Kinn und der Nase. Dies sagte ihm, dass El Rey vermutlich genauso aussah wie etwa zwanzig Prozent aller jungen Männer in Mexiko.

An manchen Tagen lief es eben nicht so gut.

KAPITEL ELF

Cruz begrüßte seine Verbündeten von der US-Drogenbehörde in seinem Büro und schloss die Tür. Seit Jahren arbeitete er eng mit John Rode und Bill Stephens zusammen. Sie waren nicht unbedingt Freunde zu nennen, dennoch empfanden die Männer Respekt füreinander. John und Bill machten diesen undankbaren Job seit mehr als einem Jahrzehnt – sie versuchten einen Korken auf einen Feuerwehrschlauch zu setzen, aus dem sich die Drogenerzeugnisse täglich in die Vereinigten Staaten ergossen. Sie waren des Lebens überdrüssig, hatten einen Werdegang voller Enttäuschung hinter sich und wussten, dass sie eine Schlacht kämpften, die sie niemals gewinnen konnten. Die USA war seit Generationen der größte Abnehmer illegaler Drogen, und unabhängig davon, welche Schritte unternommen wurden, es würde auch weiterhin so sein. Der Versuch, das zu stoppen, indem der Nachschub abgeschnitten wurde, verlief ähnlich wie die Anstrengungen zur Verhinderung des Alkoholkonsums während der Prohibition. Dieses Experiment war nicht gut verlaufen, und das galt auch für den Drogenkrieg.

John und Bill waren aus Anlass einer Podiumsdiskussion zum Thema Strafverfolgung im 21. Jahrhundert in der Stadt, und Cruz hatte sie eingeladen, mal vorbeizukommen und sich seine Operationen anzuschauen. Sie hatte beschlossen, um elf am Montagmorgen einzutreffen und dann eine schnelle, informelle Führung zu erhalten. Sie machten einige lobende Bemerkungen, zogen sich danach in sein Büro zurück und machten es sich gemütlich. Beide

Amerikaner sprachen fließend Spanisch. Sie fachsimpelten eine Weile, verglichen Notizen und tauschten Kriegsgeschichten aus. Dann kam Cruz zum Kernpunkt der Sitzung.

»Welche Art von Kontakten mit dem Secret Service oder der NSA haben Sie?«, platzte Cruz heraus.

»Warum, denken Sie über einen Seitenwechsel nach?«, fragte John.

Als das Lachen verebbte, sagte Cruz: »Nein, ich dachte nur über Vorgehensweisen bei potenziell beunruhigenden Neuigkeiten über ein Attentat auf den Präsidenten nach.«

Die Raumtemperatur fiel um mehrere Grad.

»Wovon sprechen Sie?« Bill lehnte sich zu Cruz hinüber, der nun die uneingeschränkte Aufmerksamkeit der beiden Männer hatte.

»Es begann alles mit einem Auftragsmörder. Ein Killer, der in Mexiko dafür berühmt ist, das Unmögliche zu bewerkstelligen. Er wird in der Boulevardpresse El Rey genannt …«, fuhr Cruz fort, seine Ermittlungsergebnisse bis dato zu erläutern. Dazu gehörte auch die Theorie über den G-20-Gipfel als wahrscheinlichen Tatort.

Abgesehen von dem frustrierten Summen einer Fliege am Fenster war es im Raum vollkommen still. John brach als Erster das Schweigen. »Ich verstehe Ihr Problem. Ihr Sicherheitsdienst wird auf der Grundlage einer Ermittlung nicht eingreifen, auch wenn die Indizien überzeugend sind«, äußerte er seine Vermutung.

»Das ist wahrscheinlich in Ihrem Land das Gleiche. Niemand will den Kopf hinhalten und dann falschliegen. Es ist stets einfacher, auf Nummer sicher zu gehen, als das Richtige zu tun …«, sagte Cruz.

»Manche Dinge ändern sich nie, egal auf welcher Seite der Grenze Sie stehen«, stimmte Bill zu.

»Ich habe mir überlegt, dass ich vielleicht durch die Hintertür reinkommen und mich auf unsere Beziehung stützen kann. Deshalb müsste ich von Ihnen wissen, ob Sie jemanden in einer der Dienststellen kennen, der mir hierbei weiterhelfen könnte.«

»Meine Schwägerin arbeitet tatsächlich bei der NSA, das könnte ein guter Anfang sein«, sagte Bill.

»Verfügen Sie nicht über Beziehungen zu Dienststellen, die eng genug sind, dass man von Angesicht zu Angesicht sprechen könnte?«, hakte Cruz nach.

»Es scheint so, dass unsere Beziehung zur NSA ähnlich gestaltet ist wie die Ihre zu Ihrem Geheimdienst. Und wir haben null Kontakt zum Secret Service. Also, von dort ist keine Hilfe zu erwarten. Dennoch würde ich das als eine formelle Tatbestandsaufnahme notieren und entsprechend weiterleiten. Ich erhoffe mir allerdings nicht viel davon, und zwar wegen der gleichen Vorbehalte, auf die Sie bei Ihrem Team gestoßen sind«, meinte Bill.

Cruz erhob sich, ging zum Fenster und öffnete es, um die Schmeißfliege in die Hitze des Tages entkommen zu lassen. Er seufzte und sagte: »Das ist so frustrierend. Ich weiß, dass ich recht habe, und dennoch kann ich die Aufmerksamkeit der Dienststellen, deren Anliegen die Staatssicherheit sein sollte, nicht bekommen. Es ist wirklich unglaublich.«

»Willkommen bei der Regierung!«, sagte John.

Nachdem die Amerikaner gegangen waren, näherte sich Briones Cruz' Büro. Er blieb höflich an der Tür stehen, bis Cruz von seinem Papierkram aufblickte und ihn bemerkte.

»Ja, Lieutenant. Was gibt es?«

»Wir bekamen eine Rückmeldung von unserem Büro in Culiacán. Sie haben jemanden, der behauptet, er habe Informationen über El Rey. Er sei bereit, zu reden, aber er will wissen, was er im Gegenzug für die Zusammenarbeit erwarten kann«, teilte ihm Briones mit.

Cruz legte seinen Stift beiseite. »Welche Art von Informationen?«

»Über seine Lebensumstände. Er sagte, dass er uns viel darüber erzählen könne, wo El Rey herkommt, und das sei alles überprüfbar.«

»Wie lautet seine Anklage?«, fragte Cruz und dachte bei sich, dies wäre zu schön, um wahr zu sein.

»Einbruch.«

»Was? Ein zwielichtiger Dieb weiß alles über El Rey? Wie wahrscheinlich erscheint Ihnen das?«, spottete Cruz.

»Nicht sehr. Aber andererseits … Sie wollten alles über jede Spur erfahren, sodass ich dachte, ich sollte es Ihnen unterbreiten«, sagte Briones und wandte sich zum Gehen.

»Nicht so voreilig. Welche Art von Einbruch? Wissen Sie etwas darüber?«, fragte Cruz nach.

»Das Übliche. Einbruch in Häuser, Wertsachen stehlen. Nichts Gewalttätiges.«

»Ich nehme an, es lohnt sich, zumindest mit ihm zu reden. Können wir ihn hierher einfliegen?«, fragte Cruz.

»Ich habe mich bereits erkundigt. Sie sagten, wenn wir die Tickets bezahlen, würden sie einen ihrer Männer mit dem Gefangenen schicken. Sie klangen nicht allzu sehr daran interessiert, ihn hierherzuschaffen.«

»Das kann ich mir vorstellen.« Cruz überlegte. »Fein. Veranlassen Sie das. Buchen Sie aber nicht gerade erste Klasse für die beiden.«

»Morgen früh gibt es einen Flug«, sagte Briones. »Der kommt am Mittag an, und dann ist der Rückflug um drei. Sie werden also nur für ein paar Stunden hier sein. Wollen Sie, dass ich einen Besprechungsraum am Flughafen arrangiere? Das ist vielleicht praktischer, als sie durch die Stadt zu schleppen und sich durch den Straßenverkehr zu quälen. Was wir überhaupt nicht brauchen können, ist, dass sie den Rückflug verpassen.«

»Sicher. Wir können in einer oder zwei Stunden wieder hier sein.«

»Er wird wissen wollen, was wir bereit sind, für ihn zu tun – Sie müssen das ansprechen. Was können wir also tatsächlich anbieten?«, wollte Briones wissen.

»Das kommt darauf an. Ich nehme an, wir könnten immer einige Gefälligkeiten austauschen und die Anklage fallen lassen, aber es müsste eine verdammt gute Geschichte sein, um diese Karte auszuspielen. Wir bekommen eher eine Reduzierung der Haftstrafe, wenn er nicht tonnenweise Vorstrafen hat. Es hängt auch davon ab, wo er sich im System befindet. Wenn der Staatsanwalt ihn noch nicht in seinen Fingern hat, liegt es ganz an uns, und wir können tun, was wir wollen.«

»Ich würde gerne Culiacán anrufen und alles dazu herausfinden, bevor wir uns mit ihm zusammensetzen.« Briones machte eine Pause und schaute ein wenig verlegen aus. »Sir, ich will Ihnen nur sagen, es tut mir leid, dass ich El Rey vorbeihuschen ließ. Ich hatte dieses seltsame Gefühl, dass etwas nicht stimmt, aber ich habe nicht auf mein Bauchgefühl …«

»Ziehen Sie Ihre Lehre daraus, Lieutenant. Wenn Ihnen Ihr Instinkt das nächste Mal etwas sagt, dann folgen Sie ihm. Unterdrücken Sie ihn nicht. Es könnte Ihr Leben retten. Jetzt raus hier, und besorgen Sie diesem Dieb einen Flug«, sagte Cruz und wandte seine Aufmerksamkeit widerwillig wieder dem Haufen Schriftstücke zu.

»Ich bin schon dran. Ach ja, und vielleicht sollten wir die Skizzen mitnehmen – und eventuell auch ein paar falsche zur Kontrolle daruntermischen? Vielleicht kann er den echten El Rey identifizieren …«, schlug Briones vor.

»Prima Idee! Wenn er das kann, wäre das unser erster richtiger Durchbruch. Ich würde sagen, der wäre jetzt auch mal fällig.«

Am darauf folgenden Tag warteten Cruz und Briones am Flugsteig, als das Flugzeug zur Gangway gezogen wurde. Die ersten Passagiere, die herauskamen, waren ihre Männer – einer der Vorteile eines Bundesbeamten war, dass man bei den Fluggesellschaften Prioritäten bekommen und durchsetzen konnte. Die Begleitung war ein überaus muskulöser, etwa dreißigjähriger Veteran der Truppe in einem der gefährlichsten und gewalttätigsten Epizentren der Drogenkriege.

Er sah bedrohlich und hart aus, was er wohl auch war. Man überlebt als Bundesbeamter nicht jahrelang in einer Kampfzone, indem man vorgibt, hart zu sein. Abgesehen von Ciudad Juarez an der Grenze zu Texas gab es keine mexikanische Stadt, die gefährlicher war als Culiacán, die Heimat des ursprünglichen Paten und nicht nur die Hauptstadt von Sinaloa, sondern auch des Sinaloa-Kartells.

Der Gefangene hatte die schlanke Statur eines Wiesels und war ein Mann von mindestens fünfundfünfzig Jahren – und er sah aus, als ob er jeden Tag nur Armut und Not gesehen hätte. Er hatte die hängenden Schultern und den gebeugten Gang eines Mannes, der vom Leben stark gebeutelt worden war und nun versuchte, jedes weitere Leid zu vermeiden. Seine Haut hatte das ledrige Aussehen von jemandem, der sein Leben im Freien verbrachte – der Teint eines Tagelöhners oder eines Bettlers. Als er in Richtung Briones und Cruz geleitet wurde, konnte er nur langsam gehen, was sowohl an seinem ausgeprägten Hinken als auch an den Handschellen an seinen Handgelenken lag.

Der Beamte reichte Cruz und Briones seine Hand zur Begrüßung, ohne eine Miene zu verziehen.

»Ich bin Lieutenant Marquez. Freut mich, Sie beide zu treffen. Wohin gehen wir?«, fragte er nach dem Händeschütteln.

»Wir haben einen Konferenzraum drüben in der Suite des alten Mexicana Club gebucht. Folgen Sie mir«, wies Cruz sie an und ging schnell in Richtung des Hauptterminals. Die anderen folgten, Briones blieb jedoch mit dem Gefangenen und Marquez etwas zurück.

Sie erreichten ihren Bestimmungsort, wo ein Sicherheitsmann des Flughafens den Raum öffnete und fragte, ob sie noch etwas brauchten. Cruz inspizierte den Raum, in dem eine Kühlbox mit Wasser und Softdrinks und ein paar in Zellophan eingewickelte Sandwiches zur Verfügung standen. Die Gruppe ließ sich um den Konferenztisch nieder, und der Gefangene legte seine knotigen, gefesselten Hände auf den Tisch – seine gebrochenen Nägel und verhärteten Schwielen waren ein weiterer Beweis eines Lebens am Existenzminimum.

Marquez räusperte sich: »Das ist Rodrigo Moreno. Er ist angeklagt, in mehrere Wohnungen in Culiacán eingebrochen zu sein, und wurde vor vier Tagen verhaftet. Er wurde erwischt, als er gerade mit einer Hi-Fi-Anlage und ein paar Schmuckstücken aus einem Erdgeschossfenster herauskletterte. Wir fragten ihn nach El Rey, wie wir das bei allen Häftlingen tun müssen, und er deutete an, dass er Informationen hätte, die er bereit wäre zu teilen.« Marquez lehnte sich zurück, seine Aufgabe war erledigt, bis er den Mann zurück zum Flugzeug bringen musste.

»Ein Tauschgeschäft. Ich habe Informationen, mit denen ich handeln will«, sagte Moreno, während seine gelbstichigen Augen von Briones zu Cruz wanderten, was ihm das Aussehen eines Fuchses oder eines anderen wilden Tieres verlieh, das sich in einem rauen Lebensraum behaupten musste.

»Ich bin Captain Cruz, der Leiter der Kartell-Spezialeinheit für Mexico City. Ich bin an Ihren Informationen interessiert. Wenn sie in irgendeiner Weise wertvoll sind, bin ich bereit, eine Art gerechten Tausch in Betracht zu ziehen«, sagte Cruz. »Aber ich bin nicht bereit, über die Bedingungen zu sprechen, bis Sie uns sagen, was Sie wissen. Ich werde Sie nicht hintergehen, aber ich habe auch nicht viel Zeit zum Verhandeln. Entweder sprechen Sie und dann bekommen Sie Ihre Belohnung, vorausgesetzt, Ihre Informationen sind nicht komplette Rattenscheiße, oder Sie gehen ins Gefängnis von Culiacán und verrotten dort – einer der tödlichsten Orte des Landes, wenn ich mich nicht irre«, fügte er hinzu.

»Das ist nichts im Vergleich zur Straße«, bemerkte Moreno.

»Mag sein. Aber die Frage ist: Wollen Sie die nächsten Jahre dort verbringen, oder wollen Sie verhandeln?«

»Natürlich möchte ich verhandeln. Aber woher weiß ich, dass Sie mich nicht reinlegen werden?«, fragte Moreno.

»Sie müssen darauf vertrauen, weil ich Sie hier mit erheblichem Aufwand einfliegen ließ und nun hier vor Ihnen sitze, anstatt die Operationen von Mexikos Anti-Kartell-Spezialeinheit zu leiten. Ich sitze hier und höre mir an, was Sie zu sagen haben. Ich handle ehrenhaft, falls sich Ihr Bericht als wahr herausstellen sollte«, erwiderte Cruz.

Moreno betrachtete ihn misstrauisch. »Das ist leicht gesagt. Wenn ich jedes Mal einen Peso bekommen würde, wenn mir jemand sagte, dass er mich nicht hintergehen würde, und es dann doch tut, hätte ich …«

Cruz schob sich vom Tisch weg und stand auf. »Officer Marquez? Es war mir ein Vergnügen, Sie kennenzulernen. Tut mir leid, Sie bemüht zu haben, dieses wertlose Stück Scheiße durch das halbe Land hierherzuschleppen. Dieses Treffen ist jetzt beendet. Stellen Sie sicher, dass Ihr Gefangener in Culiacán die volle Härte der Strafe zu spüren bekommt«, wies Cruz an.

Morenos Gesichtszüge zerbröckelten. Er fiel sichtlich in sich zusammen. Er hatte seine beste Karte ausgespielt und verloren.

»Warten Sie! Es tut mir leid. Ich wollte Sie nicht beleidigen. Ich nehme Ihren Vorschlag an. Bitte …«

Cruz fixierte Moreno mit einem wütenden Blick.

»Wir wollen eines mal ganz klarstellen. Sie diktieren hier nicht die Bedingungen oder beschweren sich oder drücken hier etwas anderes als Dankbarkeit dafür aus, dass jemand so Wichtiges wie ich hier sitzt und etwas in Erwägung zieht, was wahrscheinlich ein leicht widerlegbarer Haufen Lügen ist – in diesem Fall wird Ihre Gefängniszeit so aussehen, dass Ihnen eine Massenvergewaltigung in Kalkutta wie eine Reise zum Karneval nach Rio erscheinen wird. Hier ist also mein Angebot: Sie reden. Ich höre zu. Dann entscheide ich, was Ihre Geschichte wert ist. Es gibt kein anderes Angebot. Sie haben fünf Sekunden, um zu akzeptieren oder abzulehnen. Jetzt haben Sie vier«, diktierte Cruz.

»In Ordnung. Fein. Ich nehme das Angebot an. Setzen Sie sich. Bitte! Ich verspreche, dass es keine Zeitverschwendung für Sie sein wird«, sagte Moreno.

»Schön und gut. Fangen Sie an zu reden. Aber ich warne Sie«, sagte Cruz.

»Kann ich etwas Wasser haben?«, bat Moreno, der durch die angedrohte Abweisung einsichtig geworden war. Marquez schraubte eine Plastikflasche auf und reichte sie ihm. Moreno hob sie mit den gefesselten Händen hoch und trank gierig, bevor er sie bis zur Hälfte geleert vor sich auf den Tisch stellte.

»Es begann alles in Tijuana vor etwa zehn Jahren.«

Tijuana, Mexiko, vor neun Jahren

Ein großes ummauertes Gelände thronte auf einer Klippe in der Nähe des Stadtrandes, von wo aus man die Stadt überblicken konnte, in der im Sonnenlicht des späten Vormittags geschäftiges Treiben herrschte. Es glich einem kleinen Gefängnis, mit einem Dutzend schwer bewaffneter Männer, die in Zivilkleidung an der Grenze patrouillierten. Es war eines der größten Anwesen in der berüchtigten Grenzstadt mit über einer Million Menschen und bot einen beeindruckenden Anblick am Ende der Zufahrtsstraße.

Ein Cadillac Escalade fuhr bis vor die Tore, und nach einem Blick der Wachen durch das Fahrerfenster rollten die verstärkten

Eisengitter nach oben. Sie waren so konstruiert, dass sie selbst einen Panzer aufhalten konnten. Der Escalade rollte auf einen Parkplatz vor dem Haupteingang, wo drei Passagiere aus dem Fahrzeug stiegen. Der SUV war stark gepanzert, ein Spezialauftrag von einer Firma in Dallas, Texas, die Transportmittel für Staatsoberhäupter und andere hohe Tiere baute. Er konnte eine Handgranatenexplosion überstehen, und Schüsse prallten buchstäblich von ihm ab. Das Fensterglas war aus einem speziellen Polymer, das selbst panzerbrechenden Geschossen widerstehen konnte, und die Reifen konnten noch dreißig Kilometer weit rollen, nachdem sie in Stücke geschossen worden waren. Dieser ganze Schutz war nicht billig – die Fahrzeuge kosteten hundertfünfzigtausend Dollar pro Stück.

Auf dem Gelände gab es drei davon.

Die Männer näherten sich der Haustür, und der jüngste und größte, der zwischen seinen zwei älteren Begleitern stand, hielt seine Hände über dem Kopf hoch, während einer der bewaffneten Männer ihn professionell filzte und dann seinen Körper mit einem elektronischen Überwachungsstab abtastete, um Abhör- oder Aufnahmegeräte zu entdecken. Sie erhielten die Erlaubnis, das Haus zu betreten, und der Mann, der den Neuankömmling gefilzt hatte, deutete den Besuchern an, ihm zu folgen.

Hauspersonal war geschäftig dabei, Böden und Fenster zu reinigen, als die Prozession sich auf den Weg zur großen Terrasse machte, auf der der Besitzer des Anwesens, einer der berüchtigtsten Kartellbosse in Mexiko, in einem weißen Frottee-Bademantel Espresso schlürfte. Bei ihm war eine junge Frau, die ein Drittel seines Alters hatte und auch im Bademantel dasaß, obwohl sie diesen mit deutlich mehr Stil ausfüllte.

Felix Montanegro begutachtete die Neuankömmlinge, beugte sich dann vor und murmelte etwas in das zerzauste Haar seiner jungen Gesellschafterin. Sie lächelte, erhob sich dann und ging ins Haus, wobei ihre nackten Füße leise über den großzügigen italienischen Marmorboden tappten. Montanegro gebot dem jungen Mann mit einer Handbewegung, sich zu setzen, und schnippte mit seinen Fingern nach dem Service-Personal, das in einem diskreten

Abstand außer Hörweite wartete. Eines der Mädchen eilte davon, um dreißig Sekunden später wieder mit einer Tasse Kaffee für den Gast zu erscheinen. Ein Gärtner trimmte geflissentlich Efeu an einem Ende der Terrasse, darauf bedacht, Abstand zum kleinen Onyx-Tisch zu halten, an dem die beiden Männer saßen. Die beiden schwergewichtigen Begleiter zogen sich ins Haus zurück, zwanzig Meter von der Terrasse entfernt, von wo aus sie für Montanegro in Sekundenschnelle zur Stelle sein konnten, wenn er sie brauchte.

Montanegro betrachtete den jungen Mann, lehnte sich in seinem Stuhl zurück und zog eine Zigarette aus einen goldenen Etui auf dem Tisch. Das Dienstmädchen eilte an seine Seite und zündete sie für ihn an. Er schien sie nicht zu registrieren, sondern studierte weiter das Gesicht seines Gastes, das nichts verriet.

»Sie sind also das Wunderkind, das all das erreichen konnte, von dem jeder sagt, dass es nicht zu machen ist«, begann Montanegro herzlich.

Der junge Mann nickte, wobei sich seine Mundwinkel fast unmerklich in ein verschleiertes Lächeln verzogen.

»Das ist beeindruckend. Wirklich beeindruckend. Ich habe so was noch nie erlebt. Ich dachte, es wäre unmöglich, die letzten drei Verträge zu erfüllen, ohne selbst getötet zu werden, aber hier sind Sie … und ohne den geringsten Kratzer.« Montanegro schnippte die Asche seiner Zigarette in einen rechteckigen Metallbehälter, der mit sehr stilisierten Schädeln verziert war, zum Gedenken an den mexikanischen Totengedenktag, Dia de Los Muertos. Er nahm einen Zug von seiner Zigarette und fuhr fort, während er den Rauch nach oben blies.

»Ich wollte Sie kennenlernen. Ich wollte das Phantom sehen, das solch ein Aufsehen unter den illustren Mitgliedern meiner Gruppe hervorrief, wie auch in der Bevölkerung von Tijuana. Wie ich höre, wird in den Restaurants und Cantinas in heller Aufregung von Ihren Abenteuern gesprochen – von dem Mann, den sie ›El Rey‹ nennen.«

»Worüber Menschen tratschen, spielt keine Rolle. Was zählt, sind Ergebnisse«, räsonierte der junge Mann und sprach damit das erste Mal, seit er den Escalade bestiegen hatte.

»Ah. Sie haben ja doch eine Zunge. Gut. Ja, Sie haben recht, es sind die Ergebnisse, die zählen. Alles andere ist nur Lärm für Narren und Dummköpfe.« Montanegro trank seinen Espresso. »Aber wie ich höre, haben Sie Ihren Preis für den nächsten Vertrag erhöht, ja? Darf ich fragen, warum? Hier herrscht ein hoher Wettbewerb, sodass Sie sich selbst mit zu hohen Forderungen aus dem Markt manövrieren, zumindest aus meiner Sicht.«

Der junge Mann fuhr mit einer Hand über sein Gesicht, auf dem ein Dreitagebart spross. Er zog sein schwarzes, langärmeliges Hemd zurecht. »Ich habe gezeigt, wozu ich fähig bin. Wenn Sie mich anheuern, erhalten Sie garantierte Ergebnisse. Das ist mehr wert als jemand, der es versucht und dabei vielleicht keinen Erfolg hat«, rechtfertigte sich der junge Mann.

»Ha! Nun ja, da haben Sie wohl recht. Sie haben eindrucksvoll geliefert, mein junger Freund. Deshalb möchte ich Ihnen eine Position in meiner Gruppe anbieten. Sie können Ihren Preis nennen«, sagte Montanegro.

Der junge Mann schien den Vorschlag zu prüfen und griff dann hinüber zur Kaffeetasse, um offenbar fasziniert das Muster im Porzellan zu betrachten. Er sprach nicht, und ein paar Sekunden dehnten sich zu einer halben Minute unangenehmen Schweigens aus.

»Ich fühle mich geschmeichelt von dem Vorschlag, aber leider kann ich ihn nicht annehmen. Ich verrichte meine Arbeit am besten alleine, auf Vertragsbasis, und es würde nicht funktionieren, für keinen von uns, wenn ich nur für Sie arbeiten würde. Nichts für ungut, und wenn ich jemals erwäge, meine Karriere als unabhängiger Auftragnehmer zu beenden, wären Sie der Erste, an den ich mich wenden würde. Aber, nein, es würde überhaupt nicht funktionieren, und wir wären beide unzufrieden mit den Ergebnissen. Also muss ich respektvoll ablehnen.«

Montanegro sah den jungen Mann mit einem hasserfüllten Blick an, während dieser sprach, und als er fertig war, schlug er mit seiner Hand voller Zorn auf den Tisch.

»Sie kleiner Scheißhaufen. Haben Sie eine Ahnung, mit wem Sie reden? Es war kein Vorschlag. Wenn ich Ihnen sage, Sie arbeiten für mich, dann werden Sie für mich arbeiten, und die korrekte Antwort lautet: ›Vielen Dank, Don Felix, ich fühle mich geehrt, dass Sie mich wollen.‹ Ich habe selten jemanden erlebt, der mir eine Abfuhr erteilt hat, und all diejenigen, die das wagten, sind tot. Das ist also ein einmaliges, einseitiges Angebot. Entweder akzeptieren Sie es, oder meine Männer werden Ihnen eine Kugel ins Gehirn jagen und Sie an die Straßenhunde verfüttern. Verstanden?«, zischte Montanegro.

Der Gesichtsausdruck des jungen Mannes veränderte sich nicht. Er schien gelassen, fast wie ein Engel, unbeeindruckt von der Wendung der Besprechung. Er schien die Worte Montanegros zu bedenken und beugte sich dann nach vorne, um sicherzustellen, dass nur der Kartellboss ihn hören konnte.

»Ich trinke keinen Kaffee. Ich mag ihn nicht.«

Montanegro war verwirrt über diese Bemerkung.

»Was kümmert es mich, ob Sie Kaffee mögen oder nicht? Verdammt noch mal! Haben Sie mir nicht zugehört?«, knurrte Montanegro.

»Doch, ich habe Sie schon verstanden. Ich wollte nur, dass Sie wissen, dass ich Kaffee nicht mag, vor allem, weil er meine Körperchemie in einer Weise verändert, die nicht verträglich ist.« Montanegro sah aus, als ob sein Kopf gleich explodieren würde. »Aber es gibt noch einen anderen Grund. Letzte Nacht huschte ich in Ihr Haus, umging dabei Ihre lächerlichen Sicherheitsvorkehrungen und behandelte Ihr Kaffeepulver mit einem Nervengift, das Sie innerhalb von sieben Stunden nach Einnahme umbringen wird, wenn ich Ihnen kein Gegenmittel gebe, wovon ich schon ein wenig eingenommen habe, für den Fall, dass Sie mich zwingen, auch Kaffee zu trinken. Jedes Labor in Tijuana wird Tage brauchen, um herauszufinden, um welches Gift es sich handelt oder welches Gegenmittel nötig ist. Inzwischen werden Sie längst tot sein. Selbst in den USA würde es mehr als sieben Stunden dauern. Und ich vermute, das ist nicht Ihre erste Tasse heute Morgen, sodass Sie weniger Zeit haben. Vielleicht sechs?«, schätzte der junge Mann. Seine Stimme war dabei so leise, dass Montanegro ihn nur unter Anstrengung hören konnte.

Montanegros Pupillen verengten sich zu winzigen Punkten, und seine Hände begannen vor Wut zu zittern.

»Sie sind ein toter Mann, Sie kleiner Arschficker. Tot!«

»Don Felix. Ich habe diesen Schritt gemacht, weil es mir zu Ohren kam, dass Sie möglicherweise wenig Verständnis haben werden, wenn ich Ihr Angebot ablehne. Ich wollte nicht respektlos sein. Ich musste einfach sicherstellen, dass ich eine gute Verhandlungsbasis habe.« El Rey beugte sich noch näher heran. »Ich wurde vor drei Tagen von einem Ihrer Feinde angesprochen, der mir eine halbe Million Dollar bot, um Sie zu töten. Ich sagte ihm, dass ich es in Erwägung ziehen werde. Ich habe ihm noch nicht geantwortet. Um es auf den Punkt zu bringen: Wenn wir uns einigen können und ich weiterhin in Ihrem Auftrag arbeite, werde ich diese Art von Anfragen ablehnen. Ehrlich gesagt hätte ich Ihnen letzte Nacht die Kehle durchschneiden und danach die halbe Million einstecken können, aber ich tat es nicht. Stattdessen kam ich her, hörte mir Ihren Vorschlag respektvoll an, lehnte ihn höflich ab, und dann nahmen die Dinge leider eine unglückliche Wendung.«

Montanegro sagte nichts. Starrte ihn nur an. Aber der junge Mann konnte sehen, dass er jetzt seine Chancen berechnete, anstatt zu reagieren. Das war gut.

»Ich mag meine Arbeit«, fuhr El Rey fort. »Ich genieße sie. Ich genieße auch Klienten, die pünktlich bezahlen und sich an ihre Versprechen halten. Sie sind ein ehrenwerter Mann, der immer wie vereinbart bezahlt hat, deshalb arbeite ich gerne für Sie. Ich will nicht, dass Ihnen etwas zustößt.« Der junge Mann seufzte. »Hier ist mein Gegenvorschlag: Wir kommen überein, dass ich Sie nicht töte. Ich gebe Ihren Männern das Gegenmittel, wenn sie mich an einem Ort meiner Wahl abgesetzt haben. Das Gegenmittel wird für Sie, Ihre Begleiter und wer sonst noch Ihren Kaffee heute Morgen getrunken hat, ausreichen. Es wird keine negativen Auswirkungen geben, sofern Sie es innerhalb der nächsten …«, der junge Mann schaute auf seine Uhr, »Stunde oder so einnehmen. Und als weiteren Anreiz für Sie, um es zum Positiveren zu wenden, werde ich Ihren Feind, einen der Kartellbosse, gegen den Sie seit den letzten sechs Monaten Krieg führen, innerhalb von achtundvierzig Stunden zum Vertragspreis von einer Million Dollar eliminieren; zu Ihrer vollen

Zufriedenheit. Der Grund dafür, dass der Preis eine Million beträgt, liegt darin, dass ich für Ihren Vertrag die andere halbe Million in den Wind schreibe. Deshalb erwarte ich, dass Sie das kompensieren werden.« Der junge Mann lehnte sich zurück und beäugte Montanegro gleichgültig.

Montanegro schien einen inneren Kampf auszufechten, einen Kampf in seinem Kopf.

»Sie sind wahnsinnig!«

Der junge Mann setzte ein Lächeln auf, das seinem Gegenüber das Blut in den Adern gefrieren ließ – das Blut eines Mannes, der Dutzende selbst getötet hatte und die Hinrichtung von Hunderten befahl.

»Das kann gut sein. Aber die Frage ist, wollen Sie mich auf Ihrer Seite haben, oder ist es Ihnen lieber, dass ich gegen Sie arbeite? Wenn gegen Sie, dann müssen Sie nichts weiter tun als abzuwarten, und Sie werden das Ergebnis dieser Entscheidung heute um zwei Uhr, vielleicht um halb drei sehen. Die Auswirkungen sind sehr schmerzhaft und an diesem Punkt unumkehrbar. Der Iraner, der es mir verkauft hat, sagte, dass Gefangene, an denen sie es getestet haben, sich die eigene Haut herunterrissen, um die … Beschwerden zu mindern.« Er fixierte den Don mit einem durchdringenden Blick. »Mich interessiert nicht, ob ich morgen noch lebe oder nicht. Die eigentliche Frage ist, ob Sie es tun. Aus dieser Sicht der Dinge wird die richtige Antwort kommen.«

Montanegro sah ihn nun in einem neuen Licht. Der junge Mann stellte sich vor, dass der Mann auf diese Weise eine Kobra betrachten würde, die zusammengerollt auf dem Tisch lag und im Begriff war, zuzuschlagen. Verschwunden waren die Wut und die Selbstüberschätzung. Er wusste bereits, wie die Antwort lauten würde – Don Felix war sicherlich ein Mann, der leben wollte.

Montanegro schlug erneut mit seiner Hand auf den Tisch, warf seinen Kopf zurück und lachte ein ungläubiges Gelächter vor nervöser Erleichterung.

»Verficktes Arschloch! Sie sind wirklich gut, wissen Sie das? Ich habe vielen gegenübergesessen, aber Sie schlagen alles. Alles klar dann. Wir haben einen Deal. Eine Million, und er ist innerhalb von achtundvierzig Stunden ein toter Mann. Ich bekomme das Gegenmittel innerhalb einer Stunde. Übrigens, wessen Auslöschung bezahle ich?«

»Antonio Palomino. Der Kopf des Chiapas-Kartells. Ich weiß, wo er abgestiegen ist. Nicht in Tijuana übrigens, aber das soll Sie nicht interessieren. Ich will die Hälfte des Geldes jetzt, und die andere Hälfte, wenn der Auftrag erfüllt ist.« Er blickte wieder auf seine Uhr. »Ich würde lieber nicht zu viel Zeit für die Besorgung des Geldes verschwenden.«

Montanegro erhob sich und schüttelte dem jungen Mann die Hand.

»Es dauert ein paar Minuten, um es zu zählen.«

Eine halbe Stunde später setzte der Escalade den jungen Mann in einer heruntergekommenen Gegend in der Nähe der berüchtigten Mauer ab, die Mexiko von den USA trennte. Er beauftragte den Fahrer, um den Block zu kreisen, er würde ihn dann an der Ecke vor dem kleinen Gemischtwarenladen in zehn Minuten wiedertreffen. Der schwere SUV röhrte die Schotterstraße hinunter, und als er außer Sichtweite war, verschwand der junge Mann in einem der verkommenen Betonplattenhäuschen. Wenige Minuten später kam er mit einer Aspirinflasche zurück, die zur Hälfte mit klarer Flüssigkeit gefüllt war. Er hob die Schulterriemen der Laptoptasche mit dem Bargeld hoch und schlenderte zum Laden. Er hielt an, um mit den paar losen Pesos, die in seiner Hosentasche klimperten, eine Flasche Wasser zu kaufen. Der Escalade fuhr zwei Minuten später heran, er näherte sich ihm und deutete dem Fahrer an, das Fenster nach unten zu rollen.

Das geschwärzte, zolldicke Glas glitt nach unten.

»Warten Sie, bis Sie mich um die Ecke gehen sehen. Wenn ich weiß, dass ich sicher bin, werde ich dieses Telefon anrufen und Ihnen sagen, wo das Gegenmittel ist. Seien Sie vorsichtig damit. Lassen Sie es nicht fallen. Das ist alles, was es dazu gibt. Sagen Sie Don Felix, er soll es gut schütteln, bis das weiße Pulver am Boden vollständig aufgelöst ist, und dann soll er einen Esslöffel davon oral einnehmen, und alle anderen Betroffenen auch. Solange sie das in den nächsten vierzig Minuten tun, wird nichts passieren. Die Dosis reicht nur für acht Personen, vergeuden Sie also nichts. Verstanden?«, fragte der junge Mann.

Der Fahrer nickte und nahm das angebotene Handy aus El Reys ausgestreckter Hand.

Sicher, dass die Männer ihn nicht erschießen würden, schritt er auf die andere Straßenseite und ging dann den Block hinunter. Er blickte über die Schulter zurück, bevor er um die Ecke ging und aus der Sicht verschwand. Die Männer saßen unruhig da. Wenige Minuten später zwitscherte das Telefon.

»Gehen Sie in den Laden hinein. Ich habe das Gegenmittel bei der Frau an der Theke hinterlegt. Ach, und Sie schulden ihr fünfhundert Pesos dafür. Lassen Sie Don Felix wissen, dass ich innerhalb von siebenundvierzig Stunden Kontakt aufnehmen werde, um die Erfüllung unseres Vertrages zu bestätigen und um die zweite Hälfte der Bezahlung zu arrangieren. Und noch einmal: Seien Sie vorsichtig mit der Flasche des Gegenmittels, und nicht mehr als ein Esslöffel pro Person. Noch Fragen?«

»Nein. Ich habe verstanden.«

Der junge Mann beendete den Anruf, fuhr mit seinem Truck die Schotterstraße entlang und schlängelte sich durch den Verkehr zur Autobahn, die ihn entlang der Küste nach Süden führte. Er fragte sich, ob der Kartellboss merken würde, dass das Gegenmittel aus Wasser mit ein wenig darin gelöstem Viagra bestand. Wahrscheinlich nicht. Am Ende spielte es keine Rolle. Montanegro würde froh sein, wenn sein Rivale hingerichtet war. El Rey würde seinen neuen Preis von einer glatten Million durchgesetzt haben, und somit müsste er nur einen Coup pro Jahr landen, um wie ein König zu leben. Er vermutete, dass er seinen Preis in ein paar Jahren wohl wieder erhöhen müsste, nur um den Schein zu wahren.

Eines war jedoch sicher: Montanegro würde ihn für jede andere hochwichtige Exekution einsetzen, die er durchgeführt haben wollte, egal was es koste. Geld bedeutete dem Mann nichts. Und er würde sich – auch dies gehörte wie eine stillschweigende

Vereinbarung dazu – nicht mit irgendwelchen Sanktionen gegen El Rey wenden. Das war unbezahlbar.

Genauso unbezahlbar wie der Ausdruck auf Montanegros Gesicht, als El Rey sich spontan die Geschichte über das mystische Gift ausgedacht hatte.

Er summte vor sich hin, als er auf die Mautstraße in Richtung Ensenada fuhr.

KAPITEL ZWÖLF

Flughafen Benito Juarez, Mexico City, Gegenwart

Cruz starrte auf den kleinen Mann und überlegte, ob er ihm glauben sollte oder nicht. Er erhob sich und begann, im Zimmer herumzuschreiten, was er immer tat, wenn er nachdachte. Briones sah aus, als ob jemand seine Brieftasche gestohlen hätte.

»Woher wissen Sie das alles, und, was noch wichtiger ist: Wie kann es uns helfen, El Rey zu finden?«, sprudelte Briones hervor.

Moreno lächelte und offenbarte einen fast zahnlosen Mund. »Ich war an diesem Tag der Gärtner und habe den Efeu geschnitten. Ich arbeitete vier Jahre lang auf Montanegros Anwesen, bis er durch das Sinaloa-Kartell hingerichtet wurde. Sie erinnern sich wahrscheinlich daran. Es war ein blutiger Angriff, selbst gemessen an Tijuana-Standards. Don Felix war immer großzügig zu mir, aber im Laufe der Jahre wurde das Geld immer knapper. Den Rest kennen Sie ja«, sagte Moreno.

Cruz blieb endlich stehen und kehrte zu seinem Platz zurück. Er fixierte den Gefangenen mit einem harten Blick und stellte ihm eine Fangfrage.

»Wieso wissen Sie das über das Viagra?«, fragte Cruz.

»Ich habe es zufällig gehört. Anscheinend hat Don Felix den Rest des Gegenmittels nach San Diego zum Testen geschickt. Er lachte schallend, als er seinem Bruder ein paar Tage später davon erzählte. Ich glaube nicht, dass ich ihn je so amüsiert gesehen habe. Tränen rollten über sein Gesicht. Ich glaube, das beeindruckte ihn mehr als die Nachricht am nächsten Tag, dass der Boss des Chiapas-Kartell exekutiert worden war.«

»Sie haben also El Rey gesehen? Sie könnten uns sagen, wie er aussieht?«, fragte Cruz.

»Es ist schon sehr lange her, aber ich glaube, ich könnte es – aber nur, wie er damals aussah. Das Gesicht eines Mannes kann sich mit der Zeit ändern, und ich sah ihn nur für ein paar Minuten. Ich arbeitete und sah nur gelegentlich hinüber. Wenn man zu neugierig war, hätte das schlecht für die Gesundheit sein können«, erklärte Moreno.

»Wenn wir Ihnen einige Zeichnungen zeigten, könnten Sie ihn aus mehreren herausfinden?«, fragte Briones.

»Ich kann's versuchen. Eine Sache nur. Wenn ich das mache, was bekomme ich im Gegenzug? Ich kann warten, bis Sie meine Geschichte überprüft haben, wenn Sie möchten. Sie können die Details über den Tod des Chiapas-Kartellbosses nachlesen – und das Datum. Das ist das Einzige, was mir einfällt, das Sie überprüfen können«, bot Moreno an.

Cruz dachte darüber nach. Es war nicht möglich, dass ein Mann mit offensichtlich dermaßen begrenztem Verstand und ohne Perspektiven solch eine Geschichte erfinden konnte, jedenfalls nicht mit so vielen Details. Cruz war bereit anzunehmen, dass sie der Wahrheit entsprach.

»Wenn Sie uns helfen können, werde ich mit Culiacán sprechen und darum bitten, dass die Anklage gegen Sie fallen gelassen wird. Ich würde auch vorschlagen, dass Sie aufhören, in Häuser einzubrechen. Sie sind zu alt für diesen Scheiß«, sagte Cruz.

»Ich glaube Ihnen. Und danke, Captain. Vielen Dank«, sagte Moreno, den Tränen nahe vor Erleichterung.

Briones öffnete seine Aktentasche und breitete die fünf Zeichnungen auf dem Tisch aus, zusammen mit ein paar Placebo-Zeichnungen, die sie Arlen in Vorbereitung auf das Treffen hatten anfertigen lassen. Moreno warf für ein paar Minuten seinen Blick darauf, schien aber unentschlossen zu sein. Schließlich setzte er seinen vernarbten Zeigefinger auf eine.

»Diese hier kommt ihm am nächsten. Er sieht hier älter aus und ein wenig schwerer, und bei der Nase und den Augen stimmt etwas nicht, aber die sieht meiner Erinnerung nach am ähnlichsten aus«, sagte Moreno.

Sie schauten alle auf die Skizze, die Moreno ausgewählt hatte.

Es war Briones Landstreicher.

~~~

Sarah Wilford war erstaunt, als sie die E-Mail von ihrem Schwager, Bill Stephens, sah. Sie zerbrach sich den Kopf, wann Bill ihr wohl das letzte Mal etwas geschickt hatte, und kam nicht darauf. Das war also offenbar das erste Mal.

Sie las die kurze Erklärung und öffnete dann den Anhang, wobei es sich um einen formellen Bericht über die Sitzung mit den Mexikanern handelte. Sarah las ihn flüchtig, wurde dann aber von einem Anruf abgelenkt. Als sie fertig war, war es schon fünf Uhr, und sie musste los, die Kinder von der Tagesstätte abholen. Sie dachte darüber nach, was sie mit der Meldung machen sollte, und leitete sie dann an ihren Chef, Carl Rugman, weiter, der besser als sie wusste, wie man vorzugehen hatte. Zufrieden damit, alles getan zu haben, was sie konnte, nahm Sarah ihren Mantel und ihre Geldbörse und eilte los, um ihre Lieblinge abzuholen.

Carl war in einer Sitzung mit zwei Kommunikationsspezialisten und ging mit ihnen die neuesten Satellitenüberwachungsraster für den Irak durch, was bis sechs Uhr dauerte. Sobald er fertig war, sah er seine E-Mails durch und stieß auf Sarahs Nachricht samt Anhang. Nach einem schnellen Überfliegen schnappte er sich sein Telefon und wählte sein Pendant im Geheimdienst an, der aber nicht im Büro war. Er hinterließ dort eine kurze Nachricht, dass er einen Bericht von der DEA, der amerikanischen Drogenbehörde, an ihn weiterleitete. Als Nächstes rief er einen Freund bei der CIA an, bei dem auch nur die Mailbox anging.

»Humphrey, hier ist Carl. Ich weiß, es ist schon spät, aber ich habe gerade einen Bericht von der DEA erhalten, und ich dachte,
~~~

dass er für dich von Interesse sein könnte. Es geht um eine mögliche Bedrohung des Präsidenten und hat mit den mexikanischen Kartellen zu tun. Ich leite ihn dir weiter. Du wirst bestimmt wissen, an wen du ihn weiterzugeben hast.«

Nach erneutem Durchlesen schickte er die E-Mail an drei andere Männer innerhalb der NSA und an zwei weitere bei der CIA. Mit diesen Kontakten und dem Secret Service sollte die Basis abgedeckt sein.

Er schaltete seinen Computer aus und zog seine Jacke an, bevor er das Licht löschte. Nach dem anstrengenden Tag mit Meetings und Briefings war er müde. Der Schutz der Nation vor Terrorismus und weiß der Teufel noch allem nahm ihn besonders mit, vor allem in seinem Alter.

Drei Stunden später klingelte ein Telefon im persönlichen Büro eines der mächtigsten Männer in Langley, eines CIA-Vizedirektors für den gesamten Nahen Osten.

»Ich habe einen Bericht an Ihre verschlüsselte anonyme Mailbox geschickt. Lesen Sie ihn und rufen Sie mich zurück. Wir haben ein Problem.« Die Linie wurde unterbrochen.

Kent Fredericks loggte sich pflichtbewusst in sein alternatives Postfach ein – eine verdeckte Adresse für heikle Themen, die er nicht aufgezeichnet haben wollte –, las sorgfältig den Bericht und wählte dann eine Telefonnummer.

»Wir müssen uns treffen. Geht das heute Abend noch?«, fragte Kent. Er schaute auf seine Uhr. »Vielleicht sagen Sie Ihrer Frau, dass Sie einen Cocktail mit einem wichtigen Wähler nehmen müssen?«

»Zweiundzwanzig Uhr dreißig, in meinem Klub. Ich werde dafür sorgen, dass wir nicht gestört werden. Um diese Zeit sollten nicht viele Leute da sein.«

»Ich treffe Sie dort.«

Das gab Kent ein wenig mehr als eine Stunde, um sich darauf vorzubereiten. Er musste sorgfältig überlegen, wie er mit dem Bericht umging. Es wäre einfach, das Ganze als eine ungeprüfte Vermutung von irgendeinem namenlosen Mexikaner abzutun. Er konnte den ›Mexikaner‹ mit einem Augenrollen als inkompetenten

Bauern darstellen. Es wäre nicht schwierig, angesichts der Tatsache, dass viele derjenigen, die die Ergebnisse zu bewerten hatten, ältere weiße Männer waren. Ihre fest verankerten kulturellen Vorurteile boten ganz einfach die Möglichkeit der Manipulation in Richtung einer oberflächlichen Abweisung der Informationen. Das hätte ihm nicht viel ausgemacht, allerdings war er besorgt darüber, wie es weitergehen sollte. Die Nachricht stellte ein potenzielles Problem dar, und sein Wert als exklusives Mitglied in der Gruppe bestand eben auch darin, Lösungen anzubieten.

Als er das aufwendige Foyer des Klubs betrat, war er erstaunt, wie sehr der Ort nach Tradition und Macht roch. Die Wände waren aus poliertem dunklen Holz, mit glänzenden Ölgemälden von finsteren Männern, die aus der Position in ihrem goldverzierten Rahmen herunterstarrten – ehemalige Vorsitzende, vermutete er. Ein diskreter Mann im Smoking begrüßte ihn mit einem verhaltenen »Guten Abend« und führte ihn dann zu einem der privaten Tagungsräume. Es ging einen vom Hauptbereich des Klubs abgetrennten Flur hinunter, in dem absolute Privatsphäre gewährleistet war. Die Begleitung öffnete eine Tür, und Kent trat in einen zwanzig Quadratmeter großen Raum. Der Durchgang wurde hinter ihm geschlossen, und er fand sich von Angesicht zu Angesicht dem älteren Herrn gegenüber, mit dem er am Telefon gesprochen hatte. Der Sprecher des Repräsentantenhauses war ebenfalls anwesend.

Die anschließende Diskussion war genau das, was er befürchtet hatte. Gegen Ende war er der Spekulationen und Anschuldigungen müde und unterbrach den an Hysterie grenzenden Dialog.

»Meine Herren, ich glaube, es kann mit Sicherheit gesagt werden, dass wir uns damit so schnell – und unilateral – befassen müssen, wie wir können. Ich schlage vor, dass ich einige unserer Agenten in Mexiko kontaktiere und es über inoffizielle Kanäle geregelt bekomme«, empfahl er.

»Das ist alles schön und gut, aber die Katze ist jetzt aus dem Sack, meinen Sie nicht?«, knurrte der ältere Mann.

»Nein, überhaupt nicht. Wir haben einen Polizeihauptmann, der eine Theorie ohne jede Grundlage hat, basierend auf Hörensagen durch die Behauptungen eines Kriminellen. Hier im Bericht steht ganz genau, dass sein eigener Geheimdienst ihn abblitzen ließ. Wenn sie ihn wegschickten, ist das ein guter Indikator dafür, dass er nichts Greifbares in der Hand hat. Das ist nur ein skrupelloser Polizist mit einer wilden Theorie und keinen Beweisen. Niemand glaubt ihm in Mexiko, und das aus gutem Grund. Es ist ein zu vernachlässigendes Ereignis«, antwortete Kent.

»Nun, was geschieht, wenn er einen Beweis bekommt?«, fragte der Sprecher des Repräsentantenhauses.

»Es gibt keinen Beweis. Das ist das Beste an der ganzen Sache. Das Ganze ist ein Windei«, antwortete Kent.

»Was ist mit diesem Attentäter, über den er sich auslässt? Was ist, wenn er es schafft, den zu finden und zu stoppen?«, wandte der Besucher ein.

»Meinen Sie El Rey? Der berüchtigtste Attentäter in Lateinamerika? Glauben Sie nicht, dass die Polizei, wenn sie ihn hätte verhaften können, das inzwischen getan hätte? Es gibt eine ganze Sondereinheit, die sich dem widmet, aber die hat nichts erreicht. Nein, das ist völlig durchschaubar. Der Kartellboss, der den Auftrag erteilte, ist tot. Also ist da niemand mehr, mit dem man reden könnte. Übrig bleiben ein Auftragskiller, der sich seit einem Jahrzehnt der Verhaftung entzieht, und die mexikanische Polizei, die etwa so kompetent ist wie die Bullen in Washington, D. C. …« Kent grinste über seinen eigenen Witz.

»Ich würde sagen, der Kartellboss hat schon genug geredet«, sagte der ältere Mann.

»Vielleicht, aber er ist tot. Deshalb ist er kein Problem mehr.«

»Was ist mit dem Killer, diesem El Rey? Wird er den Vertrag erfüllen, jetzt, wo sein Arbeitgeber nicht mehr am Leben ist?«, fragte der Sprecher des Repräsentantenhauses.

»Unser gesamter Geheimdienst geht davon aus, dass er es tun wird. Der neue Kartellchef, der an seine Stelle tritt, wird El Rey nicht verärgern wollen – er gilt bei den kriminellen Banden in Mexiko als unverwüstlich. Wenn er also aufkreuzt und die Bezahlung für die Verpflichtungen des Vorgängers fordert, wird der neue Mann zahlen. Sehen Sie, die Kartelle schwimmen im Geld. Deshalb sind das Peanuts im Vergleich zu einer Kugel in den Kopf, wenn sie es am wenigsten vermuten. Nein, ich denke, man kann mit Sicherheit sagen, dass sie El Rey nicht kaltmachen werden, was bedeutet, das Einzige, was sich geändert hat, ist dieser Polizist, der über Dinge stolpert, die ihn nichts angehen«, sagte Kent.

Die Diskussion dauerte noch weitere fünfzehn Minuten an, aber am Ende wollte jeder eigentlich nur eine Rückversicherung. Kent bot eine an. Er schlug eine Lösung vor, mit der sie alle leben konnten. Sie stimmten zu, und das Treffen war beendet. Auf dem Weg aus dem Gebäude blickte Kent auf seine Uhr – es war fast Mitternacht. Er rieb sich die Augen und ächzte, als er in sein Auto stieg. Es würde noch ein paar Stunden dauern, bevor er nach Hause gehen konnte.

Er hatte noch ein paar Anrufe zu tätigen.

Mexico City, vor sechs Monaten

Francisco Morales, der Innenminister für Mexiko, ging an Bord des Hubschraubers, der ihn zur Besprechung der Staatsanwälte bringen sollte, die sich trafen, um neue Schritte im Kampf gegen die Kartelle zu diskutieren. Es war ein nebeliger Morgen, und während das Flugzeug auf die Ankunft der anderen Passagiere wartete, beschäftigte sich Morales mit seinem Blackberry und sandte eine Nachricht auf Twitter zum Gedenken an den Tod seines Vorgängers, der drei Jahre zuvor bei einem Flugzeugabsturz ums Leben gekommen war. Das war ein schwerer Schlag für die Nation gewesen. Der Innenminister war weitgehend verantwortlich für das Tagesgeschäft im Krieg gegen die Drogen, und sein Vorgänger ging vehement in seiner Verurteilung der Kartelle vor. Das Gleiche galt für seine Entwicklung innovativer Strategien zur Bekämpfung der Kartelle, zum Beispiel den Aufbau der Sondereinheit von Cruz.

Zwei SUVs fuhren neben den Hubschrauber. Die Insassen stieg aus – Felipe Zariana, General für rechtliche Angelegenheiten, José Salamanca, Direktor für soziale Kommunikation, René Cantantore,

Lieutenant General, und eine Gruppe von Militärs und Sekretären. Der Flug würde neun Leute befördern, inklusive des Piloten, ein Veteran der Luftwaffe, der schon fünfzehn Jahre dabei war. Die gesamte Gruppe vertrat die obersten Kreise der Regierung im Krieg gegen die Kartelle, und Aufregung lag in der Luft – Morales wollte eine mutige neue Strategie enthüllen, um die kriminellen Syndikate in die Knie zu zwingen.

Dass sie wirksam sein würde, stand außer Frage. Nach Jahren der halbherzigen Maßnahmen hatte endlich jemand beschlossen, ernsthaft etwas zu unternehmen und der Schlange den Kopf abzuschlagen. Es barg eine gewisse Ironie, dass der Todesstoß von einem Einwohner der gewalttätigsten Kartellstädte kommen würde. Morales hatte einen langen Weg zurückgelegt. Seit seinen demütigen Anfängen in der Arbeiterschaft von Tijuana war er die größte Hoffnung der Mexikaner für den entscheidenden Sieg gegen die räuberischen Verbrecher, die die Nation lähmten.

Die Rotoren des Hubschraubers nahmen an Geschwindigkeit zu, als der Pilot sich für den Abflug bereitmachte. Im Lichte der späten Morgendämmerung lag der Nebel wie eine dicke, graue Decke über dem Flugplatz. Das würde jedoch kein Problem für den Flug darstellen – der Hubschrauber war mit modernster Elektronik ausgestattet und konnte ohne Weiteres komplett blind fliegen, wie es oft im Dunkeln der Nacht notwendig war. Das markante Klack-Klack der Rotoren wurde durch den dichten Dunst gedämpft, als der Pilot die endgültigen Checks durchführte, um sicherzustellen, dass alles ordnungsgemäß funktionierte. Zufrieden erhöhte er die Drehzahl der massigen Turbine. Das Fluggerät erhob sich zum Himmel und verschwand mit blinkenden Lichtern in der Wolke.

Sieben Minuten später verlor die Flugsicherung die Spur des Fluges, der angesichts seiner Nutzlast Prioritätsstatus hatte. Nach mehreren Versuchen, den Piloten zu kontaktieren, stiegen Flugzeuge auf, um die Flugroute zu verfolgen und zu prüfen, ob es einen Unfall gegeben hatte.

Der Pilot eines der Aufklärungshubschrauber funkte: »Tower, hier ist Flug Drei-Null-Sieben. Wir sehen eine Absturzstelle in der

Nähe eines Hügels auf Raster vierzehn. Wiederhole. Wir haben ein Wrack auf Raster vierzehn. Bitten um Erlaubnis zu landen und zu erkunden.«

»Roger. Erlaubnis erteilt. Alle anderen Helikopter begeben sich zu Raster vierzehn.«

Der Pilot brachte seine Maschine nach unten und landete in der Nähe der verstümmelten Überreste von Morales' letztem Flug. Intuitiv erfasste er angesichts der Umstände dort, dass niemand aus dem Wrack entkommen war. Aus kleineren Bränden stiegen Wirbel von schwarzem Rauch aus der Verwüstung; das Metallskelett des Transportmittels war bis zur Unkenntlichkeit verdreht. Es hatte mindestens eine Explosion gegeben, als der Hubschrauber abgestürzt war. Nachdem er ein paar Minuten den Umkreis abgeschritten hatte, gab er seine Erkenntnisse weiter und blickte dann zum Himmel, wo weitere Helikopter vorsichtig durch den sich jetzt zurückziehenden Nebel heranschwebten. Die einzige Aufgabe, die noch verblieb, war, die Überreste zusammenzukratzen.

Der Mann beobachtete durch das Fernglas, wie die Absturzstelle vom Militär gesichert wurde, und machte ein Foto mit seinem Telefon, um es an den Klienten zu senden. Hier ging es um einen Vertrag mit der Auflage, keine Lorbeeren dafür einzuheimsen. Das war in Ordnung. El Rey hatte schon genug Presse für ein ganzes Leben, deshalb kamen ihm die Bedingungen entgegen – es war schon lächerlich einfach gewesen, eine kleine Menge Sprengstoff in der Nähe der Rotorkupplung anzubringen, der mit einem Hochfrequenz-Sender gezündet werden konnte, sobald der Helikopter in Reichweite kam. Er mied die Nutzung von Mobiltelefonen als Auslöser; es bestand immer die Gefahr, dass der Empfang blockiert war oder es Funklöcher gab – ein fast ständiges Problem in Mexiko. Oder, noch schlimmer, wenn eine falsche Nummer oder Textnachricht hereinkäme. Eine zufällig verwählte Ziffer konnte einen sorgfältig ausgetüftelten Plan ruinieren.

Um fünf Millionen Dollar reicher rollte er das getönte Fenster seines gestohlenen Nissan Pathfinder hoch und setzte seine Fahrt auf der Landstraße fort, weg von Mexico City und der ganzen Reihe von Einsatzfahrzeugen, die bald hier sein würden.

Mexico City, Gegenwart

Am folgenden Nachmittag berief Cruz alle Chefs seiner Einheit zu einem Treffen im großen Konferenzraum des Hauptquartiers ein. Als er hereinkam, beladen mit transparenten Folien für den Overhead-Projektor, war die Suite fast voll besetzt. Das Murmeln der Gespräche erstarb schnell, und als Cruz das Wort ergriff, hatte er die Aufmerksamkeit aller.

Er nickte Briones zu, der die Lichter ausmachte, und hantierte an der Rückseite des Projektors herum, bis an der Wand ein helles weißes Quadrat erschien. Er zog die oberste Folie aus dem schützenden Ordner und legte sie auf das Display. Die Skizze von Briones Landstreicher entfaltete sich in Überlebensgröße an der Wand.

»Das ist eine Darstellung des Attentäters, bekannt als El Rey. Nach unserer Kenntnis kommt es seinem Aussehen sehr nahe – oder so gut es eben geht. Wie er wirklich aussieht, werden wir erst wissen, wenn er auf einem Tisch in der Pathologie liegt«, begann Cruz. Die versammelten Offiziere kicherten und machten ein paar gedämpfte Bemerkungen, bevor es wieder ruhig wurde.

»Wie Sie vielleicht wissen, ist El Rey für eine Vielzahl von Hinrichtungen und Morden verantwortlich, vor Kurzem an einem Politiker, bekannt als El Gallo. Er hat seine Reichweite über die Drogenkartelle hinaus erweitert, was zuvor wohl sein Spezialgebiet war, und jetzt liegt die Vermutung nahe, dass er auch aktiv politische Persönlichkeiten ins Visier genommen hat. Die Chancen, dass El Gallo ein Einzelfall war, sind gering«, versicherte Cruz ihnen. »Im Rahmen unserer laufenden Undercover-Operationen gegen Kartellmitglieder in Mexico City führten wir vor Kurzem eine Razzia in einem Lager durch, wo der Anführer des Templer-Kartells sich mit einigen lokalen Drogenhändlern traf. Die Informationen, die uns zu ihm führten, wurden uns durch unsere verdeckten Ermittler als

Teil unseres geheimen Zivilprojekts zugetragen. Als sich der Rauch verzog, hatten wir den Top-Mann gefangen: unser Ziel, Jorge Santiago – einer der bösartigsten Psychopathen in Mexiko.« Cruz entfernte die Folie mit El Rey darauf und ersetzte sie durch ein Foto von Santiago. »Wir haben während der Razzia Verluste hinnehmen müssen, und Santiago war am Ende der einzige Überlebende des Angriffs. Er fiel daraufhin ins Koma und starb, aber nicht, ohne zuvor damit zu prahlen, El Rey mit der Ermordung unseres Präsidenten beauftragt zu haben, sowie auch des Präsidenten der Vereinigten Staaten.«

Die versammelten Beamten verfielen in eine lebhafte Diskussion, und Cruz nickte Briones zu. Die Lichter flackerten wieder auf, und Cruz hob seine Hände, um sich Ruhe zu erbitten. Der Tumult ließ schließlich nach, und Cruz konnte mit seiner Präsentation fortfahren.

»Ich werde gerne Fragen beantworten, nachdem ich fertig bin. Hier kommt, was Sie noch wissen müssen. Erstens, wir haben keinen Beweis, dass Santiagos Behauptungen wahr sind, somit können wir keine Unterstützung von den anderen Abteilungen der Strafverfolgung oder unseres Geheimdienstes erwarten. Zweitens, ich glaube, dass die Drohung real ist. Wir konnten den Mann finden, von dem wir glauben, dass er El Reys Vermittler war – sein Agent, wenn man so will, der angeblich potenzielle Kunden ansprach und im Auftrag El Reys mit ihnen verhandelte. Dieser Mann, Jaime Tortora, wurde an dem Morgen ermordet, als wir uns mit ihm als interessierte Kunden zu einem Treffen verabredet hatten.« Cruz nickte Briones zu, das Licht wieder auszumachen. Cruz schob eine Folie mit einem Führerscheinfoto von Tortora in den Projektor.

»Dieser Mann besaß ein Pfandhaus in der Innenstadt. Ich sagte, *wir nehmen an,* dass Tortora der Agent war, weil wir nichts gefunden haben, als wir den Tatort durchsuchten. Dennoch bin ich überzeugt, dass er mit El Rey zu tun hatte, angesichts der Methode und des Zeitpunktes seiner Hinrichtung. Er wurde fast in zwei Hälften geschnitten, mit einer japanischen Katana – das Schwert, das von Samurai-Kriegern in früheren Jahrhunderten verwendet wurde. Es mag Zufall sein, dass der Mann, der als Repräsentant des ›Königs der Schwerter‹ fungierte, mit einem Schwert getötet wurde, aber das scheint eher die poetische Geste eines gestörten Geistes zu sein. Es ist anzunehmen, dass es für einen Killer eine besondere Bedeutung hat, der den Namen König der Schwerter für sich ausgewählt hat.« Cruz ersetzte das Kopfbild Tortoras durch ein Foto der Leiche. Eine nervöse Unruhe ging durch den Raum – selbst erfahrene Veteranen der Drogenkriege, die unzählige enthauptete Körper gesehen hatten, waren durch das grausige Bild betroffen.

»Bevor ich zu den Fragen übergehe, möchte ich noch einige Anmerkungen machen. Ich weiß, unser verfassungsmäßiger Auftrag besteht darin, die Kartelle auszumerzen. Ich verstehe unsere Mission besser als die meisten. Aber ich sehe auch, dass es so scheinen mag, als wären diese Dinge nicht unsere Sorge – der Präsident hat seine eigenen Sicherheitskräfte, die für seine Sicherheit zuständig sind, und der amerikanische Präsident hat seinen Geheimdienst. Warum sollten wir also unsere Nasen in etwas hineinstecken, wo sie nicht hingehören? Die Antwort ist in meinen Augen einfach: weil wir die einzige Behörde sind, die die Kartelle daran hindert, Mexiko zu übernehmen; und ein Attentat auf unseren Präsidenten würde einen verheerenden Schlag gegen die Rechtsstaatlichkeit darstellen. Unsere Aufgabe ist es, die Kartelle zu bekämpfen, und wenn dieser Plan real ist, stellt das eine neue Phase in unserem Krieg gegen sie dar.« Cruz machte eine Pause, um einen Schluck Wasser zu nehmen, bevor er zum Ende kam. »Ich glaube, dass dieses Attentat auf dem bevorstehenden G-20-Finanzgipfel in Los Cabos passieren wird. Das ist das einzige Mal, dass der amerikanische Präsident in diesem Jahr auf mexikanischem Boden sein wird. Der Gipfel ist in vier Wochen, wir haben also keine Zeit zu verlieren.« Cruz holte tief Luft, als er die ungeteilte Aufmerksamkeit seiner Männer bemerkte.

»Dieser finstere Plan ist der ultimative Ausdruck des Bösen, von Männern, die den Tod verbreiten und sich wie Barbaren verhalten – wie Tiere. Es interessiert mich persönlich nicht, ob unsere bürokratische Schutztruppe herausfindet, ob ein Attentäter wirklich plant, den Präsidenten zu töten. Ich habe bereits beschlossen, die Bedrohung ernst zu nehmen, und ich plane, entsprechend zu handeln. Und ich bitte um Ihre Mithilfe. Jeder muss seinen Schwerpunkt verlagern und das in den kommenden Tagen zur Priorität erklären. Ich werde mich mit jedem Einzelnen von Ihnen treffen, um Aktionspläne auszuarbeiten, aber ich möchte, dass jeder versteht, womit wir es hier zu tun haben, damit ich Ihre Unterstützung bekomme. Vielen Dank.« Cruz nahm noch einen Schluck Wasser, dann setzte er sich auf einen Stuhl an der Spitze des langen Konferenztisches. »Fragen?«

Ein Chor von Stimmen schrie nach Aufmerksamkeit, und Cruz winkte zur Ruhe. Er wies auf einen Mann am anderen Ende des Tisches. »Arturo. Ja?«

»Woher stammt das Bild von El Rey, und arbeiten wir mit der Sondereinheit zusammen, die ihn zur Strecke bringen soll?«

»Gute Frage. Dieses Bild basiert auf einer kurzen Begegnung unseres eigenen Lieutenants – Fernando Briones, den alle von Ihnen kennen – mit El Rey. Ich war in Kontakt mit der Sondereinheit, aber ihr Erfolgsniveau ist bis heute, nach vielen Jahren der Arbeit am Fall, wenig spektakulär. Während ich sie regelmäßig über unsere Bemühungen unterrichte, glaube ich, dass es zu diesem Zeitpunkt kontraproduktiv wäre, sie in unsere Operation einzubeziehen. Sie kämen uns einfach in den Weg.«

»Und Briones ist noch am Leben, um von dem Zusammenstoß zu berichten? Was für ein glücklicher Bastard«, witzelte Arturo.

»Ja, das ist wohl wahr.« Cruz deutete auf einen anderen Mann, einen fetten Burschen mit Glatze auf halber Höhe des Tisches zu seiner Linken. »Miguel?«

»Sie erwähnen, dass dies alles theoretisch ist. Erwarten Sie, irgendwelche Daten zu bekommen, die aus der Theorie Fakten machen würden?«, fragte Miguel.

»Das ist der springende Punkt bei dieser Operation, den ich ›Mungo‹ nenne. El Rey ist eine Schlange: clever, tödlich und leise. Wir werden die Mungos sein, die diese Schlange findet und tötet. Wir müssen all unsere Ressourcen verwenden, um Hinweise zu erhalten, wo El Rey sich aufhält, sodass wir ihn neutralisieren können. Ich werde in unseren Einzelgesprächen mehr ins Detail gehen, aber für den Moment will ich nur sagen, dass ich jeden brauche, um seine Netzwerke zu mobilisieren und die Bemühungen zu unterstützen,

Informationen zu sammeln, die zu El Reys Festnahme führen werden.« Cruz zeigte auf eine Frau an der Rückwand, die ihre Hand gehoben hatte. »Ja, Cynthia?«

»Werden wir deswegen bald mit CISEN zusammenarbeiten? Es scheint, dass dies die richtige Gruppe wäre, angesichts der Gefahr für ein ausländisches Staatsoberhaupt.«

»Ich bin zuversichtlich, dass wir das tun werden. Es könnte jedoch schon zu spät sein. Unsere Aufgabe ist es, einen Fall zu konstruieren, den wir ihnen zu gegebener Zeit präsentieren werden. Genau das werden wir tun.«

Die Fragen gingen eine halbe Stunde lang weiter, weitgehend konzentrierten sie sich auf logistische Probleme. Cruz hörte sich alle Fragen geduldig an und beantwortete sie ehrlich, ohne sich vor den unangenehmen zu drücken oder sich auf die Autorität aufgrund seiner Position zu berufen, um seine Handlungen zu rechtfertigen. Das war ein persönlicher Appell an seine treuen Mitarbeiter, und sie hatten es verdient zu verstehen, was er mit ihnen vorhatte.

Cruz kam zum Ende und verwies sie auf Briones wegen der Terminplanung und des erforderlichen Materials, wie Kopien von der Zeichnung und einer Zusammenfassung des Falles. Als er aus dem Zimmer ging, verdampfte das Vertrauen, das er gezeigt hatte. Nur ein Gedanke raste durch seinen Kopf. Sie hatten weniger als dreißig Tage Zeit, den Mörder zu fangen – das war nur ein Wimpernschlag.

Er würde es nie zugeben, aber er war nicht glücklich über ihre Chancen.

KAPITEL DREIZEHN

Am nächsten Morgen begann Cruz seine Einzelgespräche. Der Tag zog sich in einer erwarteten, schmerzhaften Weise dahin. Immer und immer wieder musste er die gleichen Fragen beantworten, die Zweifel abwehren, die viele über die Rechtmäßigkeit des Vorgangs hatten, und Anweisungen geben, wie sie von ihrer aktuellen Position aus vorgehen mussten. Am Ende war er todmüde.

Cruz wollte die Ressourcen für die zwei vielversprechendsten Gebiete bereitstellen – Los Cabos, wo der Gipfel abgehalten werden würde, und Culiacán, die Drogenhauptstadt von Mexiko. Es war möglich, dass El Rey sich irgendwo in einer Hütte an einem See verkroch, aber wenn Cruz El Rey wäre, ginge er irgendwann nach Los Cabos, um die Lage des Terrains zu erkunden und einen Angriffsplan auszuhecken.

Dementsprechend rief er den Außenposten der Federales dort an und alarmierte sie in Bezug auf die Situation. Er fügte hinzu, dass er in den nächsten Wochen Ressourcen einsetzen werde, um eine operative Basis im Gebiet zu etablieren.

Der zuständige Beamte klang nicht allzu begeistert – Cruz wäre auch nicht glücklich, wenn es umgekehrt gewesen wäre. Polizisten hatten ihr Territorium, deshalb wurde ein Eindringen von Außenstehenden nie geschätzt. Und angesichts der Tatsache, dass Hunderte von Federales für die Sicherheit in der Woche vor dem G-20 im Gebiet absteigen und noch eine andere Gruppe dazukommen würde, um das Leben der Einheimischen noch früher als erwartet zu komplizieren, kam das nicht gut an. Er verstand, dass der Empfang seines Teams sich nicht gerade ideal gestalten würde, aber sein Job war nicht, Freunde zu gewinnen; es ging darum, die Kartelle zu bekämpfen.

Los Cabos bestand aus den beiden Städten Cabo San Lucas und San José del Cabo. Es befand sich nicht unter dem Radar der Kartelle, außer als attraktives Ziel für die Geldwäsche. Das Problem war ein geografisches. Drogen wurden nicht vom Festland auf der Fähre verschifft, weil man einen Spießrutenlauf von fast fünfzehnhundert Kilometern militärischer Kontrollpunkte hinter sich bringen musste, auf der einzigen Straße, die nördlich zur Grenze verlief. Die einzige andere Möglichkeit der Anreise war mit dem Flugzeug. Deshalb verwendeten die Kartelle den Standort nur, um Geld zu waschen. Cabo war eine Geisterstadt, voller großer Restaurants und Klubs, die aber keine Kundschaft hatten; dennoch schafften sie es, das ganze Jahr über riesige Gewinne zu erwirtschaften. Bei einigen Hotels war es genauso – höchstens fünf Prozent Belegung, und dennoch waren sie äußerst lukrativ.

Cruz erinnerte sich in Bezug auf die sechs Wochen, die er in Los Barriles verbracht hatte, schwach daran, dass man um drei Uhr früh sturzbesoffen die Straße entlanglaufen konnte, ohne dass es jemanden gestört hätte. Es gab einfach kein nennenswertes Verbrechen. Die Federales in San José del Cabo waren das Äquivalent zur Highway Patrol, die die Autobahnen entlangkreuzten und Aufräumarbeiten nach Unfällen erledigten oder gelegentliche Strafzettel ausstellten, wenn das Geld knapp war oder Weihnachten vor der Tür stand. Ihre Fähigkeit, etwas Sinnvolles zu tun in Bezug auf echte Durchsetzung des Rechts oder vorbeugende Maßnahmen, um einen Profi wie El Rey abzuschrecken, lag effektiv bei null. Deshalb waren sie für Cruz nutzlos.

Er beabsichtigte, eine Gruppe von sechs Leuten in Los Cabos einfliegen zu lassen, die ihre Fühler in der Gemeinde ausstrecken und mit der vorhandenen Infrastruktur der Polizei arbeiten sollten, während sie nach Anzeichen von El Rey suchten, ohne unnötige Aufmerksamkeit zu erwecken. Technisch gesehen war er außerhalb von Mexico City nicht zuständig, aber sein Mandat vom Präsidenten erlaubte ihm, überall im Land Ressourcen zu übernehmen und seine

Reichweite auszudehnen, sollte es erforderlich sein. In diesem Fall berief sich Cruz auf sein Recht, weil es notwendig war – er würde sich um die Dokumentation der Details später kümmern.

Cruz wünschte, er könnte sich direkt an den Präsidenten wenden und seine Bedenken äußern, aber er hatte keine Beziehung dorthin. Verbrechern erzählte er zwar, dass der Präsident *ihm* die Macht gegeben hätte zu tun, was immer er für richtig hielt, aber in Wirklichkeit hatte der Präsident lediglich *die Position* geschaffen und sie mit dieser Macht ausgestattet. Cruz wurde dann in diese Position befördert, aber persönlich war er dem Präsidenten in Wahrheit niemals auch nur einen halben Kilometer nahe gekommen.

Nein, er war bei dieser Sache effektiv ganz alleine, und das wusste er. Seine Mitarbeiter gaben ihm weiter ihre Unterstützung, wofür er dankbar war. Darüber hinaus hatte er eine größere Gruppe von Beamten zur Verfügung als irgendeine andere Dienststelle, deshalb war er zuversichtlich, dass es ausreichen würde.

Briones streckte seine Arme und gähnte, drei Viertel des Tages lagen hinter ihm und vier weitere Sitzungen vor ihm. »Haben Sie sich gefragt, was die politischen Konsequenzen wären, wenn der Präsident ermordet werden würde? Ich meine, wir gehen davon aus, dass es hierbei hauptsächlich um Santiagos Eitelkeit ging, aber was, wenn das Ganze viel subtiler ist?«, fragte er Cruz, der Kaffee auf seinem Beistelltisch kochte.

»Nun, wenn der Präsident getötet wird, geht die Führung an den Innenminister – das Äquivalent zum Sprecher des Repräsentantenhauses«, erklärte Cruz.

»Kam der nicht kürzlich bei einem Flugzeugabsturz ums Leben?«

»Hubschrauber. Etwas außerhalb der Stadt. Letzten November, am elften, um genau zu sein«, bestätigte Cruz.

Briones musterte seinen Chef, erstaunt über sein Erinnerungsvermögen. »Wie können Sie das? Sich an das Datum von so etwas Obskurem erinnern?«, fragte er.

»Es ist nicht so schwer, wie Sie denken. Sein Vorgänger, der Mann, der mich für diese Position angeworben hat, starb durch einen Flugzeugabsturz im gleichen Monat vor fünf Jahren. Ein

Learjet, der mitten in das Herz von Mexico City stürzte. Sie haben wahrscheinlich davon gehört«, erinnerte Cruz ihn.

»Das ist richtig – mir ist nur nicht eingefallen, wer an Bord war. Wie es scheint, ist der Posten des Innenministers mit einer Geschichte von Flugzeugunglücken verbunden, nicht wahr? Bin ich nur paranoid, oder besteht da auch ein Zusammenhang, an den Sie nicht glauben?«, spekulierte Briones.

»Die Flugschreiber wurden aus dem Jet genommen und in die USA gebracht, aber das ist das Letzte, was ich davon gehört habe. Wie in so vielen Fällen geht jeder einfach zu anderen Dingen über, und die Angelegenheit wird vergessen. Gäbe es dabei ein falsches Spiel, würde die Regierung es unter der Decke halten – so werden wir wahrscheinlich nie die Wahrheit erfahren. Sie würden es nicht an die große Glocke hängen wollen, wenn die Kartelle den zweiten Mann in der Regierung zum Absturz gebracht hätten. Schlechte Presse und all das …«, bemerkte Cruz zynisch.

»Wenn Ihnen ein Flug mit dem Innenminister angeboten würde, dann könnte ein höfliches ›Nein danke, ich nehme den Bus‹ besser für Ihre Gesundheit sein, oder?«, schlug Briones vor.

»Hab so eine Einladung noch nicht bekommen, aber danke für den Tipp«, witzelte Cruz trocken. »So, was haben wir sonst noch für heute?«

»Ein paar weitere Treffen, aber den Löwenanteil der Anweisungen haben wir bereits ausgehändigt. Wir schaffen eine Basis in Los Cabos und beginnen die Überwachung vor Ort. Außerdem erhalten wir ein paar verdeckte Ermittler, die in den Striplokalen herumwühlen und sich in den Barrio-Drogenhandelbereichen nach Geschwätz umhören.«

»Aber nicht von Julios oder Ignacios Gruppen. Ich will sie aus dem Informationskreislauf draußen haben. Sie sollen ihr übliches Geschäft erledigen«, betonte Cruz.

»Ich weiß, ich weiß. Wir haben vier Jungs von Paolo Arriatas Kader, die reingehen. So ist es aufgeteilt«, versicherte Briones ihm. Arriata war ein anderer Veteran der verdeckten Straßenermittlungen, die Cruz eingeleitet hatte.

»Gut. Alles klar, holen wir den Nächsten hier rein und gehen die Prozedur durch.«

Briones erhob sich und ging, um den zu holen, der für drei Uhr einbestellt war.

~~~

Die Temperatur begann in Culiacán zu steigen, und in ein paar Monaten würde es noch viel heißer werden. Doch jetzt schon war es unangenehm genug in den schlecht belüfteten Mauern des Gefängnisses, wo die Häftlinge, die im Regelvollzug dicht gedrängt tagein, tagaus auf spärlichen Matratzen dahinschmachteten, auf ihren Prozess oder die Verurteilung warteten.

Moreno bekam seine eigene Zelle, sobald er aus Mexico City zurückgekehrt war, und die Qualität und Quantität der Behandlung hatte sich deutlich verbessert. Anstatt in einem Raum mit zwanzig anderen Männern schlafen zu müssen, wovon viele abgebrühte, wegen Mord und Entführung lebenslänglich inhaftierte Verbrecher waren, bekam er jetzt sein eigenes, komfortables Bett und eine private Toilette, einschließlich eines Waschbeckens. Das war für Moreno wie eine Suite im Ritz Carlton, da er üblicherweise in einem düsteren Schuppen am Rande der Stadt von der Hand in den Mund lebte, von allem, was er stehlen und verkaufen konnte.

Als er älter wurde, wurde es immer schwieriger, eine legale Beschäftigung zu finden; die einzigen Gelegenheiten, die er in den letzten zwei Jahren bekommen hatte, waren strapaziöse Jobs im Baugewerbe gewesen, wo er zehn Stunden am Tag in der Sonne Betonblöcke schleppen musste und Mörtel mit einer Schaufel auf einer Sperrholzplatte anmischte. Mit seinem starken Hinken und den damit verbundenen Komplikationen, was ein bleibendes Ergebnis von unglücklichen zwei Sekunden auf einer hohen Leiter beim Trimmen von Pflanzen war, konnte er diese Arbeiten einfach nicht mehr verrichten.

Mexiko hatte kein Sicherheitsnetz für die Armen oder Glücklosen, außer einer medizinischen Versorgung in den notorisch
~~~

schäbigen und unfähigen Krankenhäusern der Sozialversicherung – wo man leicht sterben konnte, während man auf eine Behandlung wartete. Es gab keine sozialen Programme, keine Lebensmittelmarken, keine Arbeitslosenunterstützung, keine Lobbyisten, die Wohlstand aus der Wirtschaft für die Umverteilung an die dicht gedrängten Armen saugten. Wenn man nicht funktionierte, verhungerte man. Der einzige Puffer war die Struktur der Familie, wo die Fürsorge für die Alten oder Kranken als obligatorisch galt, aber Morenos vier Kinder waren keine Hilfe. Eine Tochter lebte in den Vereinigten Staaten, wo sie als Illegale in Südkalifornien von Hausarbeit für wohlhabende Hausfrauen lebte, die zu beschäftigt mit ihrem vollen Terminkalender waren, um sich um lästige Aufgaben wie Putzarbeiten im eigenen Hause zu kümmern; ein Sohn war Fischer in Veracruz und konnte sich selbst kaum über Wasser halten; und die beiden anderen Kinder waren tot, eines ein Opfer eines Verkehrsunfalls, und das andere starb am Dengue-Fieber, das von Zeit zu Zeit ausbrach und wofür es keine Heilung gab.

Seine Tochter schickte gelegentlich hundert Dollar, aber es war bei Weitem nicht genug zum Leben, und es gab keine bezahlte Gartenarbeit für einen über fünfzigjährigen Krüppel mit einem schlecht verheilten Becken. Moreno machte also hier und da Gelegenheitsjobs, wenn er konnte, und nahm zur Linderung der Schmerzen seiner Verletzung das leicht verfügbare mexikanische braune Heroin – eine Sucht, die rasch sein Erspartes aufbrauchte, das er angesammelt hatte. Deshalb begann er eine Karriere als Einbrecher und stahl, wenn sich eine Gelegenheit ergab – obwohl er nicht sehr gut darin war, was seine jüngste Verhaftung bewies. Er konnte nicht einmal vor den beiden Polizisten wegrennen, die von einem Nachbarn alarmiert worden waren, auf dem Bürgersteig standen und warteten, als er ungeschickt aus dem Fenster kletterte.

Er wusste, dass er unglaubliches Glück hatte, dass der Polizeicaptain Cruz seine Geschichte wertvoll fand, und er entschied sich, einen produktiveren Weg einzuschlagen, sobald er freigelassen wurde. Es gab eine Organisation der katholischen Kirche, die ihn mit Essen versorgen würde, wenn er für sie an den Ampeln um

Spenden bettelte, und obwohl das wenig aussichtsreich war, war es doch besser, als für den Rest seines Lebens im Gefängnis zu verrotten. Nein, er hatte noch eine Chance bekommen, und dieses Mal würde er sie nicht vermasseln.

Eine Wache kam an seiner Zelle vorbei, um ihn zu informieren, dass es Zeit für körperliche Bewegung war, danach gab es Mittagessen im Gemeinschaftsbereich. Er zog seine Gefängnisbekleidung an und folgte dem Mann hinaus in den Hof, wo die sengende Sonne auf die versammelten Verbrecher herunterbrannte, was eine zusätzliche Strafe für ihre Sünden darstellte. Er nahm eine Stellung an der Peripherie des Hofes ein, in einem der Bereiche, wo der Dachüberstand einen etwas dürftigen Schatten bot. Eine Brise hätte für etwas Erleichterung gesorgt, aber die acht Meter hohe Ummauerung, gekrönt mit Stacheldraht und Glasscherben, blockierte alles effektiv und verwandelte das Gefängnis in einen Ofen. Die Betonbauweise machte den unerträglichen Zustand noch schlimmer, weil Mauern und Dach den ganzen Tag die Sonnenglut absorbierten und dann während der Nacht die gespeicherte drückende Hitze abstrahlten.

Moreno zog eine der drei verbliebenen Zigaretten aus einer Packung, die er von der Wache nach seiner Rückkehr bekommen hatte, beugte sich vor, holte ein Streichholz aus seinem Schuh hervor und schlug es gegen den Boden. Ein Schatten schob sich über ihn, und als er wieder aufrecht stand, wurde er von einem Anstieg brennender Schmerzen ergriffen. Ein stämmiger Gefangener mit einer verzerrten Narbe über seinem Gesicht stieß einen Schaft in seinen Unterleib, mit der Geschwindigkeit eines Maschinengewehrs, immer wieder und wieder. Er durchstach mehrere Organe, bevor Moreno in einer Pfütze von Blut auf den Boden fiel. Der Täter entfernte sich hastig von der zuckenden Gestalt und verschwand zwischen den Gefangenen, die aus Selbsterhaltungstrieb alle ihre Augen abgewandt hatten.

Morenos Blick verschleierte sich, während die Welt um ihn herum immer mehr verschwamm. Sein Herzblut wurde in einem elenden Höllenloch vergossen, gerade als die Dinge eine Wendung für ihn nahmen.

Bis ihn die desinteressierten Wachen erreichten und einen Sanitäter riefen, rutschte Moreno bereits in die Vergessenheit, niedergestreckt von einem unbekannten Angreifer aus Gründen, die niemand je nachvollziehen konnte. Als er aus der Welt glitt, waren seine letzten Gedanken, dass die ganze Erfahrung des Sterbens erheblich überschätzt wurde.

~~~

Im Flugzeug von Mexico City nach Los Cabos befand sich eine überraschend große Zahl von ernsten, muskulösen Polizisten, die sich unter den Passagieren verteilten. Die Männer reisten in ziviler Kleidung, ihre Waffen wurden sicher in einem speziell verschlossenen Container im Rumpf des Flugzeugs transportiert, um dann am Bestimmungsort übernommen zu werden. Sie waren nicht sehr gesprächig und auf sich konzentriert, vermieden Kontakt zu ihren Sitznachbarn, studierten lieber das Bordmagazin oder schlossen die Augen während des kurzen Fluges.

Als das Flugzeug in die trockene Wüste der südlichen Halbinsel Baja hinabstieg, wurde das Flugzeug von der aus dem dürren Gestrüpp aufsteigenden heißen Luft durchgerüttelt. Auf der linken Seite ihres Anfluges erstreckte sich in der Ferne das tiefe Azurblau des Sees von Cortez, mehr als hundertfünfzig Kilometer Gewässer lagen zwischen Los Cabos und dem nächstgelegenen Punkt auf dem Festland.

Die Räder bissen sich mit einem Streifen aus Rauch in das Rollfeld, bevor sich das Flugzeug auf der langen Start- und Landebahn verlangsamte, die kürzlich sowohl für den G-20 als auch hinsichtlich Boeing-777-Flügen vom Festland verlängert worden war: Es war der letzte Zwischenstopp zwischen Mexico City und China. Als das Flugzeug eine Schleife in Richtung des Terminals zog, bemerkten die Männer eine Phalanx von Privatjets aller möglichen Fabrikate am hinteren Ende des Feldes, ein Beweis für das Geld, das sich in der Region konzentrierte. Alles, vom zweimotorigen King-Air-Prop-Flugzeug bis zur Gulfstream G-5, reihte sich Flügel an Flügel,
~~~

und selbst als die Hochsaison sich zum Ende neigte und die Stadt auf die Hundstage des Sommers zuging, wetteiferten Dutzende von Jets in allen Formen und Größen um einen Platz.

Die Männer gingen von Bord, und im Bereich der Gepäcksausgabe trafen sie ihre örtlichen Amtskollegen, das Baja-Kontingent der Bundespolizei, die ihren Waffenkoffer abholten. Sie warteten, um die Neuankömmlinge zu ihrem Hauptquartier zu bringen, das einige Kilometer vom Flughafen entfernt lag.

Nach einer flüchtigen Orientierung in ihrem vorübergehend neuen Zuhause brach das Team zum Mittagessen ins nahe gelegene Terrassen-Fischrestaurant auf, das unter einer riesigen Strohhütte, einer Palapa, lag. Als sie gegessen hatten, fuhren sie zum neu errichteten Kongresszentrum, wo der G-20-Gipfel stattfinden würde. Es schien, als ob die Arbeiter ziellos umherliefen, mitten im unablässigen Strom von Fahrzeugen, die kamen und gingen, während Lieferungen gemacht und Vorräte verteilt wurden.

Das Terrain schien relativ leicht zu sichern zu sein, zumal es keine Bauwerke in unmittelbarer Nähe des Komplexes gab. Die einzigen Orte, die Sorge bereiteten, waren die Schule am Fuß des steilen Hanges und die umliegenden Berge. Ein Scharfschütze könnte möglicherweise einen Schuss vom Kamm des nächstgelegenen Steilhanges abfeuern, aber der Erfolg wäre aus solch einer Entfernung äußerst fraglich.

Am Ende war die Sicherung des Geländes nicht ihr Problem. Die Armee und eine Sondersicherheitseinheit würden die größte Last übernehmen, um die Würdenträger während des Gipfels abzusichern, da es an erfahrenen Polizisten mangelte. Es gab keine bewaffneten Konflikte mit Kartellmitgliedern im südlichen Baja, deshalb hatte die Polizei vor Ort niemals mit etwas Gefährlicherem zu tun als einer Schießerei mit lokalen Drogenhändlerbanden, gelegentlich mit einem betrunkenen Messerstecher oder einer wütenden Frau, die darauf aus war, ihren missratenen Ehemann mit einer Gartenmachete zu enthaupten.

Nachdem sich das Team mit den geografischen Gegebenheiten vertraut gemacht hatte, zog man zu den umliegenden Randgebieten, die weitgehend Wohngebiet waren. Zwei- und dreistöckige Wohnblöcke säumten die Autobahn, gelegentlich unterbrochen durch Fußballfelder, kleine Einkaufszentren und Läden oder Restaurants. Der große Supermarkt und die angeschlossene Einkaufspassage hinter der Kreuzung an der Straße, die zum G-20-Gipfel führte, waren fast anderthalb Kilometer entfernt, und zwischen dem Supermarkt und dem Convention Center lag noch ein Hügel; also ging von hier keine offensichtliche Bedrohung aus.

Nach Abschluss ihres Orientierungstages checkten die Männer in einem nahe gelegenen Hotel ein. Die Undercover-Polizisten machten Siesta, weil ihre Schicht bei Anbruch der Nacht begann, wenn die Erwachsenenunterhaltung in den Striplokalen mit ihren Neon-Versprechen über den Straßen von San José und der Innenstadt von Cabo San Lucas auflebte. Sie würden die meisten Nächte bis vier Uhr morgens auf sein, mit den Mädchen reden und versuchen herauszufinden, ob jemand Zeit mit einem Festlandbewohner verbracht hatte, der verdächtig schien. Es war ziemlich aussichtslos, aber eine überraschend große Zahl von Kriminellen verbrachte ihre Freizeit mit Professionellen beim Trinken, und vielleicht teilte El Rey diese Gewohnheit. Alle Geheimdienstler hatten verkleinerte Skizzen im Portemonnaie, zusammen mit ein paar Geldscheinen, für den Fall, dass eine der jungen Damen etwas zu erzählen hatte.

Sie wollten vermeiden, das Foto wahllos herumzureichen, weil es den Attentäter warnen könnte, dass er in Los Cabos aktiv gesucht wurde. Sobald er alarmiert war, würde er verschwinden. Dann müssten sie die Luft anhalten, bis er aus dem Nirgendwo zuschlug. Sie würden bis einen oder zwei Tage vor Beginn des Gipfels warten, um diesen letzten Verzweiflungsschritt zu machen, und die Skizze bei allen Gesetzeshütern und Streitkräften in der Umgebung herumreichen.

Ein großes Hindernis bestand darin, dass die örtliche Polizei in der Regel korrupt war. Das Durchschnittsgehalt lag bei dreihundertfünfzig Dollar pro Monat, deshalb ergänzten die meisten ihr Einkommen mit der Annahme von Bestechungsgeldern für allerlei Gefälligkeiten – ließen Verkehrssünder laufen, setzten Geschäftskonkurrenten unter Druck, verlangten Schutzgeld, um Geschäfte und Restaurants zu schützen, und verkauften Informationen an die Unterweltverbindungen. Gerade das war das Problem – El Rey war zweifellos an die Gerüchteküche im Untergrund angeschlossen und würde innerhalb von Stunden über eine Fahndung Bescheid wissen, sollten sie damit hausieren gehen.

Jeder in Gewahrsam genommene Häftling würde befragt werden, und man würde ihm die Skizze zeigen, nur für den Fall, dass jemand ihm begegnet war. Darüber hinaus würden die Undercover-Polizisten die Nachricht über die ortsansässigen Drogendealer verbreiten, für den Fall, dass El Rey wie viele Kriminelle eine Sucht zu befriedigen hatte. Sobald die Undercover-Beamten ein paar Mal etwas gekauft hätten, würden sie den Händlern die Skizze mit der fabrizierten Geschichte zeigen, dass der Mann von einem Kartellchef etwas gestohlen hatte und dass der bereit war, jeden zu belohnen, der helfen könnte, den Dieb zu finden.

Das war keine umfassende Strategie, aber es war ein guter Anfang. Als die Sonne hinter den Bergen der Sierra La Laguna wegtauchte, bereitete sich das Undercover-Team auf die erste von vielen langen Nächten im Sündenpfuhl des südlichen Baja vor, auf der Suche nach einem flüchtigen Mann ohne Namen, dessen Visitenkarte eine Tarotkarte war.

KAPITEL VIERZEHN

Cruz fühlte sich, als ob man ihn in den letzten beiden Tagen, in denen er eine Besprechung nach dem anderen gehabt hatte, durch die Mangel gedreht hätte. Eine Zehn-Stunden-Schicht war keine Seltenheit für ihn, aber bei all der Arbeit, die sich angehäuft hatte, während er sich mit seinen Mannschaftsführern traf, war er zwölf bis dreizehn Stunden im Dienst, und das war noch nicht genug. Er hasste diesen Teil der Arbeit, aber der Verwaltungsaspekt war ein wesentlicher Bestandteil des mexikanischen Verfahrensmanagements. Ob er es mochte oder nicht, er befand sich nun mal in Mexiko … und verwaltete.

Jetzt, nachdem die Teams nach Los Cabos abgereist waren, hatte er das Gefühl, dass sie endlich proaktiv vorgingen. Aber es war eine emotionale Achterbahn. Er merkte, wie die Zeit dahinraste und der Gipfel heranrückte, und sie waren einem echten Beweis nicht wirklich näher gekommen als in der vorherigen Woche. Er hatte die Skizze von El Rey zu CISEN mitgenommen und das Verhör beschrieben, das er mit dem Räuber von Culiacán gehabt hatte, aber sie schienen unbeeindruckt. Angesichts ihrer ersten Begegnung überraschte ihn das nicht. Er wusste aus Erfahrung, wenn Bürokraten Kompetenzstreitigkeiten ausfochten, statt ihre Arbeit zu tun, gab es keine Möglichkeit, sie wieder auf Kurs zu zwingen. Er hatte an ihr Gewissen appelliert, aber es hatte sie nicht umgestimmt – lieber gaben sie lahme Zusicherungen, dass alle erforderlichen Vorkehrungen getroffen würden und damit die Sicherheit des Präsidenten garantiert sei. Sie sagten ihm, er solle sich keine Sorgen machen – sie seien am Fall dran.

Cruz hatte noch eine Kopie der Skizze dagelassen, in der Hoffnung, sie würden aufwachen, aber er war nicht optimistisch. Aus welchem Grund auch immer, sie waren an nichts interessiert, was er zu sagen hatte. Das sah also immer noch nach einer Sackgasse aus.

Sein Treffen mit der DEA hatte auch nichts gebracht. Bill zeigte sich über die Reaktion des Secret Service recht unverbindlich, was für Cruz bedeutete, dass es Bill nicht besser ergangen war als ihm mit CISEN. Es war möglich, dass die Amerikaner die Gefahr ernster nahmen als Mexiko, aber er hielt es für unwahrscheinlich, zumal niemand sich mit ihm in Verbindung setzte oder zusätzliche Unterlagen anforderte.

Es war eine klassische Zwickmühle. Er konnte nicht beweisen, dass der Pfandhausbetreiber von El Rey getötet worden war. Er konnte auch nichts Neues über den Mord berichten, was bedeutete, dass seine Skizze von irgendjemandem hätte sein können – es gab nichts, was bestätigte, dass es der berüchtigte Mörder war, außer der Zeugenaussage eines Spitzels hinter Gittern, was normalerweise überall in der Welt als unzuverlässig galt. Und Santiagos Aussagen hatten kein Gewicht – die Aussage eines Kartellchefs, der nach der Drohung, die beiden Präsidenten zu töten, an einer Gehirnschädigung verstorben war, konnte kaum als zuverlässig gewertet werden. Cruz verstand das. Er war ebenfalls schnell bereit gewesen, Santiagos Bedrohungen zu misstrauen, bis er Zeit hatte, seine Reaktionen zu verarbeiten und den Ton des Mannes und dessen Haltung zu überprüfen. Nichts davon hatte auch nur die geringste Beweiskraft, selbst wenn er persönlich dachte, es sei überzeugend.

Cruz knurrte der Magen. Er blickte auf die Uhr an seiner Wand, überrascht, dass es schon acht Uhr abends war. Der Tag war wieder einmal vorbeigeflogen. Während er auf den nie schrumpfenden Haufen Papierkram vor sich starrte, fühlte er sich demoralisiert. Er wollte im Feld draußen sein, nach Hinweisen suchen, Leute befragen und nicht wie ein verdammter Bilanzbuchhalter Papiere hin- und herschieben.

Er nahm einen Schluck des nun kalten Kaffees aus seiner übergroßen Tasse und schnitt bei dem bitteren Gebräu eine Grimasse. Dann beschloss er, es für diese Nacht gut sein zu lassen. Der Dokumentenstapel würde morgen auch noch da sein und auf seine Durchsicht und Unterschrift warten. Da war er sicher. Er erhob sich, streckte seine Arme und drehte seinen Kopf, um die Muskulatur zu entzerren, dann überkamen ihn plötzlich Schuldgefühle. Er hatte noch eine lange Nacht vor sich, in einem leeren Haus mit nichts als der Gesellschaft von Geistern. Deshalb überlegte er, dass er genauso gut die Arbeit mit nach Hause nehmen und sie dort durchkämmen konnte, während er aß, anstatt vor dem Fernseher zu sitzen. Zumindest hätte er weniger Unannehmlichkeiten, die am nächsten Morgen auf ihn warteten, und er würde ganz gewiss gut dabei einschlafen.

Während er sich mit seinem vollgestopften Aktenkoffer durch die Sicherheitskontrolle auf den Weg zu seinem Auto machte, entschied er sich, eine Sekretärin anzufordern. Er hatte diese Idee immer verworfen, weil er glaubte, es wäre eine falsche Botschaft an sein Team, aber so konnte es nicht weitergehen. Cruz musste in der aktiven Operation bleiben, besonders jetzt, da es weniger als vier Wochen bis zum Gipfel waren. Er machte sich geistig eine Notiz, dass er Briones beauftragen würde, ein bereichsübergreifendes Memo an die Mitarbeiter zu verschicken, damit interne Kandidaten zuerst berücksichtigt würden. Er würde jemanden vorziehen, der vertraut war mit den labyrinthischen Prozessen, in die das System der Bundespolizei eingebettet war, ansonsten würde er sich beim Versuch, jemanden auf Trab zu bringen, nur eine weitere Bürde aufladen.

Er warf seine Aktentasche auf den Beifahrersitz und kehrte dann in sein Büro zurück, um sich einen Bürocontainer vollgestopft mit Papieren zu schnappen, die sich über die Woche angesammelt und die er zu erledigen hatte, wofür er aber nie die Zeit zu haben schien. Der Container wog gut zwanzig Kilo. Hatte er wirklich zugelassen, dass sich so viele Dinge ansammelten?

Cruz hievte den Container ins Auto und schob ihn auf den Sitz, daneben klemmte er seine Aktentasche, damit nichts umkippen konnte, wenn er plötzlich bremsen musste. Zufrieden ließ er den großen V8 an und gab ihm dreißig Sekunden zum Aufwärmen, bevor er aus dem Parkplatz schwenkte. Er winkte der Wache einen Gutenachtgruß zu und reihte sich in den nächtlichen Verkehr von Mexico City ein. Seine Sicht war vor Müdigkeit und überanstrengten Augen verschwommen.

Auf der Fahrt nach Toluca war nicht so viel Verkehr wie sonst, wahrscheinlich wegen der späten Stunde, und er schaffte es in weniger als vierzig Minuten, am Ziel zu sein – eine Art kleineres Wunder. Als er eines der allgegenwärtigen OXXO-Ladenschilder erspähte, malte er sich den Zustand seines Kühlschrankes aus und beschloss, Bier und Brot für sein Abendessen zu besorgen; der Brotlaib, den er noch zu Hause hatte, bekam schon einen alarmierend grünen Rand, und er wollte das Schicksal nicht mehr herausfordern, als es unbedingt notwendig war. Cruz war auf seinem Handy mit Briones verbunden, als er auf den Parkplatz zurollte. Deshalb bemerkte er den Lkw, der neben ihm herzog, nicht wirklich, als er sich vorsichtig neben den alten Impala stellte, von dem er wusste, dass er dem Manager gehörte.

»Alles klar«, sagte er dem Lieutenant, »ich möchte nächste Woche nach Los Cabos fliegen und dort ein paar Tage damit verbringen, mir die Lage anzuschauen, bevor es zu hektisch wird. Wir haben zu wenig …«

Sein Beifahrerfenster explodierte in einem Kugelhagel, als eine Maschinenpistolensalve in die Seite des Autos einschlug. Cruz ließ, kurzzeitig betäubt, das Telefon fallen und fühlte weiß glühende schmerzhafte Stiche in seiner Brust und seinem rechten Bein. Instinktiv schlug er den Rückwärtsgang ein, griff nach seiner Pistole und machte sie schussbereit, während er aufs Gas drückte. Der Charger donnerte zurück. Er drehte das Rad nach rechts, drückte die Bremse voll durch und blockierte dabei den Lastwagen mit seinem Auto. Weitere Schüsse prallten von der Motorhaube ab. Der Schütze lehnte sich im Versuch, sein Ziel zu treffen, aus dem Fahrzeugfenster. Cruz feuerte neun Schuss durch die Windschutzscheibe. Zufrieden registrierte er, dass der Schütze seine Waffe auf den Boden fallen ließ, nachdem ein paar Kugeln ihr Ziel getroffen hatten.

Auf dem Parkplatz wurde es wieder still. Cruz richtete seine Waffe auf den Lastwagen, während er seine Fahrertür aufstieß und auf den Gehweg wankte. Sein Bein konnte sein Gewicht kaum halten, und seine Brust fühlte sich wie von einem Brandeisen getroffen an, als er zum Fahrzeug hinkte. Er bemerkte, dass die Waffe, die der Schütze benutzt hatte, die unverwechselbare Form einer Uzi hatte. Der tote Schütze hing halb aus dem Fenster, sein Blut strömte auf der Seite des Lkws hinunter auf die Patronenhülsen, die den Asphalt übersäten, was Cruz davon überzeugte, dass von dieser Seite des Fahrzeugs keine Gefahr mehr ausging. Er ging zur Fahrertür und öffnete sie vorsichtig, die Pistole aus kürzester Entfernung ins Führerhaus richtend. Das Innenlicht flackerte auf, und Cruz wurde mit dem Anblick des Fahrers konfrontiert: Sein Kopf lag in einem Winkel zur Seite, er kämpfte mit dem Atmen, aus seiner linken Brust sickerte Blut aus einer Wunde und seine Kopfhaut hing ihm vom Schädel, wo ein Schuss abgeprallt sein musste und seinen Kopf aufgerissen hatte. Er registrierte Cruz oder die Waffe nicht, und angesichts des rosafarbenen Schaums, der aus seiner Nase und dem Mund quoll, würde er es wohl kaum schaffen. Cruz beobachtete den Mann, der desorientiert und unbewaffnet war, bemüht, seine Arme oben und seine Kopfhaut am Platz zu halten. Dann stieß er mit einem Ächzen ein Todesröcheln aus.

Cruz senkte seine Waffe, drehte sich um und studierte die Seite seines Autos. Sie war mit Einschusslöchern übersät, die Fenster geborsten; in Anbetracht des Schadens war es ein Wunder, dass er noch lebte – das war sein letzter bewusster Gedanke, bevor er gegen den Lkw sank und alles um ihn herum vor seinen Augen verschwamm.

~~~

Licht drang in seine Augen, wodurch er kurz geblendet wurde, und er registriert verzerrte Gesichter, die ihn wie aus der Ferne von oben anstarrten, als ob er am Fuße eines Brunnens läge. Das ist sonderbar, dachte er, als er ein schwebendes Gefühl spürte, bevor er wieder an den ruhigen Ort wegdämmerte, wo niemand ihn verletzen konnte.
~~~

Ein Ruck brachte ihn wieder zu Bewusstsein. Seine Augen öffneten sich mit zitternden Lidern. Er beobachtete, wie lange Neonlichter über ihm vorbeiflogen. Er wusste, dass das nicht möglich war, fand es aber dennoch interessant. Sein Körper vermittelte ihm, dass er sich durch das Gefühl des Schwunges und der Vibration bewegte, und Hände machten sich an seinem Hemd und seiner Hose zu schaffen, als er damit kämpfte zu sagen, dass er Polizist sei; aber er konnte keinen Weg finden, die Worte zu bilden – sie schienen fremd, einfach außerhalb seiner Reichweite. Er versuchte, seinen Kopf zu bewegen, schaffte es jedoch nicht. Sein letzter Eindruck, bevor er wieder das Bewusstsein verlor, war ein merkwürdiger Geruch in der Luft.

Sauerstoff floss aus zwei Noppen der angeschlossenen Röhre in seine Nasenlöcher, wodurch seine Nase juckte. Er versuchte, nach dem ärgerlichen Gerät zu greifen, aber es fehlte ihm die Kraft, seinen Arm zu bewegen. Als er zu vollem Bewusstsein kam, hörte er das verräterische Piepen der Überwachungsgeräte und erkannte, dass er in einem Krankenhaus lag.

Als er seine Augen öffnete, stand Briones da und wachte an der Seite seines Bettes, wobei er ihn besorgt beobachtete. Cruz' Stimme brach, als er versuchte zu sprechen. Er deutete mit den Augen auf den Wasserkrug an seiner Seite. Eine Krankenschwester schob sich an ihnen vorbei, goss ein wenig Wasser in einen Becher und steckte dann den Strohhalm in seinen Mund. Er schluckte schwach, bevor er seinen Kopf wegzog.

»Warum sind alle so mürrisch? Wessen Beerdigung ist das überhaupt?«, fragte Cruz mit einem schwachen Flüstern.

Briones schüttelte den Kopf. »Wir dachten, wir hätten Sie dort verloren.«

»Was? Wegen der paar Kratzer? Oder wegen des OXXO-Kaffees?«, fragte Cruz.

»Sie haben eine Kugel in die Brust und eine ins Bein bekommen. Die in Ihrer Brust prallte an einer Rippe ab, der Winkel war günstig, Sie haben aber eine Menge Blut verloren. Es ist ein Wunder, dass Sie nicht getötet wurden. Das haben Sie der Arbeit zu verdanken«, entgegnete Briones.

»Wieso das denn? Scheint, dass das hier erst wegen des Jobs passiert ist …«, sagte Cruz.

»Die Unterlagen, die Sie in Ihrem Auto hatten … sie blockierten den Großteil der Einschläge. Sonst wären Sie zweigeteilt worden. Es gab über ein Dutzend Kugeln in dem Bürocontainer und im Aktenkoffer, und sieben weitere im Bereich des Motors.«

»Ich nehme an, das ist eine hervorragende Ausrede dafür, dass diese Berichte nicht rechtzeitig bearbeitet worden sind.«

»Ich denke, das sollte ausreichen, Sir«, stimmte Briones zu.

»Wissen wir, wer die Schützen waren?«

»Noch nicht. Wir haben die Fingerabdrücke im System, aber Sie wissen ja, wie das läuft.«

»Wer auch immer es war, die Party verlief nicht so, wie sie es gehofft hatten«, sinnierte Cruz.

»Ganz bestimmt nicht.«

Das Gespräch schien Cruz zu ermüden, deshalb gingen Briones und die Krankenschwester in Richtung Tür.

»Wir haben eine bewaffnete Wache draußen, nur für den Fall«, teilte ihm Briones mit.

»Großartig. Lieutenant, verarschen Sie mich nicht. Wie lange werde ich hier drinbleiben?«

»Der Arzt sagt, wenn Sie sich schnell erholen, dann vielleicht drei Tage. Das Bein wird noch einige Zeit zum Heilen brauchen, und die Wunde in der Brust hat die Muskeln ziemlich zerrissen, aber es ist nichts, was nicht wieder geflickt werden kann. Sie sind hauptsächlich zur Beobachtung hier und damit sich Ihr System vom Blutverlust und Schock erholt«, sagte Briones ihm.

»Ja. Ich habe das Gefühl, als ob mich ein Panzer überfahren hätte. Aber ich werd‘s überleben.«

»Ja, das werden Sie. Ich werde morgen vorbeikommen, um Sie zu besuchen. Wollen Sie in der Zwischenzeit irgendetwas?«

»Haben Sie Ihre Dienstwaffe dabei? Tun Sie mir doch einen Gefallen. Lassen Sie sie mir da. Ich werde dann besser schlafen.«

Briones entfernte seine Pistole und beförderte eine Kugel in den Lauf. Er schob sie unter die Bettdecke neben Cruz’ rechte Hand.

»Eine Kugel ist im Lauf. Aber Sie werden sie nicht brauchen.«

»Ich hoffe, Sie haben recht. Nennen Sie mich jetzt ruhig paranoid«, hustete Cruz. »Wie spät ist es überhaupt?«

»Achtzehn Uhr. Man lieferte Sie gestern Abend kurz vor zehn Uhr ein.«

»Scheiße! Ich bin also den ganzen Tag weg gewesen?« Cruz war sichtlich erregt.

»Sie haben nichts verpasst. Nichts ist passiert. Der Job kann ein paar Tage warten. Im Moment läuft alles automatisch. Alles wird immer noch da sein, wenn Sie wieder auf den Beinen sind«, versicherte ihm Briones.

»Ich denke, ich kann es mir nicht aussuchen. Alles klar … danke fürs Vorbeikommen. Wir sehen uns mañana. Oh, haben Sie mein Handy?«, fragte Cruz.

»Es liegt in der Nachttischschublade. Ich habe es ausgeschaltet, damit die Batterie nicht leer wird.«

»Nochmals vielen Dank. Für alles.«

»Kein Problem. Wir sehen uns morgen. Versuchen Sie, ein wenig zu schlafen, Sir.«

»Werd' ich tun«, sagte Cruz, entspannte sich und gab seiner Müdigkeit nach.

~~~

Kent spielte mit seiner Kaffeetasse herum, während die Männer ihm gegenüber sich über Taktik stritten. Nach fünfzehn Minuten, als die Diskussion zu nichts zu führen schien, hielt er seine rechte Hand hoch, um eine Pause zu signalisieren.

»Der Bulle wurde neutralisiert, nicht wahr? Also wird er kein Problem mehr sein. Die ersten Berichte besagten, dass sein Auto mehr Kugeln drinhatte als ein Waffengeschäft. Und er ist in einem kritischen Zustand. Mir ist nicht klar, was der Hickhack hier soll«, bemerkte er.

»Das Problem ist, dass wir jetzt einen Plan haben, den mexikanischen Präsidenten sowie auch unseren Mann zu beseitigen, der
~~~

dokumentiert und im Umlauf des Systems ist. Das hätte nie passieren dürfen«, erwiderte der Älteste der drei anderen.

»Richtig. Niemand konnte das vorhersehen. Der Idiot von Drogendealer hatte eine große Klappe. Es ist nun mal passiert. Wichtig ist, dass es niemand ernst nimmt«, räsonierte Kent.

»Es ist ein Problem, weil es immer möglich ist, dass der Präsident seinen Auftritt absagen wird«, zischte der ältere Mann zurück.

»Um dabei eine Reise nach Cabo und achtzehn Löcher Golf zu verpassen? Klingt das nach unserem Mann? Ich bitte Sie. Wie viele ernst zu nehmende Bedrohungen bekommt der Geheimdienst pro Jahr? Hunderte? Tausende? Glauben Sie wirklich, dass das Gesülze von ein paar Taco-Fressern glaubwürdig ist? Die Mexikaner wissen nicht einmal, wie man Schnürsenkel bindet. Ich vermute, dass dies weniger als null Untersuchungen nach sich ziehen wird, außer vielleicht eine erhöhte Sicherheitsstufe auf der Konferenz und ein paar Anzugträger mehr als üblich. Das ist Lärm um nichts. Wir haben nichts zu befürchten«, erklärte Kent.

»Gehen wir vom schlimmsten Fall aus«, sagte der Kollege des älteren Mannes. »Kann irgendetwas zu eurer Gruppe zurückverfolgt werden, wenn sie den Mörder irgendwie aufhalten?«

»Das ist das Schöne daran. Keine Chance. Der Drogendealer ist tot. Er war der Verbindungsmann. Er ist derjenige, der den Auftrag erteilte, er ist derjenige, der den Killer anheuerte, und er ist derjenige, der jetzt zwei Meter unter der Erde liegt. Alles ist ausschließlich auf ihn zurückzuführen. Wenn es gelingt, dann gibt man den Kartellen die Schuld – und jeder in der Welt weiß bereits, dass sie eine mörderische Bande sind. Es wird also ein Schock sein, aber keine Überraschung. Wenn es danebengeht, können wir uns etwas anderes ausdenken. Wir haben immer noch genug Zeit, die Wahlen sind erst im November«, versicherte Kent ihnen.

»Und was ist, wenn sie ihn fangen und verhören?«

»Höchst unwahrscheinlich. Aber angenommen, sie fangen ihn irgendwie, obwohl sie jahrelang aktiv, aber erfolglos hinter ihm her waren. Was haben sie? Einen Auftragskiller, der von einem Kartellchef bar bezahlt wurde, ohne Rückverfolgungsmöglichkeit. Das war's. Ende. Genau das hat das Vorhaben von vorneherein so attraktiv gemacht: Alles kann komplett widerlegt werden«, schloss Kent.

Die Männer äußerten weitere Bedenken und machten sich noch mehr Sorgen, aber es führte zu nichts. Sie diskutierten über einige der feineren logistischen Punkte, und nach einer weiteren halbe Stunde kamen sie überein, dass die Dinge nach einem kurzen Schrecken wieder gut eingespurt zu sein schienen.

Kent war es leid, ständig für eine Gruppe nervöser Memmen das Kindermädchen spielen zu müssen. Wie bei allen Politikern und Machtspielern spuckten sie große Töne und unternahmen mutige Schritte, solange es nur um das Theoretische ging, aber sobald die Hände anfingen schmutzig zu werden, machten sie sich in die Hosen. Die Politiker waren schlimm genug, aber musste er jetzt auch noch der Cheerleader für diese zweitrangigen Experten sein? Er beschloss, sich nicht zermürben zu lassen. Dies war eine einmalige Chance, das Ziel sauber und ohne irgendwelche Leichen im Keller zu erreichen. Es würde ein bedauerlicher Akt der Brutalität sein – in einem wilden Land, das von Kriminellen geführt wurde, und würde genau die Umgebung schaffen, die sie anstrebten. Er hätte selbst kein besseres Drehbuch schreiben können, wenn er es versucht hätte.

Manchmal fragte er sich, was zum Teufel diese Idioten dachten, wenn sie grünes Licht für diese Art von Operationen gaben und Profis wie Kent engagierten. Dachten sie, er könnte einfach einen Knopf drücken und alles abblasen, wenn jemand die Nerven verlor?

Er würde froh sein, wenn das vorbei war. Wenn alles richtig lief, könnte er einen großen Schritt im Rang nach oben machen und in Langley entweder die Nummer zwei oder vielleicht sogar die Nummer eins werden. Vielleicht zu gegebener Zeit, wenn er sich als Nummer zwei bewährt hatte.

Das waren doch vielversprechende Aussichten.

~~~

Cruz schlummerte immer wieder ein, der Schmerz in seiner Brust und den Beinen war fast unerträglich. Er hatte den Doktor gebeten,
~~~

ihn vom Morphiumtropf abzuhängen; er wollte lieber den Schmerz ertragen, als dieses taube Gefühl zu haben, das seine Funktionsfähigkeit einschränkte. Als der Arzt zuletzt um Mitternacht vorbeischaute, machte er Cruz gegenüber die Bemerkung, dass seine Genesung überraschend gut voranschritt angesichts des Zustandes, in dem er war, als er eingeliefert wurde.

Trotz der Schmerzen musste Cruz zugeben, dass er sich viel stärker fühlte als zu dem Zeitpunkt, an dem Briones ihn besucht hatte. Offenbar war die Kombination von Erholung und der intravenösen Flüssigkeit wirksam – er wollte sich nicht zu früh Hoffnungen machen, aber er dachte, er wäre so weit, dass man ihn am kommenden Abend entlassen könnte, wenn das Krankenhaus dem zustimmte.

Cruz hatte eine lange Diskussion mit dem freundlichen Arzt, der seine Behandlung überwachte, und er beharrte darauf, die Narkotika abzusetzen, so wie er auch den Arzt beauftragte, alle Mitarbeiter aus seinem Zimmer fernzuhalten, es sei denn, er starb. Keine Drogen, keine Ablenkungen, nur altbewährte Bettruhe, während sein Körper die erschöpften Ressourcen wieder aufbaute. Der Doktor hatte den Kopf geschüttelt und ihn gewarnt, dass er eine Menge Schmerzen ertragen müsste, aber Cruz war das egal. Wenn er Schmerz empfand, war dies ein Zeichen, dass er noch am Leben war, und das war gut. Er wusste, dass er dem Tod um Haaresbreite entkommen war, und vielleicht hatte er das nächste Mal nicht so viel Glück. Es rückte die Dinge in die richtige Perspektive.

Cruz wurde plötzlich bewusst, wie die Zeit verging. Er hatte wegen der Schießerei jetzt einen ganzen Tag verloren; ein Tag, den er nicht wirklich verschwenden konnte. El Rey war irgendwo da draußen und inzwischen gewiss nicht untätig. Der Mann war legendär für seine minutiös geplanten Anschläge, deshalb hatte Cruz wenig Zweifel, dass dieser, falls er nicht bereits in Los Cabos war, bald dort sein würde. Der Gipfel wäre der krönende Triumph seiner Morde – der Oscar, Grammy und Bambi für seine Auftragsmorde, alles in einem. Cruz konnte die Augen schließen und sich vorstellen, wie der Mörder das Gebäude, den Flughafen und die Routen zur Anlage peinlich genau auskundschaftete. Er hatte wahrscheinlich einen

Veranstaltungskalender bekommen und wusste genau, was für die Teilnehmer geplant war, und zwar von ihrer Ankunft bis zu der Zeit, an dem ihr Flugzeug sich wieder in die Luft erhob.

Er drehte sich um und blickte auf seine Uhr. Vier Uhr morgens. Sein Verstand war schwer damit beschäftigt, die Fakten des Falles hin und her zu wenden, anstatt seinem ramponierten Körper Ruhe zu gönnen. Das passte. Er hatte sich schon lange an seine fast besessene Herangehensweise bei der Problemlösung gewöhnt; sobald er etwas in den Händen hatte, machte er sich Gedanken darüber, bis er die Lösung dazu hatte. Es lag in seiner Natur, und wahrscheinlich würde er sich auch jetzt nicht mehr ändern.

Eine der größten Fragen für ihn war, warum ein Kartellboss den mexikanischen Präsidenten beseitigen wollte. Es war Wahljahr, und da konnte der Mann ohnehin nichts mehr bewirken – seine sechsjährige Amtszeit war mit dem Wahltag zu Ende. Es gab in Mexiko keine Möglichkeit zur Wiederwahl, sobald man das höchste Amt erreicht hatte; man hat seine sechs Jahre, und das war's dann. Warum ihn also töten? Zu welchem Zweck? Cruz wollte nicht glauben, dass es nur darum ging, etwas zu beweisen.

Er dachte an die Befehlskette. Wenn der Präsident starb, ging die Führung der Regierung an das mexikanische Äquivalent des Vizepräsidenten – an den Innenminister. Und wenn der Innenminister auch starb, wie es den letzten beiden jeweils durch ein Flugzeugunglück passiert war, dann ging das Amt an eines der Mitglieder des Obersten Gerichtshofes. Cruz betrachtete dieses Szenario – war es vielleicht das Ziel, diejenigen, deren Pflicht die Eliminierung der Kartelle war, zugunsten eines bestochenen Richters zu beseitigen? Er war viel zu erfahren und pragmatisch, um zu glauben, dass jemand im System unbestechlich war. Die Frage war immer nur: zu welchem Preis?

Andererseits, vielleicht ging es einfach nur um die Gebiete und die Kontrolle des Spielfelds. Es war für Cruz offensichtlich, dass die derzeitige Regierung einige Kartelle viel stärker verfolgte als andere. Die Region von Santiago wurde von Regierungstruppen besonders stark geschlagen, während seine Konkurrenten nahezu ungeschoren blieben. Es bestand immer die Möglichkeit, dass es beim ganzen

Vorhaben nur um Geld und Macht ging und um nichts anderes – vielleicht war es das Ziel, einen Stachel aus Santiagos Fleisch zu entfernen und durch einen Politiker zu ersetzen, der sich auf seine Rivalen konzentrierte anstatt auf seine Verbündeten.

Cruz wusste, dass es unmöglich war, diese Fragen zu beantworten, aber das hinderte ihn nicht daran, darüber zu grübeln, während er immer wieder wegdämmerte. Nun, da er weg vom Morphium war, kam seine mentale Klarheit in Begleitung des Schmerzes zurück. Das erinnerte ihn daran, dass er sich auf Anratendes Arztes einer regelmäßigen Physiotherapie unterziehen musste, wenn er vermeiden wollte, später zu hinken. Die Wunde an seinem Bein hatte zwar nicht zu einem Bruch des Knochens geführt, dafür aber seine Muskeln und Bänder geschädigt, was Geduld und Achtsamkeit erfordern würde. Der Gedanke daran deprimierte ihn. Da er andere Invaliden, Opfer eines De-facto-Bürgerkrieges, den sie nicht gewinnen konnten, um sich hatte, war das etwas, auf das er nicht gerade scharf war.

Die Tür öffnete sich leicht und ließ einen Lichtstreifen in den Raum fallen, was ihn aus dem Einschlafen wieder ins volle Bewusstsein riss. Cruz schielte durch seine blinzelnden Augen und sah, wie eine weibliche Gestalt den Raum betrat und anhielt, um ihn genau in Augenschein zu nehmen, bevor sie einen Stuhl unter den Türgriff klemmte. Etwas sagte ihm, dass dies kein normales Verhalten für Pflegepersonen war, und seine Hand rutschte die paar Zentimeter zu Briones Pistole, die immer noch unter seiner Decke verborgen war. Die Schwester bemerkt nichts, da sie mit der Blockierung des Eingangs beschäftigt war. Cruz hielt den Atem an, um sie nicht durch seine Geräusche zu alarmieren.

Die Krankenschwester näherte sich seinem Bett und entfernte hastig etwas von ihrer Bluse. Einen Stift. Wollte sie versuchen, ihn mit dem mickrigen Ding zu Tode zu stechen? Sie fummelte daran herum und nahm dann eine Spritze aus der Hülle. Sie bereitete sich darauf vor, etwas in den Tropf zu injizieren, als Cruz vorgab, zu sich zu kommen.

»Oh. Hallo. Sind Sie hier, um die Dosis anzupassen?«, murmelte er monoton wie unter Drogen, aber mit wachsamen und halb geöffneten Augen.

»Ja. Der Doktor wollte sicherstellen, dass Sie sich die ganze Nacht wohlfühlen, und wies mich an, nach Ihnen zu sehen«, antwortete die mögliche Killerin hinterhältig. Cruz schaute zu ihr hoch. Sie stand ein paar Meter entfernt, die Spritze, die sein Leben beenden sollte, mit der Hand umklammert, während sie etwas Liebevolles in seine Richtung ausstrahlte. Die Krankenschwester war eine atemberaubend aussehende Mexikanerin, ganz gewiss, mit einem Körper, der den Straßenverkehr überall in der Stadt zum Erliegen gebracht hätte. Was für eine Schande.

»Er ist sehr gut, nicht wahr?«, krächzte Cruz schwach.

»Einer der Besten. Sie sind in guten Händen«, versicherte sie ihm.

»Ich bin froh, das zu hören. Sagen Sie mir, wie heißt er noch mal …?«

Ihre Augen verarbeiteten die Frage, und er beobachte, wie es den Bruchteil einer Sekunde dauerte, bis ihr klar war, dass sie ausgetrickst wurde. Sie stürzte sich mit der Nadel auf ihn, wurde aber mit der Pistole auf den KopfKopfes geschlagen. Offensichtlich benommen, kämpfte sie darum, ihr Gleichgewicht zu halten, sodass Cruz ihr noch einen Schlag versetzte. Ihre Augen rollten nach oben, während sie in die Bewusstlosigkeit glitt.

Cruz drückte auf den roten Knopf an seinem Bett und behielt sie zitternd im Auge, während er Hilfe erwartete. Nach ein paar Minuten hörte er, wie das Personal versuchte, die Tür zu öffnen, aber aufgrund des Stuhles ohne Erfolg. Er vergewisserte sich, dass die Frau noch weggetreten war, und fand sich damit ab, die Dinge auf die harte Tour angehen zu müssen. Er hängte sich vom Tropf ab und schwang dann seine Beine über den Rand des Bettes. Er brauchte ein paar Sekunden, um seine Balance zu finden, bevor er zur Tür wankte und den Stuhl entfernte.

Cruz wurde von den beiden Federales fast umgehauen, als sie mit ihren Waffen im Anschlag hereinstürmten, gefolgt von einer Krankenschwester, die ihn auffing, als er gegen sie sank.

»Sie hat eine Spritze in der Hand. Vorsichtig. Lassen Sie sich nicht stechen. Es ist Gift«, wies Cruz die beiden Polizisten an.

Dann wurde er ohnmächtig.

KAPITEL FÜNFZEHN

Briones schritt den Fußboden um den Stuhl herum ab, an den die falsche Krankenschwester, die Cruz hatte töten wollen, gefesselt war, genauso wie er es beim Captain gesehen hatte, wenn dieser Verhöre führte. Er lächelte innerlich beim Gedanken an den Eindruck, den Cruz in den letzten fünf Jahren von ihm gewonnen hatte. Cruz wäre stolz auf ihn gewesen.

Maria Trigos Gonzalez war achtundzwanzig Jahre alt, mit einem Hochschulabschluss in Mathematik. Sie war gebürtig aus Los Mochis, nördlich von Mazatlan an der Küste – ein berüchtigter Kartell-Handelsstopp auf der Strecke zur Grenze.

»Maria. Wir haben die Spritze untersucht. Wir wissen, dass Sie ihn töten wollten. Das steht außer Frage. Ihrem Auftreten nach zu urteilen, kann man darauf wetten, dass dies nicht Ihr erster Job war. Also, hören Sie mit der Scheiße auf, sagen Sie mir, wer Sie angeheuert hat, und es wird besser für alle sein«, sagte Briones.

»Ich sagte es Ihnen doch. Ich kenne den Namen des Mannes nicht.«

»Wie hat er Kontakt zu Ihnen aufgenommen?«, fragte Briones.

»Das kann ich Ihnen nicht sagen.«

»Sie meinen, Sie wollen nicht. Sie wollen es mir nicht sagen«, korrigierte Briones sie. »Und genau da fängt unser Problem an, sehen Sie?«

»Wenn ich Ihnen sage, wer mein Kontakt ist, werde ich spätestens morgen tot sein. Genau so funktioniert es«, warnte Maria.

»Sehr melodramatisch. Aber wie wär's damit: Wenn Sie mir *nicht* helfen, werden Sie genauso schnell tot sein, denn es besteht keine verdammte Chance, dass Ihr Kontakt erlaubt, Sie in der Haft zu lassen, bis Sie sich entscheiden, es könnte sich lohnen, ihn zu verpfeifen. Deshalb ist das einzig Sichere, jetzt zu kooperieren, bevor er weiß, dass etwas nicht stimmt. Ihr Fenster für diese Gelegenheit schließt sich danach, und ich glaube Ihnen, wenn Sie sagen, dass niemand Sie dann beschützen kann …«

Er sah ein Flimmern in ihren Augen und wusste, dass er einen wichtigen Punkt getroffen hatte. Maria war berechnend, wie er merkte. Sie suchte einen Ausweg. Er ließ ihr Zeit, zuversichtlich, dass er recht hatte. Wenn sie aussagte, würde ihr Kontakt sie töten; wenn sie es nicht täte, würde er sie auch töten. Aber wenn sie aussagte, bevor er wusste, dass etwas nicht stimmte, hätte sie eine Chance.

»Sie wissen, dass das, was ich sage, wahr ist – Abschluss in Mathematik, richtig? Das ist nichts für Idioten. Maria, ich kann Sie nicht gehen lassen, nachdem Sie versucht haben, einen Captain der Federales zu töten, aber ich kann eine Möglichkeit finden, Sie wegen etwas Geringerem anzuklagen, und in eine Gefängniseinrichtung bringen, die lockerer im Umgang mit verurteilten Häftlingen ist. Wir wissen beide, dass dies das beste Angebot ist, das Sie bekommen werden, aber es gilt nur heute, genau jetzt. Wenn ich durch diese Tür hinausgehe, geht der Deal mit mir hinaus, und Sie werden innerhalb weniger Stunden tot sein. Bedenken Sie das und treffen Sie die richtige Entscheidung. In jedem Fall ist Ihre Laufbahn als Attentäterin vorbei.« Briones studierte ihr Gesicht. »Sie sind eine sehr schöne Frau, Maria. Ich habe das Gefühl, Sie könnten einen Weg für ein gutes Leben finden, ohne es durch das Töten von Menschen finanzieren zu müssen. Wahrscheinlich stehen die Männer Schlange, um Ihnen den Hof zu machen.«

»Ich bin kein großer Fan von Männern. Sie sind Schweine. Nehmen Sie's mir nicht übel.«

»Kein Problem. Okay, dann gibt es ein ganzes Leben da draußen, das Sie leben können, wie Sie wollen, mit wem Sie wollen. Aber es verschwindet, sobald Sie tot auf dem Boden des Zellenblocks liegen – was passieren wird, wenn Sie nicht kooperieren. Also sparen wir uns die Zeit, oder?«, schlug Briones vor.

Sie starrte ihn an, aber er wusste, dass er ihren Willen gebrochen hatte. Nicht, weil er sie gefoltert oder physisch fertiggemacht hatte.

Er würde sich durchsetzen, weil er starke Argumente vorbrachte. Manchmal war das der beste Weg. Maria war es wahrscheinlich gewöhnt, in jedem Raum die Klügste zu sein, deshalb benutzte sie die Sprache der Logik. Auch wenn sie ihren Lebensunterhalt als Mörderin verdiente – der Mathematik-Abschluss bedeutete, dass sie analytisch zu denken verstand, und sobald die Gleichung im Kopf berechnet war und sie zu der Einsicht kam, dass sie mit ihm zusammenarbeiten musste, um am Leben zu bleiben, würde sie es tun. Er fischte in seiner Hemdtasche nach seiner Zigarettenpackung – klopfte eine heraus und zündete sie an, dann reichte er Maria die Packung. Sie schüttelte den Kopf und lehnte das Angebot ab.

Briones genoss das Rauchen. Er hatte seine Sucht auf zehn Zigaretten pro Tag verringert und hoffte, dass er am Ende davon loskommen konnte, bis er nur noch ab und zu eine Zigarette nach dem Essen wollte. Es war kein schlechter Plan, aber der verdammte Rauch schmeckte gut. Manchmal war das Leben nicht fair – die Dinge, die am meisten Spaß machten, brachten einen in der Regel um.

Maria sah zu ihm hoch, während er lässig seine Zigarette rauchte; ein Mann, der Zeit hatte, war von Vorteil. Als sie sprach, klang sie resigniert.

»Was muss ich tun?«

Maria näherte sich der Eingangstür des Antiquitätengeschäfts in gemessenem Schritt. Stilettos betonten ihre perfekt geformten Waden. Sie hielt vor der Tür und spähte durch das Glas, um zu überprüfen, ob ihr Kontakt schon da war, bevor sie eintrat. Ein Mann mittleren Alters mit Spitzbart öffnete ihr die Tür und küsste sie auf beide Wangen. Er zeigte mit geöffneter Hand auf einen Durchgang an der Rückseite des Geschäfts und bedeutete dem Mädchen hinter der Theke mit einem Nicken, die Stellung zu halten, während er sich seinem Gast widmete.

Sobald sie in seinem Büro waren, wurde sein Verhalten brüsk.

»Wie ist es gelaufen?«, fragte er.

»Die Zielperson im Hospital Angeles? Fein. Ich spritzte das Gift wie befohlen und entkam, bevor er starb.« Sie lächelte ihn süß an. »Was hast du erwartet?«

Er betrachtete sie mit verwirrter Neugier. »Das ist wunderbar. Ich werde die andere Hälfte des Honorars anfordern und dich in der üblichen Weise bezahlen. Also, warum bist du hier, anstatt das telefonisch zu erledigen?«, fragte er höflich.

»Bist du nicht froh, mich zu sehen?«, entgegnete sie.

»Natürlich, meine Liebe, natürlich. Es ist einfach nicht, hm, üblich, deshalb bin ich ein wenig überrascht«, sagte er.

»Ich möchte den Auftraggeber treffen, Ben.«

Benjamin Del Fuerez hörte auf, seinen Spitzbart zu streicheln. Er starrte sie scharf an. »Das ist nicht möglich. Du weißt, dass es so nicht funktioniert«, fuhr er sie an.

»Ben, das war kein gewöhnlicher Auftrag. Ich weiß nicht, ob du es wusstest, aber das Ziel war ein prominentes Mitglied der Bundespolizei. Das beinhaltet ein ganz anderes Maß an Risiko, meinst du nicht?« Sie beobachtete ihn.

»Ich hatte keine Ahnung davon«, protestierte Ben, seine Augen offenbarten jedoch das Gegenteil. Es lag keine Überraschung darin, kein Schock. Nur Doppelzüngigkeit.

»Jetzt weißt du es. Ich möchte den Auftraggeber treffen und besprechen, wie er mir das bezahlen kann, was der Anschlag wert war«, erklärte Maria.

»Es tut mir leid, das wird nicht passieren. Was ich tun kann, ist, mit ihm zu sprechen und mich für irgendeine Form von Bonus für gut geleistete Arbeit einzusetzen«, schlug Ben vor.

»Nein. Ich muss ihn treffen. Lieber früher als später. Keine Verhandlungen darüber«, betonte Maria. Ben studierte sie, wie er es bei einem Insekt tun würde.

»Maria – was zum Teufel geht in deinem Kopf vor? Was glaubst du, mit wem du sprichst? Wenn du weitere Aufträge willst, musst du diese Haltung aufgeben. Oder unser Arrangement ist beendet. Ich meine es ernst.«

»Vielleicht habe ich es satt, Menschen für Geld zu töten, Ben. Vielleicht brauche ich keine weiteren Aufträge«, entgegnete Maria.

Ben wusste nicht, wie er darauf reagieren sollte. Niemand quittierte den Dienst in diesem Geschäft. Niemand.

»Du hast diese Option nicht, mein Schatz. Sobald du dabei bist, bist du es ein Leben lang«, warnte Ben.

»Das glaube ich nicht, Ben.« Sie stand auf, und Ben war unsicher, wie er auf diese neueste Überraschung reagieren sollte. Er war ehrlich perplex über diese Auseinandersetzung. Maria war so hart und effizient wie ein Profi. Ihre Ankündigung, dass sie den Auftraggeber treffen und jetzt aufhören wollte, bedeutete eine komplette Änderung des Drehbuchs.

»Ich verstehe dich nicht. Was zum Teufel glaubst du, was du tust? Weißt du, was passiert, wenn du durch diese Tür hinausgehst?«, drohte Ben.

»Lass mich raten. Du tötest mich oder lässt mich von einem deiner Leute töten?«

»Du befindest dich auf gefährlichem Terrain, Maria. Du weißt, dass ich es tun werde«, knurrte er.

»Ja, ich wette, es ist viel einfacher, Geldzahlungen für Auftragsmorde abzuwickeln, als es selbst zu tun, obwohl ich mir vorstellen kann, dass du in deiner Zeit viele getötet hast, eh?«, feixte Maria Ben an, was ihn noch mehr verärgerte.

»Du kleine Schlampe, ich habe Huren wie dich nur so zur Übung getötet. Was glaubst du, wie ich zu diesem Geschäft kam? Du solltest mich nicht verarschen. Wenn du da hinausgehst, bist du noch vor Anbruch der Nacht tot. Kommt das bei dir an?«

Sie nickte.

»Ja, das müsste hinhauen. Du hast dich mehr als klar ausgedrückt, Benjamin Del Fuerez«, intonierte sie, setzte sich hin und zog eine kleine Beretta aus ihrer Handtasche.

»Was zum Teufel machst du …?«

Ein plötzlicher Lärm unterbrach die beiden von der Vorderseite des Geschäfts her. Der Klang von Stiefeln polterte auf dem Steinboden. Die Tür sprang auf, und drei Federales, voll ausgerüstet zum Angriff, platzten mit ihren Gewehren, direkt auf Bens Kopf gerichtet, herein. Einen Augenblick später trat Lieutenant Briones ein. Er steckte seine Pistole zurück ins Holster.

Er sah zu Maria.

»Wir haben das Ganze auf Band. Er ist erledigt. Geben Sie mir die Waffe«, sagte Briones, seine Hand aufhaltend. Maria legte sie in seine Hand, und er steckte sie ein, bevor er seine Aufmerksamkeit auf Ben richtete. »Wie Sie vielleicht schon vermutet haben, da Sie ja offensichtlich ein kluger Mann sind, wurden Sie reingelegt. Was ich damit meine, ist, dass Sie den Rest Ihres traurigen, miserablen Lebens im schlimmsten Gefängnis verbringen werden, das Mexiko zu bieten hat, wo Sie von aidsverseuchten Junkie-Sträflingen in den Arsch gefickt werden. Dort werden Sie verrotten, aufgrund Marias Zeugenaussage und der Bandaufnahme, die wir gerade von Ihrem Geständnis gemacht haben. Wie sagten Sie noch? – Sie haben viele ›zur Übung‹ getötet? Sie gaben auch zu, sie für das Töten eines Bundespolizeihauptmanns bezahlt zu haben, und dass Sie gegen Geld ein Unternehmen für Auftragsmorde betreiben.«

»Ich möchte meinen Anwalt«, verlangte Ben.

»Nein, Ben – ich darf Sie doch Ben nennen, oder? Wir sind hier doch alle Freunde, stimmt's? Keine unnötigen Formalitäten.« Briones ging um den Tisch herum, an dem Ben saß, und beugte sich nahe zu ihm, kam ihm bewusst zu nahe. »Feines Kölnisch Wasser, Ben, wenn auch ein bisschen zu viel. Die Jungs im Gefängnis werden es lieben. Und das ist Ihre Zukunft – ein kurzes Leben, von Killern in den Arsch gefickt, bevor einer von ihnen Ihre Eingeweide herausschneidet, einfach nur ›zur Übung‹.«

»Das war ein Scherz, was ich zu ihr sagte …«

»Natürlich. Und der Captain wird sich viel besser fühlen, da er nun weiß, dass der Mann, der dafür bezahlte, ihn zu töten, eigentlich scherzte, als er dies tat. Ich bin sicher, der Richter wird diese Erklärung auch mögen.« Briones nahm seine Handschellen heraus. »Sie haben wirklich einen hübschen Mund. Engelhaft. Ich vermute, selbst in Ihrem Alter werden Sie wie eine Packung Zigaretten im Hof herumgereicht, so ein schöner, feiner, zivilisierter ritterlicher Typ, wie Sie es sind.« Er klickte die Handschellen auf. »Aber es gibt eine andere Möglichkeit. Es sei denn, Sie freuen sich schon darauf, Ihre Gefängnisvergewaltigungsfantasien auszuleben …«

Ben schluckte und blinzelte Briones an, scheinbar empfänglich dafür, mehr zu erfahren.

An diesem Abend klingelte ein kleiner Mann mit einem rasierten Kopf an der Tür des Antiquitätenladens. Er trug Jeans und eine Wildlederjacke. Eine Aktentasche aus Krokodilleder baumelte lässig an seiner perfekt manikürten Hand. Ein aufwendiges Goldarmband schmückte das eine Handgelenk und ein Mondphasen-Chronograf von Patek Philippe das andere. Ben tauchte von der Rückseite des Geschäfts mit einem Schlüsselsatz auf, öffnete hastig das zweifach gesicherte Schloss und hielt dem Mann die Tür auf, bevor er sie hinter ihm wieder verschloss. Er winkte ihn zu seinem Bürobereich und folgte dem kleinen Mann nach hinten. Nachdem sie sich gesetzt hatten, stellte der Mann seine Aktentasche auf den Schreibtisch und öffnete sie mit einer schwungvollen Bewegung.

Ben runzelte die Stirn und sagte: »Der Auftraggeber erklärte, dass das Ziel ein Bundespolizeibeamter gewesen wäre …«

Bens Äußerung wurde durch den dumpfen Klang aus der kleinen Pistole des Neuankömmlings unterbrochen. Der schallgedämpfte Schuss drang in sein Auge. Ruhig steckte der kleine Mann die Waffe, eine Ruger, Kaliber .22, mit einem kundenspezifischen Schalldämpfer wieder ein, schloss die Aktentasche, ging um den Schreibtisch und schnappte sich die Schlüssel aus Bens lebloser Hand, damit er wieder hinausgelangen konnte.

Als Briones und vier bewaffnete Beamte durch die rustikale, handgeschnitzte Holztür an der Rückseite des Büros hereinplatzten, fiel die Beherrschung des kleinen Mannes jedoch in sich zusammen.

»Sie sind wegen Mordes und Verschwörung zum Mord verhaftet«, sagte Briones, während er mit bereitgehaltenen Handschellen vortrat. Der kleine Mann stürzte mit der Aktentasche und den Schlüsseln zur Vorderseite des Geschäfts und stoppte, als er noch mehr Polizei vor der Tür sah. Er wandte sich langsam zu Briones um, dessen Pistole auf seinen Kopf gerichtet war, und warf die Tasche mit einem Schwung auf den Boden.

Die Ecke der einen Lippe zuckte nach oben, und er zischte seine ersten Worte seit Betreten des Geschäfts.

»Sie machen einen Riesenfehler.«

KAPITEL SECHZEHN

»Was meinen Sie damit, Sie können ihn nicht finden?«, schrie Briones ins Telefon. »Wir haben ihn gestern Abend hergebracht, und es ist geplant, dass ich ihn heute Vormittag verhöre. Wie zum Teufel kann ein Gefangener über Nacht aus einer Zelle verschwinden?«

»Ich weiß nicht, was ich sagen soll, Lieutenant. Ich überprüfe das gerade. Theoretisch ist es unmöglich. Vielleicht haben wir ihn unter dem falschen Namen registriert, oder es gab einen anderen administrativen Fehler«, spekulierte der diensthabende Sergeant.

»Haben Sie eine Ahnung, wer dieser Mann ist? Er ist derjenige, der die Tötung von Captain Cruz angeordnet hatte«, schrie Briones, immer noch entsetzt, dass der mysteriöse Mann verschwunden war.

»Ich verstehe, Sir. Hören Sie … Gefangene spazieren nicht einfach hier hinaus, wann immer es ihnen passt. Wir werden ihn finden. Geben Sie mir eine Stunde, um das zu klären. Ich bin erst seit neun im Dienst«, versicherte ihm der Sergeant.

Briones schaute auf seine Uhr. Es war neun Uhr dreißig. »Rufen Sie mich zurück, sobald Sie ihn finden.« Er fluchte, als er das Mobilteil hinknallte. Eine perfekte Falle: Der Täter war auf frischer Tat mit der Mordwaffe in der Hand erwischt worden, während die Leiche noch warm und die Tötung auf Band festgehalten worden war, und jetzt soll er sich in Luft aufgelöst haben? Was zum Teufel war denn da los? Briones erinnerte sich an die einzigen Worte, die der Mann in einem gringogefärbten Spanisch mit fast weiblicher Stimme gesprochen hatte, nämlich, dass er, Briones, einen großen Fehler mache.

Und das mit einem Grinsen, das Briones den Atem im Hals stocken ließ.

Der Mann hatte sich seitdem, auf dem ganzen Weg ins Hauptquartier und während der Einlieferung, geweigert zu sprechen. Keinen Ton. Nur ein fester Blick, der Arroganz und Irritation projizierte, als ob Briones seine Lieblings-TV-Show unterbrochen oder bei einer Verkehrskontrolle seine Fahrerlaubnis gefordert hätte. Er hatte sich nicht wie ein Verdächtiger benommen, der gerade wegen Mordes in einem eindeutigen Fall festgenommen worden war. Es war besorgniserregend, und jetzt, da er nirgendwo zu finden war, hatte sich der kleine Anflug von Unbehagen, den Briones fühlte, zur Panik ausgeweitet.

Sein Telefon summte wieder. Briones schnappte sich den Hörer. Es war die Rezeptionistin vom Empfangsbereich.

»Da ist eine Frau in der Leitung. Sie will Lieutenant Briones sprechen.«

»Eine Frau? Hat sie einen Namen genannt? Hat sie speziell nach mir gefragt?«, fragte er.

»Einen Moment bitte«, erwiderte die Rezeptionistin und stellte den Anruf durch, was ihn noch mehr ärgerte.

»Lieutenant Briones. Geht es Captain Cruz wieder gut?«, fragte die Stimme, die ihm vage bekannt vorkam, aber nicht so sehr, dass er gewusst hätte, wer die Frau war.

»Äh, ja. Darf ich fragen, mit wem ich spreche?«, fragte Briones abweisend.

»Es tut mir leid. Hier ist Dinah. Dinah Tortora. Von der Pfandleihe? Mein Vater …«

»Ja, ja. Ich erinnere mich, natürlich. Wie kann ich Ihnen helfen?«

»Ich wollte Captain Cruz sprechen, aber die Dame, die den Anruf durchstellte, sagte, dass er nicht da wäre, weil er angeschossen wurde«, erklärte Dinah mit einem besorgten Ton.

Gott verdammt. Was dachte sich die Telefonistin nur dabei? Neuigkeiten von Cruz' Schießerei würden am Ende sicher in allen Zeitungen stehen, was er zu vermeiden hoffte. Er nahm sich vor, dass er hinuntergehen und diese Frau k.o. schlagen würde, nachdem er den Hörer aufgelegt hätte.

»Ja, leider, Dinah.«

Die Katze war offensichtlich bereits aus dem Sack, deshalb sah er keinen Grund, es abzustreiten.

»Wie ist das passiert? Ist er in Ordnung? Wie schwer ist er verletzt?«, fragte Dinah in einem eiligen Durcheinander.

»Während des Dienstes. Es soll ihm wieder gut gehen«, sagte Briones jetzt wachsam.

»Gibt es eine Möglichkeit, ihn zu besuchen?«, fragte Dinah.

»Ich glaube nicht. Er ist immer noch im … er ist noch im Krankenhaus, Dinah.«

»Oh. Ich dachte nur, er will vielleicht sehen, was ich gefunden habe. Aber ich nehme an, das kann warten.« Ihre Stimme verstummte.

»Was haben Sie gefunden? Was meinen Sie, was Sie gefunden haben?«, fragte Briones, jetzt ganz hellwach.

»Es ist eine Art Tagebuch, mit Kontaktnamen. Ich ging eine Kiste durch, die mein Vater mir kurz vor seinem Tod gab – es war fast, als hätte er eine Vorahnung gehabt. Ich erinnere mich, dass es mir seltsam vorkam. Er bat mich, die Kiste für ihn aufzubewahren. Ich vergaß sie nach dem Schock, als ich sehen musste … wie ich ihn fand. Aber ich dachte darüber nach, was Captain Cruz sagte, also ging ich hin und holte die Kiste, um sie durchzuschauen. Es gibt einige Kontoauszüge und ähnliches Zeug, aber auch ein Notizbuch mit Namen und Nummern drin. Namen, die ich noch nie gehört habe. Aber ich dachte, es könnte Ihnen bei dem Fall helfen«, bot Dinah an.

»Dinah, ich gehe später ins Krankenhaus. Wann können Sie hier sein?«

~~~

Briones war wütend. Der gleiche Sergeant vom Schalter war am Telefon und gab ihm eine unmögliche Antwort.

»Was meinen Sie damit, er wurde entlassen?« Briones konnte nicht glauben, was er hörte. »Der Mann ist ein Mörder. Wir haben ihn auf frischer Tat ertappt.«

»Ich war nicht hier, aber ich rief den diensthabenden Sergeant aus der Nachtschicht an, und er erinnerte sich an den Mann. Ein
~~~

Gringo. Sie ließen ihn telefonieren, fragen Sie mich nicht, warum, und ein paar Stunden später aktualisierte der Computer die Liste derjenigen, die um sieben Uhr in der Früh entlassen werden, und sein Name stand drauf. Niemand stellt den Computer infrage. Wenn es heißt, jemand ist zu entlassen, dann entlässt man ihn«, erklärte der Sergeant.

»Wie bekam er Zugriff zu einem Telefon? Was zum Teufel ist denn da unten los?« Briones war sprachlos über diese ganze Inkompetenz.

Der Sergeant senkte seine Stimme. »Sie wissen, wie es funktioniert, Lieutenant. Ich bin sicher, dass da Geld im Spiel war, aber niemand wird es jemals zugeben. Alles, was ich weiß, ist das, was der Nachtwachen-Sergeant mir gesagt hat. Der Gefangene hat einen Anruf gemacht. Dann hat der Computer ihn als einen der Gefangenen aufgeführt, die freizulassen sind. Ende der Geschichte.«

»Nein, nicht Ende der Geschichte. Ich will wissen, wer die Freigabe autorisiert hatte. Jemand musste den Befehl unterschreiben. Und wie war der Name des Mannes? Bestimmt hatte man einen Namen, unter dem er eingetragen war. Und was ist mit Fingerabdrücken? Man nimmt immer noch die Fingerabdrücke von Gefangenen, die eingeliefert werden, stimmt's? Verdammt, Mann, was haben wir überhaupt? Ich muss diesen Arsch finden, und jede Minute, die Sie zögern, ist ein weiterer Vorteil für ihn«, warnte Briones.

»Ich schaue nach. Ja, ich sehe, er wurde unter dem Namen … oh … Sie werden es nicht glauben.«

»Was?«

»Er gab seinen Namen mit Juan Perez an«, sagte der Sergeant – das spanische Äquivalent von Hans Müller.

»Gütiger Gott im Himmel. Sagen Sie mir, dass es besser wird. Bitte.«

»Wir haben Fotos und Fingerabdrücke von ihm gemacht, das ist immerhin etwas«, sagte der Sergeant, während er noch las.

»Schicken Sie mir die Abdrücke und alles, was Sie von ihm haben. Jetzt. Über das Intranet.«

»Ja, Sir. Nichts davon war meine Schuld. Der Nachtwachen-Sergeant hatte wohl keine Ahnung, wer dieser Mann war …«

»Sie meinen Juan Perez? Nein, wahrscheinlich wusste er es nicht. Und wir jetzt genauso wenig. Ich möchte das innerhalb von fünf Minuten in meinem Posteingang haben, Sergeant«, befahl Briones und legte ungläubig den Hörer auf. Gerade, als er glaubte, bereits alles erlebt zu haben …

Sein Grübeln über die Inkompetenz des Justizsystems wurde noch einmal durch das Summen seines Telefons unterbrochen. Er packte es und drückte den Stein des Anstoßes, den Annahmeknopf.

»Was ist nun schon wieder?«, bellte er.

»Hier ist eine Señorita Tortora, die Sie sehen will, hier bei der Sicherheit, Sir«, sagte der Sicherheitsteamleiter des Sonderkommandos in der Lobby.

»Ah. Alles klar. Vielen Dank. Gibt es eine Möglichkeit, sie hierher nach oben zu begleiten?«, fragte Briones.

»Sicher. Ich werde einen der Männer beauftragen, sie sofort in Ihr Büro zu bringen, Sir.«

Wenige Minuten später kam ein strahlender junger Beamter mit Dinah im Schlepptau. Briones bemerkt, dass die meisten Polizisten auf dem Stockwerk mit dem aufgehört hatten, was immer sie gerade taten. Sie richteten ihre Aufmerksamkeit nur auf sie. Sie trug Jeans, eine pastellblaue Bluse und hatte nur einen leichten Hauch von Make-up aufgelegt, was ihre Gesichtszüge hervorhob. Die Wirkung war erstaunlich.

Er dankte dem Beamten, der eine Weile zögerte, bis Briones ihm einen strengen Blick zuwarf, während er Dinah einen Sitzplatz anbot. Sie nahm Platz, legte ihre Handtasche auf ihren Schoß und wartete schweigend.

»Einen Moment bitte, Dinah. Ich mache nur noch schnell etwas fertig. Ich muss eine E-Mail verschicken, und dann können wir loslegen«, sagte er ihr, während er seinen Bildschirm studierte, bevor er schnell eine Reihe von Tasten anschlug und Eingabe drückte.

»Kein Problem. Lassen Sie sich Zeit. Kann ich erwarten, dass Sie mir auf dem Weg ins Krankenhaus erzählen, was mit Captain Cruz passiert ist?«

»Ich werde Ihnen so viel sagen, wie ich darf … Okay, ich glaube, das sollte reichen … Sind Sie mit dem Bus hergekommen?«, fragte er höflich und schaltete seinen Monitor aus.

»Ja. Ich fahre nicht wirklich viel. Es ist viel zu beängstigend in dieser Stadt. Die Menschen sind irre. Obwohl, da ich jetzt das Auto meines Vaters habe, sollte ich damit beginnen. Ich hatte bisher nur noch nicht den Mut dazu …«

»Glauben Sir mir, ich kenne das. Also, dann, ich werde fahren. Hier entlang«, dirigierte er sie. Er hatte die Abdrücke und das Foto zum Abgleich sowohl an Interpol als auch an die nationalen Datenbanken Mexikos geschickt und hoffte, dass es irgendwo Aufzeichnungen über den Mann gab. Das war alles, was er tun konnte, bis sie einen Abgleich hatten. Falls es einen solchen gab.

Zwanzig Minuten später, als sie sich gerade durch den Verkehr kämpften, gab der IT-Mann im Keller die Daten ein und begann die Suche. Er würde dem Anforderer eine Nachricht senden, wenn sie einen Treffer hatten. Die Datenbanken in Mexiko waren primitiv – die meisten waren nicht miteinander verlinkt –, deshalb gab es keine Garantie, dass die Zielperson auftauchen würde, selbst wenn sie ein bekannter Killer, sagen wir, in Yucatán, war, denn die Regionalbüros aktualisierten selten ihre Aufzeichnungen im zentralen System. Manchmal dauerte es Jahre, um die Informationen zu aktualisieren. Der Operator warf mit wenig Interesse einen Blick auf die Abdrücke des Mannes, gab den Namen Juan Perez ein und lehnte sich in seinem Stuhl zurück, um die zweite Hälfte seines Sandwiches zu verschlingen.

~~~

Cruz war überrascht, als Briones in seiner Tür erschien, gefolgt von Dinah. Er fühlte sich verlegen, wie er da im Bett lag, mit einer Reihe von Schläuchen verbunden, wie ein Invalide aussehend, aber Dinah beruhigte ihn schnell.

»Lieutenant Briones war so nett und erzählte mir von Ihrem Missgeschick, Captain. Ich bin froh, dass Sie … durchgekommen sind«, sagte sie unbeholfen.
~~~

»Da sind wir schon zwei. Es ist nichts, wirklich. Ich hoffe, er hat keine größere Sache daraus gemacht, als es wirklich war«, spielte Cruz herunter.

»Er sagte, dass zweimal auf Sie geschossen wurde?«, sagte Dinah ein wenig verwirrt und blickte dabei zur Bestätigung auf Briones. Er nickte.

»Ich würde kaum von Schüssen sprechen. Erbsenpistolen. Ich hatte Hundebisse, die schlimmer wehtaten als das.«

Sie betrachtete ihn skeptisch – der Infusionstropf, der Pulsoxymeter, der Herzfrequenzmonitor, ein Reanimationswagen, der in der Ecke stand.

»Das muss ein ziemlicher dicker Hund gewesen sein«, antwortete sie diplomatisch.

»Also, welche Bedeutung hat dieser Besuch? Machen Sie Freiwilligenarbeit im Krankenhaus? Bin ich jetzt ein Fall für christliche Nächstenliebe?«, erkundigte sich Cruz und versuchte zu grinsen, was ihm aber nicht gelang.

Sie erzählte von der Kiste und dem Buch. Cruz' Augen weiteten sich. Sie trat an das Bett und legte das Buch in seine Hände. Er bemerkte ihren Duft nach Blumen und Honig, oder war es vielleicht Karamell? Es war auf jeden Fall gut, was auch immer es war.

Er blätterte durch die letzten paar Einträge und warf einen Blick auf Briones. »Lieutenant, bitte nehmen Sie das und überprüfen Sie alle Nummern, bei der letzten angefangen. Sieht aus wie eine Telefonnummer in Mexico City. Können Sie die Daten in Ihr iPhone eingeben?«

Briones nickte. Er trat an Cruz' Bett heran, nahm das Buch und setzte sich auf einen Sessel neben der Tür. Dann fotografierte er jede einzelne Seite, während Dinah und Cruz sich unterhielten.

»Ich hoffe, dass dies im Fall meines Vaters behilflich ist. Vielleicht hat einer dieser Namen etwas damit zu tun, oder es gibt Ihnen einen neuen Ansatz. Gab es denn Fortschritte …?«

»Ich habe ein Team, das daran arbeitet, aber ich war in den letzten paar Tagen mit etwas anderem beschäftigt …«

»Oh. Es tut mir leid. Ich hätte es wissen müssen. Diese Schüsse sind wichtiger als der laufende Fall«, sagte Dinah kleinlaut.

»Ich versuche, beidem gerecht zu werden, aber manchmal …« Cruz betrachtete sie. »Aber wie geht es Ihnen? Kommen Sie zurecht?«

»Es ist schwer. Ich versuche, die Bilder aus meinem Kopf zu verdrängen, aber sie kommen ständig … nun, Sie wissen es besser als jeder andere.«

»Das tu ich. Aber woher wissen Sie das?« Cruz starrte zu Briones, der in das Buch vertieft war.

»Lieutenant Briones erzählte mir von Ihrer Familie. Ich muss mich entschuldigen. Ich war neulich so ein Miststück«, sagte Dinah.

»Unsinn. Sie hatten gerade eine schreckliche Erfahrung durchgemacht.« Cruz hob seine Stimme, sodass Briones ihn hören konnte. »Was hat Ihnen der Lieutenant noch so erzählte über mich, außer meiner Familientragödie und der Schießerei? Informierte er Sie über meine Ernährung oder meine Urlaubspläne?«

Briones blickte schuldbewusst von seiner Aufgabe hoch.

»Geben Sie ihm keine Schuld. Ich kann eine rücksichtslose, effiziente Interviewerin sein. Fragen Sie einen meiner Zweitklässler. Es ist unmöglich, Geheimnisse vor mir zu haben«, sagte Dinah. Beide lächelten. Er bemerkte, wie ihr Gesicht dabei den Raum erhellte. Er mochte es.

»Ich glaube, ich habe Sie das erste Mal lächeln gesehen, Captain. Ich bin froh, dass die Schützen nicht die Nerven durchtrennten, die das bewirken«, sagte sie. Sie dachten offenbar gerade beide dasselbe. Seine Frau hatte auf die gleiche Weise seine Gedanken lesen können. »Wo wurden Sie getroffen, wenn ich fragen darf?« Sie schien wirklich neugierig.

»Ich wurde in der Brust getroffen und am rechten Bein«, erklärte er.

»Ich hoffe, dass es keine bleibenden Schäden verursacht hat.«

»Nein, alles ist in einem guten Zustand wie eh und je«, antwortete er. Eine peinlich Stille hing über ihnen, die von Briones unterbrochen wurde.

»Dinah, darf ich Sie bitten, ein paar Minuten vor die Tür zu gehen? Ich habe ein paar dringende Angelegenheiten, die ich bereden muss«, sagte er.

»Natürlich. Verzeihen Sie mir. Ich weiß, dass Sie beide wohl viel nachzuholen haben. Ich gehe einfach den Flur hinunter und hol mir etwas zu trinken. Ich bin in ein paar Minuten wieder da, in Ordnung?«, fragte sie.

Beide nickten, eingenommen von ihrem Charme. Sie schien aufrichtig verlegen, dass sie Cruz' Zeit beansprucht hatte. Seine Augen folgten ihr, als sie fortging, und Briones fiel es auf.

»Das ist doch mal eine Frau, oder?«, bemerkte Briones.

»Ich nehme es an. Hab es gar nicht bemerkt«, sagte Cruz nicht sehr überzeugend.

»Sie scheint Sie zu mögen. Sie sind ein glücklicher Mann, Captain«, neckte Briones.

»Dass Sie mich glücklich nennen, nachdem ich angeschossen und fast vergiftet wurde, übersteigt meinen Horizont, Lieutenant.«

»Ich meine nur.« Er öffnete seinen Notizblock und begann, die Ereignisse aufzuzählen, die passiert waren, seit Maria aus Cruz' Krankenzimmer gezerrt worden war. Als er zum Ende kam, war Cruz sprachlos.

»Großartige Arbeit bei der Festnahme des Kontakts, aber ... wie zum Teufel kann ein Mann, der jemanden vor euch erschossen und dafür bezahlt hat, mich zu töten, aus dem Gefängnis rauschen und verschwinden? Wie kann das bloß passieren? Verstehe ich das richtig? Oder ist das eine besondere Art von Humor?« Cruz' Erregung stieg mit jeder Frage an. Der Herzfrequenzmonitor piepte schneller, und sein Blutdruck ging hoch.

»Ich weiß. Ich wünschte, es wäre ein Scherz. Oh, warten Sie mal eine Sekunde. Das könnte etwas mit dem Fall zu tun haben«, sagte Briones, als sein Handy piepte, um ihn darauf aufmerksam zu machen, dass er eine Nachricht erhalten hatte. Er überflog den Inhalt für einen Moment und las ihn dann erneut. Als er Cruz' Augen begegnete, war alles Blut aus seinem Gesicht gewichen und er sah ernüchtert aus.

»Was? Was ist? Haben sie den Mann gefunden oder identifiziert? Sprechen Sie mit mir, Lieutenant.«

Cruz dachte nicht, dass die Nachrichten noch merkwürdiger oder schlimmer hätten sein können als die Geschichte über den Mörder, der entkam.

Er irrte sich.

KAPITEL SIEBZEHN

»Ein amerikanischer Diplomat?«, wollte Cruz wissen.

»Ja, Sir. Die Abdrücke passen zur Datei eines Mitgliedes der amerikanischen Botschaft in Mexico City. Hier steht, sein Name ist Joseph Fitch und dass er ein Handelsattaché ist«, sagte Briones.

Cruz brauchte ein paar Momente, um die Enthüllung zu verdauen. »Irgendwelche Theorien, warum ein Mitglied der US-Botschaft einen Auftragsmörder anheuern würde, um mich auszuschalten oder um Besitzer von Antiquitätenläden kaltblütig zu ermorden?«

»Nein, Sir. Oder zumindest keine brauchbaren.«

»Vielleicht arbeitet er mit den Kartellen zusammen. Wurde er ins Kartell aufgenommen? Wäre nicht das erste Mal …«, sinnierte Cruz.

»Könnte sein. Aber es ist nicht wirklich wichtig. Wenn ich das richtig interpretiere, hat er diplomatische Immunität«, sagte Briones, als er sein Handy las.

»Was? Auf keinen Fall. Sagen Sie mir nicht, dass die Immunität auch für das Anheuern von Auftragskillern gilt oder das Erschießen von Menschen«, rief Cruz.

»Äh, ich glaube nicht, dass sie dafür gedacht war, aber wir müssen den Generalstaatsanwalt hinzuziehen für eine endgültige …«

»Er hat einen Mann erschossen, während Sie es auf Band aufgezeichnet haben.«

»Ja. Und angenommen, dass er immer noch im Land ist, könnten und sollten wir uns an den Generalstaatsanwalt wenden. Selbst wenn er nicht mehr da ist. Vielleicht könnten wir ihn ausliefern lassen …«, meinte Briones. Seine Stimme wurde immer schwächer, bis sie ganz verstummte. Das klang selbst für seine Ohren nicht sehr überzeugend.

»Wir können uns um die Details später kümmern. Bringen wir den Staatsanwalt ins Spiel, geben ihm, was wir haben, und setzen dann die Amerikaner unter Druck, ihn auszuliefern. Wenn er sich den Kartellen angeschlossen hat, ist er der Feind, und unsere ›Partner‹ im Norden müssen das Programm durchziehen.«

Cruz wurde wütend. Er musste aus dem Krankenhaus raus und zurück ins Feld. »Bringt den Doktor hier rein. Ich muss wissen, wann ich entlassen werden kann, ohne mich selbst umzubringen.«

»Eine Sache noch. Die Identifikation ging auf zwei Schützen zurück, die versuchten, Sie zu beseitigen. Es sind Vollstrecker der Templer-Ritter. Vielleicht also Rache an Santiago?«, berichtete Briones.

»Vielleicht. Das ist die wahrscheinlichste Erklärung. Aber es erklärt nicht, warum ein amerikanischer Diplomat zahlen würde, um den Job zu beenden …«

» … es sei denn, der Diplomat arbeitete im Auftrag des Kartells«, schloss Briones. »Ich verstehe. Natürlich, wenn die Kartelle das diplomatische Korps der USA durchsetzen, ist das Problem einfach viel, viel größer als nur auf Mexiko bezogen. Jetzt sprechen wir mehr über ein globales Problem. Auf jeden Fall eins für die Amerikaner.«

Dinah kehrte in diesem Augenblick mit einer Dose Limo in der Hand zurück. Sie strahlte Cruz wieder an.

Briones warf ihm einen unmissverständlichen Blick der Bewunderung zu. »Ich werde den Arzt holen«, sagte er, um sich rarzumachen.

Cruz setzte sich gerader auf, dabei zuckte er vor Schmerz zusammen. »Wir werden die Informationen im Buch Ihres Vaters analysieren, und ich hoffe, es bringt uns in eine produktive Richtung, Dinah. Seien Sie unbesorgt. Ich werde das nicht fallen lassen. Vertrauen Sie mir, wenn ich sage, dass es meine oberste Priorität ist, den Mörder Ihres Vaters zu finden«, versicherte er ihr.

»Ich vertraue Ihnen und glaube, wenn es irgendjemand kann, dann Sie. Kümmern Sie sich jetzt erst einmal darum, dass es Ihnen besser geht. Man wird nicht jeden Tag angeschossen. Gott sei Dank!«, fügte sie hinzu.

»Ist auch nicht empfehlenswert. Aber ich sollte bald hier draußen sein, und dann werde ich die Dinge wieder in die Hand nehmen.«

Briones erschien mit dem Arzt, der eine flüchtige Untersuchung machte und Cruz versicherte, dass er innerhalb von vierundzwanzig Stunden entlassen werden könnte.

»Das sind doch tolle Neuigkeiten, Captain«, sagte Dinah begeistert. »Ich wette, Sie werden froh sein, aus dem Krankenhaus rauszukommen.«

»Sie wissen gar nicht, wie recht Sie damit haben«, versicherte Cruz ihr. »Briones, geben Sie mir noch eine Minute Ihrer Zeit, bevor Sie gehen, wenn ich bitten darf.« Cruz schaute demonstrativ auf den Arzt und Dinah. Sie verstanden den Wink.

»Ich hoffe, es geht Ihnen bald besser. Versuchen Sie, weitere Hundebisse zu vermeiden«, sagte sie und folgte dem Arzt aus dem Zimmer. Cruz wartete, bis sie weg und die Tür geschlossen war.

»Bringen Sie mich hier weg. Lassen Sie mich auf eine andere Station im Krankenhaus verlegen oder in ein anderes Krankenhaus, aber ich will innerhalb der nächsten zwei Stunden hier raus sein. Mir gefällt diese ganze undurchschaubare Kacke nicht, die hier abläuft! Bis wir genau wissen, was abläuft, möchte ich schwer zu finden sein. Bringen Sie Dinah nach Hause; verraten Sie ihr nichts mehr über mich und schicken Sie mir den Arzt herein, wenn Sie gehen. Arrangieren Sie die Verlegung auf ein anderes Stockwerk oder in eine andere Einrichtung, denn hier werde ich nicht bleiben. Ich fühle mich wie auf dem Präsentierteller, und ich möchte nicht, dass jemand mit diplomatischer Immunität hier auftaucht, um mich zu erschießen, und dann Mexiko den Stinkefinger zeigt.« Cruz hatte die widerwärtigen Informationen über den amerikanischen Diplomaten inzwischen verdaut, und die Folgen gefielen ihm gar nicht.

»Unbedingt. Wird erledigt! Und ich bedaure, dass ich Dinah irgendetwas gesagt habe. Sie hat so eine Art, einem die Dinge aus der Nase zu ziehen …«

»Da habe ich nicht die geringsten Zweifel, sie ist sehr überzeugend. Jetzt aber raus hier. Sehen Sie zu, dass ich verlegt werde«, schloss Cruz.

»Wird erledigt!«

Während Dinah auf Briones wartete, umgarnte sie auf ihre unschuldige Art den Arzt, der gerade sein Gespräch mit ihr beendete.

»Er kann von Glück reden, dass er noch am Leben ist. Eine winzige Abweichung beim Eintrittswinkel in der Brustwunde oder ein paar Minuten länger blutend auf dem Gehweg, und er wäre tot«, sagte er ihr.

»Ich würde sagen, er ist ein Glückspilz. Vielen Dank, Doktor. Sie sind ein Gentleman«, gurrte sie, wobei der Arzt um einige Zentimeter zu wachsen schien.

Briones ging ihm nach, als er sich auf den Weg in den nächsten Raum machte, und führte eine knappe Unterredung. Die bewaffneten Federales, die im Flur saßen, beäugten Dinah neugierig und zeigten mehr als nur ein wenig Interesse. Sie schien davon keine Notiz zu nehmen.

Briones kam zurück, und sie fixierte ihn mit einem Blick, der einem Siebenjährigen mit Sicherheit Angst eingejagt hätte.

»Hundebisse, hm?«

~~~

Der Citation Ten Executive Jet landete am Dulles International Airport und rollte zum privaten Charterbereich, wo ein gut beleuchteter Hangar seine Ankunft erwartete. Obwohl es ein internationaler Flug war, gab es nirgendwo Anzeichen von Zollbeamten. Das war schon im Voraus geregelt worden. Dieser Hangar befand sich außerhalb des Rasters, soweit es um kritische Details wie Pässe oder Überprüfungen ging. Das war schon seit Jahrzehnten so.

Das Flugzeug rollte aus und kam zum Stillstand. Eine hydraulische Falttreppe fuhr mit einem Zischen präzise aus dem Rumpf, und die Kolben ließen sie auf ihre Position herab. Der kleine kahlköpfige Mann schritt behutsam mit einer hastig gepackten Reisetasche die Stufen hinunter und lief auf die wartende Limousine
~~~

zu – ein langer schwarzer Lincoln mit Regierungskennzeichen. Der Fahrer, in einem schwarzen Anzug und mit Krawatte, öffnete ihm die hintere Tür. Der Neuankömmling spähte ins Auto, lächelte und kletterte auf den Sitz gegenüber Kent.

»Willkommen zu Hause, Joe«, sagte Kent und streckte ihm seine Hand entgegen.

»Danke, Kent. Und besonderen Dank für das Organisieren des Fluges. Schönes Flugzeug«, meinte Joseph und ergriff dabei Kents ausgestreckte Hand.

»Es ist die beste Art zu fliegen, nicht wahr?«, stimmte Kent zu.

Das Auto verließ den Hangar, und bald rasten sie über die Autobahn in Richtung Virginia.

»Was ist also passiert? Wie konntest du im mexikanischen Knast landen?«, fragte Kent.

»Ich habe den Kontakt wie angewiesen beseitigt«, sagte Joseph. »Es stellte sich heraus, dass es eine Falle war. Die Federales erwarteten mich. Ich hatte null Optionen und musste ihnen erlauben, mich mitzunehmen. Das Hacken des Computers klappte übrigens prima. Sie ließen mich am Morgen laufen, ohne Fragen zu stellen. Dämliche Drecksäcke.«

»Haben sie irgendwelche Informationen von dir bekommen? Einen Ausweis?«

»Was, machst du Witze? Du weißt, dass ich bei einem Job nie etwas dabeihabe. Und, nein, ich habe kein Wort zu irgendjemandem gesagt. Soweit es sie betrifft, bin ich der unsichtbare Mann«, versicherte Joseph ihm.

»Ich hätte es wissen müssen. Du bist ein Zauberkünstler, wie immer.« Kent lächelte ihn an. »Es ist wirklich gut, dich wiederzusehen, Kumpel. Es ist schon zu lange her.«

»Ja, stimmt. Das nächste Mal schickst du mich nicht in irgendwelche Höllenlöcher, okay? Vielleicht irgendwo, wo es Spaß macht, wie Prag oder Buenos Aires?«

»Du hast recht. Hey, tut mir leid, Kumpel. Nach vier Stunden in der Luft musst du ausgetrocknet sein. Willst du etwas Wasser? Einen Drink? Ich habe Scotch und Wodka, Bier, Softdrinks und H_2O. Nenn mir dein Gift«, erbot sich Kent.

»Ich könnte etwas Wasser gebrauchen.« Joseph stellte die Klimaanlage so ein, dass sie gegen ihn blies. »Also, was tun wir jetzt? Wie geht es weiter?«, fragte er.

»Das ist schwierig, Joe.« Kent überreichte ihm eine Flasche Wasser, die er für ihn mit einem Knacken geöffnet hatte. »Wir werden dich von Mexiko abziehen müssen. Da bist du zu sehr auf dem Präsentierteller. Ich denke, wir besorgen dir für ein paar Monate ein Büro, lassen dich Operationen aus dem Hintergrund steuern, und dann bringen wir dich wieder in die Szene, sobald das Ding gelaufen ist«, sagte Kent.

»Das ist sinnvoll. Es ist mir egal, wenn ich Mexico City nie wiedersehe. Die Luft ist ätzend, und es ist wie das Leben auf einem Ameisenhügel. Zu viele Menschen aufeinander«, klagte Joseph, während er die halbe Flasche leerte.

»Schon eine Weile her, dass ich dort war. Was die Massen angeht, bin ich deiner Meinung. Ich hasse sie«, stimmte Kent zu.

Joseph wischte sich über die Stirn und nahm noch einen Schluck Wasser.

»Ich glaube, ich hab mir im Gefängnis etwas eingefangen. Ich fühle mich gar nicht …«, sagte er und wurde bewusstlos. Die Wasserflasche fiel lautlos auf den Boden. Zwanzig Sekunden später begann weißer Schaum aus seinem Mund und der Nase zu quellen. Kent nahm die Flasche und schraubte den Verschluss wieder auf. Erstaunlich, was ein wenig Sekundenkleber bewirken konnte, um das charakteristische Knacken einer vom Hersteller verschlossenen Flasche nachzuahmen. Kent drückte einen Knopf an der Sprechanlage.

»Es ist vorbei. Legen wir ihn an der Basis ab und verwischen jede Spur. Schneiden Sie ihn in so kleine Stücke, dass er durch einen Strohhalm passt.«

~~~

Sobald es im Krankenhaus leise geworden war und die getriebene Hektik des Tages durch die Stille der Nacht ersetzt wurde, fuhr Cruz im Rollstuhl, der ihm von einem Pfleger zur Verfügung gestellt
~~~

wurde, unruhig den Gang entlang. Er hatte die Erlaubnis bekommen, den Infusionsschlauch abzunehmen und den Katheter zu verschließen. Genau das hatte er vor ein paar Minuten gemacht, bevor er eine Plastiktüte mit seinem Geldbeutel, dem Handy und der Waffe auf seinen Schoß legte. Er stahl sich vorsichtig durch die Tür. Die zwei Federales dienten als Statisten – Briones hatte sie instruiert, vor »seinem« Zimmer auf Wache zu bleiben und niemanden hineinzulassen, egal was, und seine Abwesenheit unter keinen Umständen zu diskutieren.

Der Arzt hatte widerwillig zugestimmt, ihm ein Zimmer zu geben, das er absperren konnte, und hatte es mit einem Tropf versehen, damit er mit Flüssigkeit versorgt war. Cruz wurde über die damit verbundenen Risiken informiert und hatte die Kenntnisnahme unterzeichnet. Immerhin waren diese wesentlich geringer als die Wahrscheinlichkeit, von einem Kartell angegriffen zu werden, das die Absicht hatte, ihn zu töten. Er sah deshalb bessere Chancen für sich als namenloser Patient in der Entbindungsstation.

Die Brust tat ihm höllisch weh von der Anstrengung, aber es war ihm egal. Er hatte immer noch ausreichend Kraft im Oberkörper, selbst nachdem die Kugel den Brustmuskel zerrissen hatte. Das Bein war eine andere Sache, aber damit würde er sich nach und nach befassen. Falls erforderlich, könnte er sich ein paar Wochen mit Unterarmgehstützen behelfen. Er hoffte, dass das nicht notwendig sein würde. Vielleicht könnte eine Art Stütze oder ein weicher Gips angelegt werden. Sie würden diese Optionen bei seiner Entlassung durchgehen.

Der Arzt meinte, er könne am folgenden Tag entlassen werden, würde es aber vorziehen, wenn er noch achtundvierzig Stunden länger bliebe. Cruz wollte unbedingt aus dem Krankenhaus, aber wollte auch nicht in ein paar Tagen wieder dort landen, weil er sich überanstrengt hatte. Briones würde ihm morgen einen Laptop mitbringen, damit er sich mit dem Server des Hauptquartiers verlinken konnte, was ihm ein produktiveres Gefühl geben würde, also fand er sich damit ab, es durchzustehen und zwei weitere Nächte dort zu verbringen.

Er erreichte seine neue Bleibe, rollte hinein und versperrte die Tür mit dem Schlüssel, der freundlicherweise innen an der Türklinke hing. Jetzt war er sicher, oder zumindest so sicher, wie er in Mexico City sein konnte.

Sobald er entlassen wurde, wollte er Briones wochenweise ein Chef-Apartment in einem der schicken Hochhäuser in der Innenstadt mieten lassen, während er sich erholte. Es war ziemlich klar, dass er in nächster Zukunft nicht in sein Haus zurückkehren konnte, ohne Gefahr zu laufen, ermordet zu werden.

Cruz kletterte auf das Bett und drückte den Knopf, der das Licht ausmachte. Die einzige Beleuchtung kam vom Fenster; das sanfte Licht von der Parkplatzbeleuchtung war gerade hell genug, dass er die Plastiktüte auf den Nachttisch legen und die Pistole herausziehen konnte. Er bettete sie in seine Hand, während er einschlief. Endlich konnte er das tun, ohne sich Sorgen machen zu müssen, dass er im Schlaf abgeschlachtet werden könnte.

Seine letzten Gedanken drehten sich um Dinah; ihr Haar glänzte in den stark fluoreszierenden Krankenhauslichtern, und die Träume, als sie kamen, zeigten ihr Lächeln, bezaubernd und voller Hochspannung.

~~~

Am nächsten Tag kam Briones mit dem Laptop und einer Tasche mit Kleidung, um diejenige zu ersetzen, die der Captain bei dem Attentat am Leib getragen hatte. Was davon nicht von Kugeln durchlöchert gewesen war, hatte ihm das medizinische Notfallteam vom Körper schneiden müssen. Es gab ein paar demütigende Dinge, wie drei Tage mit dem Hintern aus der Rückseite eines Gaze-Kleides hängend zu verbringen, sodass der Anblick echter Kleidung Cruz mit einem Optimismus erfüllte, der jeder rationalen Erklärung trotzte. Briones hatte auch noch eine besondere Überraschung: eine brandneue Pistole mit zwei Ersatzmagazinen.

Cruz gab die Waffe zurück, die Briones ihm geliehen hatte, und hob die neue Glock glücklich hoch. Es war erst zehn Uhr morgens, und doch entwickelte sich der Tag gut.
~~~

Der Arzt schaute vorbei, um den Verband auf seiner Brust und dem Bein zu überprüfen, und versprach, später noch mal zu kommen, um ihn zu wechseln und ihm eine weitere Antibiotikainjektion zu verabreichen. Cruz hatte wieder Farbe angenommen, was signalisierte, dass sein Blutbild wieder normal war – die Tests würden das bestätigen, aber seine Haut sagte ihm schon alles, was er wissen musste. Die nahezu konstante Infusion von Plasma, Vitaminen und Mineralien hatte seinem Körper die notwendigen Materialien gegeben, um sich wieder aufzubauen, und er fühlte sich von Stunde zu Stunde stärker.

Cruz ging online und sah, dass er sich durch Hunderte von Nachrichten zu wühlen hatte. Das würde ihn die nächsten zehn Stunden beschäftigt halten. Er wandte sich an Briones, den etwas auf seinem Telefon sehr zu beschäftigen schien.

»Was ist?«, fragte Cruz

»Das ist nicht gut. Die Nummern am Ende von Tortoras Notizbuch … alle waren von registrierten mobilen Telefonen, außer einer. Die Telefone wurden alle nur einmal benutzt und dann weggeworfen. Klingt das vertraut?«

»Standard-Kartellverfahren. Gibt es überhaupt etwas Vielversprechendes?«, fragte Cruz.

»Ja, die letzte Nummer war eine aus Los Cabos. Ein Münztelefon außerhalb vom alten Busbahnhof in Cabo San Lucas. Es ist nicht viel, aber wenn das von unserem Freund El Rey benutzt wurde, bedeutet es, dass er bereits in Los Cabos ist, und das seit mehreren Wochen, mindestens.«

»Also mehr Indizien, die niemanden wirklich interessieren werden, außer um auf Löcher im Fall hinzuweisen«, murmelte Cruz bitter.

»Ja, aber es sagt uns etwas Wichtiges, glaube ich – dass wir unseren Überwachungsdruck in Baja erhöhen und dort mehr auf die Beine stellen müssen. Dort wird die ganze Aktion abgehen, jetzt, wo der Gipfel in nur fünfundzwanzig Tagen auf uns zukommt«, machte Briones klar.

Er hatte recht. El Rey musste da sein. Keine Frage. Aber das zu wissen, nützte ihnen nicht viel, wenn sie seinen Aufenthaltsort nicht ein wenig näher eingrenzen konnten. Die Bevölkerung von San José und Cabo betrug fast zweihundertfünfzigtausend – nicht gerade eine kleine Gruppe, die zu sichten war. Und wie sie schon viele Male diskutiert hatten: El Rey hatte zweifellos Möglichkeiten, sein Erscheinungsbild zu ändern, die Skizze könnte also nicht sehr hilfreich sein. Etwas so Simples wie eine Veränderung der Haarfarbe oder des Haarschnitts oder eine Gesichtsbehaarung könnte das Aussehen radikal ändern. Sie ließen Arlen Spitzbärte und Schnurrbärte einzeichnen, aber je mehr man das Gesicht bedeckte, desto unspezifischer wurden die Zeichnungen.

Sie verbrachten die meiste Zeit des Tages mit dem Durchgehen einer Strategie, und um sechs Uhr bat Briones, Schluss mit der Arbeit machen zu dürfen. Er musste eine Wohnung für Cruz sichern und Nachrichten an die zusätzlichen Beamten weiterleiten, die sie nach Baja aussandten. Er konnte also froh sein, wenn er um neun Uhr abends fertig werden würde.

Cruz war dankbar, dass Briones für ihn einsprang und in seine Fußstapfen trat, während er außer Gefecht gesetzt war. Er wusste wirklich nicht, was er ohne seine Hilfe gemacht hätte, und war froh, dass er ihm keinen Strick daraus gedreht hatte, als er seine Zweifel über Julio und Ignacio geäußert hatte.

~~~

Kent hasste Telefongespräche, wann immer es um etwas ging, das nicht wichtig war, aber er konnte den Sprecher des Repräsentantenhauses nicht einfach abweisen, so verlockend es auch war. Zumindest rief er aus dem Festnetz an. Handys waren anfällig für Lauschangriffe, obwohl ihn praktisch niemand unter Beobachtung stellen wollte, aber die Macht der Gewohnheit sagte Kent, dass es unklug sei, etwas über das Mobiltelefon zu diskutieren.

»Sie sagten mir, es gäbe keine Möglichkeit, mit den Ereignissen in Verbindung gebracht zu werden, und jetzt erzählen Sie mir, dass Sie einen Agenten aus dem Verkehr ziehen und beseitigen mussten? Was ist mit denen vor Ort? Denken Sie nicht, dass die verrückt spielen,
~~~

wenn sie entdecken, dass er weg ist?« Der Sprecher klang Kents Meinung nach weitaus besorgter, als die Situation es rechtfertigte.

»Er wurde von den Kartellen umgedreht, ein schwarzes Schaf, und nun ist er verschwunden. Das ist die Erklärung. Wir können nicht jemanden präsentieren, der nicht mehr existiert.«

»Der Punkt ist doch, dass alles bereits den Bach runtergeht. Zuerst das DEA-Memo und jetzt eine Menschenjagd auf Botschaftspersonal. Das gefällt mir nicht. Ich glaube nicht, dass Sie das so fest im Griff haben, wie Sie behaupten«, sagte der Sprecher.

Da war es also. Die Angst musste irgendwo abgelassen werden, und deshalb haben sie die Scheißekanone herausgeholt und Kent eine kräftige Ladung verpasst. Er würde dem ein schnelles Ende setzen.

»Es ist nichts von Bedeutung geschehen. Bei jedem komplizierten Plan erwartet man ein paar Unwägbarkeiten. Das waren unsere. Aber sie waren überschaubar. Haben Sie noch etwas über das Memo gehört? Nein. Es ist bereits begraben und vergessen. Wie auch Joe. Er war ein aggressiver, niedrigrangiger Mitarbeiter, der anscheinend seine Taschen mit Offerten der Kartelle füllte. Wissen Sie was? So bedauerlich es auch ist, manchmal werden gute Männer böse. Das ist die überraschende Erklärung, die wir am Ende geben – und wir werden die diplomatische Immunität für ihn aufheben, als Zeichen unseres guten Willens. Ende. Nichts weiter zu diskutieren. Deshalb mache ich mir keine Sorgen.«

Kent hatte gute Argumente. Der Kreis hatte sich geschlossen. Der Polizist war aus dem Verkehr gezogen, Joe war Schlamm am Grund eines Abflussgrabens in Vermont, das Memo war eines von Tausenden informativer Bulletins, die gelesen und dann vergessen werden, und der Kartellchef war Futter für die Würmer.

Nach ein paar weiteren Plattitüden legte Kent auf, zufrieden damit, dass er für den Moment die Nerven des großen Mannes beruhigt hatte. Je näher der große Tag rückte, desto mehr dieser Zwischenspiele würde es geben, aber solange sie nicht schlimmer wurden, konnte es ihm überhaupt nicht schaden.

Das war alles Teil eines Jobs, den sonst niemand wollte oder für den niemand den Mumm hatte.

KAPITEL ACHTZEHN

Eine Gruppe von schwer bewaffneten Männern in den unverwechselbaren blauen Uniformen der Federales bildete einen defensiven Bogen um den hinteren Eingang der Notaufnahme des Krankenhauses. Der Nachmittagsdunst von Verschmutzung und Staub hing über dem Tal wie eine Käseglocke und verdeckte die Umrisse der hohen Gebäude nur wenige Kilometer entfernt. Ein schwarzer Ford Explorer fuhr zur blauen Rollstuhlrampe heran, und ein Beamter tauchte auf, der eine sitzende Gestalt vor sich herschob, die eine Sonnenbrille und Baseballkappe trug und in eine Decke gehüllt war, die Schultern und Vorderseite bedeckte. Die Männer schlossen die Reihen, und der Gestalt wurde in den SUV geholfen, bevor der Wagen, gefolgt von mehreren Polizeiautos, davonfuhr.

Cruz beobachtete die Farce aus seinem Fenster. Jemand, der auf seine Entlassung wartete, bekam gerade eine schöne Show geboten und würde jetzt einer Kolonne folgen, die eine Stunde lang rund um die Stadt fuhr, bevor es zum Hauptquartier zurückging. Er zog behutsam die lockere Hose hoch, die Briones für ihn mitgebracht hatte, und betrachtete sich im Spiegelbild. Wenn man bedachte, was er durchgemacht hatte, war es nicht so schlimm. Er steckte seine neue Waffe in den Hosenbund; eine Glock 21, die ACP-Kugeln vom Kaliber .45 abfeuerte. Sie war leicht, präzise und hielt dreizehn Schuss, mit einer zusätzlichen Kugel in der Kammer – viel Einschlagskraft, selbst wenn man von einem Nashorn angegriffen wurde. Er würde ein Nylon-Schulterholster dafür bekommen müssen, aber vorerst funktionierte die Improvisation.

Mit einem letzten Blick rund um den Parkplatz, ohne etwas Verdächtiges zu sehen, rollte er seinen Stuhl zum vorderen Eingang und rief Briones an, der am Ende des Platzes wartete. Er fuhr bis zur Rampe, wo ein Begleiter Cruz in den kleinen Ford Focus half.

»Das ging, glaube ich, gut«, sagte Cruz und schüttelte Briones die Hand.

»Das war sehr überzeugend. Wenn ich nicht gewusst hätte, dass da nur eine Nummer abgezogen wurde, hätte ich es ihnen abgekauft«, stimmte Briones zu.

»Hoffen wir, dass jemand, der nach mir Ausschau hielt, es auch so sah.« Cruz zog seine Pistole heraus und hielt sie hoch. »Ich brauche dafür ein Schulterholster. In die Hose zu stopfen mag im Film funktionieren, aber in Wirklichkeit tut es höllisch weh.«

»Ich habe eines auf dem Rücksitz für Sie. Sind Sie bereit, in Ihr neues Zuhause zu gehen?«

»Sicher. Es muss nur jemand schnell für mich einkaufen gehen und ein paar Kleider und Schuhe besorgen und auch zu mir nach Haus fahren und meine Uniformen und ein paar Hygieneartikel holen.«

»Ich werde jemanden draufsetzen. Sie werden wahrscheinlich für einige Zeit weg sein, Sir, deshalb arrangiere ich, dass jemand jede Woche dort vorbeigeht, um die Toiletten zu spülen und die Wasserpumpen laufen zu lassen«, sagte Briones.

»Ja. Ich nehme an, ich werde zumindest für eine Weile im Trockendock liegen, zumindest, bis wir El Rey haben.«

»Der Gipfel ist in drei Wochen, sodass es nicht so schlimm sein sollte. Das Apartment, das ich gemietet habe, ist schön. Eingerichtet mit Geschirr und Gläsern, einem gut bestückten Kühlschrank … fast wie der Aufenthalt in einem First Class Hotel«, versuchte Briones, es ihm schmackhaft zu machen.

»Wie sieht es mit der Sicherheit aus?«

»Mit verschließbarer Haustür und einem großen Foyer mit einer Wache, die ich mit ein paar Beamten aufgepeppt habe. Dezent, in Zivil, aber bewaffnet und für alles bereit.«

»Gut. Und was gibt es Neues von Los Cabos? Irgendwas? Ich kann nicht glauben, dass ich fast eine ganze Woche verloren habe. Das Timing dieser Bastarde beim Versuch, mich zu töten, hätte nicht ungünstiger sein können«, klagte Cruz.

»Wir haben heute weitere sechs Männer in einem Flugzeug nach Los Cabos geschickt, und wir halten uns an das Protokoll, das wir übereinstimmend beschlossen haben. Bisher keine Treffer, aber man weiß ja nie. Wir könnten jede Minute Glück haben. Es ist nicht so eine große Stadt, obwohl sich die Stadtviertel endlos hinziehen. Wenn er sich also in einem versteckt hält, ist er so gut wie unsichtbar.«

»Ich hatte gestern Abend ein paar Gedanken. Ich denke, es lohnt sich, einen ernsthaften Blick auf die Mannschaften zu werfen, die die Bauarbeiten im Tagungszentrum für das Ereignis durchführen. Wenn ich er wäre, wäre ich daran beteiligt, wenn auch nur als Tagelöhner, damit ich mit dem ganzen Kommen und Gehen am Ort und dem umliegenden Gelände vertraut werde. Niemand würde zweimal auf einen Bauarbeiter schauen, der sich gründlich umschaut. Verstehen Sie, was ich meine?«, fragte Cruz.

Er hatte versucht, wie El Rey zu denken, und kam wieder auf die Bautätigkeiten zurück. Das wäre der Ort, der ihn anziehen würde.

»Ich verstehe. Wir wollen Sie jetzt erst mal an Ihrem neuen Wohnsitz ankommen lassen, sicherstellen, dass das Internet funktioniert und dass Sie zurechtkommen, und dann werde ich einige Männer darauf ansetzen.«

»Ich kann laufen. Es ist nur ein wenig schmerzhaft. Aber der Arzt hat gesagt, wenn ich es langsam angehe, wäre es kein Problem«, sagte Cruz.

»Ich weiß. Ich habe Ihnen ein paar Unterarmgehstützen aus Alu in die Wohnung gestellt und einen Stock. Sehr sportlich.«

»Zu schade, dass Sie nicht ein fünfziger Kaliber daraus machen konnten. Dann wären sie wenigstens nützlich«, sagte Cruz.

»Das war leider keine Bestelloption.«

Das kleine Auto entkam nur knapp einem Zusammenstoß mit einem Lkw, der eine rote Ampel missachtet hatte. Dadurch musste Briones heftig auf die Bremse treten und drückte dabei auf die Hupe.

»Ihr Fahrstil ist noch gefährlicher als die Kartelle«, bemerkte Cruz.

Briones schüttelte den Kopf, knallte den Gang wieder rein und sauste den verkehrsreichen Boulevard entlang.

~~~

Der Mann fuhr auf den Parkplatz für die Subunternehmer, der alte Toyota Camry ächzte, während er über die holprige Schmutzfläche schlingerte. Er parkte am Ende des Feldes, alle anderen Plätze waren um sieben Uhr morgens bereits belegt. Das Tempo der Arbeiten stieg mit dem näher rückenden Gipfel stetig an. Es schien, als ob jeden Tag noch mehr Ankömmlinge auf das Problem losgelassen würden, in dem Versuch, den Termin einzuhalten.

Er hatte sich ein Mittagessen eingepackt – eine Torta, den Inbegriff eines mexikanischen Sandwichs, bereitet aus einem großen Brötchen und belegt mit Schinken, Käse, Chorizo und einer Vielzahl anderer Köstlichkeiten. Er schwang fröhlich die Plastiktüte, während er in Richtung Baustelle ging, um seine Arbeitsaufträge für den Tag zu holen. Die explosiven falschen Leuchten wären in einer Woche fertig, deshalb half er jetzt tatsächlich am Bau des Convention Center mit, was ihn ohne Ende amüsierte. Er war noch motivierter, das Projekt rechtzeitig fertigzustellen, als alle anderen der Crew, und deshalb hatten seine Männer routinemäßig die ihnen zugeteilten Aufgaben vorzeitig erledigt. Es war schade, dass er nicht das gesamte Projekt leiten konnte. Die Inkompetenz war typisch, weil viele müde Männer sich lustlos dem Trott einer undankbaren Aufgabe hingaben, ohne Interesse an der Qualität ihrer Arbeit zu haben. Man sollte ihm zwei Wochen mit den Teams geben, und er hätte das verdammte Ding fertig. Andererseits hatte er wichtigere Dinge zu erledigen.

Er näherte sich dem Bauwagen, wo sich jeden Morgen das Elektriker-Team versammelte, und stapfte die provisorische Holztreppe hoch, stieß die Tür mit seiner rechten Hand auf, während er sein Sandwich mit der linken umklammerte. Er rückte seine Sicherheitserkennungsmarke zurecht – mit Nummer und seinem Foto
~~~

drauflaminiert – und wünschte der Gruppe beschäftigter Ingenieure einen guten Morgen. Einer von ihnen sah von seinem Arbeitsplatz zu ihm auf, warf einen Blick auf seine Marke und verglich sie mit der Liste.

»Ich nehme an, Sie haben es noch nicht gehört, was?«, fragte der Techniker, ohne aufzublicken.

»Was denn?«

»Ihr Unternehmen arbeitet nicht mehr am Projekt. Es wurde abgeschlossen«, sagte der Ingenieur unbeteiligt. Schließlich sah er hoch und streckte seine Hand aus. »Ich werde Ihnen Ihre Baumarke abnehmen. Bitte.«

El Rey stand einige Augenblicke unbeweglich da, bis er sich wieder gesammelt hatte.

»Das ist unmöglich. Könnten Sie das noch einmal überprüfen?«, fragte er. Der Ingenieur hielt seine Liste hoch und machte ein X neben dem Namen der Firma, in der El Rey angefangen hatte zu arbeiten, um auf das G-20-Bauprojekt zu kommen.

»Das sind Sie, nicht wahr? Irgendwelche Streitigkeiten, deshalb sind sie nicht mehr dabei. Tut mir leid deswegen. Vielleicht reden Sie mit denen noch mal darüber. Ich kann von hier aus nichts tun. Also bitte, Ihre Erkennungsmarke …«, forderte der Ingenieur.

Er nahm sie langsam ab und übergab sie ihm, seine Gedanken drehten sich heftig.

»Gibt es noch jemanden, bei dem man anheuern kann? Ich … ich habe keine andere Arbeit. Kennen Sie noch jemand anders bei dem Projekt? Ich habe eine Menge Erfahrung …«, versuchte er es.

»Nein. Zu diesem Zeitpunkt, da es nur noch wenige Wochen dauert, gibt es kein Unternehmen, das mir einfiele. Es ist eine Schande. Sie haben gute Arbeit geleistet – ich habe keine Probleme mit Ihnen. Ihr Arbeitgeber ist das Problem. Wahrscheinlich versucht er, mehr Geld aus dem Bauträger herauszupressen. Viele dieser Jungs warten, bis das Projekts fast fertig ist, und dann wollen sie ihren Vorteil daraus ziehen, dass sie vermeintlich unersetzlich sind, und glauben, dass der Bauträger schon nachgeben wird. Nicht diese Kerle. Sie fahren eine Null-Toleranz-Politik bei dieser Art von Mist.«

»Kann ich denn nicht als unabhängiger Unternehmer arbeiten? Sie haben die Qualität meiner Arbeiten gesehen. Sie sind einige der besten hier«, sagte er, jetzt fast flehentlich.

»Nee. Alle Einstellungen erfolgen außerhalb von Monterrey, und ich weiß genau, dass man eine Firma mit mindestens einer dreijährigen Erfahrung haben muss, und eine schriftliche Verpflichtungserklärung. Ich fürchte, Sie haben kein Glück. Können Sie jetzt bitte auf die Seite gehen? Ich muss diese Arbeitsaufträge verteilen«, schloss der Ingenieur und überließ ihn seinem Schicksal.

El Rey stieg die wacklige Treppe hinunter und ließ sich seine Möglichkeiten durch den Kopf gehen. Er hatte nicht vorhergesehen, dass das Unternehmen, in das er sich eingeschlichen hatte, einen Streit mit dem Bauträger haben würde. Das war in seiner Krisenplanung nicht einkalkuliert gewesen. Er fluchte innerlich, beruhigte sich dann aber – seine Geduld zu verlieren, würde nichts bringen. Was geschehen war, war geschehen. Aber das war eine Katastrophe für seinen Plan. Es gab jetzt keine Möglichkeit, die Leuchten zu montieren, und erst recht keine, für die Instandhaltung bis zum große Tag hierzubleiben und zu gewährleisten, dass der Zünder in Position war und funktionierte. Er war am Arsch. Und er hatte nur drei Wochen, um sich einen alternativen Plan auszudenken. Im Hinblick auf die Größe seines Auftrages war das nur ein winziger Augenblick.

All die Arbeit und Vorbereitungen wurden gerade von einer diebischen Vertragsfirma die Toilette hinuntergespült. Er stellt sich für einen Moment vor, wie der Besitzer der Firma bei lebendigem Leib gehäutet und über einem Feuer gebraten wurde, und verwarf es dann. Es konnte zwar befriedigend sein, seine Frustration an jemandem auslassen, aber er musste seine Zeit produktiver verbringen.

Während er die Tür der verbeulten Karre, die er im Barrio für tausend Dollar gekauft hatte, öffnete, schäumte er vor Wut über sein Unglück, riss sich dann aber zusammen, um weiterzumachen. Es war ein Rückschlag, aber er war es gewohnt, Widrigkeiten zu überwinden. Genau das hatte ihn zu El Rey gemacht.

Das war alles schön und gut, aber davon würde der Job auch nicht erledigt werden. Ihm lief die Zeit davon, und die Uhr tickte, selbst während er auf dem staubigen Parkplatz saß. Der Motor sprang mit einer alarmierenden schwarzen Rauchwolke an, er drehte um und fuhr auf die Ausfahrt zu, während er wie wild über Alternativen nachdachte.

Er brauchte einen Plan. Und zwar schnell.

~~~

An diesem Nachmittag betraten zwei uniformierte Federales das große Verwaltungszelt, das errichtet worden war, um die über hundert Mitarbeiter am Projekt unterzubringen. Sie sprachen mit dem Projektleiter. Nach ein paar Minuten dirigierte er sie zu einem Computer-Terminal und brachte eine übergewichtige Frau in den Vierzigern her, die für die Personalverwaltung eingestellt wurde. Sie entfalteten die Skizzen von El Rey, mit Gesichtsbehaarung und ohne, und begannen mit dem langwierigen Prozess, sechstausendfünfhundert Erkennungsmarkenfotos durchzugehen, in der unwahrscheinlichen Hoffnung, jemanden zu finden, der ihrer Zielperson ähnlich sah.

Die Frau war geschwätzig und heiterte sie mit Geschichten darüber auf, wie sie nach Los Cabos gezogen war, von San Luis Potosi, wo sie in einem vergangenen Leben ein Reisebüro gehabt hatte, bevor das Internet ihr das Geschäft vermieste. Sie schien eigenartigerweise unfähig zu sein zu begreifen, wie wenig die beiden Männer sich für ihre banale Geschichte interessierten oder für ihre Ansichten über den Charme der Region und darüber, wie das mit ihrer Heimatstadt zu vergleichen war, die dem Vernehmen nach den Garten Eden in Kombination mit Shangri-La darstellte.

Sie hörten höflich zu, tauschten aber bald verärgerte Blicke, als sie ihren Schnellfeuer-Monolog über entsetzlich langweilige Beobachtungen fortsetzte, die viel mit den Absonderlichkeiten ihrer geliebten Katzen zu tun hatten, von denen sie glaubte, dass sie einen magischen Charme besäßen und dass jeder in Hörweite überrascht und entzückt darüber wäre. Der Ältere der beiden lehnte sich zu seinem Kollegen hinüber und flüsterte ihm zu, ob man sie nicht erschießen oder vielleicht einfach nur verwunden sollte.
~~~

Die Stunden zogen sich träge dahin, während sie auf ein Foto nach dem anderen starrten und eine Gruppe von Männern zusammenstellten, die der Skizze relativ nahekamen. Nachdem sie alle Fotos gesichtet hatten, hatten sie siebenunddreißig mögliche Verdächtige, deren Fotos sie herunterluden, um sie schnell nach Mexico City weiterzuleiten. Es war jetzt zwei Uhr, und in Mexico City war es eine Stunde später, also würden die Fotos wahrscheinlich erst am nächsten Tag angeschaut werden.

Die Männer dankten ihrer neuen Freundin für die Gastfreundschaft und machten sich spürbar erleichtert auf den Weg zum Ausgang, in der Absicht, zu ihrem Außenposten der Federales zurückzukehren, damit sie ihre Ergebnisse via E-Mail verschicken könnten. Sie legten auf dem Weg ins Büro einen Halt bei Burger King ein, da sie aufgrund des redseligen Geplappers über die Katzen der Frau das Mittagessen versäumt hatten. Erleichtert verschlangen sie ihre Burger in angenehm klimatisierter Umgebung. Es war schon drei, als sie bei der Station ankamen und alle ihre Fotos verschickt hatten. Als sie fertig waren, lehnten sie sich zurück und tauschten Kriegsgeschichten mit den örtlichen Beamten aus, während sie auf Instruktionen warteten, was als Nächstes zu tun wäre.

~~~

Briones kehrte spät am Tag zum Hauptquartier zurück, nachdem er hauptsächlich damit beschäftigt gewesen war, Cruz auszustatten und ihm zu helfen, sich einzurichten. Es gab ein paar Komplikationen mit dem Internet, die viel Zeit kosteten, und dann musste er noch einkaufen. Als er es endlich ins Quartier schaffte, war es schon fünf.

Er checkte seine E-Mails und fand zweiundzwanzig Nachrichten vor. Mit einem resignierten Seufzer begann er, sie durchzugehen, und beantwortete die meisten nur mit einem Satz. Die letzten fünf waren die Fotos vom Los-Cabos-Team. Er rieb sich die Augen und begann, die verschiedenen Aufnahmen durchzublättern. Ein paar hatten eine Ähnlichkeit und hätten der Mann sein können.
~~~

Er konnte sich nur nicht so genau daran erinnern – es war schon zu viel Zeit vergangen.

Und dann stoppte er.

Briones starrte auf den Bildschirm und vergrößerte dann das Bild. Er war sich fast zu hundert Prozent sicher, obwohl es ein paar Unterschiede gab – hauptsächlich der Spitzbart und die Haarfarbe, die viel heller war als in seiner Erinnerung. Aber Nase und Augen waren dieselben. Ohne zu wagen, seine Maus zu bewegen – aus Furcht, das Bild könnte gelöscht werden –, langte er hinüber, um Cruz' Nummer zu wählen.

»Ich glaube, ich habe das Foto von El Rey vor mir, von der Baustelle in Los Cabos«, sagte Briones aufgeregt.

»Glauben Sie es, oder sind Sie sicher?«

»Ich bin fast sicher. Bedenken Sie, ich habe ihn nur ein paar Sekunden lang gesehen und nahm nur an, dass er es war. Aber ich glaube, das ist der Bursche.«

»Schicken Sie es mir herüber«, wies Cruz an. »Finden Sie heraus, ob er bei der Arbeit ist oder wann er wieder da sein sollte. Aber klären wir alle Optionen sofort ab. Ich will, dass jeder Beamte in Baja innerhalb einer Stunde dieses Foto hat, und wenn er nicht bei der Arbeit ist, will ich, dass der Mann gefunden und festgenommen wird. Schicken Sie ein Team zur Adresse, die auf der Liste steht. Es besteht eine geringe Chance, dass er keine falschen Namen und Adresse benutzt hat, obwohl ich mir ziemlich sicher bin, dass dies doch anzunehmen ist. Wenn ich recht habe, will ich heute Nacht jeden auf der Straße haben, sie sollen in jeder Bar, in den Striplokalen und Restaurants nachfragen, ob jemand ihn gesehen hat. Es ist Show-Time – das ist unser erster wirklicher Durchbruch.«

KAPITEL NEUNZEHN

Sergeant Obregon, der Kopf des Teams, das nach Baja geschickt worden war, kauerte hinter einem leeren Auto, vierzig Meter von der Ein-Zimmer-Unterkunft entfernt, die auf dem Sicherheitspass des Verdächtigen angegeben war. Sein Name lautete Adrian Sendero und war ohne Zweifel falsch.

Nachdem sie herausgefunden hatten, dass er aus dem Projekt entlassen worden war, beobachteten sie das Haus seit mehreren Stunden, aber es gab kein Lebenszeichen. Sergeant Obregon hatte das ungute Gefühl, dass dies Zeitverschwendung war, aber seine Aufgabe war es, alle Spuren zu verfolgen, und das da war die einzige, die sie hatten. Hier war er also, überwachte eine Bruchbude in einem der schlimmsten Barrios in San José del Cabo – einem Gebiet, das ursprünglich als illegale Siedlung begonnen hatte, in der Elektrizität von darüber verlaufenden Stromleitungen abgezweigt wurde und Abwässer ungeklärt nach unten in die Schlucht flossen. Allmählich wurde daraus ein Viertel wie dieses, mit so lächerlichen Hütten wie jene, die sie observierten, gebaut aus Betonklötzen und Zementsäcken, die man von den Arbeitsstellen mitgehen ließ.

Es blieb ein trostloses Gebiet, in dem es nach Abfall und Armut stank; der vorherrschende Schmutz zeugte von einer Bevölkerung am unteren Ende der Gesellschaft. Das waren die Verlierer im Leben – die Kranken, die von Drogen Benebelten, die hoffnungslos dem Alkohol Verfallenen, die geistig Kranken. Niemand, der irgendeine Art von Einkommen hatte, lebte hier; selbst die aus der alleruntersten Schicht, den ungelernten Arbeitern, hatten es besser. Die Kriminalität hörte nie auf und wurde nie zur Anzeige gebracht, teils weil es unwahrscheinlich war, dass die Polizei aufkreuzte, und teils, weil die Bewohner meist selbst Kriminelle waren.

Es war die Art von Gebiet, in dem die Bewohner unter sich blieben. Niemand wollte wissen, was der andere tat, und am besten war man nicht neugierig auf dessen Geschäfte. Es war ein Ort, wo der Pöbel zu Tode kam, versklavt durch Heroin, Methamphetamin und Alkohol. Aids war unter den Drogenspritzern verbreitet, und es war fast Alltag, dass Leichen von den Leichenbeschauern herausgezogen wurden.

Obregons Ohrknopf knisterte, als eine Nachricht hereinkam.

»Ein Auto kommt auf Sie zu.«

Er spähte ins Dunkel und beobachtete, wie ein verbeulter, zwanzig Jahre alter Buick Le Sabre auf einen Platz neben der Hütte rollte. Ein Mann schwang sich aus dem Wagen, bekleidet mit einem schmutzig weißen Unterhemd und einer besudelten Hose, begleitet von einer fetten Frau in einem unpassenden Pullunder und Shorts, die ihre Sittsamkeit halbwegs bewahren sollten. Sie kicherten betrunken. Der Mann steuerte zur vorderen Tür, die aus einer Sperrholzplatte bestand und an zwei rostigen Scharnieren hing. Er angelte einen Schlüssel aus seiner Tasche und entriegelte das Vorhängeschloss, das die Kette sicherte, die als Türschloss diente. Dabei wurde er von den hellen Flutlichtern der Angriffsmannschaft überrascht, als sie ihren blendenden Fokus auf ihn richteten.

»Halt! Nehmen Sie die Hände hoch! Keine Bewegung! Hier ist die Bundespolizei. Nochmals, keine Bewegung!«, befahl Sergeant Obregon durch ein Handmegafon.

Das Paar erstarrte am Platz, und innerhalb von Sekunden waren sie von bewaffneten Männern umringt, mit den Waffen im Anschlag.

Nach zwanzig Sekunden war die Operation vorüber. Der Mann war ganz klar nicht der Gesuchte auf dem Foto, erkannte man in Anbetracht dessen, dass er abgemagert und schmutzig war, nach billigem Tequila stank und eher einem lebenden Skelett glich als einem menschlichen Wesen.

Nach einer kurzen Befragung wurde auch klar, dass niemand bei ihm in der kleinen Hütte wohnte. Der Sergeant trat ein und wurde mit einer schmutzigen Matratze konfrontiert, einem stinkenden Eimer mit einem Deckel, der aus einem Stück Rigips geformt war und als Ad-hoc-Toilette diente, sowie sonstigem Krimskrams. Licht kam von einer einzelnen Glühlampe, die an einem Draht baumelte, der mit einem rostigen Nagel befestigt von der Wellblechdecke hing. Zwei Löcher in der Wand mit gebogenen Armiereisen, die als Sicherheitsschloss dienten, boten eine ungenügende Ventilation. Obregon kam ein Würgen hoch vom Geruch, der vom schmutzigen Boden ausging.

Wie erwartet, war es eine Sackgasse.

Das Team packte seine Ausrüstung und lud sie in den schwarzen Transporter, der abberufen wurde, nachdem die Operation vorüber war. Mit einem abschließenden Blick über das Elendsgebiet gab Obregon das Signal, und die Männer fuhren zur Station zurück.

Es war unwahrscheinlich, dass sie irgendetwas durch das Herumreichen des Fotos bei den örtlichen Prostituierten und Drogenhändlern herausbekamen, aber an diesem Punkt war es die einzige Option, die sie noch hatten. Auf Cruz' Geheiß errichteten sie an verschiedenen Schnittpunkten Straßensperren, angeblich als Alkoholkontrollen, aber in Wirklichkeit, um verdächtige Reisende zu überprüfen; aber das war nicht sehr aussichtsreich. Wie die Nacht dahinging, wurden die Beamten zunehmend frustriert. Es war offensichtlich, dass die Zielperson entweder untergetaucht oder ihnen entkommen war.

Wo immer er sein mochte, El Rey war nicht zu finden.

~~~

Cruz war deswegen nicht überrascht. Während das Foto der Erkennungsmarke ein glücklicher Durchbruch war, hielt ihre Pechsträhne im Fall an, und es war beinahe schon zu spät. So liefen die Dinge von Anfang an. Der Mörder schien ihnen immer einen Schritt voraus zu sein oder profitierte einfach vom reinen Glück, wie zum Beispiel entlassen zu werden, bevor sie ihn schnappten. Cruz fing an, sich
~~~

ein wenig in die Männer der El-Rey-Einsatztruppe einzufühlen, die in über tausend Tagen null Fortschritt verzeichnen konnten.

Er hatte sich mit ihnen getroffen und ihnen das Foto in der schwachen Hoffnung übergeben, dass ihr Netzwerk eine Spur finden würde, aber das war unwahrscheinlich, da sie in Baja nicht präsent waren. Wie es für sie typisch war, hatten sie nicht einmal in Erwägung gezogen, Leute nach Los Cabos zu schicken, als sie das Foto in der Hand hatten. Sie zogen es vor, daran zu zweifeln, ob es überhaupt El Rey sein könnte, da es nicht einmal den meisten Skizzen nahekam. In Wahrheit konnte Cruz genauso wenig beweisen, dass er es war, wie sie beweisen konnten, dass er es nicht war; somit war es eine klassische Pattsituation. Sie hatten offensichtlich das Gefühl, dass Cruz sich zu Unrecht in ihre Ermittlungen einmischte, während er dachte, sie seien inkompetente Arschlöcher. Die Beziehungen blieben freundlich, aber angespannt, und Cruz erwartete nichts Hilfreiches.

Der Rest der Woche war ähnlich frustrierend. Es gab kein Gerede in den Straßen, das fleischliche Gewerbe brachte keine Spuren, und El Rey kaufte keine Drogen von örtlichen Stofflieferanten. Das Team machte seine Arbeit weiter, aber jeder weitere Tag brachte ein wachsendes Gefühl der Hoffnungslosigkeit, zumal das Eröffnungsdatum des G-20-Gipfels drohend näher rückte. Noch immer gab es auf ihrer Seite keinen Fortschritt. Die einzige gute Nachricht war, dass Cruz' Brustwunde heilte und kaum noch schmerzte. Das Bein wurde ebenfalls besser, wenn auch langsam. Er war beim Physiotherapeuten gewesen, um sich Anleitung für Übungen zu holen, die er jeden Morgen und Abend gewissenhaft durchführte.

Das andere überraschende Ereignis war, dass Dinah anfing, alle paar Tage anzurufen, um sich nach dem Fall zu erkundigen und zu hören, wie es ihm ging. Cruz war nicht sicher, wie er damit umgehen sollte. Es war zwei Jahre her, seit ihm die Köpfe seiner Familie zugeschickt worden waren, und das Leben musste unweigerlich weitergehen. Aber es waren eben erst zwei Jahre seit der Tragödie vergangen, und er war nicht sicher, ob er für jemand Neues in seinem Leben bereit war. Er fühlte sich schuldig, von ihr angezogen zu sein, erkannte aber auch, dass es auf Gegenseitigkeit beruhte – er konnte aus ihrer Konversation ersehen, wo Dinah subtil, aber doch zweifellos Interesse zeigte; Frauen riefen nicht nur aus einem Gefühl der Nächstenliebe regelmäßig an, um zu erfahren, wie es einem ging.

Selbst wenn er schon eine Weile nicht mehr in diesem Sattel gesessen hatte, hatte er doch nicht ganz vergessen, wie man ritt.

Cruz erwachte jeden Tag mit einem ungeduldigen Gefühl und einem unheilvollen Schauer, während die Tage des Gipfels näher rücken. Er machte ungenügend Fortschritte, und er machte sich nichts vor. In der Geschwindigkeit, wie sie vorankamen, würde El Rey sein Ziel erreichen, und das Leben für jeden Mann, jede Frau und jedes Kind in Mexiko würde sich auf ewig verändern, da der Nachbar im Norden Vergeltung für die Brutalität der Nation fordern würde. Das war eine Zukunft, die Cruz nicht erleben wollte, und es war genau diese Aussicht, die ihn schon früh auf die Beine brachte, um zu kämpfen und es mit seiner ganzen verfügbaren Kraft zu verhindern.

~~~

Die Nacht in Acapulco war gesättigt von Hitze und Feuchtigkeit, die Luft duftete nach dem unverwechselbaren Aroma der Tropen. In der Ferne glitzerten die Lichter des Hafenviertels, während die Partygänger ihre Freitags-Fiesta zelebrierten, tanzten und tranken, bis die heranrückende Morgendämmerung sie in ihre Betten trieb. Die Stadt war seit ihren Glanzzeiten der Sechziger- und Siebzigerjahre im Niedergang. Damals waren Acapulco und Puerto Vallarta für die Kreise in Hollywood ein Ziel, an dem Erscheinen geradezu Pflicht war, aber es kamen immer noch Leute in Feierlaune von Mexico City, da es sehr nahe lag – im Umkreis von etwas mehr als hundert Kilometern war es der nächste Badeort und immer noch ein beliebtes Ausflugsziel für diejenigen, die sich eine Auszeit vom dicht besiedelten Distrito Federal gönnen wollten – ein Ausdruck, der von den Einheimischen für Mexico City und seine Umgebung benutzt wurde.

Die Gewalt der Kartelle hatte den Ruf des Paradieses am Meer im letzten Jahrzehnt beschmutzt. Es reihte sich in die notorisch attackierten Gebiete ein, wie Morelia und Culiacán, wo umherzie-
~~~

hende Gangs von bewaffneten Schlägertypen ganze Wohnsiedlungen terrorisierten, und die Bullen hielten sich entweder fern oder standen auf der Gehaltsliste der Drogenhändler. Dennoch war die Touristenzone entlang des Wassers relativ sicher. Reisende aus den südlichen mexikanischen Staaten kamen haufenweise und ignorierten die sporadischen Ausbrüche von Gewalt.

Dröhnende Musik und schrilles Lachen schallte in die Hügel hinauf. Der Lärm wurde intensiver, wenn er im ruhigen Wasser gebrochen wurde. El Rey tippte auf den Knopf, um das Fenster auf seiner Fahrerseite hochzukurbeln, damit er beim Denken nicht gestört wurde.

Er war seit zwei Tagen in der Stadt und hatte sich schließlich mit seinem Kontaktmann in Verbindung gesetzt: ein unbedeutender Unterweltvermittler, der behauptete, dass er in der Lage wäre, ihm alles zu besorgen, was er wollte, und das in der Vergangenheit auch bewiesen hatte. Das Schöne an dieser Transaktion, falls vollendet, war, dass das lokale Netzwerk die Dinge, die er benötigte, verlässlich und ohne Probleme nach Baja brachte. Das war der erhebliche Aufschlag des Lieferanten wert, denn die Lieferung war genauso ein Hindernis wie das Sichern der benötigten Materialien.

Das Industriegebiet von Acapulco war bedrohlich dunkel und sehr gefährlich. Es war berühmt als ein Gebiet, in dem Leute verschwanden und immer wieder kopflose Leichen mit gefesselten Händen auftauchten. Selbst ein Raubtier wie El Rey fühlte eine gewisse Beklommenheit, als er so alleine mitten in der Nacht vor dem verlassenen Lager saß und auf das Erscheinen seines Gastgebers wartete. Er hatte am Telefon eine Diskussion mit dem Mann gehabt, wobei sie sich auf einen Preis geeinigt hatten, mit detaillierten Angaben für den Auftrag. Aber er wollte bar bezahlt werden, wie es vermehrt verlangt wurde, wegen Vorkehrungen gegen die Geldwäsche von den ehemals fügsamen Banken. Deshalb hatte sich El Rey einen Rucksack und siebzigtausend Dollar besorgt, bevor er sich von Mexico City in den Südwesten aufmachte. Er hielt sich dabei an die Mautstraßen, um die häufig vorkommenden Straßenräuber zu umgehen, welche die freien Straßen unsicher machten.

Die letzten paar Male, als er etwas Spezielles brauchte, das er nicht in Culiacán oder Mexico City bekommen konnte, organisierte dieser Kontaktmann, dass die Waren in Manzanillo ankamen, dem Haupthafen auf der Pazifikseite – auch eine weitere gefährliche Stadt in der Handelskette, die die Küste entlang verlief. Alle Schiffslieferungen von Südamerika, die die Westküste hochkamen, wurden in Manzanillo entladen, deshalb war es ein natürliches Zentrum der Kriminalität und Gewalt.

El Rey vermutete, dass die Schiffsladung in einem Fischerboot, einem Krabbenkutter oder einem kleinen Kümo die Küstenlinie entlangkam, bevor sie irgendwo außerhalb von Manzanillo das Schiff wechselte und dann von da aus nördlich in die See von Cortez befördert wurde.

Die Logistik der Schmuggler interessierte ihn nicht, solange die Waren rechtzeitig ankamen. Deshalb war er auch bereit, dieser Quelle das Doppelte des Preises zu zahlen, der von weniger etablierten Lieferanten verlangt wurde.

Ein Toyota Sequoia mit einer Reihe Scheinwerfer über dem Dach schwang sich um die Ecke und rollte am Randstein vor dem Lager aus.

Vier Männer stiegen aus und begutachteten ihre Umgebung, bevor sie sich dem Gebäude näherten und die mehrfache Verriegelung an der schweren Stahleingangstür lösten. Zwei der Männer nahmen eine Position auf jeder Seite des Eingangs ein und standen mit den Händen in ihren lockeren Sweatshirt-Taschen da. Die Ausbeulung durch ihre Pistolen war offensichtlich.

El Rey wartete, bis er sicher war, dass dies eine freundlich gesinnte Truppe war, und fuhr dann ohne Licht die Straße entlang, bis er zwanzig Meter entfernt war. Er öffnete die Tür und stieg auf den nassen Gehweg, der vom Wolkenbruch von vor ein paar Minuten rutschig war.

Die synthetischen Sohlen seiner Stiefel hafteten sicher auf der Oberfläche. Er trat vertrauensvoll auf die beiden Männer zu, den Rucksack und seine freie Hand klar sichtbar, um jegliche versehentlichen Anfälle von nervöser Schießerei zu vermeiden. Nach einem kurzen bestätigenden Wortwechsel tätigte einer der Männer einen

Anruf über das Handy, und ein paar Momente später öffnete sich das Tor und seine Quelle führte ihn in das feuchte Innere.

»Grüß dich, mein alter Freund. Freut mich, dich zu sehen. Hast du den Ort ohne Schwierigkeiten gefunden?«, fragte Gerzain, der Verkäufer. »Ohne Probleme.« Nach Austausch der Höflichkeiten gingen sie durch die Tiefen der höhlenartigen, weiten Fläche, bis sie an einer Reihe Holzkisten ankamen.

Ein weiterer Mann wartete dort. Gerzain winkte ihm zu. Er kam mit einem Brecheisen, stemmte es zwischen die Kiste und den fest verschlossenen Deckel und brach ihn dann gekonnt auf. Gerzain griff hinein und schob die Strohverpackung beiseite, trat dann zurück, damit sein Lieblingskunde die Ware begutachten konnte. El Rey ging zur Kiste und kauerte sich nieder, wobei er mit seinen Händen über die kalte, glatte Oberfläche des Inhalts strich. Er stand auf und nickte Gerzain zu, der stolz lächelte.

»Schön«, sagte El Rey.

»Brauchst du nur die eine? Ich biete dir heute Nacht einen doppelten Preisnachlass …«, offerierte Gerzain.

El Rey dachte über den Vorschlag nach, schüttelte dann aber den Kopf.

»Und der Rest?«, fragte El Rey.

»Wird noch produziert. Es ist ein sehr ungewöhnlicher Wunsch, und ich werde die ganzen zwei Wochen brauchen, die ich veranschlagt habe.«

»Ist es kein Problem, alles nach Cabo zu liefern?«

»Nee. Rechtzeitig und wie im Budget vorgesehen. Garantiert«, versicherte Gerzain ihm. El Rey schob ihm den Sack mit dem Geld zu. Gerzain lächelte und begann, auf die Tür zuzugehen.

»Kann ich dir sonst noch etwas besorgen? Handgranaten? Maschinengewehre? Einen Panzer?«, fragte er über seine Schulter.

»Nicht heute Nacht. Willst du es zählen?«

Gerzain blickte ihn an, grinste – wahrlich ein glücklicher Mann.

»Nicht nötig. Ich vertraue dir.«

~~~
~~~

Cruz konnte jetzt ohne Gehhilfen laufen und benutzte nur noch den verchromten Stahlstock, den Briones ihm besorgt hatte. Die Anweisungen des Arztes befolgend, ging er so viel wie möglich. Er fuhr jetzt jeden Tag ins Büro, nachdem er in der ersten Woche im Apartment Platzangst bekommen hatte. Er fühlte sich mit der Zeit zunehmend fit.

Er forderte einen weiteren Dodge Charger an und ließ die Türen in einer Karosseriewerkstatt vor Ort mit zentimeterdicken Stahlplatten verstärken – er hatte aus seiner letzten Schießerei bei OXXO eine wertvolle Lektion gelernt, nämlich dass es lebensrettend sein kann, etwas zu haben, das alles stoppt, außer vielleicht panzerdurchdringende Kugeln. Es tat ihm immer noch weh, auf das Gaspedal und die Bremse zu treten, aber er war bereit zu leiden, um seine verlorene Mobilität wiederzugewinnen.

Die Jagd auf El Rey hatte genau nirgendwo hingeführt, und während die Kalenderseiten weitergeblättert wurden und der Gipfel immer näher rückte, erhöhte sich Cruz' Erregung stufenweise immer weiter. Er wusste, dass seine Ahnung richtig war – das Foto hat es ihm bewiesen, auch wenn die anderen Dienststellen es herunterspielten. Wenn er es noch ein Mal bei CISEN versuchte, würden sie ihn wahrscheinlich auslachen, wenn er ihnen das Foto und die Zeichnung zeigte.

Sein Stolz war davon immer noch verletzt, aber er tat das hier nicht fürs Ego. Sie hatten jetzt das Foto und würden es hoffentlich an ihr Personal verteilen, das zum Event fuhr. Er konnte nur Druck machen. Der Direktor hatte sich über seine Mühe lustig gemacht und gesagt, das Foto würde wie ein männlicher Durchschnittsmexikaner unter fünfunddreißig aussehen, besonders wegen des Spitzbarts. Jedoch nicht für Cruz, aber vielleicht war er jetzt schon zu nahe dran. Er hatte sein Bestes getan und würde weiter auf Jagd gehen, auch wenn CISEN meinte, er hätte verloren.

Cruz quälte sich jeden Abend um acht aus dem Büro und war um sechs Uhr jeden Morgen wach.

Ein Vorteil, in der Innenstadt von Mexico City zu wohnen, war, dass er zu seiner Haustür hinausgehen konnte und innerhalb von hundert Metern ein wirklich gutes Café erreichte. Es wurde schnell zu seinem Lieblingsweg, um den Tag zu beginnen, und der Spaziergang tat ihm gut.

Diesen Morgen machte er Pläne, das Apartment am Ende der Woche zu räumen und die letzten fünf Tage vor dem Gipfel in Los Cabos zu sein.

Er konnte dort nützlicher sein, als hier im Hauptquartier von Mexico City besserwisserisch im Schaukelstuhl herumzuhängen, zwölfhundert Kilometer entfernt. Cruz würde mit Briones und zehn seiner Spitzenleute rüberfliegen und hoffentlich Glück haben. Zumindest konnte er nach Sicherheitslücken Ausschau halten und sich mit der Lage vertraut machen – etwas, was entscheidend wäre, um jeden Versuch im Voraus abzublocken.

Nach Beendigung der Telefonanrufe nahm er den Aufzug nach unten und humpelte aus der Lobby hinaus, wegen des bereits hellen Sonnenlichtes blinzelnd. Er machte sich auf den Weg den Block entlang und dachte sich dabei, dass es gar nicht so schlecht war, in der Innenstadt zu leben, als ein eiserner Griff seine beiden Arme umklammerte, während ein übel riechender Lappen von hinten vor sein Gesicht gehalten wurde. Cruz kämpfte gegen die Inhalation, solange er konnte, während er sich gegen seine Angreifer wehrte. Schließlich musste er dem Drang, Luft zu holen, nachgeben und verlor schnell das Bewusstsein.

KAPITEL ZWANZIG

Als Cruz wieder zu sich kam, wurde es bereits dunkel. Er drehte langsam den Kopf und versuchte, sich zu orientieren. Er lag auf einem Plüschbett in einem Raum mit hohen Decken; schwere Holzbalken trugen flache Dachziegelplatten über ihm. Stöhnend streckte er die Arme zur Seite und griff dann automatisch nach seiner Waffe.

Sie war natürlich nicht da. Sein Schädel platzte beinahe, und er fühlte sich extrem durstig, ohne Zweifel ein Nebenprodukt dessen, was auch immer seine Kidnapper eingesetzt hatten, um ihn außer Gefecht zu setzen. Äther? Chloroform? Er war sich nicht sicher. Es war wahrscheinlich auch egal.

Er setzte sich auf und erspähte ein Badezimmer nebenan. Man konnte das gemaserte Marmorbecken durch die halb geöffnete Tür sehen. Cruz erhob sich vorsichtig auf seine Füße, ging zum Wasserhahn und stillte seinen Durst mit ein paar Gläsern Wasser. Er bemerkte einen Nadeleinstich an seinem linken Arm – es war also nicht nur der Lappen gewesen, der ihn niedergestreckt hatte. Er war unter Drogen gesetzt worden. Er schüttelte den Kopf im Versuch, seine Verschwommenheit aufzulösen. Ein Blick auf seine Uhr sagte ihm, dass es sechs Uhr war, wahrscheinlich abends.

Er war mindestens zehn Stunden weggetreten gewesen.

Cruz fuhr bei dem Geräusch herum, als er das Aufschließen der Schlafzimmertür hörte. Sie schwang auf und zwei muskulöse Männer traten ein. Cruz hatte sich zwar von seinen Verletzungen ziemlich erholt, aber er war nicht in einem Zustand, in dem er gegen die beiden Schlägertypen hätte vorgehen können, deshalb wollte er auf eine bessere Fluchtgelegenheit warten. Außerdem hatte er keine Ahnung, wo er war; es würde schwer sein, sich zu befreien, wenn er sich nicht zurechtfand.

Der hässlichere der beiden bulligen Männer betrachtete ihn.

»Komm mit.«

Das Trio betrat den Gang von einem, wie er jetzt ersehen konnte, großen Haus im Hazienda-Stil. Die Böden waren mit quadratmetergroßen Fliesen aus hochwertigem Satillo-Terracotta belegt und die Wände mit grober Wischtechnik bemalt.

Die Möblierung in der scheinbar endlosen Halle war rustikal und aus dunklem, altem Holz geschnitzt. Viele Stücke schienen Hunderte von Jahren alt zu sein.

Der Durchgang öffnete sich auf einen Hof, und die Männer führten ihn zu einer Veranda, von der aus man einen freien Blick auf grüne Hügel hatte. Wo zum Teufel war er? Das war nicht Mexico City, das war sicher. Vielleicht die Region Guadalajara?

Ein Mann in seinen Sechzigern saß an einem massiven runden Esstisch, der einen Durchmesser von gut vier Metern hatte, und aß Suppe aus einer Lavasteinschale. Cruz schaute zweimal hin und fühlte seinen Herzschlag bis in die Ohren. Er verkrampfte sich automatisch, was den Mann zu seiner Rechten veranlasste, ihn am Arm zu fassen, bevor er ihn auf den Sitz dem Mann gegenüberzwang.

»Wie ich sehe, erkennen Sie mich von meinen Fan-Fotos …«, sagte der Mann.

»Ich würde Sie überall erkennen«, bestätigte Cruz. »Carlos Aranas. Einer der mächtigsten Männer in Mexiko und Kopf des Sinaloa-Kartells.«

»Einer der mächtigsten? Vielleicht sollten Sie das noch mal überdenken. Versuchen wir es mit ›dem mächtigsten‹.« Aranas grinste und tupfte sich den Bart mit einer bunten Stoffserviette ab. »Möchten Sie etwas Suppe? Sie ist wirklich unglaublich. Die beste Tortilla-Suppe, die Sie je probiert haben. Nach einem Rezept, das schon seit Generationen in der Familie ist.«

»Meine Henkersmahlzeit?«, stieß Cruz aus.

»Bitte. Wenn ich Sie tot haben wollte, würden Sie nicht an meinem Tisch sitzen. Ich habe mir beträchtliche Mühe gemacht, um Sie als Ganzes zu dieser Besprechung herzubringen. Beleidigen Sie mich nicht mit idiotischen Vermutungen. Wollen Sie nun von der feinsten Tortilla-Suppe der Welt oder nicht?«, fragte Aranas fairerweise.

»Ich werde nicht mit dem Mörder meiner Familie dinieren.«

»Schon wieder diese Idiotie. Der Ordnung halber: Ich war am Tod Ihrer Familie nicht beteiligt. Wenn ich Ihnen eine Nachricht zukommen lassen wollte, würde ich es nicht auf diese Weise machen. Ich würde Ihnen den Schwanz abschneiden und Sie müssten ihn aufessen. Wäre viel direkter. Zum letzten Mal also: Suppe oder nicht? Sie haben den ganzen Tag noch nichts gegessen, deshalb weiß ich, dass Sie am Verhungern sein müssen. Ich sage Ihnen etwas, da Sie so sturköpfig sind: Ich nehme einfach an, dass die Antwort ›Ja‹ lautet.« Aranas schaute über Cruz' Schulter zu einem der Männer, die still hinter ihm standen. »Chacho, lass Yolanda unserem Gast eine Schale Suppe zubereiten.«

Cruz wurde von etwas Feuchtem erschreckt, das gegen seine rechte Hand stieß. Er zog sie weg, schaute hinunter und sah einen Boxer, der an ihm schnüffelte.

»Wie ich sehe, haben Sie Bekanntschaft mit Frieda gemacht. Keine Angst. Sie beißt nicht. Sie will wahrscheinlich sehen, ob Sie ein Leckerchen für sie haben. Deshalb ist sie so fett – immer auf der Suche nach etwas Essbarem …«, sagte Aranas. Trotz der surrealen Umstände senkte Cruz langsam seine Hand und streichelte den Kopf des Hundes. Er leckte sie dankbar.

»Da. Sehen Sie? Sie mag Sie. Lassen Sie sie nur nicht in die Nähe Ihrer Suppe kommen. Sie ist ein Vielfraß und schnappt sie sich, wenn Sie nicht aufpassen«, lächelte Aranas und schlürfte einen weiteren Löffel voll in sich hinein.

»Was meinen Sie damit, dass Sie nicht an der Hinrichtung meiner Familie beteiligt waren? Sie hatten Ihre Skorpione im Mund. Das ist Ihr Zeichen«, beschuldigte ihn Cruz.

Aranas seufzte, und dann erhellte sich sein Gesicht. Einer der Gewichtheber stellte eine massive schwarze Lavasteinschale mit dicker brauner Suppe vor Cruz ab, legte dann einen Löffel und eine bunte Stoffserviette daneben. Aranas schob einen Teller auf der glatten Oberfläche des Süßholzbaumtisches in seine Richtung. Er rutschte fast bis zum Rand, neben die Stoffserviette für Cruz.

»Mit ein wenig Limette schmeckt es besser. Versuchen Sie es. Sie werden sehen. Ich empfehle zwei Scheiben für den Anfang.«

Cruz drückte widerwillig zwei der Limettenscheiben in die Suppe und rührte sie um. Aranas saß gespannt da und wartete darauf, dass er kostete. Er hob den dampfenden Löffel an seine Lippen und machte einen zaghaften Versuch.

»Es schmeckt nach Scheiße.« Cruz nahm noch ein klein wenig.

Aranas lachte mit aufrichtiger Heiterkeit.

»Ich sehe, Sie haben Sinn für Humor. Das ist mir nicht gesagt worden. Von jemandem, der gegen Drogen ins Feld zieht, konnte man das nicht erwarten.«

»Ich bin voller Überraschungen. Wie war das jetzt mit meiner Familie?«, fragte Cruz, während er die leckere Kreation schlürfte. Frieda wedelte mit ihrem kurzen Schwanz und starrte hungrige Löcher in sein Profil, setzte sich dann auf den Fliesenboden in der Hoffnung, dass ein Happen für sie abfiel. Cruz warf ihr einen Blick zu. Sie war fett, ja, gut. Aber glücklich. Definitiv glücklich.

»Ich hatte nichts damit zu tun, wie ich schon sagte. Das war wahrscheinlich Santiago. Er war ein Scheißkerl und dachte vielleicht, er wäre clever. Aber er war ein Verbündeter, also lassen wir es dabei. Sie wissen, dass ich sorglos Hunderte von Hinrichtungen angeordnet habe. Ich habe keinen Grund, sie abzustreiten. Aber ich war es nicht.«

»Und das soll ich Ihnen glauben?« Cruz schwenkte seine freie Hand, die nass von Friedas Gesabber war. »Sie haben mich entführt. Warum?«

Aranas blickte mürrisch auf seine inzwischen leere Schale und ließ dann den Löffel hineinfallen.

»Ich musste Ihre Aufmerksamkeit bekommen. Die habe ich jetzt.« Aranas klopfte mit einem Finger auf den Tisch, während er Cruz beobachtete. »Ich will Ihnen eine Geschichte erzählen, und dann werde ich Sie unversehrt nach Mexico City zurückbringen. Ihre Aufgabe dabei ist, sich die Geschichte anzuhören. Ich spreche. Sie hören zu. Es wird nicht lange dauern, machen Sie also einem alten Mann die Freude, ja?«, räsonierte Aranas. Ohne auf eine Antwort zu warten, fuhr er fort.

»Vor etwa drei Monaten bat Santiago mich um eine Konferenz. Wir haben viele Geschäfte zusammen gemacht, deshalb gab ich seiner Bitte nach. Er kam mit einem Vorschlag für mich zu diesem Haus.« Aranas nahm einen Schluck Wasser aus seinem halb vollen Glas. »Ein Vorschlag, den ich ablehnte.«

Cruz wartete auf mehr. »Er hatte sich in den Kopf gesetzt, das Undenkbare zu tun – eine Aktion, die die Bevölkerung gegen die Händler polarisieren und die meiner Meinung nach in einer Reihe von katastrophalen Ereignissen für Mexiko resultieren würde. Ich versuchte, ihn zur Vernunft zu bringen, aber er war unnachgiebig. Er wollte unseren Präsidenten umbringen, um die bevorstehenden Wahlen für einen Kandidaten zu gewinnen, mit dem er sich zusammengetan hatte.« Aranas lehnte sich zurück. »Der Spitzenkandidat wurde kürzlich getötet, deshalb glaubte er, wenn er den Präsidenten ausschaltete, hätte sein Mann eine sehr gute Chance.«

Cruz nickte langsam, ohne etwas zu sagen.

»Wie Sie wissen, wurde der Innenminister im November getötet, und dann wurde El Gallo hingerichtet ... was wahrscheinlich alles zusammenhängt, aber ich schweife ab. Santiago war überzeugt, dass er seinen Lieblingspolitiker zum gewählten Präsidenten machen und seine Position dazu nutzen könne, sich seiner Rivalen anzunehmen, während man die Augen vor seinen eigenen illegalen Machenschaften verschlossen hätte. Es war naiv und ein gefährliches Gerede. Aber es war interessant, wie ich zugeben muss, und ich würde nicht zögern, eine Idee zu unterstützen, wenn ich glaubte, dass sie effektiv wäre. Aber dann kam er auf etwas, was ich völlig ablehnen musste. Er sagte, dass er gleichzeitig auch den amerikanischen Präsidenten töten wolle«, erinnerte sich Aranas. »Ich fragte ihn, warum um alles in der Welt er Mexiko damit brandmarken wolle, einen Mann zu töten, der, im schlimmsten Fall, eine Galionsfigur war? Ich konnte noch einsehen, unseren Präsidenten auszuschalten, aber den amerikanischen? Es ergab absolut keinen Sinn.«

Cruz legte seinen Löffel leise in seine leere Schale, denn er wollte den Erzähler nicht unterbrechen.

»Er konnte seine Argumente nicht überzeugend darlegen. Er wollte es einfach tun. Er fragte mich, ob ich die Hälfte des Auftragspreises finanzieren würde. Ich wollte nichts damit zu tun haben. Es war Wahnsinn, und ich konnte keinen Vorteil darin sehen, diese Idee zu verfolgen. Ich sagte ihm, wenn er auf dieser Idee bestehen würde, könnte unser gemeinsames Geschäft in Gefahr sein, und später stimmte er zu, es fallen zu lassen. Nur glaube ich, dass er es nicht tat. Und nach neuesten Informationen, die mich erreichten, bin ich mir dessen sicher.« Aranas schnippte mit seinen Fingern, und Frieda trottete zu ihm hinüber.

Ihr voriger Liegeplatz war voller Sabber. Er brach eine Brotkruste vom Teller neben ihm und warf ihr ein Stück zu. Es verschwand mit einem Biss.

»Ich habe meine Quellen, selbst in Ihren heiligen Hallen, Captain Cruz. Ich weiß, dass Sie El Rey verfolgen, und nehme an, er ist der bezahlte Killer, der die Präsidenten beseitigen sollte. Der Plan ging von Santiago aus, oder, noch schlimmer, er wurde Santiago eingeredet und er war dumm genug, darauf einzugehen. Es wird ein Desaster werden, wenn es erfolgreich ist. Und deshalb musste ich Sie zu mir bringen lassen. Sie mussten es von meinen eigenen Lippen hören. Ich bin an keinem Plan beteiligt, den Präsidenten zu töten«, schloss Aranas. Er hatte gesagt, was er sagen wollte.

»Was war der Preis des Auftrags?«, fragte Cruz.

»Zehn Millionen Dollar.«

Cruz pfiff.

»Sie glauben, dass ihm diese Idee eingeredet wurde. Warum sagen Sie das? Wer wollte, dass er das tut?«, fragte Cruz

Aranas stand auf und kraulte Frieda liebevoll an den Ohren. Sie schaute in bedingungsloser Hingabe zu ihm hoch. Kapitulierend gab er ihr noch ein Stück Brot. Ein großes.

Er wandte sich Cruz zu.

»Das ist ein Teil des Rätsels, nicht wahr? Was ich Ihnen anbieten kann, ist ein Name, der Name eines Mannes, den ich stark unter Verdacht habe, den Plan ausgeheckt zu haben. Sie müssen Ihre eigene Sorgfalt pflichtgemäß walten lassen. Mit Vorsicht, wäre mein Ratschlag. Der Name ist Xavier Sorreyo. Er hatte sehr viel Einfluss auf meinen kürzlich verstorbenen Partner.«

»Sorreyo … ich hab noch nie von ihm gehört. Kartell?«

»Viel schlimmer. Nun, wenn es Ihnen nichts ausmacht … Ich muss ein paar lästige Aufgaben erledigen, die ich unterbrochen habe, um Sie zu treffen. Unser Geschäft hier ist beendet. Ich habe Ihnen meine Botschaft übermittelt, und was Sie damit machen, ist Ihre Sache. Aber ich wünsche Ihnen Glück, Captain. Und ich habe Ihre Familie wirklich nicht umgebracht. Ich bin mir nicht sicher, ob es Santiago war, aber es sieht ganz nach ihm aus. Wenn Sie mich jetzt entschuldigen wollen. Ich muss los.«

Aranas setzte sein charmantes Lächeln wieder auf, wobei die Zähne unter seinem grauen Schnurrbart hervorglänzten. »Wenn ich Sie je wiedersehe, werde ich Sie wie eine Ameise töten. Genauso wie ich erwarte, dass Sie es mit mir tun würden. Die Dinge kehren wieder zu ihrer Normalität zurück, ja? Sie bekämpfen die Kriminalität, ich erzeuge sie, und die Welt dreht sich weiter, die Spinnen fressen die Fliegen.« Aranas liebkoste Frieda noch mal und ging zum Torbogen, der in den Hof führte. »Danke, dass Sie gekommen sind, und viel Glück. Sie werden es brauchen.«

Cruz wollte sich gerade aufrichten, wurde aber mit dem jetzt vertrauten Lappen über seinem Gesicht konfrontiert. Er kämpfte instinktiv dagegen an, gab dann aber auf und erkannte, dass es sinnlos war.

Als er wieder zu sich kam, saß er auf dem Beifahrersitz seines Wagens, mit dem Schlüssel im Zündschloss, die Türen verschlossen. Die Belüftung kam von der Klimaanlage, die von der Batterie betrieben wurde.

Zwei Uhr morgens. Er griff nach seinem Schulterholster und entspannte sich, als er die beruhigenden Umrisse seiner neuen Glock darin erfühlen konnte.

Cruz nahm ein paar tiefe Atemzüge und versuchte, den Nebel zu vertreiben, der seine Sicht trübte. Er registrierte dabei ein ungewohntes Gefühl in seiner zusammengepressten rechten Hand. Er öffnete sie und starrte auf das zerknitterte Stück Papier hinunter, das in seiner Hand steckte.

Zwei Worte waren darauf gekritzelt. Ein Name.

Xavier Sorreyo.

~~~

Am nächsten Morgen hatte Cruz das Gefühl, als ob er eine Flasche Tequila-Fusel getrunken hätte. Die Auswirkungen der Drogen, mit denen er außer Gefecht gesetzt worden war, hinterließen einen schlimmen Kater. Sein Mund schmeckte bleiern, sein Kopf pochte, und die Körperschmerzen waren von starken Gleichgewichtsschwankungen begleitet.

Cruz dachte daran, ins Büro zu fahren, aber entschied sich dann dagegen. Stattdessen rief er Briones an und bat, ihn mitzunehmen. Briones war seit gestern wegen Cruz' Verschwinden in Panik, wusste aber nicht, was er tun konnte – und tatsächlich gab es nicht viel, das er hätte tun können.

Briones wollte alles wissen, was passiert war. Cruz versprach, ihm auf der Fahrt zur Arbeit alles zu erzählen.

Im Auto erzählte Cruz die Geschichte ganz nüchtern, während Briones Mund immer weiter hinunterhing vor Ungläubigkeit. Am Ende machten sie ihren Schlachtplan für den Tag.

»Offenbar hatte Aranas das Gefühl, dass der Name Sorreyo wichtig genug war, um meine Entführung zu rechtfertigen. Deshalb denke ich, dass es Priorität hat, alles über ihn herauszufinden, was uns möglich ist.«

»Ich kann immer noch nicht glauben, dass sie es getan haben. Ich meine, ich weiß, dass sie sehr viel Macht haben, aber dass … Man möchte es irgendwie noch mal überdenken, Polizist zu sein.« Briones sprach aus, was Cruz auch dachte.

»Er hätte mich jederzeit töten können. Und er könnte es immer noch. Ich glaube, das war der andere Teil seiner Botschaft – klarzustellen, wie die Dinge wirklich stehen«, stimmte Cruz zu.
~~~

»Was glauben Sie, warum er es nicht getan hat?«

»Ehrlich? Ich glaube, Aranas will El Rey genauso dringend aufhalten wie wir. Er fürchtet, es wird schlecht fürs Geschäft sein, und damit hat er recht. Das würde es. Besonders, wenn die Amerikaner sich entscheiden, uns im Krieg gegen die Kartelle zu unterstützen, indem sie hunderttausend Soldaten herschicken, was sicher der Fall sein wird, wenn ihr Präsident getötet wird. Können Sie sich den Sturm der Entrüstung vorstellen? Es wäre das Ende der Kartelle und auch von Mexiko als unabhängige Nation. Aranas ist kein Patriot – er ist ein Killer und ein Geschäftsmann, der keinen Vorteil darin sieht, den US-Präsidenten zu ermorden. Somit … ist er ausnahmsweise auf unserer Seite«, grübelte Cruz. »Und ich glaube, er versteht, dass es immer jemanden geben wird, der meinen Job macht, also könnte es genauso gut ich sein – der Teufel, den er kennt, wenn man so will. Das ist die reine Wahrheit. Wir waren so erfolglos gegen die Kartelle, dass er sich da keine Sorgen macht.«

Nach dieser deprimierenden Bemerkung erreichten sie das Hauptquartier, und innerhalb weniger Minuten gaben sie den Namen Xavier Sorreyo ins System ein. Ein paar Augenblicke später tat sich ein Bildschirm auf und informierte sie darüber, dass die Akte unter Verschluss stand.

»Unter Verschluss? Von wem? Wir sind die verdammten Bullen. Wie kann sie unter Verschluss stehen?«, schäumte Cruz vor Wut. Er roch die Hand von CISEN in dieser Sache – und wann immer ein Geheimdienst in eine Sache verwickelt war, bedeutete das nie etwas Gutes. Er erinnerte sich, was Aranas gesagt hatte, als er fragte, ob das ein Mann eines Kartells wäre: »Nein, viel schlimmer.« Cruz hatte diesen Teil der Unterredung bis jetzt vergessen gehabt, ohne Zweifel eine Auswirkung der Drogen.

Was könnte noch schlimmer sein als massenmordende Drogenhändler? Und dann unter Verschluss kommen?

Er hatte es schon oft genug auf direkte Art durch die Vordertür versucht und musste gedemütigt das Gebäude verlassen, deshalb würde er es auf die bewährte alte Art machen. Seine Cousine, Laura, arbeitete bei CISEN und tat ihm gelegentlich einen Gefallen, wie er es auch für sie tat. Cruz rief sie auf dem Handy an und gab ihr Sorreyos Namen. Er erklärte ihr das Problem. Sie war bereit, sich innerhalb von ein paar Stunden einschlägige Informationen zu besorgen, und versprach, ihn zurückrufen, wenn sie etwas hatte.

Cruz arbeitete mit Briones an der Logistik für die Einrichtung eines funktionierenden Kommandozentrums in Baja, und ehe sie sich versahen, war der Morgen verflogen und es war dreizehn Uhr. Cruz' Handy klingelte. Es war Laura, die sich in dreißig Minuten in einem Restaurant, das sie beide mochten, mit ihm treffen wollte.

Er schaffte es in zwanzig.

Laura traf zehn Minuten später ein. Cruz erhob sich und küsste sie. Sie war eine attraktive Frau, drei Jahre älter als er und fast gleich groß, mit lockigem schwarzen Haar, das schon in ein würdevolles Grau überging. Sie setzten sich, und nachdem sie bestellt hatten, steckte sie ihm ein einfach gefaltetes Papierstück zu.

Er las es und starrte in den Raum, fassungslos. Dann fügten sich die Teile zusammen. Plötzlich verstand er, dass dies viel bedeutungsvoller war als ein Kartellboss, der einen Präsidenten ermorden wollte. Drei kleine Buchstaben und alles fügte sich für ihn zusammen, oder zumindest ein großes Stück davon.

Cruz würde nie in der Lage sein, Señor Sorreyo zu befragen. Er war vor einer Woche in Monterrey einem Unfall mit Fahrerflucht zum Opfer gefallen. Allerdings hatte Cruz nicht das Gefühl, als ob er ihn viel hätte fragen müssen, und er fand auch nicht, dass ein Treffen eine gute Idee gewesen wäre.

Es bestand kaum die Möglichkeit, dass Sorreyo über irgendetwas die Wahrheit gesagt hätte.

Xavier Sorreyo war CIA-Agent gewesen.

KAPITEL EINUNDZWANZIG

San José del Cabo, Mexiko

Die Hügel um das Konferenzzentrum aalten sich im strahlend warmen Licht der Morgensonne. Ein paar einsame Saguaro-Kakteen standen wie Wachposten da, wie um die nun folgenden Ereignisse zu beobachten.

Auf den Parkplätzen wimmelte es von Soldaten und Sicherheitsdiensten, da der amerikanische Geheimdienst sich mit seinem mexikanischen Gegenstück zusammentat.

Über hundert Armeeleute bildeten einen Schutzwall um das ausgedehnte Gebäude und standen mit ihren M16-Gewehren bereit, jede Bedrohung abzuwehren. Zwei Armee-Hubschrauber waren am hinteren Ende des Feldes positioniert, und ein Gebiet, das näher am Tagungszentrum lag, war geräumt worden und für die Landung des Präsidenten-Hubschraubers von Polizei umringt. Gepanzerte Militär-Humvees lagen wie raubtierhafte Dschungelkatzen um das Anwesen auf der Lauer, während Wachen von Station zu Station patrouillierten.

Eine Menge Demonstranten drängten sich hinter Barrikaden, während die Soldaten ungeduldig bereitstanden. Der Schweiß tropfte ihnen in den Nacken von der Hitze, die schon fünfunddreißig Grad betrug. Schilder in einem Dutzend Sprachen beklagten Ungleichheit, US-Imperialismus, Armut, Bank-Syndikate und die allgemeine Ungerechtigkeit des Lebens. Die Demonstranten waren ein gemischter Haufen – alles von Hippies und Studenten bis zu wütenden Rentnern. Es war ein aufrührerischer Haufen, der noch von Einpeitschern angeheizt wurde, die alle paar Minuten einen Sprechchor auslösten. Die mexikanischen Streitkräfte schienen unsicher, wie mit ihnen umzugehen war, und waren sich der Phalanx von Kameras der globalen Medien, die das Ereignis für den internationalen Nachrichtenkonsum einfingen, durchaus bewusst.

Der Befehlshabende des Sondereinsatzkommandos funkte nach mehr Unterstützung, und zwei Armeewagen, die mit noch mehr Soldaten beladen waren, rasten zum Stützpunkt heran. Fünfzig Mann sprangen von den Rücksitzen, viele jetzt bewaffnet mit Schrotflinten, die mit nicht tödlichen Bohnensäckchen als Abwehrmittel geladen waren. Einige trugen größere Abschussvorrichtungen für Tränengas, und zwei Männer gingen mit einem Kasten Pfefferspray auf die Masse zu. Die Spannung war dick wie Nebel, als sich eine Konfrontation drohend abzeichnete. Die Demonstranten wurden ängstlicher, vielleicht aus dem Gefühl heraus, dass die Mexikaner nicht so sehr um PR-Feinheiten besorgt waren wie einige Gastgeberländer der früheren Jahre. Niemand wollte sich eine Kugel einfangen oder monatelang in einem mexikanischen Gefängnis landen, während zu Hause eine besorgte Familie einen Wucherpreis für ihre Freilassung zahlte. Das waren nicht die USA oder Europa – Mexikos Geduldsfaden war dünn und seine Toleranz gegenüber zivilen Störungen extrem begrenzt.

Cruz suchte mit seinem Team von Federales das Gebiet um das Gebäude auf und hielt nach irgendwelchen verdächtigen Zeichen Ausschau. Angesichts der Hundertschaften – Soldaten, Polizei, Marine, amerikanische und mexikanische Sicherheitskräfte, CISEN, Federales – gewann das Empfinden eines mühsam in Schach gehaltenen Chaos die Oberhand, je näher die Stunde der Eröffnungszeremonien heranrückte und die Ankunft der Teilnehmer bevorstand. Alle Besucher und Arbeiter, die sich dem Eingang des massiven Bauwerks näherten, mussten Metalldetektoren passieren, und zwei Flughafen-Röntgengeräte wurden von Mexico City hergebracht, um jedes Teil zu scannen, das innerhalb von hundert Metern an die Eröffnungszeremonie herankam.

Bombensuchhunde hatten jeden Quadratzentimeter des Geländes zweimal abgeschnüffelt, aber die gewissenhaften Hunde konnten nichts Bedrohliches finden.

Bodyguards des amerikanischen Geheimdienstes waren über den ganzen Präsentationsbereich verstreut, unübersehbar durch ihre blasse Haut und die Anzüge, die sie in der glühenden Hitze trugen; ihre Anwesenheit war im Protokoll der Veranstaltung vorgesehen. Der US-Geheimdienst wurde als der Beste der Besten angesehen, somit hätte es keinen umfassenderen Schutz für die Teilnehmer geben können. Sie murmelten in ihre Handflächen, und ihre Augen schweiften über die Menge und die Umgebung, um mögliche Gefahren nüchtern zu bewerten. Zwischen den mexikanischen Spezialkommandotruppen, den regulären Armeetruppen, den Federales und dem Gringo-Team waren die Delegierten sicherer als in ihrem Wohnzimmer.

Jede erdenkliche Sicherheitsvorkehrung wurde unternommen, und dennoch war Cruz beunruhigt. El Rey war spezialisiert darauf, die größten Anstrengungen derjenigen, die ihn aufzuhalten versuchen, zunichtezumachen. Diese Art von Zirkus war seine Spezialität. Cruz glaubte keine Sekunde lang, dass irgendetwas den Mörder aufhalten würde, seinen Plan durchzuziehen, was immer es war – obwohl er um nichts in der Welt erkennen konnte, wie El Rey angesichts des Aufgebots von bewaffneten Männern, das die Veranstaltung schützte, etwas würde bewerkstelligen können.

Und niemand könnte es lebend in das Gebäude hinein oder aus ihm heraus schaffen, wenn irgendetwas schiefginge. Alle Straßen innerhalb eines Kilometers waren von bewaffneten Soldaten und einer Phalanx von Bundespolizisten abgesperrt. Der Verkehr wurde umgeleitet, damit nur die Fahrzeuge der Delegation auf der Straße zum Gelände wären.

Cruz studierte das große zweistöckige Bauwerk. Es war bemerkenswert, dass es rechtzeitig fertig geworden war. Er war seit einer Woche in der Stadt, und bis auf die letzten Sekunden waren Mannschaften von hektischen Arbeitern unterwegs gewesen, um Details fertigzustellen und Systeme zu reparieren, die bereits fehlerhaft wurden.

Er schaute auf seine Uhr – die Delegation würde in ein paar Minuten eintreffen. Der Nervenkitzel zeigte sich in seinem Magen immer alarmierender, aber es gab nichts offensichtlich Dringliches, das er jetzt hätte tun können. Jeder hatte die Fotos des Mannes, von dem Cruz glaubte, es wäre El Rey, und das Tagungszentrum war stärker befestigt als ein Hochsicherheitsgefängnis. Er hatte alles in seinen Möglichkeiten Liegende getan.

Er hob das Fernglas an seine Augen und suchte die Hügel der Umgebung ab, die teilweise über sechshundert Meter entfernt lagen. Das Konferenzzentrum war auf drei Seiten von Steilhängen umgeben, die fast nur von niedrigem braunen Gestrüpp bedeckt waren – völlig abgegrast von einer Herde wilder Ziegen, die aus einem kleinen Streichelzoo von der Schule am Fuße des Hügels entkommen waren.

Er untersuchte jede Ritze. Es gab keinen Platz, wo sich ein Mann verstecken konnte, und selbst wenn es möglich gewesen wäre, wäre ein Schuss aus dieser Entfernung schwierig gewesen; es gab eine beträchtliche Brise, Windböen peitschten gegen den Halbkreis der Flaggen, die über dem Eingang der Anlage flatterten.

Ein Murmeln entrang sich der dicht gedrängten Gruppe von Medienleuten und Demonstranten, als eine Reihe von Limousinen auf der neu gepflasterten Straße, die auf die vierte Seite des Anwesens zulief, heranfuhr. Der Moment, auf den alle gewartet hatten, war da. Die Wagen zogen an der Menschenmenge vorbei auf den Eingang zu, wo die Eröffnungsfeier beginnen würde. Ein großes blau-weiß gestreiftes Zelt stand auf einer Seite, wo die Künstler und Moderatoren nervös auf ihren Auftritt im Rampenlicht warteten.

Die Augen der Menge richteten sich auf das Schlagen der Rotorblätter, als sich zwei weitere Hubschrauber näherten und dann über dem Feld schwebten, bis sie schließlich auf dem vorgesehenen Landeplatz zur Ruhe kamen. Die Türen der Hubschrauber öffneten sich gleichzeitig, Männer in schwarzen Anzügen stiegen zügig aus beiden aus und formten einen Schutzwall, als die Präsidenten von

Mexiko und den USA ausstiegen. Die Demonstranten buhten und schwenkten ihre hochgehaltenen Schilder, während das Korps der Presse die Ankunft filmte.

Cruz beäugte nervös die Gruppe von Journalisten. Ihre gesamte Ausrüstung war durchsucht und durchleuchtet worden, aber er erwartete dennoch einen Trick. Briones stand an seiner Seite, ähnlich wie er durch den Anblick all der Kameras, die auf die beiden Männer gerichtet waren, in Alarmbereitschaft. Sie tauschten Blicke, und Briones machte unbewusst nervöse Bewegungen mit seiner seitlich getragenen Waffe. Eine lästige Fliege summte um seinen Kopf und er schlug verärgert nach ihr, bevor er sich über seine Stirn strich. Die Hitze auf dem Parkplatz war glühend. Die Sonnenenergie heizte die grau-schwarze Oberfläche auf, wobei die Wirkung durch das Abstrahlen der Hitze vielfach verstärkt wurde.

Briones' Blick wurde auf eine Bewegung an der Peripherie der Demonstranten gelenkt; etwas Alarmierendes, das er kaum registrierte. Ein bärtiger Mann hatte seinen Arm zurückgezogen und war bereit, ein Wurfgeschoss zu schleudern. Der Lieutenant sprang auf, überwand in Sekundenschnelle die zwanzig Meter bis zu den Barrikaden, zog die Waffe und war bereit zu schießen. Die Soldaten erstarrten, die Waffen jetzt mehr auf die Menge gerichtet als auf den Boden. Für einen kurzen Moment stand die Zeit still. Briones' Augen hingen am Gesicht des Mannes, und er schien seinen Kopf langsam zu drehen, um zu beobachten, wie der uniformierte Bundespolizist auf ihn zusprang, mit der Pistole auf seinen Kopf zielend. Einige der anderen Demonstranten spürten die Gefahr und wichen zurück, was den Mann völlig ungeschützt zurückbleiben ließ.

Er senkte langsam seinen Arm, und Briones schrie ihn an: »Keine Bewegung!« Der Mann ähnelte irgendwie dem Foto, aber es war schwer zu sagen mit all der Gesichtsbehaarung und der gestrickten Rastamütze. Die Soldaten ließen den Lieutenant automatisch passieren, der die nächste Barrikade beiseiteschubste, während er auf den Mann zuschritt, bereit zu schießen. Die Menge wurde still; einige der Medienleute zogen ihre Aufmerksamkeit von den zwei Weltführern, die ins Tagungszentrum schritten, ab und lenkten sie auf das Drama, das sich zwischen dem drohenden, Pistole schwingenden Polizisten und den friedlich vereinten Demonstranten abspielte.

Die Soldaten standen nervös mit den Fingern an den Abzügen da. Es bestand ein sehr reales Empfinden, dass die Situation ganz schnell zu einem Blutbad eskalieren könnte. Es brauchte nur jemand die Nerven zu verlieren, und der Bereich, wo sich die Menge versammelt hatte, würde zu einem Schlachtfeld werden. Die Menschenmenge spürte das und zog sich als Gruppe zurück. Niemand wollte zum Märtyrer werden, in einer toten Wüste, tausend Kilometer von allem entfernt.

Briones erreichte den Mann, und während er die Waffe an den Kopf des Hippies hielt, griff er vorsichtig nach unten und hob dessen Hand hoch, um zu sehen, was er werfen wollte. Er sah etwas Rotes leuchten. Eine Tomate.

Briones zog seine Handschellen und schloss sie um die Handgelenke des Mannes, während die Menge, mit dem Gefühl, dass der Konflikt vorbei wäre, ihn verspottete. Er stieß seinen Gefangenen zu der Absperrung, wo zwei Soldaten sich um den gefährlichen Gemüseangreifer kümmerten. Briones marschierte zu seinem Platz neben Cruz zurück, gefolgt von Buhrufen und Pfiffen der Demonstranten – auch› Gestapo‹ wurde skandiert –, wobei sein Gesicht ein tieferes Rot als die Tomate zeigte. Die Soldaten entspannten sich, die Feuerübung war vorüber und sie ließen ihre Gewehrläufe wieder mit der Spitze Richtung Boden sinken, wobei einige vor Erleichterung nervös lächelten.

Die Sicherheitsleute der Präsidenten hatten das blitzartige Handgemenge nicht bemerkt, doch Briones' steife Gesichtszüge würden an diesem Abend in den meisten westlichen Fernsehsendern zu einem unrühmlichen Symbol des totalitären Missbrauchs der Macht werden.

Ein älterer uniformierter Soldat aus der versammelten Gruppe von Militärs ging zu Cruz hin, beugte sich zu ihm und sprach leise: »Sie nehmen Ihre Bluthunde besser an die kurze Leine, Captain. Das hätte wegen einer Tomate fast zu einer Katastrophe geführt. Reißen Sie sich zusammen, sonst wird man Sie hier hinauskomplimentieren.« General Ortega blickte Briones mit zu Schlitzen verengten Augen an. »Ich will keine weiteren Ausbrüche, haben Sie verstanden?«

Cruz warf einen starren Blick auf das eindrucksvolle Gesicht des Offizier, und er nickte einmal. Der General hatte seine Botschaft abgeliefert, drehte sich um und marschierte auf seine Position zurück, wo die anderen dekorierten Militärs neben der Bühne versammelt waren.

»Was zum Teufel, Briones …«, fing Cruz an, immer noch die Menge beobachtend und sich schmerzlich der Kameras bewusst, die nicht nur das Geschehnis dokumentierten, sondern ab jetzt auch jede ihrer Bewegungen.

»Ich habe einfach die Bewegung gesehen und reagiert. Es tut mir … es tut mir leid, Sir.«

»Ich glaube, Sie sollten vielleicht die Abgrenzungen abschreiten und prüfen, ob alles in Ordnung ist. Versuchen Sie sich so weit wie möglich von den Kameras fernzuhalten, okay? Hoffentlich verlieren sie in ein paar Minuten das Interesse. Und ziehen Sie nicht wieder Ihre Waffe, es sei denn, El Rey steht mit einer Bazooka im Anschlag vor den Präsidenten.« Cruz sprach leise, aber sein Ton war unverkennbar scharf.

Briones ging wie befohlen los, froh, dass die Überprüfung wieder bei den zuständigen Einheiten lag.

Die beiden Präsidenten hatten ihre Plätze vor der errichteten Plattform, die als Bühne diente und an diesem Morgen aufgebaut und mehrmals von den Sicherheitskräften überprüft worden war, eingenommen. Die versammelten Delegierten umgaben die beiden Männer, und die Kameras klickten und surrten, um den Moment für die Nachwelt einzufangen. Der mexikanische Präsident stand unter dem Applaus der Delegierten auf und ging zu einem frei stehenden Mikrofon auf der Bühne, das auf die versammelten Würdenträger ausgerichtet, aber auch so gedreht war, dass die Medien ihn von der linken Seite sehen konnten.

Er war nach den fünfeinhalb Jahren seiner Amtszeit inzwischen so geschliffen, dass er auf dieser Art von Ereignissen glänzte, und er bewegte sich und sprach wie ein altgedienter Staatsmann.

Cruz hörte den erwartet abgedroschenen Aphorismen über globale Kooperation und ein neues Zeitalter des Friedens zu und studierte die versammelten Journalisten, überflog sie unruhig mit seinen Augen, bevor er zum Dach des Zentrums hochblickte, wo mehrere Scharfschützen die Menge beobachteten. Er drehte sich langsam um, musterte die Demonstranten durchdringend und wandte sich wieder den Hügeln zu.

Er bemerkte eine Bewegung auf einem entfernten Steilhang und hob sein Fernglas, bereit, alle zu warnen, damit sie in Deckung gingen.

Ein Zicklein steckte seine Nase in die Triebe einer ums Überleben kämpfenden Pflanze am Boden. Seine Mutter gesellte sich schnell zu ihm und schob es zurück zu den anderen am Ende des Hügels.

Cruz nahm das Fernglas ab und wischte sich den Schweiß aus den Augen. Die brütende Hitze war nicht gut für seine bereits angespannten Nerven, das war sicher. Sein einziger Trost war, dass er zumindest nicht losgetrabt war und mit seinem Gewehr zum Angriff gefuchtelt hatte, um die Delegation vor einem Geißlein zu retten.

Der Präsident beendete seine Rede, und der amerikanische Präsident trat auf die Bühne. Cruz sprach von seinen Jahren an der Universität her passabel Englisch und verstand deshalb das meiste. Eine Beziehung, die durch gemeinsame Ziele geschmiedet ist, ein neues Zeitalter, Verpflichtung zum Wohlstand. Etwa die gleiche Leier wie sein eigener Präsident. Er fragte sich geistesabwesend, was geschehen wäre, wenn sie ihre Reden getauscht hätten, ob es überhaupt jemand bemerkt hätte. Zum ersten Mal an diesem Tag lächelte Cruz.

Die Version des Amerikaners war zum Glück kurz. Er setzte sich unter freundlichem Applaus. Jetzt würde es eine halbstündige Festivität geben, einschließlich der Überreichung des Schlüssels für die Stadt, etwas Tanz von den Highschool-Mädchen aus dem Ort und einen fröhlichen Chor von Erstklässlern. Dann wäre der Willkommensakt vorbei und alle könnten in die angenehm klimatisierte neue Halle gehen.

Cruz' Beklommenheit stieg mit jeder Minute an. Der Gouverneur von Baja California Sur gab glücklicherweise nur ein paar kurze Kommentare ab und übergab dann dem amerikanischen

Präsidenten den Schlüssel zur Stadt. Nachdem alle wieder Platz genommen hatten, dröhnte Musik aus den Lautsprechern auf der Bühne, und der Tanz begann. Die Mädchen drehten sich schnell in typisch einheimischem Gewand, während die versammelten Politiker freundliches Interesse heuchelten. Cruz war persönlich bei der Überprüfung der Sprecherkabinen und der dazugehörigen Audio-Ausrüstung dabei gewesen, um getarnte Bomben aufzuspüren. Da gab es also keine Gefahr.

Die Dinge liefen wie geplant, aber er hatte immer noch ein Kribbeln im Nacken, ein Vorgefühl von etwas, was schrecklich schiefgehen würde. Er versuchte es abzuschütteln, aber es blieb wie ein schlechter Geschmack hängen.

Er wischte sich noch mehr Schweiß vom Gesicht und betete, dass es bald vorüber wäre.

El Rey verfolgte die Präsentation mit wenig Interesse. So weit gab es keine Überraschungen, wenngleich die Sicherheitsleute auf einer erhöhteren Wachsamkeitsstufe waren als gewöhnlich. Er hatte stundenlang Filmmaterial von Reden und Zusammenkünften beider Präsidenten studiert und kannte ihre Vorgehensweisen auswendig. Sie waren nervös, so viel war klar, wahrscheinlich wegen des Krawalls, den der Captain der Bundespolizei verursacht hatte. Egal. Er befand sich innerhalb von hundert Metern im Umkreis der Zielpersonen, und bald würden sie ein blutiger Brei sein und er würde während der Verwirrung verschwinden.

Die Mädchen traten auf die Bühne, und er sah mit einem grimmigen Lächeln zu, wie sie ihre komplizierten Tanzschritte den Führern der freien Welt vorführten.

Bald würden es Ex-Führer sein.

Er summte zur Musik und verlagerte sein Gewicht von einem Fuß auf den anderen, wobei er sein Gewehr bereithielt, für den Fall, dass irgendjemand versuchen sollte, den Präsidenten anzugreifen.

Im Zelt drinnen durchlebten die beiden Lehrer eine höllische Zeit mit den Kindern. Die freuten sich unbändig über die Limo, und ganz aufgeregt vor Erwartung liefen sie im Zelt herum wie kleine Satansbraten – selbst die kleinen Mädchen. Normalerweise betrugen sie sich besser, aber die Hitze und die vielen Leute ließen sie außer sich geraten. Es lag nun an Monica und Lety, etwas zu tun, um sie unter Kontrolle zu halten.

Drei der kleinen Jungs verhielten sich besonders schlimm. Sie schlugen ständig mit dem dafür vorgesehenen Stock auf die Piñata ein. Lety befürchtete, dass die Figur dadurch bereits im Zelt auseinanderbrechen würde, was die ganze Zeremonie verdorben hätte. Nachdem sie einen besonders alarmierenden Knall von dem aufgehängten Stier aus Pappmaschee gehört hatte, drehte sie sich um und sah, wie die kleinen Bastarde mit aller Kraft darauf einschlugen, keine zwei Minuten, nachdem sie sie deswegen zuvor schon bestraft hatte. Sie machte sich Sorgen, dass die beiden der armen Kreatur den Kopf abschlagen würden, und überlegte sich bereits, wo sie Klebstoff herbekommen könnte, um ihn wieder zu befestigen, falls die beiden ihr wieder entkommen würden und mit der Attacke auf das mit Süßigkeiten gefüllte Totem Erfolg hatten.

Sie schnappte einen der kleinen Angreifer bei den Haaren, um seine Aufmerksamkeit zu bekommen, zog den anderen am Ohr und schleifte beide unter deren lautstarken Protesten weg. Als sie beide unter Kontrolle hatte, konfiszierte sie den schweren Stock, damit dem gefährdeten Tier nichts mehr passieren konnte.

Monica schob ein paar Stühle als improvisierte Absperrung heran, um die lebhaften Lausbuben davon abzuhalten, weiteren Schaden anzurichten. Sie schaute zu dem leeren Rinderblick hoch, den der Künstler kreiert hatte, und nahm einen tiefen Atemzug. Bald wäre alles vorbei, und sie könnten wieder ins Klassenzimmer und zu einem gewissen Anschein von Ordnung zurückkehren.

Der Stier war groß für eine Piñata, über einen Meter lang und einen Meter hoch, wodurch er ein unwiderstehliches Zielobjekt für die Kinder war. Bunte Bänder hingen von seinem Hals, und ein Metallring aus Chrom baumelte von seiner Nase. Er wog gut vierzig Pfund mit all den Süßigkeiten darin, und Monica dankte im Stillen dem Erbauer, dass er ihn stabil genug geschaffen hatte, um den Prügelattacken der Knirpse zu widerstehen. Besonders der kleine Stefan hatte bereits beträchtlichen Schaden an Schulter und Kopf des Bildnisses angerichtet. Monica verfluchte den kleinen Scheißkerl, während sie die Risse und Rillen studierte, die der Stock hinterlassen hatte. Sie wühlte in ihrer Handtasche und zog einen schwarzen Filzstift heraus. Damit arbeitete sie wütend, um die gröbsten Misshandlungen zu maskieren. Solange niemand zu nahe herankam, würde es nicht auffallen.

Jetzt musste sie den kleinen Satan und seine Freunde nur noch die nächsten zehn Minuten davon abhalten, ihn komplett zu zerstören, dann könnten sie befreit nach Hause gehen.

~~~

El Rey gähnte, als die Mädchen ihren Auftritt mit einem schwachen, glanzlosen Applaus beendeten. Er war froh, dass nicht er es war, der wie ein Affe in der drückenden Hitze zum Amüsement von ein paar Anzugträgern tanzen musste. Eine aufwendige Stoffabdeckung hing über den Sitzreihen, um die schlimmste Juniglut abzuhalten. Große Ventilatoren bliesen kühle Luft über die Sitze der Würdenträger, aber trotz allem – wer immer es für gut befunden hatte, all dies im Freien stattfinden zu lassen, hatte sich sehr getäuscht.

Er betrachtete eingehend, wie das weiße Leinen sich im Wind oben aufbauschte, und stellte sich vor, wie es aussehen würde, wenn es mit dem Blut der versammelten Gruppe getränkt wäre. Das wäre doch etwas, an das sich die Medien erinnern würden.

Die Piñata hat ein Vermögen in der Herstellung gekostet – sie beinhaltete eine Ein-Zoll-Granate mit einem neuen Sprengstoff, der dreimal stärker als Semtex war. Er hatte ihn aus Russland bezogen, mit einer anderthalb Zentimeter dicken Verkleidung aus Kohlenstofffaser, mit eingravierten Rillen, sodass das Tier, wenn es auseinanderflog, Hunderte von rasiermesserscharfen Splittern mit drei Zentimetern Durchmesser freisetzen und alles innerhalb des Explosionsbereiches in tausend Stücke sprengen würde. Und als wäre das noch nicht zerstörerisch genug, waren etwa die Hälfte
~~~

der Süßigkeiten im Inneren in Wirklichkeit Kohlenstofffaserlager. Die Fasern waren so fein gemahlen, dass sie zu den Gummikugeln passten, mit der die Kreatur beladen war und die ebenfalls fast in Schallgeschwindigkeit hinausgeschleudert würden. Sie hatten sogar ein Muster des neuen Sprengstoffes an zwei Sprengstoffspürhunden am Flughafen von Manzanillo getestet, und die gingen ohne Interesse am Stier vorbei – anscheinend wussten sie nicht, wie der Prototyp eines russischen Sprengstoffs roch.

Er war selbst auf den Entwurf gekommen, nachdem er über die Landminen gelesen hatte, die das US-Militär benutzte, und über die Zerstörung, die sie anrichteten. Der Ingenieur, der die Bombe herstellte, versicherte ihm, dass nichts im Umkreis von vierzig Metern überleben würde – und die Präsidenten saßen nur zehn Meter entfernt, höchstens.

Sie wären nach der Detonation Hackfleisch, und das daraus resultierende Gemetzel wäre panoramaartig – ein passender Höhepunkt, um seine bereits berüchtigte Karriere zu beenden.

El Rey schob die M16 in seine linke Hand, als die Erstklässler, gekleidet in weiße bäuerliche Hosen und Hemden, auf die Bühne hinaustänzelten. Die Mädchen spähten nervös ins Publikum, während die Augen der kleinen Jungs auf die Piñata geheftet blieb, als wäre sie aus Schokolade. Der Bürgermeister und der Gouverneur betraten wieder die Bühne, und zusammen hielten sie den Stier hoch, der durch einen Draht gesichert war, der vom Bühnenrahmen herabhing.

Sie würden die Piñata provokativ hochziehen, um den Spaß zu vergrößern, während die Kinder abwechselnd auf ihn einschlugen, in der eifrigen Erwartung, dass die Süßigkeitenladung auf sie herniederregnen würde.

Heute jedoch nicht, Kinder.

Der Mini-Zünder in der Piñata, der per Knopfdruck über einen Hochfrequenzsender ausgelöst wurde, war das einzige Problem, das zu überwinden gewesen war. Er wusste, dass alles, was auf das Gelände gebracht wurde, durchleuchtet würde, und während die Kohlenstofffasern als sauber durchgingen und nicht mehr als ein

Teil des Gipses zu sein schienen, der benutzt wurde, um die Kreatur herzustellen, und die Lager den restlichen Gummibällen ähnelte, musste der Sprengzünder aus Metall gemacht werden – aus Drähten, die die notwendigen elektrischen Impulse leiteten, mit einer kleinen Batterie, um diese abzugeben, und einer Antenne. Vom Designer wurde der Nasenring vorgeschlagen, und das hatte wunderbar funktioniert. Die Piñata war für ihr Ende auf der Bühne bereit, und niemand hegte einen Verdacht.

Darüber, auf der Ebenholz-Ballustrade des Konferenzzentrums, schienen die grellen Strahlen der Sonne auf die schwarzen Federn eines leisen Zuschauers, der mit seinen Vogelaugen kalt die versammelten Kinder und das tierische Objekt ihrer Aufregung einschätzte. Niemand bemerkte die Krähe in all dem Tumult – es war eben nur ein Vogel.

Ein Musikschwall aus den Lautsprechern schreckte ihn aus seiner Position auf, und er flog mit einem Schrei, der im Lärm der Bühne darunter verloren ging, davon.

El Rey, für alle Welt nur einer von Hunderten von Soldaten, die angeheuert worden waren, um die Welt vor den Kartellen zu schützen, ließ vorsichtig eine Hand in seine Tarnhosentasche gleiten, in der Absicht, den Knopf zu drücken. Vor zwei Tagen hatte er einen Hacker in der Ukraine seinen neuen Namen auf die Liste der Sicherheitskräfte setzen lassen und die letzten beiden Nächte in den provisorischen Baracken verbracht, die auf der Straße zum Flughafen errichtet worden waren, um die Truppen unterzubringen. Er war lediglich ein gesichtsloses, anonymes Arbeitstier von vielen, das sein Aussehen durch einen militärischen Kurzhaarschnitt und Wattebäusche in den Wangen verändert hatte. Seinen Spitzbart hatte er schon lange abrasiert.

Für jeden Beobachter würde er wie ein unglückseliger mexikanischer Militärangehöriger aus dem Hinterland aussehen, wenngleich er ein Sergeant war – er brauchte eine passende Tarnung für sein Alter, da die meisten aufgelisteten Männer zwischen achtzehn und zweiundzwanzig waren; und er wollte auch sicherstellen, dass er einen entsprechend hohen Rang hatte, um umherstreifen zu können, und nicht zu weit weg von der Bühne stationiert war, sondern innerhalb der Reichweite des Senders blieb.

Während er sich auf die gleich stattfindende Explosion einstellte, zuckte er unmerklich zusammen und drückte den Knopf in Erwartung des blendenden Aufblitzens und des schrecklichen Geschreis.

Nichts passierte.

Ungläubig drückte er ihn noch mal. Ohne Ergebnis.

Er schätzte schnell die Entfernung zwischen sich und der Bühne ein und rechnete, dass er nicht mehr als achtzig Meter entfernt war.

Verdammt!

Er rückte näher an die Bühne heran, seine Augen auf den Stier gerichtet, und drückte den Knopf erneut.

Wieder nichts.

Es würde nicht funktionieren.

Er stellte sich für einen Moment vor, die Präsidenten mit Kugeln aus seinem Gewehr zu durchsieben, verwarf die Idee aber dann. Das Ziel war nicht, heute selbst getötet zu werden, sondern zu töten. Der Versuch, sie zu erschießen, wäre Selbstmord.

Nein, er musste das Ganze abbrechen.

El Rey drückte den Knopf ein letztes Mal, und als die Bühne sich nicht in einem blendenden Blitz auflöste, entschied er sich, die Operation zu beenden und zu leben, um an einem anderen Tag zu kämpfen. Er musste nur noch die Vorführung aussitzen.

Wenn allerdings die Piñata erst einmal auseinandergefallen war und es offensichtlich wurde, dass die Süßigkeiten in Wirklichkeit spezialgefertigte Projektile waren, dann würde jeder in der Nähe unter die Lupe genommen werden. Obwohl seine Tarnung gut war, war sie nicht dafür geplant, dem standzuhalten. Nein, es war an der Zeit einzupacken und sich davonzumachen. Oder in diesem Fall wegzulaufen. Er nahm an, dass die Szene einen chaotischen Tumult hervorrufen und nicht ruhig ablaufen würde, wenn er seine Flucht antrat.

Was ein Problem darstellte. Aber kein allzu großes.

Er war ja schließlich El Rey.

~~~
~~~

Briones hörte zu, wie die Mädchen ihren Auftritt beendeten und die Musik verstummte. Von seiner Position im hinteren Teil des Gebäudes aus spähte er in die Hügel und hielt wachsam nach jeder möglichen Bedrohung Ausschau. Er war nach dem Vorfall mit dem Möchtegern-Tomatenwerfer mit den Nerven am Ende und zwang sich, tief durchzuatmen, um den Adrenalinschub einzudämmen. Er streckte seine rechte Hand aus, mit den Handfläche nach unten, und betrachtete den Tremor, ein Nebenprodukt des ›Kampf oder Flucht‹-Reflexes, der sich ausgelöst hatte, als er hinter dem Demonstranten hergewesen war.

Reiß dich zusammen, verdammt noch mal.

Er war bekümmert über das Endergebnis seiner Attacke in der Menge. Briones war kurz davor gewesen, dem Mann den Kopf wegzupusten – er war schon am Drücker, bevor er die Tomate registrierte. Allein die Erinnerung daran verschlimmerte den Tremor. Er zwang sich, sich zu beruhigen und sich auf die Aufgabe vor ihm zu konzentrieren.

Vielleicht waren sie ja im Unrecht. Vielleicht war die ganze El-Rey-Geschichte Blödsinn, genau wie es CISEN offensichtlich dachte. Vielleicht hatte der Captain, zerfressen vor Gram über das Schicksal seiner Familie und geblendet durch Hass auf Santiago, einen neuen Kreuzzug gestartet, um seinem Leben einen Sinn zu geben. Briones fing jetzt an, die ganze Hypothese anzuzweifeln, genauso wie er seine Instinkte nach der Beinahe-Tötung des Hippies anzweifelte.

Briones drehte seine Runden um das Gebäude und sah, dass die Soldaten, die im Abstand von jeweils einem Meter Position bezogen hatten, wachsam und bereit schienen. Bald stand er auf der Seite der Bühne und beobachtete, wie die Kinder eine nette Präsentation vorführten, mit einem schrecklich falsch klingenden Gesang, bevor sie die Piñata aufbrachen. Er wischte sich mit dem langen Hemdärmel über das Gesicht, das schon ganz nass war, und verfluchte sein Schicksal. Das Tomaten-Geschehnis würde wohl Konsequenzen nach sich ziehen. Er war nicht sehr darauf erpicht zu erfahren, was es sein würde; wahrscheinlich ein Karrierewechsel zur Verkehrsüberwachung in der Wüste oder irgend so etwas Schreckliches.

Briones bemerkte eine Bewegung am anderen Ende der Bühne. Ein Soldat hatte sich ein Stück zu den Würdenträgern hinbewegt, wahrscheinlich, um die Kinder besser zu sehen können, und jetzt zog er sich wieder zurück. Briones drehte sich der Magen um. Er beobachtete, wie der Mann langsam zu seiner Position zurückbummelte, und dann ging er leicht in Richtung eines der Humvees, die am Rande des Geländes standen, neben dem Zugang zur Straße. Zwei Soldaten lehnten am Fahrzeug und überflogen gelangweilt die Hügel, jetzt, da die Präsentation sich dem Ende zuneigte.

Da stimmte etwas nicht. Er konnte es nicht genau sagen, aber er wusste es, genau wie er damals wusste, dass etwas mit dem Penner in der Gasse nicht stimmte. Was hatte ihm Cruz doch gesagt? Vertraue diesem Instinkt.

Er schob seine Zweifel beiseite und nahm die Verfolgung auf, vorsichtig, damit er sich nicht verdächtig machte oder eine Szene verursachte, falls er wieder falsch lag.

Der Soldat hatte jetzt schon drei Viertel des Weges zum Fahrzeug zurückgelegt, deshalb beschleunigte Briones seine Schritte.

Als er näher an den Mann herankam, rief er ihn, seine Hand an der Pistole, bereit, sie zu ziehen.

Er tat es aber noch nicht, da er an Cruz' Warnung dachte. Der Mann hörte ihn nicht, deshalb rief er lauter.

»Hey, Sie da. Warten Sie. Polizei. Nur einen Moment«, rief er jetzt, da sie weit genug von der Bühne weg waren und er durch seine Rufe nichts und niemanden stören würde.

Der Soldat drehte sich um, das Gewehr auf den Boden gerichtet, seine Haltung entspannt. Briones kam sieben Meter an ihn heran, dann sah er die Augen des Mannes. Es war der Penner – aber sein Gesicht war irgendwie verändert, fetter und schwerer. Er zog seine Pistole und war bereit zu schießen.

KAPITEL ZWEIUNDZWANZIG

El Rey hörte die Rufe hinter sich, ignorierte sie aber. Jeder Schritt näher zum Humvee war ein Schritt näher zur Sicherheit, deshalb ging er weiter, subtil seine Geschwindigkeit durch Verlängern der Schritte erhöhend.

Der Ruf wiederholte sich, und er drehte sich um. Es war ihm gleichgültig, dass das Spiel aus war. Es gab nur einen Grund dafür, dass ihm jemand folgen würde, und der konnte kein guter sein.

Er sah, wie der Mann in der charakteristisch blauen Uniform auf ihn zuschritt. Dann trafen sich ihre Augen, und er sah, wie der Mann seine Waffe zog.

Zwei Schüsse explodierten aus der Bomberjackentasche des Attentäters und trafen den Polizisten in der Brust und an der Schulter. Er wurde umgerissen, seine Waffe polterte nutzlos neben ihn auf den Gehweg. Die schallgedämpfte Kompakt-Automatik-Pistole war fast geräuschlos. El Rey drehte sich um und ging die restlichen sieben Meter zu den beiden Soldaten am Fahrzeug – dankbar, dass beide noch relativ grün waren.

»Männer. Schnell. Dort drüben. Dieser Mann – der Bundespolizist. Er liegt am Boden. Helft ihm. Ich hole den Laster. Wir müssen ihn in ein Krankenhaus bringen.« El Rey sah die Verwirrung in ihren Augen. »Jetzt!«, brüllte er sie an. »Das ist ein Befehl. Er wurde getroffen. Bewegt euch!« Sie traten in Aktion und rannten dahin, wo Briones lag.

El Rey kletterte auf den Fahrersitz, ließ den Motor an, legte den Gang ein und raste über die Straße, direkt auf die Hügel zu.

Er brauchte nur eine halbe Minute Vorsprung, und er hätte es geschafft. Es wäre fast so, als ob er den Präsidenten mit Erfolg getötet hätte, nur, dass ihn jetzt mehr Polizisten und Soldaten verfolgten. Der Wind trocknete den Schweiß auf seinem Gesicht, während er davonjagte. Die stark profilierten Reifen des massiven Allrad-Fahrzeugs bohrten sich den steilen Hang hoch.

~~~

Die Soldaten erreichten Briones, der stark aus seiner Schulter blutete. Seine Weste hatte den Schuss in die Brust abgefangen, aber es würde einen schmerzhaften Bluterguss geben. Das wäre nicht weiter schlimm gewesen– der Arm aber schon: Die Kugel hatte eine Arterie gestreift, und Blut spritzte frei aus der Wunde. Er versuchte zu sprechen, war aber desorientiert und im Moment nicht fähig dazu. Cruz, der den niedergestreckten Mann sah, kam humpelnd herbeigeeilt, sein Bein tat immer noch weh, selbst Wochen nach der Schießerei. Er beugte sich über ihn und legte seinen Kopf nahe an das Ohr des Lieutenant

Briones bemühte sich zu sprechen.

»El Rey. Dort …«

Er brachte den Rest seiner Energie auf, um in die Richtung des Humvee zu zeigen, der bereits ein gutes Stück den Hügel hinauf war und eine Staubwolke aufwirbelte. Cruz blickte wieder zu ihm hinunter. Briones' Augen rollten zurück unter die Lider, und er fiel schlaff auf den Gehweg.

»Rufen Sie einen Krankenwagen. Laufen Sie. Schnell. Wo ist Ihr Befehlshaber?«, fragte Cruz.

»Dort drüben.« Die Soldaten zeigten auf die Gruppe Soldaten vor ihnen, dreißig Meter entfernt.

Cruz überlegte einen kurzen Moment, dann gab er seinen anfänglichen Impuls auf, einen der anderen Humvees zu beschlagnahmen und die Jagd aufzunehmen.

Er ging zu den Offizieren und erklärte schnell, was passiert war.

»Er ist außer Schussweite, und ich glaube nicht, dass wir die Hügel hochschießen und einen internationalen Zwischenfall verursa-
~~~

chen sollten. Bemannen Sie die Hubschrauber mit einigen Scharfschützen und heben Sie ab. Ich werde ihn mit ein paar Männern in einem der Laster verfolgen«, wies Cruz an.

Die hochrangigen Offiziere starrten ein paar Sekunden lang betroffen auf den gefallenen blutüberströmten Polizisten, bevor sie in Aktion traten. Der General schritt hinüber zu einem Mann mit dem Rang eines Majors und gab ihm Anweisungen. Der Major hielt schnell sein Funkgerät an den Mund und bellte eine Reihe von Befehlen hinein.

Sie verloren Zeit. Es würde im besten Fall mehrere Minuten dauern, um die Helikopter in die Luft zu bekommen. Das war zu lange.

Cruz humpelte zum nächsten Humvee hinüber, schwang sein Gewehr auf den Nebensitz und rief den drei Soldaten, die sich näherten, zu:

»Steigt ein. Sofort.«

Sie tauschten verstohlene Blicke und sprangen dann an Bord. Cruz jagte den Motor hoch und donnerte in wilder Verfolgung hektisch den Hügel hinauf.

Hinter der Bühne schlugen die Kinder immer noch mit aller Kraft auf die Piñata ein. Das Drama spielte sich ganz hinten auf der Rückseite des Gebäudes ab, unsichtbar für die Teilnehmer. Das Aufheulen der Dieselmotoren wurde durch die Sonnenabschirmung aus Leinen und die dissonanten Fiestahörner, die aus den Lautsprechern dröhnten, gedämpft.

Als die beiden großen Militärhubschrauber abhoben, wurden die Piñata-Festivitäten bereits ermüdend. Die Würdenträger wurden unruhig, und es wurde ihnen heiß. Da die abscheuliche Kreatur nach zehn Minuten des Draufschlagens immer noch nicht zerbrochen war, wurde dieser Teil der Gipfelunterhaltung vom Bürgermeister beendet, und die versammelten Teilnehmer gingen dankbar in das Gebäudeinnere, wo Erfrischungen und eine arktische Klimaanlage auf sie warteten.

El Reys Humvee glitt zu einem alten Schuppen, zwei Hügel weiter nördlich des Konferenzzentrums. Dort machte er Halt. Er betrachtete den Staub, der von einem Verfolgungswagen aufgewirbelt wurde, und schätzte, dass er einige Minuten entfernt sein musste. Er warf seinen Helm in den Laster und schälte sich aus der Uniform, unter der er schwarze Cargo-Shorts und ein T-Shirt trug.

Dann eilte er zum Schuppen und verschwand im Innern des verlassenen Gebäudes. Als er ein paar Sekunden später wieder auftauchte, schob er ein robustes Geländemotorrad neben den Humvee und sprang auf den Kickstarter. Der Motor heulte auf. Er legte den Gang ein und bretterte den Hang hinunter in ein noch abgelegeneres, unbewohntes Gebiet voller Gestrüpp.

Cruz kam über den Hügel und sah, wie das Motorrad in die Luft sprang, in einer Staubwolke landete und in die Pampa davonraste.

»Shit. Damit werden wir ihn nie einholen«, klagte Cruz. »Wie funktioniert dieses Funkgerät? Wir müssen den Helikoptern Bescheid sagen, in welche Richtung er fährt und dass er auf einem Motorrad unterwegs ist.«

Einer der Soldaten tippte auf einen Knopf und drehte an einer Wählscheibe – kurz darauf knisterte eine Stimme über den Äther. Cruz schnappte sich das Mikrofon und bellte Anweisungen zu den Verfolgern, bevor er auf das Gaspedal trat und den Hügel hinunterpolterte, am Schuppen vorbei, das ausgetrocknete Flussbett hinunter, wohin der Attentäter verschwunden war.

El Rey genoss die Verfolgung. Die Männer im Humvee mussten das Leben jetzt hassen, da sie eine verlorene Schlacht kämpften, um mit dem beweglichen Motorrad mitzuhalten. Sie hatten keine Chance.

Er raste einige Minuten die Auswaschung entlang und zog eine Wolke von rötlich weißem Staub hinter sich her. Dann schwenkte er in eine Nebenschlucht, die zu den unbewohnten Bergen führte, die die Halbinsel zweiteilten. Ein Teil von ihm fragte sich, was wohl mit dem Stier schiefgegangen war. Alles war so perfekt geplant gewesen, und dann explodierte er nicht. Es war sein erstes Versagen überhaupt, was ihn mehr ärgerte, als von der halben mexikanischen Armee verfolgt zu werden.

Als er den Choya-Kaktus mit dem gelben Farbstreifen erblickte, bog er wieder nach rechts und fuhr dreißig Meter weiter den durchfurchten Boden hinunter und hielt dann an. Die ganze Planung erwies sich als wertvoll, dachte er zufrieden. Sie würden ihn nie fangen, und auch wenn er in seinem Vorhaben, die beiden Präsidenten zu töten, nicht erfolgreich gewesen war, würden noch Generationen von Polizisten über diese Flucht mit unterdrücktem Respekt sprechen.

Er machte den Motor des Gefährts aus und stieg ab, sprintete in eine kleine Höhle, die durch Jahrhunderte von flutartigen Überschwemmungen von den nahe gelegenen Bergen ausgewaschen worden war. Er konnte nicht anders, als beim Gedanken an die Notlage seiner Verfolger zu grinsen.

Cruz sah die Reifenspuren des Motorrads, die nach links führten, und riss das Steuer herum, wobei sich das kräftige Fahrzeug fast überschlug, als es den Halt verlor und gefährlich über den Boden schlitterte, bevor es sich wieder fing. Während sie über das trockene Flussbett rasten, hörten sie von oben ein Geräusch. Cruz verlangsamte das Tempo, und die Männer suchten den Himmel nach der Ursache des Lärms ab.

Ein Ultraleichtfluggerät flog mit einem einzelnen Mann an der Steuerung in der Ferne davon. Das gebrochene Weiß des Flügelstoffes schimmerte im Kontrast zum blauen Himmel.

Es war bereits über fünfhundert Meter entfernt und so außerhalb der Schussweite der Gewehre, dass Cruz und die Soldaten ihm nur ungläubig nachstarren konnten.

Es ging in den Kurvenflug über San José und flog auf die Küste und das spärlich bewohnte Gebiet von East Cape zu. Die Stadt verschwand unter ihm, während es sich stetig von Cruz und seinen Männern entfernte.

Cruz sah, wie es aus der Sicht verschwand, als er die Verfolgungshubschrauber anfunkte. Ein paar Minuten später schwebten sie über ihn hinweg, ein paar Kampfhubschrauber, die hinter einem winzigen Drachenflieger, der von einem rasenmähergroßen Motor angetrieben wurde, her waren.

Ein großer Teil von ihm freute sich schon auf die Aussicht, diesen Scheißkerl endlich festzunageln, aber eine kleine innere Stimme sagte ihm, dass sie ihn nie kriegen würden.

El Rey mochte ein gemeingefährlicher Psychopath sein, aber offensichtlich war er weder dumm noch unvorsichtig. Cruz sah, wie die Helikopter in ihrer Verfolgungsjagd abzogen, und registrierte plötzlich, dass es für ihn hier nichts mehr zu tun gab. Daher drehte er um und steuerte zurück zum Tagungszentrum, sein Teil der Jagd war vorüber. Er wischte sich mit der Rückseite seines Ärmels den Staub und den Schweiß von der Stirn und warf einen abschließenden Blick über seine Schulter, schüttelte dann den Kopf und konzentrierte sich darauf, auf demselben Weg zurückzufahren.

El Rey schwebte über den Highway und ging wieder in einen Kurvenflug, in Richtung Küste. Er suchte nach einem ganz besonderen Gebiet und wusste, dass seine Zeit knapp bemessen war. Die Suchmannschaft würde jetzt nach einem Ultraleicht Ausschau halten, deshalb musste er bald landen. Zum Glück lief alles noch nach Plan.

Er fischte ein Handy aus seinem Stricksack, der am Fahrgestell hing, und drückte die Wahlwiederholungstaste, während er schnell an Höhe verlor.

»Ich werde in zwei Minuten da sein. Sieh zu, dass alle angezogen und bereit zur Abfahrt sind«, wies er über das Telefon an, das er dann fallen ließ und ihm nachschaute, wie es sechzig Meter nach unten fiel und auf den Wüstenfelsen zerschellte. Er flog absichtlich so tief wie möglich, um etwaige Radartreffer zu vermeiden. Aber es bestand immer die Möglichkeit, dass sie ihn trotzdem aufspüren konnten, deshalb hatte er extra Vorsichtsmaßnahmen getroffen.

Er flog auf eine unbefestigte Straße bei einer großen Zementfabrik zu, bremste und stellte den Ultraleichtmotor ab, bevor er auf seinen Füßen aufkam.

Drei Männer, alle genau gleich gekleidet wie El Rey, standen neben vier Geländefahrzeugen, deren Motoren gleichmäßig brummten. El Rey nickte ihnen zu und setzte sich einen bereitgestellten Helm auf. Jetzt waren alle vier nicht mehr zu unterscheiden. Er hatte jedem zehntausend Dollar dafür bezahlt, dass sie an einem Rennen über alternative Routen teilnahmen, auf ein gemeinsames Ziel hin, fünfzehn Kilometer jenseits des Flughafens, auf halbem Weg zwischen diesem Ort und der Küste. Jeder Wettkampfteilnehmer hatte eine festgelegte Route und die Hälfte des Geldes im Voraus bekommen. Der Rest wäre nach ihrer Ankunft fällig.

El Rey schaute mit einer schwungvollen Geste auf seine Uhr und dann zu den Fahrern, die mit Spannung auf den Start des Rennens warteten.

»Viel Glück, Gentlemen. Auf die Plätze, fertig … los!« Er drückte das Gaspedal und fuhr los, genauso wie der Rest, jeder in eine etwas andere Richtung.

Während sein Geländewagen sich durch den Dreck in Richtung Küste arbeitete, hörte er, wie sich über ihm die Hubschrauber näherten. Wie befürchtet, konnten sie das Ultraleicht aufspüren. Nun gut. Er blickte über seine Schulter und sah, dass es nur zwei Hubschrauber waren. Einer scherte aus und verfolgte die beiden Rennwagen, die nach Norden über die unbefestigte Spur ins Landesinnere fuhren, und der andere hielt sich an El Rey und seinen Partner, die die Route zur Küste nahmen. Sie schnitten sich gegenseitig, und dann schoss sein Partner einen anderen unbefestigten Pfad nach links hoch. Jetzt war es nur noch El Rey, der die ramponierte Straße der Küste entlangfuhr.

Er warf einen Blick auf seinen Tachometer; er fuhr achtzig Stundenkilometer – gefährlich schnell auf dieser schmalen Spur. Der Hubschrauber, dessen Pilot nicht wissen konnte, welchem Fahrzeug er folgen musste, gewann an Höhe, um beide im Blick zu behalten. El Rey hatte das erwartet; ihm war klar, wie der Pilot reagieren musste. Jetzt bog er ab und machte sich auf den Weg nach Zacatitos, einer kleinen, abgelegenen Siedlung am Strand.

Der andere Fahrer würde bald noch weiter ins Inland abzweigen und seinen Verfolger zwingen, eine Entscheidung zu treffen. Das würde in etwa drei Minuten sein, bei der Geschwindigkeit, die er fuhr. Er konnte die Staubwolke seines Partners zu seiner Linken sehen, während sie voneinander wegfuhren.

El Rey war ziemlich zuversichtlich, dass die Soldaten nicht auf vier Geländewagenenthusiasten schießen würden, die auf Spaß aus waren. Selbst wenn sie den Verdacht hatten, dass einer von ihnen

El Rey sei, würde kein Offizier den Befehl geben, auf Zivilisten zu schießen, und damit beim meistbeachteten Ereignis des Jahres einen internationalen Zwischenfall auslösen, vor allem, wo es doch gar keinen Anschlag gegeben hatte. Bis jetzt hatte das einzige Verbrechen, das geschehen war, darin bestanden, dass ein neugieriger Polizist angeschossen worden war, was ehrlich gesagt nicht rechtfertigen würde, eine Gruppe unbewaffneter Rennfahrer niederzuschießen.

Er bewertete seine Chancen immer noch als gut.

Der Helikopter war jetzt an dem Punkt angelangt, an dem er Farbe bekennen musste. El Rey würde schon bald wissen, welchen Rennfahrer der Pilot weiter verfolgen würde, deshalb wurde er ein wenig langsamer, als er die Häuser von Zacatitos passierte. Er befreite seine Ohren von dem Tuch und hörte, wie der Heli nach Norden abzog, hinter dem anderen Mann her.

Sein Glück hielt an.

So weit.

Er fuhr noch ein paar Minuten die Küstenstraße entlang – was weniger eine Straße, sondern eher eine sehr schmale, autobreite, durchlöcherte Dreckspur war, wo oft zerklüftete Felssteine aus der lockeren, sandigen Oberfläche ragten. Der Geländewagen war das perfekte Fahrzeug für dieses Terrain, und er fragte sich, wie die Einwohner ihre Autos über die Furchen brachten, besonders während der kurzen, intensiven Regenzeit.

Ein grünes Haus mit Meerblick stand zu seiner Rechten auf einer Klippe, die Wellen schlugen an die sanften Hügel im Meer. Er näherte sich der Mauer, die das Anwesen umgab, verlangsamte dann seine Fahrt und fuhr in den Hof ein, darauf bedacht, das Tor hinter sich zu schließen. Das Haus war unbewohnt, die Besitzer ließen es während der unerträglichen Sommermonate leer stehen, wie er aus dem Gespräch mit dem Makler, der ihm die Villa vor zwei Wochen gezeigt hatte, in Erfahrung bringen konnte. Er war letzte Woche dort eingebrochen und hatte akribische Vorbereitungen für seine Flucht getroffen, im Vertrauen darauf, dass seiner Ausrüstung nichts passieren würde – er war der erste Interessent, der sich innerhalb von zwei Monaten das Haus angeschaut hatte.

Die Ruhe wurde durch das schmetternde Wummern der Rotoren unterbrochen, als der Helikopter der Straße folgte, hundert Meter über dem Boden. El Rey warf einen Blick auf ihn und rechnete aus, dass er etwa fünfundzwanzig Sekunden Zeit haben würde. Das wäre mehr als genug. Er schwang das metallene Garagentor auf, trat hinein und befestigte seine Lebensversicherung an seiner Schulter. Er hatte keine Zeit, das Fahrzeug zu verstecken. Er hoffte, sie würden den Geländewagen draußen übersehen, verließ sich aber nicht darauf.

Einige Sekunden später schwebte der Hubschrauber fünfzig Meter vor dem Haus und verlor in Vorbereitung zur Landung langsam an Höhe. Als er dreißig Meter über dem Boden war, wurde er von einem Strahl aus der Garage getroffen. Das Fluggerät explodierte in einem schmelzenden orangefarbenen Feuerball und zerfiel in zwei Teile, bevor es auf den felsigen Boden unterhalb der Straße aufschlug. Eine zweite Detonation ließ die Fenster des Hauses erzittern, als der Benzintank explodierte. Dann blieb nur noch eine pechschwarze Säule von öligem Rauch übrig, die aus dem Wrack entstieg.

El Rey setzte die iranische Boden-Luft-Schulterfeuerwaffe ab und schnippte die Laserzielerfassung zu. Es hatte wie angekündigt funktioniert. Er war ein zufriedener Kunde. Womöglich hätte er das Angebot des Lieferanten für den doppelten Rabatt annehmen sollen.

Vielleicht das nächste Mal.

In dem Wissen, dass der Helikopterabsturz innerhalb von Minuten eine genauere Untersuchung nach sich ziehen würde, zog er den Geländewagen in die Garage und schloss das Tor.

Jetzt war es einfach nur ein Multi-Millionen-Dollar-Haus am Strand, das unbewohnt dastand, bei dem es nichts Verdächtiges gab, das Aufmerksamkeit erregte.

Und was für ein schöner Strand es doch war. Weißer Sand, kein sehr steiles Ufer, ein paar Felsen unter Wasser, geringer Sog.

Er hielt nach dem Marinezerstörer Ausschau, der anderthalb Kilometer vor der Küste patrouillierte, mindestens acht Kilometer weiter die Küste hinauf in Richtung San José. Er stellte keine Bedrohung dar. Die Marine würde sich an die Verbotszone halten, die vor den Stränden der Stadt eingerichtet worden war, um alle bedrohlichen Schiffe davon abzuhalten, in den Bereich des Konferenzzentrums zu gelangen, und würde nicht versuchen, die vielen Boote zu überprüfen, die außerhalb der Verbotszone fischten. Sie hatten sowieso nicht genug Einsatzkräfte dafür.

El Rey schlüpfte schnell in den bereitgelegten Neoprenanzug. Er zog sein Tauchgerät mit den beiden Sauerstoffflaschen und der Maske aus der Garagenecke hervor. Nachdem er alles angelegt hatte, ging er vorsichtig mit einem Paar Flossen in der Hand zum Strand hinunter. Als er in der milden Brandung war, die Brust tief im Wasser, legte er seine Flossen an und tauchte unter, wobei er den wasserdichten Kompass prüfte, den er um sein Handgelenk gestreift hatte.

Er schwamm vierzig Meter hinaus auf der Suche nach einer gelben Nylonschnur mit einem Schwimmkörper daran, in der Tiefe von zwölf Metern. Er tauchte ab, um sie zu ergreifen, und zog sich daran hinunter, bis er am Grund neben den beiden Tauchscootern vom Typ Torpedo 3500 angelangt war, die er vor drei Tagen dort vor Anker gelegt hatte. Er löste beide von der Kette und aktivierte einen, wobei er den anderen am hinteren Ende des ersten festklammerte. Jede Einheit würde etwa fünfundvierzig Minuten lang laufen, was ihm effektiv eine Reichweite von fünf Kilometern unter Wasser gab. Und da er einfach nur gezogen werden würde, würde er nicht so viel Sauerstoff verbrauchen wie beim Schwimmen. Deshalb würde er es mühelos bis zum wartenden Krabbenkutter draußen in der See von Cortez schaffen. Knapp fünf Kilometer vor der Küste, in anderthalb Stunden, würde das Boot auf seine Ankunft warten, wie vereinbart. Der Kapitän freute sich schon darauf, die fünfzigtausend Dollar zu kassieren, die sein Ausflug bringen würde.

Im schlimmsten Fall könnte El Rey die Strecke auch schwimmen. Aber die Torpedos waren Gold wert, und es wäre sinnlos, sich jetzt zu überanstrengen.

Er richtete die Einheit aufs offene Meer hinaus und machte sich auf den Weg.

Es war ein guter Tag für einen Bootsausflug.

KAPITEL DREIUNDZWANZIG

Kent hasste sein Leben manchmal. Die meiste Zeit war er der Meister des Universums, bewegte die Erde und übte Macht über Leben und Tod aus, ein Königsmacher, eine Art Gott. Aber manchmal wurde er vom Schicksal geschlagen und musste vor der wirklichen Macht zu Kreuze kriechen, die erwartungsgemäß weniger schlau oder visionär war als er.

Das war so ein Moment.

Er stieß die Tür zum Klub auf, und der ewige diskrete, alterslose Mann in schwarzer Krawatte bedeutete ihm zu folgen, ohne dabei eine Silbe zu sprechen. Sie gingen zu einem anderen Raum als beim letzten Besuch – dieser war etwas größer und ebenso pompös. Der Sprecher des Repräsentantenhauses und drei weitere ältere Herren saßen da und brachten ihren Missmut zum Ausdruck.

»Was zum Teufel …? Kent? Erklären Sie mir, was passiert ist, und wie wir von hier aus weiter verfahren …«, platzte der Sprecher des Repräsentantenhauses heraus.

Kent studierte jedes ihrer Gesichter, bevor er antwortete. Er setzte sich und nahm einen Schluck aus dem Glas Wasser neben seinem Platz.

»Wir haben diese Runde verloren. Alles lief perfekt, und dann ging in der letzten Minute etwas schief. Das kann passieren. Ich wurde noch nicht vollständig unterrichtet, aber ich erwarte mit der Zeit weitere Einzelheiten. Es scheint, dass dem Attentäter, der niemals versagt, genau das passiert ist.«

»Wurden wir in irgendeiner Weise aufgedeckt?«, fragte eine besorgte Stimme.

»Nein. Indem wir einen Strohmann benutzten, in diesem Fall den Drogenbaron Santiago, haben wir eine chinesische Mauer errichtet. Es war ein Mexikaner, der versuchte, den mexikanischen Präsidenten zu ermorden, aus Gründen, die nur den Mexikanern bekannt sind. Ende der Geschichte. Sie töten sich ständig gegenseitig. Dieses Mal passierte es nicht. Und jetzt gehen alle wieder zur Tagesordnung über.«

»Das ist eine Katastrophe. Ich bin nicht sicher, ob wir vor den Wahlen eine weitere Gelegenheit bekommen«, klagte der Sprecher des Repräsentantenhauses.

»Wahrscheinlich nicht«, stimmte Kent zu. »Ein Attentat im Inland geht nicht. Das wäre perfekt gewesen – unser geliebter Präsident, von völlig erstaunten Irren hingerichtet, und unser Vizepräsident, der tapfer in die Bresche springt … Scheiße, es hätte wie bei Lyndon Johnson ausgesehen. Dem Vize wäre ein überwältigender Sieg sicher gewesen, und wir hätten garantierte weitere vier oder vielleicht sogar acht Jahre gehabt. Nun müssen wir uns mit den Karten abfinden, die uns ausgeteilt wurden, nämlich mit einem unpopulären Kandidaten, der heftigen Gegenwind hat.«

Ein anderer Herr – in seinen Siebzigern, fast kahl, mit nagetierartigen Zügen und umherschweifendem Blick – schaltete sich ein.

»Was wäre, wenn das Flugzeug oder der Hubschrauber abstürzen würde? Würde das die Sympathie nicht anheizen?«

»Nicht in dem Maße. Im ersten Szenario hätte man jemand anderem die Schuld geben können – in diesem Fall wäre es eine Gruppe gewesen, die viele Amerikaner gelernt haben zu hassen. Böse Mexikaner. Satans Fußsoldaten, die unseren geliebten Führer töteten, während er eine Botschaft von Frieden und Hoffnung überbrachte. Mit einem inländischen Attentat ist es nicht so leicht oder klar, und man kann nicht den Wutfaktor nutzen. Lassen Sie uns die Lehren aus den ganzen Krieg-gegen-den-Terror-Schachzügen ziehen. Geben Sie dem Land jemanden mit anderen kulturellen Sitten oder mit anderer Hautfarbe oder Sprache, und es ist leicht, ihn zum

Feind zu stilisieren. Aber wenn es im eigenen Land passiert, selbst bei den Muslimen oder was immer, ist es nicht so eindeutig, besonders nach dem letzten Regierungsfehler, als wir in andere Länder einmarschiert sind. Für diese Dinge braucht man einen unverkennbaren Superbösewicht, damit sie wirklich funktionieren. Das geht nicht so gut, wenn es im Inland geschieht.« Kent machte eine Pause, um die Dramatik der Situation ins Bewusstsein dringen zu lassen. »Das hier wäre perfekt gewesen, aber es ist aus und vorbei. Wir haben es zu einem Kuss gebracht, aber ohne Sex. Das passiert. Wir müssen einfach weitermachen.«

Der Sprecher des Repräsentantenhauses wählte seine Worte mit Bedacht. »Also gut. Was Kent sagt, ergibt Sinn. Wir müssen in den Wahlkampfunterstützungsmodus umschalten. Es wäre schön gewesen, aber, hey, wir haben alles gegeben und in der Verlängerung verloren. Vielleicht gewinnen wir das nächste Mal.« Der Sprecher schaute herum, Zustimmung heischend. »Stimmen Sie mir zu? Und Kent – Sie haben eine bemerkenswerte Arbeit geleistet. Wir hatten nur Pech, und ich möchte Sie wissen lassen, dass Sie immer noch ein wertvolles Mitglied des Teams sind.«

Kent lief ein Schauer über den Rücken. »Ich bin froh, das zu hören. Ich habe sehr hart daran gearbeitet, das Vertrauen von jedem zu gewinnen, und ich hoffe, dass ich noch lange weitermachen kann«, gab er zurück. Da hatten sie etwas zum Knabbern. Es kam auf keinen Fall infrage, dass er am Ende mit einem Motorblock an seine Füße gekettet versuchen müsste zu schwimmen.

Falls sie irgendwelche glanzvollen Ideen haben sollten, ihn auszuschalten, würde ihnen das zu denken geben – ihnen musste nun klar sein, dass das Vertrauen, das sie selbst beim Sprecher des Repräsentantenhauses genossen, in Gefahr war, falls ihm irgendetwas passierte.

Der Sprecher hob sein Weinglas hoch und toastete auf Kent.

»Auf einen neuen Tag.«

~~~
~~~

Cruz stand am Fuße von Briones' Bett, Dinah neben sich, und beobachtete, wie der Monitor den stetigen Schlag des Herzens aufzeichnete. Es war noch nicht allzu lange her, dass Cruz selbst in dieser Position gewesen war. Die Perspektive von der Besucherseite war besser.

»Der Doktor sagt, es wird Ihnen wieder besser gehen. Eine Woche im Luxus leben, von Kopf bis Fuß von schönen jungen Schwestern bedient werden, das feine Essen aus der Krankenhausküche genießen, und dann werden Sie in null Komma nichts wieder Tennis spielen und mit den Skiern die Hänge hinuntersausen«, versicherte ihm Cruz.

»Sie sollten Ihr Gehirn untersuchen lassen, solange Sie hier sind. Sie leiden unter Wahnvorstellungen, Captain«, warnte Briones.

»Im Ernst. Wie fühlen Sie sich?«, fragte Dinah.

»Es ging mir schon mal besser. Aber wenn man es bedenkt, könnte alles viel schlimmer sein. Der Blutverlust war das Hauptproblem; die eigentliche Wunde war keine große Sache. Wenn keine Arterie getroffen worden wäre, hätte ich aus eigener Kraft zum Arzt gehen können«, versicherte ihr Briones.

»Es scheint, dass Sie eine Auszeichnung bekommen werden. Und Sie haben es geschafft, der ganzen Kritik auszuweichen, die Sie bekommen haben, weil Sie grob zu diesem armen unschuldigen Tomaten-Kerl waren. Aber den Herrschaften im Management wäre es schwer gefallen, darüber zu lästern, nachdem Sie sich eine Kugel eingefangen haben, um den Präsidenten zu retten«, überlegte Cruz. Er wandte sich an Dinah: »Würden Sie uns ein paar Minuten geben? Es gibt eine paar Arbeitsdinge, die wir besprechen müssen …«

»Ich weiß noch, wo der Getränkeautomat steht.« Sie blickte abschätzend von Briones zu Cruz. »Bin gleich wieder da, Captain«, sagte sie und flatterte durch die Tür. Beide Männer sahen ihr bewundernd nach.

»Sie sind da in großer Gefahr, Captain«, warnte Briones.

»Da mögen Sie recht haben.« Cruz zog einen Stuhl an die Seite des Bettes und setzte sich. »Ich bin sicher, Sie haben eine Menge Fragen, deshalb sag ich Ihnen einfach, was ich weiß, und erspare Ihnen den Aufwand, nachzubohren. Erstens, nein, wir haben ihn nicht gefangen. Zweitens, nein, wir wissen nicht, wo er ist. Drittens, nichts, was wir unternommen haben, hat ihn aufgehalten. Die Wahrheit ist, dass die beiden Präsidenten durch einen hyperaktiven Schuljungen gerettet wurde, der auf zu viel Zucker war«, erklärte Cruz.

»Wie bitte?«

»Nun, während Sie im örtlichen Krankenhaus in San José del Cabo stabilisiert wurden, ging ich an den Tatort zurück, und wir untersuchten die Piñata, die die Kinder nie aufschlagen konnten. Dafür gab es einen Grund. Das Ganze war eine Bombe mit einer Schale aus Karbonfaser. Wir fanden den Auslöser in El Reys zurückgelassener Uniform im Humvee.«

»Ich verstehe nicht. Warum ist sie nicht explodiert? Was ist passiert?«

»Der Sprengzünder befand sich in der Nase des Stieres, verdeckt durch den Stahlring. Wie unsere Experten sagen konnten, hatte sich der Draht aus der Batterie gelöst – er war um weniger als einen Millimeter verschoben, aber dieser Millimeter reichte aus, um das Ganze nutzlos zu machen. Die Schläge der Kinder müssen ihn gelockert haben. Das ist die einzige Erklärung«, schloss Cruz.

»Aber ich verstehe nicht. Sie hatten noch nicht losgeschlagen, als El Rey auf die Bühne zuging. Er musste da versucht haben, die Detonation auszulösen …«

Cruz nickte: »Richtig. Ich habe es auch nicht verstanden, deshalb ging ich hin und sprach mit den Lehrerinnen, als die Kinder darauf warteten, dass sie gehen durften. Eine erzählte mir, dass ein paar Jungs im Zelt wie wild drauf eingeschlagen haben und sie mit einem Stift die Schäden abdecken musste - die meisten befanden sich im Schädel des Stiers. Deshalb hat das schlechte Benehmen der Kinder allen das Leben gerettet. Es waren nicht wir. Wir haben tatsächlich fürchterlich versagt …«

»Meine Mutter pflegte zu sagen, es ist besser, Glück zu haben, als klug zu sein«, bemerkte Briones.

»Ihre Mutter war eine weise Frau. Da habe ich kein Argument dagegen«, stimmte Cruz zu. »Ob sie wohl mit ihrem Jungen Glück hatte …«

Dinah kehrte zurück und sie unterhielten sich noch ein paar Minuten lang, bevor Briones ganz offensichtlich müde wurde. Trotz allem Wagemut war er doch dem Tod gefährlich nahegekommen – tatsächlich hatten sie ihn in San José für eine Minute auf dem OP-Tisch verloren –, auch wenn ihm das im Moment niemand sagen wollte. Zum Glück war er jung und stark, deshalb konnte man ihn wiederbeleben und ihn so weit stabilisieren, dass er mit der Luftrettung zurück nach Mexico City transportiert werden konnte, wo die Krankenhäuser viel fortgeschrittener waren. Er würde es schaffen und eine kleine runzelige Narbe als Abenteuerbeweis vorzeigen können, und er würde Ehrenbekundungen von der Truppe erhalten. Aber er brauchte noch Zeit, um sich zu erholen, deshalb verabschiedeten sie sich und ließen ihn schlummern.

Zwei bewaffnete Federales saßen vor der Tür. Cruz hatte ein Gefühl von Déjà-vu. Nichts hatte sich verändert. Die bösen Jungs liefen immer noch Amok, sie befanden sich immer noch im Krieg im eigenen Land, und das Böse beherrschte öfter das Tagesgeschehen als das Gute.

Nur an einigen Tagen legte es eine Pause ein.

Vielleicht war das die Geschichte des menschlichen Leidens.

Für heute reichte es.

Dinah nickte den beiden Wachposten, die mit unbeweglicher Miene dasaßen, zu und nahm Cruz' Arm.

»So, Captain, kann ich Sie überreden, mit mir zu Mittag zu essen? Ich kam kürzlich zu etwas Geld, deshalb geht es auf meine Rechnung. Es ist das Mindeste, was ich für einen echten verwundeten Helden tun kann«, bot sie an und schenkte ihm ein Lächeln, um den Vorschlag zu versüßen.

Briones hatte recht.

Er war in Schwierigkeiten.

~~~

In Mendoza war es kalt im späten Juli – es hatte vor zwei Tagen geschneit, was für diese Jahreszeit typisch für die südliche Hemisphäre
~~~

war. Aber heute war einer jener seltenen frischen Tage, an denen die Sonne am Nachmittag die Gehwege wärmte und es angenehm machte, in Pulli oder Jacke draußen zu sitzen und Kaffee oder Wein in einem der vielen Restaurants der Innenstadt zu nippen. Das Gebiet wurde sehr schnell beliebt, allein wegen seiner europäischen Architektur, die typisch für die großen argentinischen Städte war, aber auch durch die vor allem entspannte und dennoch lebhafte Energie, die Südamerika auszeichnet. Die Bevölkerung war attraktiv und gut gebildet, fand er, meist spanischer oder italienischer Herkunft; Immigranten, die in die Region kamen, um den Wirren in Europa zu entkommen und eine neue Zukunft zu finden, vor allem im Weingeschäft des gastfreundlichen Valleys.

Mendoza hatte sich unaufhaltsam zum größten Weinanbaugebiet des Landes entwickelt, mit einer Fläche, die neun Mal so groß war wie Napa Valley. Wann immer er also des geschäftigen Treibens der Stadt müde war, konnte er innerhalb von zehn Minuten draußen in den Weinbergen sein oder in den schneebedeckten Anden, die im Hintergrund wie auf einer Ansichtskartenidylle aufragten.

El Rey trank keinen Alkohol, aber als er in Argentinien landete, machte er eine Ausnahme, und schnell machte er sich das Glas Wein zum Mittag- und Abendessen zur Gewohnheit – Malbec, natürlich. In Mendoza etwas anderes zu trinken, war schon fast ein Sakrileg. Er mochte den kleinen Kontrollverlust, den das mit sich brachte, immer noch nicht, aber er musste zugeben, dass der Geschmack ein Erlebnis war. Da er jetzt nicht mehr die ganze Zeit so wachsam sein musste, konnte er sich vielleicht etwas entspannen.

Er hatte sich zwei Blocks vom Park Hyatt Hotel entfernt eine Wohnung gemietet, neben dem weitläufigen Park, der an Wochenenden und abends als zentraler Treffpunkt für die Stadtbevölkerung diente. Und bereits nach nur einem Monat in der Stadt hatte er sich ein ruhigeres Tempo zugelegt. El Rey fand, dass Argentinien nicht mit Mexiko zu vergleichen war, und doch gab es Ähnlichkeiten; die Sprache war die offensichtlichste.

Das Tempo war schneller, aber immer noch entsprechend entspannt, und die Einheimischen genossen auch die Siesta, die aus

Spanien über den Atlantik gekommen war und eine lateinamerikanische Tradition war. Jeden Nachmittag hatten alle Geschäfte zwischen zwei und vier Uhr geschlossen, manchmal sogar von zwei bis fünf, sodass die Arbeiter und Inhaber ein ruhiges Mittagessen genießen konnten, mit einem anschließenden Nickerchen. Es war ein sehr zivilisierter Lebensstil, das musste er zugeben.

Die Restaurants ersannen Speisen, die einem Gourmet gerecht wurden; er hatte bereits ein paar gefunden, die es mit der Crème de la Crème von Mexiko und Europa aufnehmen konnten (die er hatte ausprobieren können, als er Aufträge in Übersee erledigte).

Das Rindfleisch war unglaublich, das italienische Essen vorzüglich und neue Restaurants eröffneten scheinbar täglich, selbst in den finanziell schweren Zeiten, die ein zwangsläufiger Teil des argentinischen Lebens zu sein schienen. Bald verstand er schnell, dass Essen eines der wichtigsten Dinge in der Psyche dieses Landes war, und die Bewohner nahmen sich Zeit, die kulinarische Fülle zu genießen – alles andere mochte unsicher sein, aber ein gutes Steak und ein Glas Wein war in guten wie in schlechten Zeiten etwas Konstantes. Zusammenbrüche der Währung, Säuberungsaktionen, politische Unruhen und ein wirtschaftliches Chaos mochten kommen und gehen, aber ein ausgedehntes Mittagessen und eine Siesta waren unverzichtbar.

Er hatte Rio schnell sattgehabt und sah dann eine Fernsehsendung über das Weinland in Argentinien, was sein Interesse hervorrief. Vom pittoresken Filmmaterial angetan, entschloss er sich, nach Süden zu fahren und einige Tage damit zu verbringen, die Region zu erkunden, woraus dann einige Wochen wurden. Überrascht, dass er nicht bestrebt war weiterzureisen, nahm er sich eine Wohnung, die er monatsweise mieten konnte. Falls er Argentinien einmal satthaben sollte, konnte er einfach weiterziehen.

Der Fehlschlag in Los Cabos beschäftigte ihn noch immer, aber nicht so sehr, dass er bereit war, das Geld für den Auftrag zurückzugeben. Santiago war tot, deshalb würde er es nicht mehr brauchen, und Mexiko war zu heiß für ihn, um sich dort aufzuhalten, bis die Fahndung nach ihm an Intensität verloren hatte. Er hatte online oder in den Zeitungen nichts über den Gipfel oder den erschossenen Polizisten gefunden, sodass die mexikanischen Behörden offenbar die Akte geschlossen hatten und vorgaben, dass nichts passiert war. Das war leichter getan, als man meinen mochte – es waren keine Bomben explodiert, keine hörbaren Schüsse abgefeuert worden. Ein Militärhubschrauber war abgestürzt, was bedauerlich war, aber Hubschrauber stürzten ständig ab. Es war nichts Außergewöhnliches, und die Zeitungen gaben bloße Lippenbekenntnisse dazu ab. Sie zogen es vor zu unterstreichen, dass es keine Proteste und zivilen Unruhen gab wie auf den letzten G-20-Gipfeln in Kanada und Frankreich, die damit geplagt gewesen waren.

Soweit es die amerikanische und mexikanische Öffentlichkeit betraf, war nichts passiert, außer ein paar langweilige Treffen, wo ein paar Finanzstreber die abgedroschene Lehre äußerten, dass die Welt völlig vermurkst war und immer schlechter wurde. Es war kaum ein paar Zeilen wert. Die Präsidenten winkten in die Kameras, vage Zusicherungen wurden gemacht, ein falsches Lächeln nach dem anderen wurde wie Pfefferminze nach dem Essen ausgeteilt, und innerhalb von ein paar Tagen war die ganze Geschichte vergessen, abgesehen von ein paar amüsanten Nebenbemerkungen über El Rey.

Ironischerweise war die Entrüstung über den mexikanischen Bundespolizisten, der den Demonstranten terrorisierte, der beeindruckendste Teil der G-20-Berichterstattung. Filmmaterial über den unbeherrschten Beamten, die mörderische Absicht tief in sein Gesicht gezeichnet, wie er seine Waffe auf den unbewaffneten (abgesehen von der Tomate) Friedensverfechter richtete, erhielt viel Sendezeit und wurde im Internet aufbereitet. Der unordentliche Mann mit der Rastamütze wurde jedoch zu einer kleinen Berühmtheit, trat in ein paar Talkshows auf und bekam sogar ein Buchangebot – es wurde aber nicht gesagt, wer es schreiben würde.

Über den Polizisten gab es keine Nachrichten. El Rey dachte sich, dass er entweder überlebt oder die Regierung die Schießerei vertuscht hatte. Mexiko bekam schließlich genug schlechte Presse, ohne dass es sein Image mit Berichten über Schießereien auf dem globalen Finanzgipfel verschlechtern musste.

Der alte Krabbenkutter erreichte ihn gerade rechtzeitig, und es dauerte dann achtundvierzig Stunden, bis er in Mazatlan ankam, wo er von Bord ging und dem Leben am Meer noch einmal zum Abschied zuwinkte. Auf dem Festland nahm er einen Bus nach Culiacán, wo er eine Wohnung und einen mit einer halben Million Dollar in bar und Gold gefüllten Safe hatte. Von da aus fuhr er eines seiner Autos nach Mexico City, wo er es an einen Mann verkaufte, von dem er wusste, dass er Dinge verschwinden lassen konnte, dann ging er an Bord eines Flugzeugs nach Santiago de Chile, unter Verwendung eines seiner gefälschten Pässe – dieses Mal eines spanischen.

In Südamerika wurde man mit einem spanischen Pass kommentarlos durch den Zoll gewinkt, was noch auf eine Zeit zurückging, als die Spanier die Eroberer des Landes waren.

Nach einer Nacht in Chiles Hauptstadt folgte er der Empfehlung des Hotelrezeptionisten und entschied sich, Mendoza zu erkunden, was von diesem Mann in den leuchtendsten Farben beschrieben wurde. Er hatte es als eine Art Paradies auf Erden bezeichnet.

Der Rest war Geschichte. Er ließ sich nieder, fand ein paar Striplokale mit Weltklassetalenten und kultivierte ein Verständnis für feinen Wein und großartiges Essen. Er wusste noch nicht, wo er sich am Ende niederlassen würde, aber Mendoza war genauso gut wie irgendwo anders.

Er schwenkte die tiefrote Flüssigkeit um die Rundungen des Glases und genoss das Aroma, als der Kellner mit dem Entree ankam: ein Filet, medium rare, über einer Lage gegrillter Tomaten und Zwiebeln, beträufelt mit etwas Balsamico und dazu geröstetes Gemüse und Bratkartoffel. Himmlisch. Er machte sich eine geistige Notiz, dass er seine Fitness-Zeit steigern müsste, damit er seine Genusssucht am Ende nicht bereute. Es wäre schlecht zu verweichlichen. Man wusste nie, was die Zukunft bringen würde.

Achtsam setzte er das Glas zurück, schnitt in sein perfekt gebratenes Filet, nahm einen Bissen und bewunderte, wie der Fleischgeschmack mit dem der anderen Zutaten verschmolz.

El Rey erfasste sein Spiegelbild im Fenster des Restaurants und sah einen Weltenbummler, der zurücklächelte und die Erfahrung genoss, im Frieden mit der Welt zu sein. Das nahm er von sich an, vorerst. Für den Moment.

Er nahm noch einen Bissen, lehnte sich zurück in den Stuhl und genoss sein Mahl an diesem frischen, sonnigen Tag. Sein Abenteuer als Mörder war zu Ende, und ein neues als Bonvivant hatte angefangen. Er würde die Aufregung und das Adrenalin der Jagd vermissen, aber es gab immer Möglichkeiten, sich zu stimulieren. Mit dem Geld, das er hatte, würde das kein Problem sein.

Er beäugte den Kelch des vollmundigen Weines und nahm noch einen Schluck, hielt inne, um das Arom zu schätzen, bevor er seinen Mund mit dem berauschenden Nektar füllte.

Zwei plaudernde junge Frauen gingen an seinem Tisch vorbei. Die Jüngere warf ihm einen flirtenden Blick zu, während sie sich an einen Tisch im Café gegenüber setzten. Er erwiderte ihren Blick und lächelte.

Sie lächelte zurück.

Das Leben war schön.

4123370R00183

Printed in Germany
by Amazon Distribution
GmbH, Leipzig